Mundos de Dragões

RAPHAEL DRACCON

Mundos de Dragões

LEGADO RANGER III

Fantástica
ROCCO

Copyright © 2016 *by* Raphael Draccon

Direitos desta edição reservados à
EDITORA ROCCO LTDA.
Av. Presidente Wilson, 231 – 8º andar
20030-021 – Rio de Janeiro, RJ
Tel.: (21) 3525-2000 – Fax: (21) 3525-2001
fantastica@rocco.com.br | www.rocco.com.br

Printed in Brazil/Impresso no Brasil

GERENTE EDITORIAL
Ana Martins Bergin

EDITORA
Lorena Piñeiro

EQUIPE EDITORIAL
Manon Bourgeade (arte)
Milena Vargas
Paula Drummond
Viviane Maurey

ASSISTENTE DE PRODUÇÃO
Silvânia Rangel

REVISÃO
Armenio Dutra
Wendell Setubal
Bárbara Reis

ILUSTRAÇÃO DE CAPA E MIOLO
Ramon Saroldi

DESIGN LETTERING
Guilherme Rodrigues

Cip-Brasil. Catalogação na fonte.
Sindicato Nacional dos Editores de Livros, RJ.

D791m

Draccon, Raphael
 Mundos de dragões / Raphael Draccon. – Primeira edição. – Rio de Janeiro: Fantástica Rocco, 2016.
  (Legado ranger; 3)

 ISBN 978-85-68263-42-6

 1. Ficção brasileira. 2. Fantasia. I. Título. II. Série.

16-34031

CDD: 869.3
CDU: 821.134.3(81)-3

O texto deste livro obedece às normas do
Acordo Ortográfico da Língua Portuguesa.

PRÓLOGO

Inicialmente Derek se sentiu despedaçado.

Não havia dor porque não havia matéria; todo o processo era baseado em um amálgama de sentimentos enquanto tentava se manter conectado a uma consciência.

Acionem os motores.

Aquelas palavras grudavam como areia molhada. O som da máquina. Runas se acendendo no chão, sangue reptiliano derramado, um caminho luminoso que levava a um mundo para o qual ninguém gostaria de voltar. Dúvidas, medo, arrependimento. Tudo existia ou coexistia e, ainda assim, precisava ser ignorado. O mais difícil para ele, porém, não era o autossacrifício.

Era o olhar dela.

O olhar *delas*.

Posicione-se no círculo.

Derek se lembrava até mesmo da própria oração. Palavras sussurradas em busca de uma proteção que ele não teria. Sob a armadura metalizada alimentada com sangue de dragão vermelho, viu o sangue ser absorvido pelas runas do círculo dimensional. Sentiu o estômago embrulhar. A visão ficou turva, e a sala pareceu girar em um looping incessante.

Podem ligar.

O comando era quase uma sentença de morte. Os sentidos foram se dissipando, se fragmentando. O objetivo da missão era puro, mas o processo fora maculado o suficiente para que se perguntasse o quanto ele e os outros eram diferentes das criaturas que queriam combater. O resquício do que antes era matéria se manteve girando ao redor de uma unidade consciente enquanto o brilho se intensificava, assim como seus sentimentos. A imagem foi embaçando, aos poucos, até se tornar nada, e o medo de que aquela seria talvez a última coisa que ele veria era maior do que o medo de descobrir o que viria a seguir.

A última imagem antes de atravessar para o Cemitério foi a de uma delas derramando uma lágrima.

Aquela talvez fosse a diferença entre eles e os que precisariam combater.

Demônios não podiam chorar.

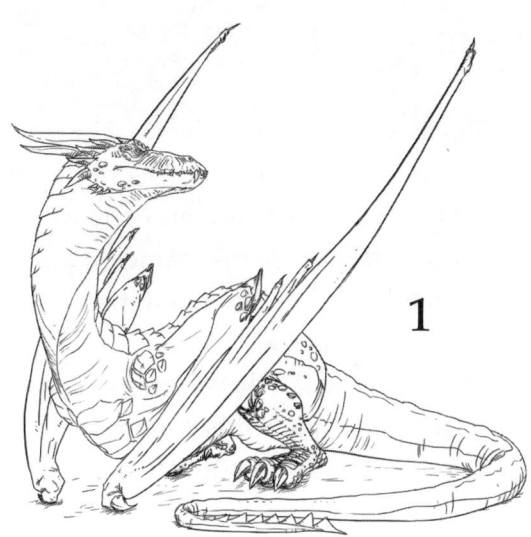

1

TEMPLO DO LEÃO

Ele estava de volta.

    O campo de batalha se mantinha intacto como uma recordação de guerra. Destroços manchados de sangue se acumulavam em meio a cadáveres que, rodeados de insetos, revelavam a angústia dos perdedores. Por baixo do capacete, Derek Duke, sargento do Batalhão Ranger americano, observou os resquícios do combate de que participara e se arrepiou.

    Mais uma vez, nada parecia real.

    O ambiente ainda era alienígena. O corpo do demônio Asteroph jazia com a cabeça torcida e o peito aberto, de onde o coração havia sido retirado pelo demônio-bruxa. A atmosfera sombria reacendia o momento da batalha, e mesmo os gritos de Ashanti se recusando a deixar aquele mundo pareciam ainda estar por ali. Derek se sentiu novamente matéria e percebeu que ainda vestia a armadura; do contrário, estaria nu. Caminhou, pisando sobre miolos que estalaram, e desviou de poças de sangue e gordura que haviam sobrado dos corpos de dracônicos fritos. Caminhou na direção da saída do templo, sabendo que ainda carregaria consigo tudo o que havia naquele lugar.

Então, veio o primeiro brado. Um grito animalesco, que ele reconheceu imediatamente. Era o som de reptilianos dominadores. As lembranças de seus dias como escravo retornaram, o ódio emergiu e, usando a técnica de rastreamento para o qual tinha sido treinado, o ranger esgueirou-se e seguiu o chamado, ditado pela algazarra de criaturas monstruosas.

Você é a droga de um suicida brincando de escoteiro!

Mais gritos, que lembravam suplícios de prisioneiros torturados. Para evitar o campo aberto, Derek optou pelo terreno mais elevado. Saltando por muretas, telhados e sacadas, o metalizado se posicionou diante do cenário, analisando por um ângulo estratégico o que viria a seguir.

Assim pôde ver os reptilianos.

Estavam em bando, como sempre, fazendo seus jogos primitivos baseados em provas de força. Bradavam, gingavam, batiam uns nos outros. Derek reconhecia toda aquela linguagem corporal: eles estavam excitados. E *nada* excitava mais um reptiliano que violência.

Como cobaias havia três monges de Taremu, sorteados com o infortúnio da sobrevivência.

– Quanto tempo terá passado? – Derek se perguntou.

Presos pelo pescoço com gargantilhas amarradas a bambus, numa espécie de torniquete, os monges estavam em trapos e semimortos. Derek contou dez dracônicos. Um deles agarrou um dos monges pelo cabelo e começou a arrancar com as próprias mãos uma de suas orelhas. Conforme a pele era rasgada, filetes de sangue escorriam pela nuca e o monge gritava. Os outros da raça demoníaca grunhiam eufóricos, entretidos pelo espetáculo de tortura.

Os outros homens se debatiam. Monges de Taremu eram também homens-leões, no entanto, naquele momento, qualquer metamorfose significava suicídio. Na tentativa de sobreviver, seriam enforcados.

O último era o mais agitado. Rosto esticado, cabelo curto, um símbolo tribal ao redor de um dos olhos. Marcas de batalha se espalhavam pelo corpo machucado, cheio de feridas abertas. Ele gritava coisas para os captores, que o ignoravam. Suas mãos tinham sido acorrentadas para trás e o rosto estava vermelho por causa da pressão do torniquete. Quando finalmente os xingamentos surtiram algum efeito, um dos dracônicos se aproximou e chutou sua mandíbula.

Do alto, Derek conferiu os bolsões dimensionais conectados ao bracelete de cristal encravado no pulso. Com apenas um comando, materializou o rifle. Feito um atirador sniper, deitou sobre um telhado de tijolos, posicionou a arma e travou a mira.

– É hora de decidir quem merece morrer primeiro – sussurrou.

O primeiro monge desfaleceu, exausto, com a carne da orelha ainda balançando. O segundo, de cabelo longo e o rosto mais jovem entre os três, chorou, mais de raiva que de medo. Sabia que era o próximo.

– Vamos, se aproxime – sussurrou Derek, do alto.

Como que obedecendo, o dracônico avançou. Pegou o segundo monge pelo rosto, prestes a afundar seus olhos com o polegar. O monge de cabelo longo cuspiu em desprezo. O dracônico apertou sua cabeça e começou a pressionar suas pálpebras.

Então, houve o tiro.

O crânio do dracônico foi perfurado de um lado a outro em linha reta. Ele tombou com um rombo exposto, o cabelo retorcido, despertando a atenção dos outros, que não sabiam o que havia causado a morte do companheiro. Os reptilianos iniciaram uma algazarra, rondando o perímetro e calculando possíveis ângulos do ataque. Então, o segundo tiro. E o terceiro. Derek rapidamente mudou de posição, correndo pelo alto sobre telhados de residências destruídas, evitando ser visto. No chão, os monstruosos se entreolharam para verificar se alguém mais havia sido atingido pelos outros disparos. O mais estranho é que ainda havia nove deles vivos.

Então, o estrondo.

De repente, Derek surgiu, afundando o chão. A armadura de metal-
-vivo exibia uma beleza que contrastava com a guerra; placas negras

sobrepostas por todo o corpo, exibindo veias com sangue de dragão vermelho e lembrando runas, alimentavam o poder do metalizado. E no capacete, também escuro, o visor pulsando em vermelho completava o visual futurista demais para uma realidade quase medieval.

O capacete foi desmaterializado.

– Eu quero que vocês vejam – exigiu Derek, enquanto caminhava na direção deles. – Eu quero que vocês *saibam*...

Um dos dracônicos pensou em avançar, mas o rifle se movimentou e sua cabeça foi estourada.

– Eu quero que saibam *quem* voltou para matar vocês.

O rifle foi desmaterializado e Derek os chamou. Mãos vazias, olhar focado, sorriso curto. O tipo de expressão que a morte poderia ter. Assustados, quatro dos dracônicos sobreviventes seguiram devagar na direção dele. Surpreendidos, apanharam pelo caminho armas improvisadas, como bastões dos mortos, pedaços de cano ou mesmo pedregulhos.

Derek abriu ainda mais o sorriso.

– Sim – disse. – Eu quero que vocês façam o seu melhor.

Os reptilianos o cercaram.

– Eu quero que vocês façam o seu melhor e, ainda assim, descubram o quanto, perto de mim, vocês são fracos.

O dracônico com o pedaço de cano avançou primeiro. Golpeou o antebraço protegido de Derek e o cano entortou. O metalizado tomou a arma enferrujada da mão do reptiliano e afundou a ponta na sua jugular, atravessando a carne até o outro lado. Enquanto o corpo monstruoso se debatia em agonia, Derek o arremessou sobre o segundo, que caiu, derrubando o bastão roubado. O terceiro reptiliano arremessou um pedregulho, mas o metalizado o estourou com um golpe antes que lhe acertasse. Pedaços da rocha pulverizada bateram na armadura sem feri-lo, no entanto, os que se chocaram contra o rosto cortaram a pele. Derek correu até o dracônico e saltou, derrubando-o no chão e, com o próprio peso, afundou o tórax do inimigo. Em seguida, chutou o rosto, deformando a face já abrutalhada. Teria batido uma segunda vez, mas o quarto dracônico saltou sobre seu peito, interrompendo-o. Os dois caíram sobre os cadáveres, rolando no chão. Por cima, o reptiliano socou seu rosto, fazendo-o sentir o gosto de sangue. Quando veio o segundo soco, ele impediu o impacto agarrando o punho da criatura para, logo em seguida, quebrá-lo. Imobilizado pela dor, o monstruoso pouco pôde fazer quando Derek se levantou e o agarrou pelas tranças do cabelo. O segundo dracônico, acertado pelo corpo do primeiro, se levantou, foi até o cadáver do monge e arrancou um dos braços para usar como tacape. Em seguida, correu em direção a Derek, brandindo a arma e grunhindo gritos de guerra.

Em um movimento, Derek partiu com um estalo a coluna do inimigo que segurava pelo cabelo, e se concentrou no reptiliano que vinha em sua direção. O golpe veio por cima, e o metalizado desviou. Um segundo golpe, outro desvio. Antes que o reptiliano desferisse o terceiro, Derek já havia estourado seu joelho, derrubando-o novamente. O soldado tomou o braço do monge e, usando-o como uma marreta, deformou a cabeça do dracônico uma, duas, três vezes. Encharcado pelo sangue dos inimigos e pelo próprio, Derek se virou para enfrentar o restante.

Só que todos já estavam mortos.

Derek Duke observou os monges que havia libertado. Pouco tempo antes de sua chegada ao campo de batalha vira apenas as correntes das gargantilhas arrancadas pelos dois disparos de seu rifle. Agora, o segundo monge estava caído, morto por uma lança na garganta, e o terceiro, ainda na forma de um imenso leão humanoide, mastigava pedaços do corpo do último reptiliano, como um prisioneiro faminto. A cena era perturbadora.

Derek continuava a sorrir.

O sargento Ranger esperou a adrenalina baixar. O monge sobrevivente voltou à forma de homem, retirou a roupa de um dos companheiros, vestiu-se e pareceu orar como se pedisse desculpas ou talvez fosse gratidão.

— Há quanto tempo isso tem acontecido? — questionou Derek, no idioma de Taremu, gravado em suas células por uma entidade milenar.

— Não calculamos o tempo por aqui — respondeu o monge.

Derek havia desmaterializado a armadura. Usava a vestimenta retirada do outro monge morto, uma túnica leve e encardida de cor alaranjada, pela qual não agradecera nem se desculpara.

— Me sinto um monge Shaolin nessas vestimentas... — comentou.

— O que é isso? — perguntou o monge de Taremu.

— Seria difícil explicar. Imagine uma versão de vocês que não se transforme em leão...

O monge confirmou com a cabeça, como se pudesse imaginar.

— Você é o Huray, não é?

Derek se arrepiou ao ouvir aquele termo outra vez naquele lugar. Exibiu o braço com a tatuagem marcada.

— Desde que passei a matar dracônicos — respondeu.

— Espero que sua sede continue — comentou o monge. — Independentemente dos seus objetivos, ao menos isso nos tornaria aliados.

— Um homem que lutou comigo contra dragões será meu aliado em qualquer campo de batalha...

O monge franziu a testa. Derek percebeu a surpresa por trás da face marcada com a tatuagem de guerra.

— Você se lembra?

— Fui treinado para reconhecer meus inimigos em batalha, mas, principalmente, para identificar meus aliados — disse Derek. — Reconheci sua forma de leão. Nesse mesmo campo de batalha, quando a Serpente atacou um dos nossos, você pulou de cima daquela torre para as costas da Serpente...

Derek apontou para uma construção próxima de uma loja de cerâmica, naquele momento, completamente destruída. O monge manteve a expressão de surpresa.

— Você realmente se lembra...

— Você perfurou uma das asas da Serpente e ajudou a salvar um dos nossos — reforçou Derek. — Não é difícil me lembrar disso.

— Foi minha última ação naquela batalha.

— Não se envergonhe. Poderia ter sido sua última ação nessa vida.

O monge pensou sobre aquilo.

— A morte não deve gostar de mim... — concluiu.

— Entendo a sensação.

O ranger americano fez uma busca por mais sobreviventes nos arredores, mas mais uma vez aquele era apenas um cenário fúnebre de lembranças e silêncio.

— Existem outros sobreviventes?

— Poucos. Somos quase uma raça extinta — respondeu o monge. — A maioria foi levada por dracônicos para a arena.

Derek respirou pesado, temendo a resposta para a próxima pergunta.

— E Strider? — Derek ficou apreensivo. — O patrulheiro dimensional que ficou responsável por essa dimensão?

— Ele e o demônio-bruxa respeitaram o período de trégua. Até que as batalhas recomeçaram. Ele se uniu a Taremu, aos anões, ao povo estelar e à Dádiva, e a luta parecia equilibrada. Até que o inimigo usou a última cartada e mudou o rumo da guerra.

Derek travou.

— O que Ravenna fez?

— Ela usou o sangue do antigo demônio-rei para abrir novamente os portões dimensionais do Cemitério. — Os olhos do monge focaram o chão. — E então não havia mais aliança que pudesse resistir ao que veio do lado de lá...

— O que ela trouxe a esta dimensão? — gritou Derek, como se a culpa fosse do monge.

— Ela trouxe deuses! — vociferou de volta o monge. — Seres agigantados, capazes de esmagar cidades com alguns passos! Alienígenas que fizeram os membros da raça considerada gigante por aqui parecerem recém-nascidos, exterminando a todos com facilidade! Criaturas dimensionais capazes de duelar com dragões, e me refiro aos maiores deles!

Derek fechou os olhos, absorvendo tudo.

— Como se enfrenta uma coisa dessas? — perguntou o monge, mais para si que para o outro.

A resposta era: não havia como. Eram seres agigantados, deuses, criaturas capazes de enfrentar dragões.

Derek Duke sabia do que o monge estava falando.

Ravenna havia trazido os Colossus.

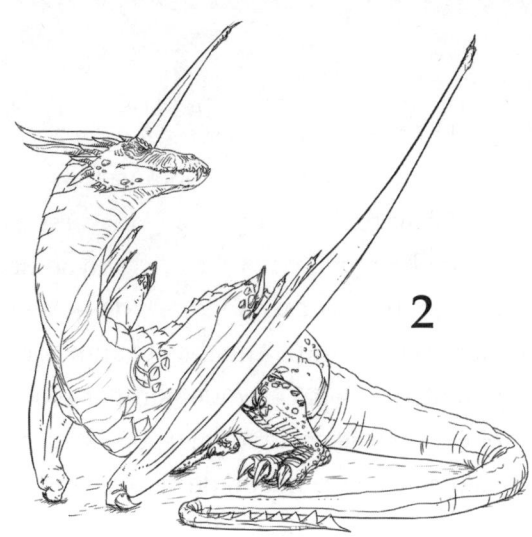

2

VALE DOS VERMES

Seu nome era Gau. O monge de Taremu que havia sobrevivido ao combate seguiu viagem com Derek pelo cenário árido. Os dois iam montados em cavalos fracos e maltratados, mantidos por dracônicos para serem devorados. Nas costas, Gau carregava dois bastões formando um X. O ranger americano havia compartilhado algumas informações em troca de outras. Revelou segredos sobre suas condições e *parte* de seu objetivo. Omitiu as partes que envolviam Mihos. Admitiu que voltara para reencontrar Strider e levar reforços de volta, pelo mesmo portal pelo qual havia chegado. Um portal de sangue que deveria ser aberto novamente em pouco tempo.

— Pelo que entendi, seus aliados do outro lado podem simplesmente falhar na parte da missão que compete a eles, e o seu caminho de volta jamais será aberto...

— Sim.

— E, ainda assim, você pretende fazer o que for preciso, voltar ao lugar de onde retornou e esperar...

— Sim.

— É um plano bem estúpido... — apontou o monge, de maneira sincera.

— Foi o que elas me disseram.

Gau riu, erguendo as sobrancelhas.

— E elas deixaram que você liderasse o grupo?

Derek ergueu os ombros, como se nem ele próprio entendesse. Sua montaria, de cauda longa e de pelagem tordilho, cinza e branca, lembrava um cavalo Andaluz. O animal estava cheio de feridas, fraco e faminto, e Derek teve de alimentá-lo com frutas encontradas em meio a barracas destruídas e água estocada em porões residenciais. O cavalo de Gau era maior, de pelo esbranquiçado, tinha pele mais fina, traseira alta e pescoço arqueado. Ambos usavam selas, apanhadas de uma casa de ferreiros.

— Sabe, é esquisito pensar em um homem-leão montado em um cavalo... — comentou Derek.

— Talvez você não seja o único a ter ideias estúpidas.

Derek riu, encontrando um momento de graça em uma situação como aquela.

— Mas eu tenho um plano reserva — acrescentou. — Para o caso de o portal não abrir pelo lado de lá...

— Um plano para conseguir abrir o portal *por este lado*?

— Exatamente.

— E *como* você fará isso?

— Arrastando Ravenna das terras do pó até o portal...

Houve um silêncio e Derek percebeu o incômodo por parte do monge.

— Diga o que está pensando — pediu Derek. — Você também considera isso um plano estúpido?

— Menos do que o outro. Mas, ainda assim, suicida.

— Por quê?

— Porque, para que ele funcione, você precisaria vencê-la.

— Eu já fiz isso antes.

— Não sozinho.

Novamente o desconforto, dessa vez por parte de Derek. Então o chão tremeu. Susto, desequilíbrio, adrenalina. Ouviu-se um estalo, como o tronco de uma árvore se partindo. E outra vez o solo vibrou.

— Isso é o que eu penso que é? – perguntou Derek.

O monge confirmou. Para sua surpresa, em vez de fugir, Derek virou o cavalo na direção dos estrondos. Gau apressou a própria montaria atrás dele, sem saber exatamente como reagir.

— Você entendeu para onde está indo? – gritou, pareando os cavalos.

— Eu *preciso* ver uma dessas coisas! – gritou Derek de volta.

Eles continuaram a cavalgar através de uma depressão, em direção à fumaça. O terreno de rochas cristalinas era irregular e se inclinava até o alto de uma colina. Quanto mais próximos do topo, mais perto também ficavam dos sons da destruição: madeira sendo quebrada, pessoas pisoteadas, concreto desabando. O mundo caía conforme se aproximavam. Perto. Cada vez mais perto. Até que Derek puxou a rédea, fazendo o cavalo frear e relinchar.

Era a primeira vez que ele via um agigantado.

Do alto, o sargento ranger podia ver uma espécie de cratera ao fundo e uma caravana de aproximadamente uma centena de pessoas em carroças, puxadas por montarias exaustas, sendo dizimada. Havia carruagens destruídas; roupas, comida e acessórios espalhados pelo chão em meio a cadáveres esmagados. No centro do caos, um Colossus. Sua altura chegava a quinze metros. Seu corpo era esguio e parecia feito de pedra. O pescoço curto sustentava uma cabeça repleta de protuberâncias, inclusive onde deveriam estar os olhos. Não havia orelhas nem nariz, apenas uma face repleta de orifícios, rachaduras e falhas. Uma abertura onde ficaria a boca lembrava mais um buraco negro. Seu tronco era mais largo do que a cintura, como se tivesse sido fincado sobre a base, e era possível notar proteções naturais na forma de pregos em regiões como ombros e cotovelos, reforçadas pela aparência pedregosa. A monstruosidade caminhava torto, como se não estivesse acostumada com o próprio peso. Sangue de humanos se espalhava no chão de terra, lembrando um quadro macabro e surrealista. Algumas pessoas gritavam e eram chutadas como bonecos, outras, esmagadas como insetos. Montarias eram agarradas e suas cabeças arrancadas do corpo a mordidas, e o Colossus devorava a carne crua. Nem mesmo as crianças eram poupadas.

Essa era a parte mais difícil.

Nem mesmo as crianças.

— Ela trouxe... — sussurrou Derek. — Ela *realmente* trouxe essas coisas para cá...

Tomada pelo medo, a montaria de Derek se empinou sobre as patas de trás, derrubando-o, acompanhada pela montaria do monge, que também partia sem comando. Os olhos do monge já começavam a se expandir com o efeito da adrenalina.

— Você já enfrentou uma coisa dessas antes? — perguntou Derek.

— Nunca — respondeu Gau em um tom que parecia ódio.

Derek percebeu os caninos do monge começarem a crescer.

— Você não precisa me acompanhar... — disse Derek.

— Eu já deveria estar morto horas atrás — sussurrou Gau. — Que diferença faz se eu morrer agora?

E, ao dizer isso, saltou para o vale, deslizando com as garras afundadas na parede de terra, em direção a um inimigo capaz de dizimar uma dimensão.

Difícil dizer qual som era mais aterrorizante. O Colossus berrava e o barulho ecoava como se propagado de dentro de uma caverna. Era um urro *com camadas*, que nascia alto na fonte e perdia força ao se espalhar, feito as ondulações causadas por uma pedra atirada em um lago. Pessoas gritavam nomes. Ossos quebravam. Solo era destruído.

Um monge-leão entoava um kiai.

Quando o Colossus esmagava o corpo de um idoso e espremia o sangue para dentro da boca, Gau atacou. Em um movimento, o bastão desceu junto com o corpo do monge-leão na direção de uma das pernas do gigante de pedra, da largura de uma pilastra. O monge em forma bestial aplicou o golpe com tamanha potência, que a arma se partiu no impacto. Um pedaço da pele colossal na forma de um pedregulho foi arrancado, mas o gigante não pareceu sentir dor. No entanto, o monge havia chamado sua atenção. O corpo da criatura virou de maneira torta, pendular, desequilibrada. Tentou chutar Gau. O homem-leão saltou, desviando-se do golpe, lembrando mais um leão do que um homem. Então, outro chute. Outro salto. Outro chute. Outro salto. Mais um grito nasceu do interior da garganta do agigantado, enquanto o combate continuava. Desta vez, em vez de usar as pernas, Colossus moveu o tronco para se inclinar e fechou os dedos da largura de troncos sobre o corpo do monge-leão. O aperto o sufocou, estalando ossos. Gau ouviu um estrondo. Entretanto, quando percebeu que caía da mão gigantesca e, antes de bater no chão, ao lado de um pedaço arrancado da criatura em forma de pedregulho, entendeu que Colossus havia sido atingido por um tiro.

Do outro lado, o metalizado de runas em vermelho invadia o campo de batalha.

A cena lembrava um delírio bíblico. O homem, protegido por uma armadura metálica, armado com um rifle hi-tech, se posicionou diante do gigante de trinta e cinco toneladas. Outra munição de 25 x 40 milímetros foi disparada, atingindo velocidade suficiente para perfurar uma placa de blindagem. O tiro bateu no meio do peito do agigantado, mas, outra vez, sem dano nos órgãos internos. As poucas testemunhas que restaram correram de maneira desorganizada para longe. O Colossus virou-se e caminhou trôpego na direção de Derek.

Aproveitando a distração do gigante, Gau correu por trás e iniciou uma escalada em suas costas com ajuda das garras, fincando-

-as nas falhas do corpo rochoso. O gigante se virou para derrubá-lo, mas foi atingido por outra bala do rifle automático, desta vez na base mais fina do tronco, e se lembrou de que o metalizado ainda era uma ameaça. O corpo de pedra bambeou. Derek se aproximou, mudou o mecanismo para o disparador de granadas e lançou a munição explosiva. A parte que seria a coxa do ser elevado foi destroçada, embora o ferimento fosse ínfimo e não pudesse ser considerado um estrago relevante. O gigante de pedra continuou a caminhada tortuosa na direção de Derek. Outra munição explosiva foi disparada, e mais um pedaço de perna da largura de uma pilastra foi destroçado.

Gau continuou a escalar até alcançar o ombro de pedra, equilibrando-se em projeções espinhosas. Com olhos felinos, buscou pontos fracos que pudessem dar alguma indicação de como atravessar a pele rochosa protetora. Conforme o agigantado avançava em direção ao soldado no solo, o equilíbrio do monge bambeava. Sentia o corpo sacolejar e tentava se manter firme. De repente, o monge viu: em meio a duas projeções havia uma espécie de veia semiexposta entre as partes espessas da pele. Eram duas linhas de cor esverdeada, escondidas pela proteção mineral. Ele avançou, tentando a sorte, mas foi interrompido quando algo aconteceu no solo, suficiente para fazer o corpo do gigante tremer! Gau foi jogado para o outro lado e teve de se agarrar às costas do Colossus, cuja projeção tinha forma de cone. No processo, acabou rasgando a palma da mão e urrou quando o sangue se espalhou. Então, outra explosão. Novamente, mais solavancos e o desequilíbrio. Irritado, o monge-leão arqueou o corpo e saltou para perto de onde encontrara o ponto fraco da criatura, atrás do que seria sua orelha. Apoiou-se na nuca do gigante, ficando de frente para as linhas esverdeadas que vira sob a pele rochosa. Ainda era uma proteção sólida e corria riscos, mas ao menos era uma possibilidade. Assim, o monge de Taremu gritou, entrando em um frenesi, e começou a socar a pele de pedra.

Foi a vez de o Colossus emitir mais um de seus urros ressonantes.

Aquele, porém, era diferente.

Era um urro de dor.

No chão, Derek percebeu que a atenção do gigante estava novamente em Gau. O Colossus se movimentava jogando os ombros de um lado para o outro de maneira brusca. O monge socava a parte de trás da cabeça do gigante. Livre por um momento, Derek tentou raciocinar, traçar uma estratégia. Mas não havia como se comunicar com o monge. A melhor decisão ali era se retirar. Admitir a superioridade do inimigo, recuar, buscar reforços, estudar o adversário, atacar somente após ter um plano. Todavia, não havia tempo nem reforços. Se não fosse capaz de derrubar um único Colossus, como derrubaria diversos? Como derrotaria o demônio-bruxa? Como encontraria Mihos? Era como estar diante de um arranha-céu. Pequeno, inútil, inofensivo. Para enfrentar algo como aquilo, Derek precisava de uma força ao menos *proporcional*. Uma força equiparável.

Ele precisava de um dragão.

— Diabos... — resmungou para si próprio.

Derek armou o rifle novamente, enquanto rodeava o agigantado. Rajadas de balas foram disparadas, mais uma vez apenas arranhando um inimigo que não tinha como derrubar. Diante das circunstâncias, e vendo que Colossus ainda tentava se defender das garras de Gau, Derek buscou um ponto de vantagem no cenário. Próximo ao campo de batalha havia ainda a depressão pela qual haviam descido, que cercava o vale. Sem pensar duas vezes, o militar correu e deu início à escalada, que o colocaria num terreno mais elevado e estratégico.

Enquanto isso, Colossus continuava balançando o corpo para derrubar Gau, que o atacava incessantemente. O monge se esquivava, caía, escalava de volta. E voltava a bater. Bateu até sentir a proteção *rachar*. Quando a sombra da mão gigantesca de pedra cobriu seu corpo mais uma vez, Gau soube que era sua última chance. O kiai raivoso ecoou. A adrenalina o impulsionou, e seu golpe foi tão violento que finalmente ele conseguiu *perfurar* a pele rochosa. Sem

esconder a dor, Colossus urrou e agarrou uma das pernas do homem-
-leão. Antes que pudesse ser puxado, Gau esticou a própria garra na
direção do que lhe pareciam as veias do agigantado, agora totalmente
expostas, e rasgou-as, espalhando seiva verde da criatura colossal e
gerando um urro diferente de todos os outros. Gau rodopiou pela
perna rochosa até o chão, mas, então, de súbito, foi arremessado contra o muro de terra.

 Prevendo a morte do aliado, e agindo sem pensar duas vezes,
Derek saltou na direção do monge de Taremu, agarrando o corpo
ainda no ar. Os dois bateram contra o muro de terra e desceram
rolando, até se estatelarem no chão. O ranger chegou a ouvir quando
algumas costelas se partiram, e o homem-leão desmaiou em seguida
por causa da dor. Derek cuspiu sangue, que molhou o visor do capacete, impedindo-o de enxergar o que acontecia. O chão tremeu quando o Colossus avançou para esmagá-lo. O ranger desmaterializou o
capacete e sentiu o cheiro de terra do campo de batalha. Quando a
criatura levantou o pé monumental, a sombra cobriu totalmente os
corpos de Derek e de Gau. O soldado fechou os olhos, esperando
que a escuridão o protegesse. Então, o som de outra criatura gigante.
Antes de descobrir o que era, Derek perdeu a consciência.

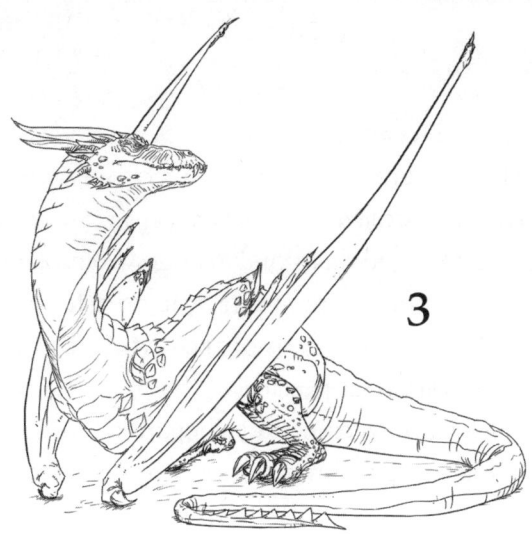

FLORESTA CINZENTA

Derek acordou gritando. Recobrou a consciência, a princípio, sem saber onde estava; em que lugar, em que planeta, em que dimensão, mas, aos poucos, foi reconhecendo a região. Até mesmo o odor metálico lhe era familiar. Sentiu o corpo tremer com o frio da noite. Ao redor, árvores metalizadas se erguiam, desenhando um cenário acinzentado em meio à luz de tochas. Arrastou-se para trás, ainda tentando entender se estava entre aliados ou inimigos; e, com ajuda da luz trêmula do fogo, pôde reconhecer alguns dos seres que o observavam. Pequenos, fortes, peludos, de pele resistente e tatuada. Seres pequenos escravizados como os que um dia ele vira nas Minas Dracônicas. Os donos legítimos do submundo cinzento.

Anões que forjavam armaduras de metal-vivo.

— Ele acordou... — disse um deles para o vento.

Os outros, iguais a ele, se aproximaram. Liderando o grupo, o anão que havia falado tinha marcas de idade, cabelo branco longo e preso em um rabo de cavalo e tatuagens de símbolos dos pés ao pescoço.

— Nanuke... — sussurrou Derek.

— Não achei que fosse voltar a vê-lo tão cedo — resmungou o Mestre-Ferreiro. — Você tem coragem de voltar aqui, depois do que tem feito com a minha obra-prima...

Derek riu da ironia do anão. Ao mesmo tempo que era bom revê-lo, era horrível ter a sensação de estar em casa naquele lugar.

— Os outros... os outros estão por aqui? — perguntou Derek.

— Veja você mesmo.

Então, os cinzentos chegaram, surgindo da escuridão como fantasmas. Aproximaram-se com cautela, como se Derek fosse uma espécie alienígena, uma atração exótica. Eram altos, sem pelos, tinham cabeça oval e pele acinzentada como a floresta que os acolhia, marcados com símbolos tribais. Ao menos duas dezenas deles se adiantavam, vestindo roupas de couro adaptadas aos corpos magrelos. Se fossem humanos, o militar diria que pareciam jovens adultos de dezessete ou dezoito anos. Dois cinzentos lideravam o caminho, curiosos.

— Huray... — disse o primeiro deles com a maneira de falar típica daquela raça, que mais lembrava um assobio. — Você voltou, Huray...

Os olhos pretos e imensos focaram os do sargento ranger. Derek estranhava a maneira como aqueles dois o observavam, com uma intimidade maior do que ele podia compreender. Então, de repente, seu coração acelerou e seus olhos se expandiram com uma possibilidade.

— Katar... — disse Derek com a voz trêmula. — Não é possível...

O cinzento concordou. Ao lado dele, um segundo sorriu.

— Ono? — indagou Derek para o segundo, ainda incrédulo.

— Vocês... vocês eram crianças... — concluiu, confuso. — Não pode ter se passado tanto tempo assim!

— Nós crescemos rápido — explicou Katar com a mesma maturidade de um menino escravo capaz de desafiar um dracônico.

Derek se aproximou e se ajoelhou para observar melhor os detalhes. Tinham maxilares protuberantes e narinas grossas, o rosto todo formado por traços mais maduros e a pele parecia repleta de pó. Era difícil dizer se eles eram realmente capazes de crescer tão rápido ou se havia se passado muito mais tempo do que ele acreditava. As duas hipóteses eram assustadoras.

— Você deve muito a esses dois — comentou Nanuke.

Derek permaneceu quieto, observando-o, à espera de uma conclusão.

— Foram eles que salvaram você naquele vale... — concluiu o Mestre-Ferreiro.

Derek ficou boquiaberto. Estava de volta a uma realidade que já não lhe era mais estranha, mas em condições que o tornavam outra vez um forasteiro.

— O que vocês estavam fazendo naquele vale? — perguntou.

— Caçando Colossus — respondeu Katar com orgulho.

Derek não sabia dizer o que mais o surpreendia.

Eles caçarem Colossus.

Ou se orgulharem disso.

— Seu pai sabe que andam fazendo isso? — questionou Derek, num misto de ironia e preocupação legítima.

— É claro! — disse uma voz em assobio, surgindo no cenário pela primeira vez. — Fui eu que os treinei...

Derek engasgou.

— Adross... — pronunciou o nome, como se para convencer a si próprio de que era verdade.

— Você também parece mais velho — comentou o maior dos cinzentos, seu antigo companheiro de batalha.

Derek se levantou e parou de frente para Adross. O cinzento tinha quase um metro e noventa, e obrigava o ranger a olhar para cima. Estendeu as mãos. Derek as segurou, se curvou em reverência e as encostou na própria testa, como fazia aquele povo para agradecer.

— É bom revê-lo — disse Derek. — Mas sempre que isso acontece é porque estamos em guerra.

— Então temos de mudar isso — disse Adross.

— Vamos parar a guerra?

— Ou parar de nos rever.

Derek achou graça da ironia. Voltou a observar os outros cinzentos e anões ao redor. Todos pareciam empolgados, esperançosos, como fiéis diante de um avatar. Reparou novamente nas crianças, ou naquelas que deveriam ser crianças, e se voltou para Adross:

— E Gau? O monge de Taremu que estava comigo?

— Ele está sendo tratado — revelou Adross. — Perdeu muito sangue. Estão fazendo o que é possível...

Derek não conseguia aceitar aquela situação.

— Vocês vão me explicar como esses dois enfrentaram um Colossus que... que... — concluir aquela frase lhe soava arrogante na própria mente.

— Que nem você foi capaz de derrotar? — perguntou Mestre-Ferreiro Nanuke.

O ranger suspirou, sem saber o que dizer. Era uma maneira de concordar.

— Você levou embora os meus brinquedos — disse o anão. — Eu tive de construir outros...

Derek ergueu as sobrancelhas. Por mais que tivessem crescido, Katar e Ono ainda se surpreendiam com aquela expressão que o humano podia fazer.

Em vez de questioná-lo sobre o assunto, Derek sentiu que chegara o momento de fazer as duas perguntas mais importantes:

— Strider está aqui? — foi a primeira.

— Está com *ela* — revelou Adross.

Derek sentiu os pelos arrepiarem. Ele compreendia.

Ela. A entidade milenar. A Árvore-Mãe.

— E Mihos... — Derek tinha medo da resposta.

Houve silêncio.

O receio de Derek aumentou ainda mais.

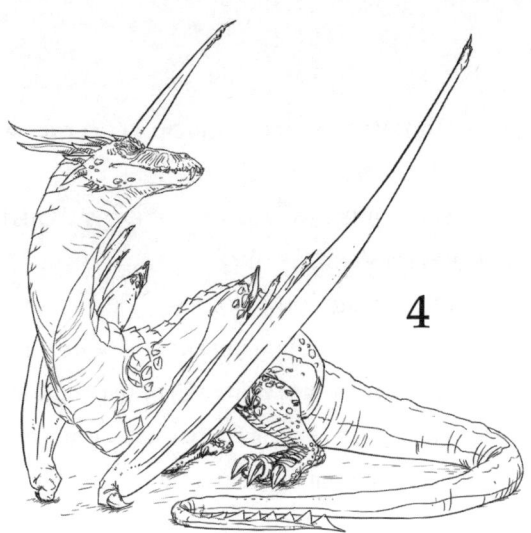

4

FLORESTA CINZENTA

Derek caminhou na direção da clareira natural. Os cinzentos o alimentaram com carne vermelha e reforçaram os curativos. O tempo de repouso ajudou o simbionte a fortalecer o organismo nos pontos vitais afetados, mas ainda assim Derek sentia o corpo dolorido. Quem o escoltava dessa vez era Adross, ainda incapaz de tirar suas dúvidas.

— Como assim ele *foi caçar?* — insistiu Derek.

— Você preferia que ele estivesse sendo caçado?

— Eu preferia que ele estivesse aqui.

— Nada neste Cemitério é como a gente gostaria...

Derek estava inquieto. Como sempre, tudo naquele lugar conspirava contra ele. O tempo, as circunstâncias, os inimigos.

Ao menos ainda lhe sobravam aliados.

— Como vocês... — era uma pergunta difícil de se formular. — Como vocês *sobreviveram por aqui?*

— Gara provavelmente vai lhe mostrar.

Gara. Apenas a lembrança da conexão simbiótica com aquela entidade já fazia eletricidade correr pela espinha.

— Nanuke realmente criou algo capaz de enfrentar Colossus? — perguntou Derek de repente.

— Sim — afirmou Adross. — Dois Construtos, como os que utilizávamos em Vega.

Derek arregalou os olhos.

— Eles conseguiram reproduzir aquilo? Eu mal consigo imaginar a quantidade de matéria-prima necessária para construir algo capaz de bater de frente com criaturas como aquelas...

— Eles tiveram a permissão de Gara. Foram necessárias mais árvores dessa floresta para extrair a quantidade de metal-vivo do que você seria capaz de imaginar.

— Já tenho dificuldade em imaginar Gara permitindo que anões derrubem parte de sua floresta...

— Não é tão difícil — disse o cinzento. — A outra opção seria a destruição total dessa dimensão.

— Não é tão simples assim — rebateu Derek. — Quando você se conecta com ela, descobre que Gara está em todo lugar. Arrancar uma árvore dessa floresta para ela deve ser como dilacerar um nervo...

— Acredito que seja mais como arrancar um fio de cabelo de pessoas como você.

— O que dói do mesmo jeito.

Adross ficou em silêncio. Eles caminharam mais um pouco em silêncio, até que Derek perguntou:

— E o que exatamente Katar e Ono estavam fazendo dentro de um negócio desses?

— Nós testamos muitos outros dentro daquelas coisas... — revelou Adross. — Tudo para no fim descobrirmos que a simbiose respondia melhor às crianças.

— Então eles realmente são...

— Sim — adiantou-se o cinzento. — Eles são os nossos pilotos.

Derek não sabia dizer se havia temor ou orgulho naquela afirmação.

Pequeno, irrelevante e inútil. Era como se sentia diante dela. Com um tronco metalizado de mais de cinquenta metros de altura, Gara, a Árvore-Mãe, parecia intocada, ainda que em um mundo sempre em guerra. Os nódulos lenhosos não carregavam mais ninhos em seus buracos, mas a entidade estava viva. Ajoelhado em frente a ela, e conectado por raízes ocas que lembravam tubos, estava Adross Strider, o patrulheiro dimensional. Vê-lo fez Derek Duke estremecer.

— Devo interromper? – questionou Derek, preocupado.

— Eles estão esperando por você – respondeu Adross.

Ele temia aquela resposta. Ao observar os arredores, notou, não muito afastado, em meio a uma trilha cercada de árvores, o carro de guerra que Adross pilotara na batalha da Noite da Serpente. O veículo parecia *reforçado*, embora ainda lembrasse um devoto em posição de reverência, com braços de metal esticados. Sobre o metal havia um acúmulo de poeira, folhas, gotículas de sereno, ranhuras e memórias violentas.

— Pensei que você tivesse explodido essa coisa em cima da Serpente... – comentou Derek.

— Nós explodimos – afirmou Adross. – Mas Mestre Nanuke e seus ferreiros resolveram aproveitar o que sobrou para reconstituí-lo.

— Vocês não estavam brincando sobre a quantidade de metal que andaram extraindo nesse lugar...

Derek se manteve estático, enquanto observava Strider conectado à Árvore do Conhecimento.

— Você quer saber o que aconteceu nesse lugar enquanto você esteve fora? *Troque com eles...*

Era exatamente o que Derek temia. A troca. Afinal, ele sabia o que Gara pedia em troca de informação.

Quanto conhecimento você é capaz de compartilhar?

Ela cobrava muito. O suficiente para enlouquecer qualquer um pouco preparado para descobrir demais sobre si mesmo.

— Não será sua primeira vez... – lembrou Adross.

— Não é isso – disse Derek. – Não é só isso.

Adross percebeu o que ele quis dizer.

— Então me diz o que é.

— Antes da batalha em Taremu... quando capturei Ravenna e fiz o acordo de matar Asteroph em troca da nossa liberdade... – Derek respirou fundo, olhou para baixo, calou-se. O cinzento manteve-se em silêncio, à espera. – Vou ser direto contigo, Adross: não sei mais qual a real diferença entre entidades como Gara e demônios como Asteroph – admitiu. – No fim, me vi como uma peça de um jogo que só eles sabem as regras. Regras que eles definiram até bem antes do jogo. Regras que embaralham o conceito de certo e errado.

— Você acha que pode estar do lado errado?

— Eu acho que simplesmente não existe lado certo. Acho que simplesmente existem seres que guardam mais poder e conhecimento para si do que nós jamais saberemos. E morreremos sem saber.

Eles permaneceram quietos outra vez, observando o cenário estranho. O vento soprou, erguendo algumas folhas, e raízes se agitaram, mais parecendo reagirem ao que Derek tinha dito.

— Você quer saber as regras desse jogo? – perguntou Adross.

Derek fechou os olhos, odiando-se por saber qual seria a conclusão daquele raciocínio.

— Então você precisa ir até o fim.

As raízes protuberantes novamente se agitaram.

Derek caminhou até lá e se ajoelhou.

A DOR AINDA VINHA EM DUAS ETAPAS. A primeira era uma sensação de ser perfurado por dezenas de agulhas nos braços, nas pernas e no torso. Então havia a troca de sangue. Na segunda etapa, a dor psicológica superava a dor física, quando sua essência era invadida e compartilhada. Ainda assim, por mais que tudo aquilo não fosse uma novidade para ele, a experiência foi inédita.

Dessa vez havia uma terceira etapa.

Porque, além de Derek, dessa vez Strider se conectara a Gara.

A sensação de Derek não era a de fusão. Ele não se sentia parte de um todo, de um conjunto. Não a princípio. Inicialmente se sentia dividido, desmembrado, despedaçado. Memórias que não queria revelar foram puxadas de um lado a outro, transitando por lembranças de outras duas consciências como degustação. Derek apertou os lábios, fechou os punhos, respirou, ofegante. Em meio ao mosaico de recordações que havia se tornado, tentava manter a consciência.

Derek. Duke. Sargento. Integrante do Septuagésimo Quinto Regimento Ranger.

Escravo. Caçador de dracônicos.

Montador de dragões.

Huray.

Tudo o que era arrancado dele retornava diferente. Cada lembrança era exposta, analisada e *reavaliada*. Lembranças que ele nem mesmo sabia que estavam lá. Lembranças que ele nem mesmo sabia que eram importantes.

Você é como um super-herói?

– Não – respondeu, ajoelhado, os olhos fechados e a expressão sisuda, conectado à entidade milenar.

Você se considera um super-herói?

– Qual seria a diferença? – sussurrou, como em um delírio.

É o que nós estamos tentando descobrir.

Cidades em chamas. As lembranças *queimavam*. Pessoas gritavam e corriam, enquanto eram pisoteadas, devoradas ou carbonizadas. Criaturas aladas de cores diferentes tomavam o comando de uma outra dimensão, enquanto pássaros de metal tentavam combatê-las sem sucesso.

E se amanhã você for o nosso monstro?

– Qual seria a diferença?

Invasão. Comandos militares. Snipers. Corridas. Códigos de rádio. Batimentos cardíacos. Explosões. Tiros. Correrias. Morte. Fogo.

Nós só seguimos ordens.

Fanatismo. Massacre. Genocídio. Homens-bomba.

Torturas em portas fechadas.

Estupros coletivos a céu aberto.

– Do mundo de onde vim, dragões nunca foram a pior ameaça... – sussurrou mais uma vez.

Soldados-demônio. Impérios. Episódios. Crossover.

Um monstro morto a cada vinte minutos.

Um monstro a cada vinte minutos.

Há alguma possibilidade de outras coisas vivas terem retornado com você?

Conexão. Sangue mesclado. Olfato mais intenso. Audição mais afiada. Visão mais aguçada. Tato mais apurado. Voo. A sensação de simbiose com uma entidade milenar. Mais uma vez.

Você faria sexo comigo?

Experiências. Armamentos. Quebra de protocolo. Incidentes internacionais. Ciência de guerra. Runas. Tecnologia dimensional.

Você sabe quem eu sou?

– Eu sou... – murmurou.

Dragão. Dragão escarlate.

Dragão vermelho.

Existe mais de um, não existe?

Dois dragões vermelhos.

– Eu sou um legado militar germinado por vocês – disse, quase em um lamento.

Fascínio. Rosnado. Deleite. União de corpo. União de espírito. União de sangue.

Eu trouxe um dracônico.

Promessas. Separações. Conclusões.

– Eu sou um ranger treinado para incursão, reconhecimento e sobrevivência.

O som da máquina. Runas se acendendo no chão, sangue reptiliano derramado, um caminho luminoso que levava a um mundo para o qual ninguém gostaria de voltar.

– E tudo... tudo o que vier depois de mim... vai fazer parte desse legado ranger.

Dúvidas, medo, arrependimento.

Espero revê-lo em breve, Derek.

Rangers lideram o caminho.

– S<small>ATISFEITA</small>? – perguntou Derek na linguagem sem som, compreendida pelas consciências unificadas.

– Por enquanto – respondeu a Árvore-Mãe na voz disforme que lembrava um sopro. – Hoje, contudo, você também será alimentado.

Neste momento, Derek sentiu a conexão dividida. E sentiu, principalmente, a *permissão*. Era como se sua mente de repente tivesse acesso a centenas de enciclopédias, compiladas a partir das experiências de um patrulheiro dimensional. Raças, monstros, batalhas. Amizades nascidas em momentos de paz, alianças nascidas em momentos de guerra. Treinamentos. Traições. Amores. Responsabilidades. Perdas. Fracassos. Cansaço.

– O que você quer saber? – questionou a consciência de Strider.

Tantas coisas...Derek não conseguia decidir.

– Primeiro, quero saber o que aconteceu.

A resposta foi imediata. Como em um filme sem narração, blocos na forma de imagens surgiram e foram absorvidos, transmitindo acontecimentos do período em que Derek não estava no Cemitério.

A primeira imagem foi do demônio-bruxa.

Soturno, macabro, raivoso. Derek teve acesso às cenas de batalhas ocorridas dentro e ao redor do território de Taremu. Hordas de dracônicos matando e morrendo nas mãos de gigantes e de monges em forma de leões. Reuniões de homens cinzentos e anões de pele marcada. Estudos de novas tecnologias bélicas. Esperança de vitória e morte do inimigo. Novos ataques. Gritos de guerra. Humanoides anfíbios saltando e correndo através de florestas luminosas. Tremores no solo. Árvores tombando como peças de dominó, buracos se abrindo nos solos, eclipse de luz solar. Em meio ao massacre, os primeiros Colossus.

— Vocês descobriram apenas no campo de batalha? Foi lá que viram o que ela havia trazido para cá? — questionou Derek.

— Você mesmo viu — disse Strider.

— Eu vi — admitiu Derek. — O que não vi e ainda não entendo, porém, é: por que, em meio a tudo isso, ainda não vi Mihos?

— Porque não lhe foi mostrado — intercedeu Gara.

Aquilo foi uma surpresa para Derek, um sentimento imediatamente compartilhado com os outros dois.

— Por que não? — perguntou ele de maneira direta.

— Porque, antes, é necessário saber quais são as *suas intenções*.

Um sentimento que mesclava irritação e ofensa se espalhou na conexão, envenenando a comunicação velada.

— Você nos alimentou com suas motivações e promessas — continuou Gara, lembrando a Derek a sensação inevitável de ser invadido, uma sensação que flertava com o arrependimento. — Você nos mostrou suas batalhas em seu mundo de concreto e o perigo levado à sua dimensão. Agora, porém, você está novamente *nestas* terras. E, por isso, nós precisamos entender: você ainda separa seus mundos?

Derek sentiu a *desconfiança* chegar pela conexão das raízes.

– Você ainda se considera um soldado de uma única dimensão?

O ranger não respondeu, mas não deixou claro se era porque não sabia a resposta ou porque não queria dividi-la.

– É curioso ser interrogado aqui sobre *intenções* – defendeu-se Derek. – De um lado vejo um patrulheiro de dimensões. Do outro, uma entidade milenar. De nós três, eu sou o único que não escolhi estar aqui.

– Apenas da primeira vez – retrucou a Árvore do Conhecimento do Bem e do Mal. – Não agora.

– Agora também não tive escolha, e você sabe disso.

Houve um momento de silêncio.

– O que isso quer dizer? – questionou Strider, ao perceber que sua dúvida não seria respondida naturalmente.

– Quando estive aqui antes... quando fui até o fim... – continuou Derek. – Gara me mostrou a imagem de Ashanti...

A conexão entre eles estremeceu, como um sinal de rádio interrompido por uma tempestade.

– Gara me mostrou a imagem da guerrilheira em um bloco de imagens e sensações – continuou o ranger. – Naquele momento, ela ainda não significava nada pra mim. Eu não sabia quem ela era, nem o que nós nos tornaríamos. Hoje, porém, eu compreendo.

Derek sentiu como se a conexão entre eles estivesse prestes a ser cortada. No entanto, surpreendentemente, a Árvore-Mãe permitiu que ele continuasse falando.

Como se quisesse que Derek revelasse o que tinha para revelar.

Como se não pudesse impedir.

– O que aconteceu foi apenas a *semente* – afirmou Derek. – Imagens e sensações *plantadas*, prontas para germinarem diante de condições propícias. Sentimentos propositadamente inseridos, que despertaram como por instinto em momentos-chave.

– Que *tipos* de momentos? – quis saber Strider, compartilhando ansiedade.

– Momentos como o de sair daqui e a hora de voltar para cá.

Derek percebeu mais uma vez o abalo do patrulheiro. Batimentos cardíacos acelerados, pressão arterial alterada.

– E *o que* você sentiu? – insistiu Strider.

– Senti os conflitos de Ashanti. Senti toda a bondade que dividia espaço com o ódio. A capacidade de aprender. A incapacidade de esquecer. Senti as possibilidades que viriam com os caminhos. Senti o que *ela poderia se tornar*.

– Você percebeu que ela poderia se tornar a líder de uma dimensão... – antecipou Strider, como se falasse para si mesmo.

– Ou o próximo demônio-bruxa – concluiu Derek.

Silêncio.

A CONEXÃO SE TORNOU TÓXICA. Quebra-cabeças formados de passado e presente se moldavam em busca da imagem de um futuro desconhecido.

– Mihos não é um capricho, é o único artifício que me impede de acionar uma bomba-relógio – insistiu Derek.

Ainda silêncio.

– Você o *programou* – deduziu Strider, dessa vez falando com Gara. – Para quando Derek a encontrasse...

– Não há inocentes aqui – interrompeu a entidade.

Derek estremeceu com as possibilidades de significados para aquela frase.

– O que *isso* quer dizer? – quis saber o ranger.

A resposta não veio, despertando em Derek um sentimento de angústia, como o de um claustrofóbico arremessado em uma jaula.

– O que isso quer dizer, *Strider*? – exigiu saber, ignorando Gara.

Silêncio.

– O que isso quer dizer? – insistiu Derek pela terceira vez, voltando a falar para *ela*.

A agonia de Strider de repente transbordou tanto por aquela conexão que parecia palpável. Derek assombrou-se com a experiência. Era como se o patrulheiro dimensional implorasse para que Gara *não* avançasse com o que pretendia.

Contudo, assim como a entidade, Strider também sabia que não havia como parar.

Não havia como impedir as revelações.

Não havia como não ir até o fim.

– Quer dizer que a culpa de vocês acordarem nessa dimensão *também* foi de Strider... – revelou, enfim, a Árvore-Mãe.

5

FLORESTA CINZENTA

Os sentimentos se misturavam. O momento podia ser descrito como tenso, inexplicável. Surpreendente. Em nenhum dos sentidos de maneira positiva.

– Você me falou sobre *negociações* – disse Derek, quase em negação. – Sobre demônios e preços calculados com sangue...

– E tudo é verdade – insistiu Gara. – Negociações como as que eu faço com mercadores de almas... como a que fiz com Strider...

– Como as que fez com Asteroph – acrescentou Strider, quase em retaliação.

Se Gara fosse uma pessoa, naquele momento, Derek a teria apanhado pelo pescoço e a prensado contra uma parede.

– Você... *negociou* com o demônio-rei?

– Apenas quando foi preciso.

– Alguém me tira daqui... por favor, alguém me tira daqui... – sussurrou Derek em uma súplica para ninguém em particular.

– Você não compreenderá nada se se mantiver cego – disse a Árvore-Mãe. – Entenda que cada nova raça só é trazida a esta dimensão com a minha autorização. Asteroph queria destruir dragões e construir um general, eu queria o sangue de dragões e que ele fosse destruído. As duas forças se igualavam. Eu dei a ele a possibilidade de criar dracônicos e com isso escravizar anões, ele permitiu que anões desviassem sangue de dragão de suas minas e com isso criassem as armas de guerra que vocês utilizam contra dracônicos.

– À merda você, seus anões, seus demônios e suas negociações! – vociferou Derek. – Não ouse agir como se eu lhe *devesse* alguma coisa! Eu *não* tenho qualquer obrigação com qualquer um de vocês!

– É verdade, você não tem – concordou Gara. – Você foi um dos sobreviventes entre as dezenas de membros de sua raça que já acordaram aqui. Somos nós que geramos uma obrigação com você. E, a cada vez que você acionar a armadura de metal-vivo, essa obrigação estará presente.

– Você deu as condições para o inimigo criar um exército! – rosnou o ranger, flertando com o descontrole.

– Em troca, ele me deu as condições para criar o meu.

– Para uma guerra que você nunca soube se venceria!

– A vitória nunca foi importante – respondeu Gara com sinceridade. – Ela é desejável, mas não essencial. O que importa é que ambos os lados tiveram de *evoluir* para se enfrentar. E essa é a responsabilidade de entidades como nós perante a existência. É assim que funciona a Ciência do Bem e do Mal.

Derek queria morrer. No entanto, em um lugar como aquele, morrer poderia significar ser enviado a um lugar ainda pior.

– Vocês... vocês são insanos! – Como em um painel de monitoramento cardíaco, as sensações de Derek oscilavam com intensidade. – Entidades insanas em jogos psicóticos...

Silêncio. Derek precisava de um tempo para absorver tudo.

– Você disse *outros escolhidos* – retomou Derek, de repente.

A inquietude foi partilhada pelos três.

– Outros escolhidos *por você*? – insistiu Derek, voltando-se para Strider.

Silêncio.

– Sim.

Eles o ouviram gritar para dentro. Um grito raivoso, sem som, mas que se arrastava em um eco sem vida.

– Eu *odeio* vocês – sussurrou Derek. – Como odeio cada líder militar que já fez jogos parecidos com seus soldados.

– Em menores proporções, as mesmas responsabilidades – afirmou a entidade.

– Vocês negociaram com demônios a minha alma e a dos outros trazidos até aqui?

– Eu negociei – corrigiu Gara. – Strider apenas as *selecionou*.

A consciência de Derek ainda era uma energia dispersa, e ele tentava se manter firme em meio a tantos sentimentos contraditórios.

– Em nosso primeiro contato... – começou Derek numa tentativa de se manter são. – Você falou sobre planos, locais em que espíritos permanecem no limiar entre a vida e a morte...

– Locais comandados por negociadores de alma – concordou Gara. – Locais em que vocês estavam...

– Locais que eu visitei – admitiu Strider.

Raiva. Ira. Fúria.

O que eu e esses outros podemos ter de especial para este mundo?

Animosidade. Cólera. Gana.

Algo dentro de vocês agrada seres sombrios. Ambições, descontrole, ira excessiva, personalidade bélica.

Braveza. Furor. Rompante.

– Os outros... nas Minas... eles *também* foram negociados? – quis saber o ranger.

– Quase todos acabaram nas Minas Dracônicas ou na Arena. Não à toa, eu me deixei capturar para observá-los...

– Vi um homem ter o pescoço partido ao tentar proteger a mulher.

– Você já dividiu conosco imagens piores das guerras de seu mundo – argumentou Strider.

– Ela morreu em seguida, com a cabeça esmagada nos trilhos.

– Ainda assim, eles tiveram uma chance de lutar – insistiu Strider.

– Teria sido melhor mantê-los no limiar entre a vida e a morte. Talvez eles tivessem mais chance.

– Não – disse Gara. – As almas enviadas àquele plano já estavam condenadas. As que não foram negociadas foram destruídas, retornando à forma de energia e perdendo a consciência.

Seu corpo lá em breve irá morrer. E o fio de prata será cortado.

– Você plantou em mim mais do que a visão de Ashanti – concluiu Derek. – Você manipulou *todos eles*. Para quando eu os encontrasse...

– De todos os selecionados para uma segunda chance, apenas cinco sobreviveram – acrescentou a Árvore-Mãe. – Os cinco para os quais os anões forjaram armaduras. Os quais você *reconheceu* que tinham mérito suficiente para ganhar essas armaduras no campo de batalha. Sem pestanejar.

Ferocidade. Exaltação. Ímpeto.

– Peças... malditas peças em mais um jogo de guerra...

Fel. Frenesi. Ódio.

Não me vejo como alguém tão especial pra merecer pagarem tão caro por mim.

Os sentimentos destruíam a conexão feito fogo. O vínculo entre eles subitamente começou a ser *cortado*, como se Derek estivesse arrancando-o à força.

Ainda assim, anões o consideraram um huray.

– E por que diabos você faria isso? – gritou Derek para Strider com intensidade. – Responda de uma vez, patrulheiro! Você é um guerreiro responsável por proteger. *Por que* você compactuaria com um jogo tão insano quanto esse? Por que você *nos* deixou tão cegos em meio à barbárie?

— Porque eu precisava de um substituto – respondeu Strider, devolvendo a intensidade.

A conexão entre eles foi finalmente rompida.

Derek Duke só pensava em matar Strider.

Ele correu acompanhado da loucura. Strider ainda estava de joelhos, conectado às raízes da Árvore-Mãe, quando Derek Duke o tirou do chão. O corpo se estatelou no solo, entre as árvores metalizadas. O ranger saltou e afundou o joelho no peito do patrulheiro, que acabou esticando o tronco, abrindo a guarda. Então Derek lhe deu um soco, rachando um de seus dentes. Outro soco rasgou o lábio inferior, abrindo um corte profundo. O punho do ranger voltou a martelar a maçã do rosto de Strider, fazendo o sangue espirrar em seu próprio rosto.

— Eu vi coisas horríveis naquelas minas! – vociferou Derek. – Imagino o que não vi naquela arena!

Strider cruzou os braços sobre o rosto em uma tentativa de defesa. Derek desferiu socos no antebraço, criando hematomas.

— E você *permitiu*! Você até mesmo *selecionou* aquelas pessoas!

Derek ergueu os braços, entrelaçando os dedos, e movimentou os punhos unidos como uma marreta. Uma. Duas. Três. Quatro. Cinco vezes.

— Você é... o culpado... por nós... pararmos... aqui! – berrou o ranger em uma voz desprovida de sanidade.

A defesa de Strider foi rompida. E Derek voltou a socar. Como resultado, a mandíbula do patrulheiro estalou. Um dos olhos inchou e a lateral do rosto dobrou de tamanho.

— Eles teriam violentado Amber! – gritou Derek. – Se eu não tivesse tirado ela de lá, você *não tem ideia* do que eles teriam feito!

Derek quebrou um dos dedos ao investir contra a têmpora de Strider. Sem sentir dor, continuou a bater e bater. E bater. Quando o patrulheiro estava prestes a perder os sentidos, a surra despertou algum instinto de sobrevivência. Ele apertou os dentes. Agarrou a cabeça do ranger e, de surpresa, puxou-o em direção à própria testa, atingindo-o entre os olhos.

Derek largou Strider, tonto pela cabeçada. O patrulheiro o agarrou, apoiou os pés em seu peito, e o arremessou longe. Foi a vez de Derek derrapar no solo. Ao cair, acabou batendo a parte de trás da cabeça, aumentando a sensação de tontura. Ainda que desorientado, Derek levantou-se rápido, procurando pelo outro. Quando conseguiu focalizá-lo, viu que o patrulheiro de rosto deformado avançava.

— Você acha que eu não sei? – berrou Strider. – Você, mais do que ninguém, deveria saber quais são os sacrifícios que a guerra nos impõe!

Strider afundou o tórax de Derek, novamente arremessando-o para trás.

— Você sente pelo que *não* aconteceu com ela? Sem a minha intervenção, vocês nem mesmo teriam se cruzado!

Derek ergueu-se, desnorteado, tonto. Strider ainda cambaleava, machucado, na direção dele.

— Ao menos o meu mundo neste momento não estaria ameaçado! – resmungou Derek. – Destruição é o preço que se paga em uma dimensão protegida por alguém como você.

— Seu maldito filho da...

Strider impulsionou o corpo, armando o soco que afundaria o nariz do americano. Ao mesmo tempo em que desferia o golpe, ouviu a voz de Derek ecoar pela Floresta de Metal:

— Metamorfose.

O metal-vivo imediatamente cobriu seu corpo por completo, e a mão desprotegida de Strider teve os ossos fraturados ao bater contra o capacete de Derek. Ele gritou, arqueando o corpo. Lágrimas de dor desceram pelo seu rosto, enquanto ele tentava se manter de pé.

— Contemple, patrulheiro — exigiu Derek. — Não era isso o que você queria? Um pupilo?

Derek o chutou. O corpo alto de Strider foi projetado com tamanha violência, que girou para trás ao bater no chão, rasgando a pele e deixando um rastro de sangue pelo caminho.

— Uma nova máquina de guerra?

O rifle de assalto foi materializado no braço direito.

— Pois você *conseguiu*! Aqui está sua criação!

Derek selecionou o gatilho para a munição de 25 x 40 milímetros.

— O seu herdeiro de patrulha...

O rifle foi apontado na direção de Strider.

— O seu novo herói de metal.

O som do tiro ecoou pela floresta.

FLORESTA CINZENTA

O ESTOURO CAUSOU TREMOR. Derek mal teve tempo de entender o que havia acontecido. Seu corpo com a armadura foi jogado para trás com intensidade tamanha que o tronco de uma árvore foi destroçado com o impacto. Tentou se levantar, mas a dor era tão forte quanto tinha sido o impacto. O simbionte imediatamente começou a agir e ele permaneceu imóvel por alguns segundos, aguardando o amortecimento da dor e dos danos. Quando os espasmos pararam, Derek ergueu-se, buscando entender. Então viu o veículo de guerra à frente com a mira de cilindros metálicos travada em sua direção.

O cano de uma das armas ainda exibia em sua ponta a fumaça do disparo de plasma.

– Adross... – sussurrou, praguejando o nome.

Derek apanhou o rifle de assalto *hi-tech*, que havia caído no chão, e o desmaterializou em um dos bolsões dimensionais da armadura. Então, caminhou na direção do veículo de guerra, procurando por Strider nos arredores. Nada. A mira permanecia apontada para ele.

— Saia! — gritou Derek. — Saia daí e me enfrente como homem, seu desgraçado!

Ele ouviu o som familiar do veículo sendo destrancado. A porta se abriu na horizontal.

Strider saiu, vestindo a armadura negra.

Por mais que já a tivesse visto antes, Derek tinha que admitir o quanto a vestimenta impressionava. Microfibras de metais fundidos davam forma a uma peça de corpo inteiro, sem aberturas. O capacete arredondado com visor e bocal prateados ainda lembrava o de um motoqueiro, e, com a mão direita, o patrulheiro arrastava pelo chão o martelo de metálider que Derek vira esmagar dracônicos na Noite da Serpente. Os olhos em forma de círculos dourados se acenderam no visor. A cena era assustadora. E, se Derek não estivesse cego pela raiva, o temor superaria a inconsequência.

— Eu quero sua aliança, apenas isso... — apelou Strider em uma voz abafada.

— Talvez eu pense nisso se não te matar antes...

Strider ergueu o martelo e apoiou o cabo por cima de um dos ombros.

— Você *não* vai me matar, então é melhor já começar a pensar nisso...

O americano materializou o rifle de assalto, apontou a arma com precisão para o patrulheiro dimensional e começou a disparar. Ainda com o martelo sobre um dos ombros, Strider começou a andar na direção do atirador, enquanto os projéteis batiam em sua armadura e ricocheteavam em várias direções. Derek trocou o mecanismo para munição explosiva. E novamente disparou. Quando a granada estava prestes a acertar Strider, o martelo metalizado piscou. O brilho trouxe um pulsar de energia.

Como consequência, os últimos tiros do rifle de Derek foram devolvidos ao dono.

E explodiram no metalizado vermelho.

Derek foi outra vez arremessado para trás e bateu com as costas em rochas com formato de conchas. Deixou um rastro de pedras quebradas pelo caminho, e terminou com o corpo em uma posição torta. Enquanto ainda se recuperava de uma queda que o teria aleijado em outras circunstâncias, a voz de Strider ecoou:

— Eu venho de uma tradição de guerreiros metalizados que protegem o equilíbrio dimensional de ameaças...

O eco ficou mais próximo.

— Nós somos responsáveis por impedir que planos inteiros sejam devorados por monstruosidades, que acidentes derretam planetas ou que dragões carbonizem a vida de civilizações às quais não pertencem.

— Vocês estão fazendo uma bela porcaria de trabalho... — comentou Derek, ainda caído no chão.

— Mas, mesmo nós — continuou o patrulheiro, ignorando Derek —, também *envelhecemos*. E precisamos, em algum momento, passar nosso manto adiante.

Strider parou diante do sargento ranger caído, aguardando sua rendição. O metal-vivo, contudo, liberou uma superdose de adrenalina, que disparou os batimentos cardíacos. Imediatamente, Derek arrancou do chão um dos pedregulhos partidos e estourou a rocha no corpo do patrulheiro.

Mesmo com o impacto, Strider não se mexeu.

— Sabe como isso funciona na minha dimensão? — perguntou Derek. — Quando um militar precisa de outro, ele seleciona seus substitutos entre os candidatos que *escolheram* estar ali.

Irritado, Strider *estalou* a sola de uma das botas no peito de Derek, que voltou ao chão cambaleante, enquanto o adversário avançava em sua direção.

— A sua dimensão é apenas mais uma dimensão — disse Strider. — De onde eu venho, nossos guerreiros são convocados de acordo com suas qualidades, independentemente de suas escolhas. Eles simplesmente encaram a probabilidade de nascer com um dom como uma responsabilidade a ser utilizada em prol das sociedades.

— Desculpe... — debochou Derek. — Eu me perdi na parte da sua dimensão ser apenas mais uma dimensão...

Derek saltou com os dois pés na direção de Strider, mas novamente o martelo pulsou e o metalizado foi jogado para longe, caindo perto de um lago, do outro lado do cenário de batalha.

— Eu poderia fazer isso o dia todo — admitiu Strider. — Mas, ainda assim, você se levantaria em todas as vezes, não é?

Ainda que tremendo, Derek se ergueu. Mais uma vez.

— É a vantagem de não precisar me aposentar...

Strider saltou e moveu o martelo com violência. Quando o metálider se chocou contra o solo, houve um estrondo e o corpo de Derek foi arremessado para dentro do lago. Atraídos pelos sons da batalha, anões e cinzentos se aproximaram correndo, assustados. Adross gritou para que não interferissem. A ordem, porém, soou ingênua.

Não havia como interferir em um encontro de forças como aquele.

Derek se levantou no meio do lago, com água na altura dos joelhos em meio à vegetação lacustre. O corpo curvado denunciava a gravidade dos machucados. Ainda assim, Derek gesticulou na direção de Strider, como se o chamasse para briga.

— Você é homem também sem esse pedaço de ferro? — quis saber.

Strider desmaterializou o martelo e saltou. Derek saltou de volta e os corpos se chocaram no ar, tombando nas águas rasas. Derek recuperou-se primeiro, montou sobre o corpo do patrulheiro e o socou três vezes, tentando quebrar seu visor. Tentando apagar aqueles olhos amarelos. A tentativa, porém, não funcionou e, de repente, Derek se viu em posição invertida, com a cabeça batendo contra a água enquanto era esmurrado. Seu corpo girou e ele foi projetado para o meio do lago, afundando em seguida. Sentiu-se dominado pelo pavor, mesmo que a armadura fosse impermeável. Gritou assim que conseguiu emergir, jogando braços e ombros para trás, parecendo se livrar de correntes. Então sentiu as mãos do patrulheiro dimensional cobrirem seu pescoço, e em seguida sua cabeça afundou novamente na água. A armadura o impedia de se afogar, mas não de admitir o nervosismo e a impotência naquele combate. Tudo que via era disforme, confuso. Strider golpeava seu corpo, e Derek não conseguia mais identificar onde estava sendo atingido. Tentava proteger-se de maneira instintiva, mas não tinha como se defender de uma máquina de guerra como aquela. Quando parecia que enfim os golpes haviam cessado, Strider o agarrou pela cintura, saltou com ele para fora do lago e afundou seu corpo no solo, destruindo parte de uma trilha de floresta.

O corpo de Derek permaneceu tombado por alguns segundos, sofrendo espasmos esporádicos.

— Eu ENTENDO — começou Strider, observando-o de cima. — ENTENDO SUA RAIVA, SUA FRUSTRAÇÃO, SEU SENTIMENTO DE TRAIÇÃO PELA SEGUNDA VEZ. E NÃO QUERO TIRAR ISSO DE VOCÊ. QUERO APENAS QUE VOCÊ COMPREENDA.

— O QUE ELA EXIGIU EM TROCA? — quis saber o sargento ranger. Até *falar* era doloroso. — EU JÁ APRENDI QUE NADA POR AQUI É DE GRAÇA. SE A ÁRVORE NEGOCIOU COM DEMÔNIOS POR VOCÊ, ELA PEDIU ALGO EM TROCA...

— ELA QUERIA QUE EU OS MATASSE — admitiu Strider. — ASTEROPH MORREU, MAS RAVENNA CONSEGUIU VIRAR O JOGO POR CONTA DE UM PLANO DO PRÓPRIO DEMÔNIO-REI.

O corpo, que nesse momento se alimentava com sangue de dragão vermelho, continuava tremendo. Não era possível saber se tremia de raiva ou por causa da dor.

— VOCÊ DISSE... QUE ASHANTI ERA A QUE TINHA MAIOR POTENCIAL... — sussurrou Derek.

— DE TODOS OS NEGOCIADOS QUE SELECIONAMOS PARA VIR A ESTA DIMENSÃO, ELA PARECIA A ESCOLHA CERTA. ASHANTI, PORÉM, SE *APAIXONOU* E PERDEU O ÓDIO QUE HAVIA DENTRO DELA...

A reconstituição celular acelerada do simbionte começou a fazer efeito, e Derek conseguiu erguer um pouco o corpo.

— Então você surgiu... — acrescentou o patrulheiro.

Derek suspirou.

— Se é assim, você tem razão — concordou Derek. — Eu sou a escolha certa. Ódio é o que não me falta agora.

— Não, você *também* se apaixonou — acusou Strider, virando-se de costas.

Por mais contraditório que fossem aqueles sentimentos, Derek se sentiu insultado por ter sido esse o motivo que levara o patrulheiro a *desistir* dele.

— O que você quer dizer com isso, seu miserável? — exigiu saber. — Que eu era a sua segunda opção e nem pra isso eu serviria mais?

Strider se virou para ele mais uma vez.

— Eu preciso de um soldado, Derek — disse Strider com uma frieza evidente. — De todos, você deveria ser o que melhor entenderia isso. Você dividiu conosco suas memórias. Eu vi o que você fez por lá. Você tentou. Você pegou tudo o que lhe foi dado, todo o poder, toda a força, e tentou ser melhor. Tentou tornar sua dimensão melhor. E isso é admirável em algum ponto. Você estava *quase* pronto...

Strider deu as costas a Derek outra vez. A atitude foi mais dolorosa do que todos os golpes até então.

Porque aquela dor o metal-vivo não conseguia apaziguar.

— Não ouse dar as costas para mim, seu bastardo, canalha, filho da puta! — gritou em descontrole. — Você pensa que me conhece porque *dividiu algumas memórias*? Você não sabe nada sobre mim ou sobre a *minha* dimensão! Uma dimensão que você deveria ter protegido!

— Claro que *eu* deveria! — admitiu Strider. — Mesmo porque, afinal, parece que você não é digno de fazer isso por conta própria. Você *não merece* essa armadura! Eu deveria ter deixado você naquela dimensão, pra ser esquecido e morrer sem saber nem mesmo *o motivo da sua morte!*

O peito de Derek ardeu. A intensidade do sentimento parecia transformar seu sangue em lava, e a pele por baixo da armadura ficou vermelha.

— Sem saber que até mesmo o seu líder militar na sua dimensão considerava você descartável! — continuou Strider.

A queimação dançou pelo estômago, fazendo Derek tremer dos pés à cabeça.

— Sem precisar descobrir que *você nunca vai ter o que é necessário!*

Strider se virou e começou a caminhar para longe. Então ouviu o grito. Antes que ele pudesse olhar para trás, percebeu que Derek já havia afundado a cabeça em suas costas e o agarrado pela cintura. Jogando-o no chão, disse:

— Eu sou o sobrevivente...

Derek puxou o corpo de Strider por uma das pernas, fazendo-o bater contra o chão novamente.

— Eu sou o caçador de dracônicos...

Strider recuperou-se, assustado com a *velocidade* com que o oponente se movia, e tentou dar um chute giratório devastador. Derek desviou do golpe, pegou-o pela perna e o jogou contra um tronco de árvore metalizada. O corpo do patrulheiro se espatifou e voltou ao chão. Derek saltou por cima dele e afundou os pés no peito da armadura negra, causando um estouro no solo.

— Eu sou o huray!

Strider tentou materializar a arma dos bolsões dimensionais, mas então o mais impressionante aconteceu. Das costas da armadura de metal-vivo de Derek, em pontos que formavam um quadrado com os ombros e os quadris, quatro projeções pontiagudas surgiram e se estenderam, lembrando patas de aranha. Braços metálicos miraram a armadura do patrulheiro dimensional como se tivessem vida própria. E, diante da expressão de pavor até mesmo dos seres que forjaram tudo aquilo, as protuberâncias desceram *perfurando* a armadura de metálider. Strider gritou. Gritou como nem mesmo dracônicos gritaram em sessões de tortura. Gritou como um homem sentindo-se *desmembrado*.

Strider tentou outra vez alcançar a arma no bolsão dimensional. Quando percebeu que o martelo não estava mais lá, sentiu o pavor dominá-lo.

Derek havia hackeado seu sistema de guerra.

— Eu sou o dragão escarlate...

Como na armadura de metálider, os olhos de Derek também se acenderam: duas esferas na cor de sangue ocuparam o visor avermelhado do capacete escuro. Strider não sabia o que aquela invasão significava nem imaginava qual era a extensão da falha. Sua pulsação disparou e ele percebeu que *havia mais*.

Nas mãos de Derek estava sua arma mais poderosa.

Ele tem um fucking sabre de luz.

O cilindro de metal tinha o tamanho de um cabo de espada longa, e, por baixo do capacete, Derek sorria. Enquanto as projeções da armadura de metal-vivo se soltavam da armadura do patrulheiro dimensional, com uma naturalidade que não deveria existir, o metalizado vermelho girou o cilindro, ativando o mecanismo da arma. Imediatamente, surgiu uma lâmina longa composta por plasma de hidrogênio moldado por um campo magnético.

— Eu sou o ranger vermelho.

Apenas a luminosidade e o calor excessivo daquela arma já seriam suficientes para cegar e torrar qualquer pessoa desprovida de armaduras como aquelas que eles usavam. O golpe de Derek zuniu em meio ao brilho incessante. A lâmina de plasma ionizado cruzou o ar e desenhou um X no peito de Strider, que se debateu e girou duas vezes, gritando, até tombar em choque. Caído e em agonia, ele virava-se de um lado para o outro como se estivesse pegando fogo ou prestes a explodir.

Diante do adversário tombado, Derek desativou a arma. Ferido, perplexo e confuso, Strider tinha os sentidos embaralhados. O corpo entrou em processo de sudorese, alterando a pressão arterial, desencadeando o princípio de infarto. O sistema da armadura de metálider entrou em curto.

E, pela primeira vez, a proteção se desmaterializou sozinha.

Ao fim, restava um Strider boquiaberto e um X no peito lembrando uma queimadura de sol.

— Eu posso não ter sido a melhor, mas, nesse momento, sou sua única escolha... – disse Derek.

E arremessou o cilindro de metal no peito do patrulheiro.

— Faça o seu trabalho, me ajude a levar Mihos e a salvar minha dimensão...

Foi a vez de Derek dar as costas e sair andando, como se estivesse desistindo de tudo. Sua voz, porém, ecoou de volta para Strider, anunciando uma última proposta:

— *E então eu passo a fazer o seu trabalho.*

Strider suspirou em um estágio intermediário entre a frustração e a satisfação.

O negócio estava fechado.

FLORESTA CINZENTA

A fome denunciava a recuperação. Gau devorava carne crua de maneira animalesca, lambendo gordura. Os cinzentos serviram sucos e frutas, mas, conforme sua resistência retornava, o apetite crescia.

— Pensei que só agisse como bicho em combate — disse Derek, entrando no recinto.

O ambiente era um refeitório improvisado dentro do acampamento cinzento, com uma estrutura de pedras rochosas. Um banco e uma mesa, montados com pedaços do que um dia foi parte de uma carroça, serviam para as refeições. Gau tinha bandagens ao redor do tronco, na altura das costelas.

— Efeitos colaterais... — explicou Gau, devorando o resto da carne vermelha. O sangue escorreu pela boca, caindo sobre o peito.

Derek apontou para o pedaço de carne.

— O que diabos é isso? Um pedaço de dracônico?

— Eles dizem que é de algum bicho caçado na floresta — respondeu o monge de Taremu. — Mas vai saber.

Derek reparou as bandagens. Alguns pontos exibiam manchas de sangue.

– Você tem certeza de que está recuperado?

– E por que não estaria?

– Eu *ouvi* pelo menos três costelas suas se quebrarem naquela queda – admitiu Derek. – Você nem deve conseguir respirar direito ainda...

– Eu sou um monge. Nós treinamos nossos corpos e mentes para atingir um grau iluminado...

Derek permaneceu olhando para o monge, sem fazer comentários, até a situação se tornar constrangedora.

– Certo – admitiu Gau. – *Além disso*, eles também me injetaram alguma coisa, que, segundo seu amigo cinzento mais alto, acelera o processo de reparação.

Derek fechou a expressão, franzindo a testa.

– O que exatamente eles *injetaram* em você?

– O que eu não sei, mas o importante é que funcionou. Seja lá o que for, eu já deveria estar morto, de qualquer forma. Você mudou meu carma nessa última batalha.

– Ou talvez seu carma seja não morrer ainda.

Gau deu de ombros.

– Ou isso.

O ranger apoiou os cotovelos sobre a mesa improvisada, em uma linguagem corporal que antecipava um assunto sério.

– Qual a questão agora? – perguntou o monge.

– Eu vim buscá-lo, Gau – revelou Derek de maneira direta. – Vou atrás de Mihos, vou matar o que for preciso para resgatá-lo, e vou arrastá-lo até a minha dimensão.

Gau parou de comer. O sangue da carne continuou pingando sobre a mesa.

– Pensei que tivesse vindo atrás de Strider... – resmungou o monge.

– Pelo visto, na verdade era ele quem estava atrás de mim.

Gau ficou em silêncio, observando Derek por um tempo. Não havia constrangimento no silêncio dessa vez, mas uma seriedade que entupia respirações. Era como se o monge estivesse decidindo se aceitava as explicações ou se se irritava o suficiente para fazer crescer pelos, garras e caninos.

Por fim, voltou a comer.

— E por que está me contando isso? Você salvou a minha vida, eu sei. Mas nós não somos amigos. Você não me deve nada.

— Você também não – devolveu Derek. – E é por isso que estou lhe contando isso. Para que você saiba que não me deve nada. Sei que Mihos representa um símbolo para os monges. Eu não quero que sinta que estou tirando isso de vocês...

— Sabe o que era um símbolo para o meu povo? – questionou Gau. – Taremu.

Derek suspirou e se viu em mais um daqueles momentos difíceis em que não se encontra o que dizer.

— Rei Maru era um símbolo. Príncipe Rögga era outro – continuou o monge. Ele tentava esconder, mas o pesar estava presente em sua voz, algemado no timbre. – Como você pode ver, nossos símbolos não costumam durar muito tempo...

— Todos eles morreram por causa de um símbolo maior – disse Derek. – Eles acreditavam na profecia da Dádiva.

— E veja para onde isso os levou...

O ranger americano tremeu com o desprezo de Gau.

Era menos chocante ver um daqueles monges sem braços do que sem fé.

— As pessoas acreditam em deuses de onde você vem? – perguntou Gau de repente.

— Muitos acreditam em um Deus soberano. Esse Deus varia tanto, dependendo do ponto de vista, que é como se venerássemos deuses diferentes.

— E quando esses pontos de vista entram em conflito?

— Pessoas matam – admitiu Derek. – Pessoas morrem...

— E se os deuses não existissem? — questionou o monge. — Será que salvaríamos vidas?

— É uma pergunta difícil. Qualquer resposta parece errada.

— Parece, não é? — ratificou Gau. — Mas era nisso que eu estava pensando quando você impediu que aqueles dracônicos me matassem. Eu estava me perguntando se, caso eu pudesse voltar no tempo, eu teria protegido a Dádiva ou a matado antes de qualquer Noite da Serpente...

Derek mais uma vez sentiu que nenhum comentário cabia naquele momento.

— Sem a Dádiva, sem os sacrifícios por ela, certo? — continuou Gau. — Talvez assim nossos líderes decidissem atacar em vez de esperar. Talvez assim eles tivessem feito alianças, tomado a dianteira e se tornado algozes em vez de vítimas. Talvez, assim, Taremu ainda estivesse de pé.

— Seu povo não nasceu para ser algoz, Gau.

— Ele nasceu então para ser vítima?

— Ele nasceu para ser melhor do que isso.

— E, novamente, veja para onde isso o levou.

Derek se odiava por não ser a pessoa certa para estar ali.

— No entanto, você comentou que talvez tenha me salvado por uma intuição divina — continuou o monge-leão. — E, se isso for verdade, só me restaria então ir com você atrás da Dádiva...

O ranger hesitou.

— Como disse, eu *preciso* levá-lo *ileso* até minha dimensão — insistiu Derek, como se esperasse por uma correção.

— Não pretendo matá-lo, soldado — afirmou Gau. — Eu pretendo apenas honrar o legado do meu povo, assim como você honra o legado do seu.

Derek focou nos olhos esticados do monge. O que viu parecia sincero.

— Atacar em vez de esperar? — perguntou Derek.

— Algoz em vez de vítima.

Uma troca justa em um mundo como aquele.

8

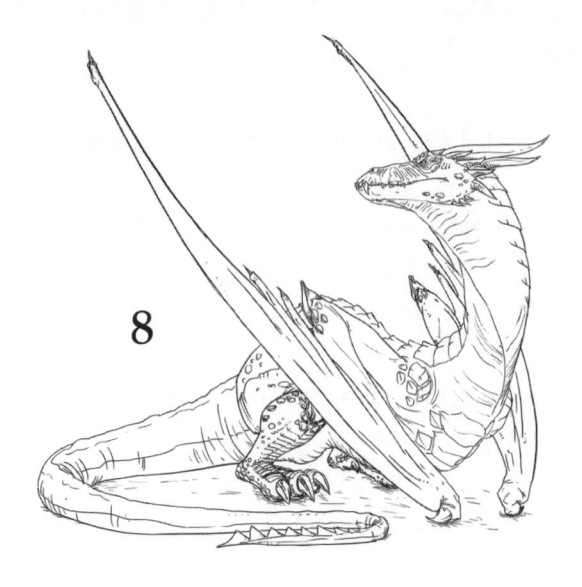

FLORESTA CINZENTA

A jornada seguinte estava abastecida com dúvidas. De frente para a porta lateral do tanque de guerra, Derek, Strider, Adross e Gau aguardavam para seguir caminho. Mestre Nanuke se mantinha um pouco mais afastado, junto com alguns ferreiros-anões, agindo como um vigia.

— Isso tudo me soa insano – disse Derek. — Mihos saiu para caçar e vocês agem como se ele não corresse riscos, como se já não pudesse estar morto...

— Não, Mihos saiu para caçar na calada da noite e nós não achamos que valia a pena arriscar a vida por ele *mais uma vez* — corrigiu Adross.

— E não vale?

— Taremu foi destruída e Ravenna reina com Colossus – insistiu o cinzento. — Você realmente acha que alguém ainda acredita em Mihos como uma dádiva capaz de mudar alguma coisa?

— E é isso que o enlouquece — acrescentou Strider.

Derek não conseguia se acostumar com essa realidade em que as pessoas antes morreriam por alguém e, de repente, se tornavam indiferentes.

Exatamente como uma celebridade em sua dimensão.

— De qualquer maneira, pelas coordenadas, ele ainda está na Floresta Luminosa — concluiu Adross.

— "Coordenadas"?

— Nós consertamos mais algumas funções do tanque — explicou Adross. — E ele levou um dos rastreadores.

— Então o que estamos esperando? — perguntou o ranger.

— Nossa escolta — respondeu Strider.

— Pensei que o tanque fosse a escolta...

— Em um mundo de dragões, sim — concordou o patrulheiro. — Em um mundo de Colossus, não.

O chão tremeu. Derek e Gau viraram-se preparados para o perigo, em alerta. A reação dos outros, no entanto, foi apenas:

— Parece que nossa escolta chegou...

Para alguém que já havia visto tudo o que Derek Duke vira, era difícil se surpreender com alguma coisa. Ainda assim, quando aquelas coisas avançaram na direção do grupo, ele se viu, ao mesmo tempo, maravilhado e aterrorizado. Exibindo corpos magros de metal, dois Construtos sem face caminhavam pesado, desafiando novamente o impossível. Tinham algo entre nove e dez metros de altura, um detalhe impressionante, já que seus criadores eram anões. A pele metálica era lisa, sem ranhuras, parecendo uma obra de arte a ser exibida, em vez de uma arma a ser testada em guerra. De determinados pontos, algumas projeções se expandiam na forma de espinhos, enquanto outras assumiam funções protetoras, como as ombreiras. Em alguns pontos no tórax o metal se sobrepunha, formando camadas, e nas costas havia uma espécie de casulo protegido pelos fragmentos retraídos. A cabeça sem rosto não revelava nem a emoção fria de uma estátua. Era apenas um cilindro com um símbolo vermelho e cruzes na cor preta, ambos pintados no lugar do nariz e dos olhos, e, assim como a pele lisa, refletiam no metal o cenário ao redor, gerando imagens borradas e desfocadas.

— Isso é a nova criação de Nanuke? — perguntou Derek, quase sem voz.

— Ele não para de impressionar, não é?

À frente, Nanuke comandava o avanço das suas duas peças. Com gestos, deu instruções até ambas se posicionarem próximas ao tanque de guerra e se ajoelharem, lembrando animais adestrados.

— Não é à toa que vocês devastaram o metal-vivo dessa floresta — disse Derek, se aproximando de Nanuke.

— Nós tivemos permissão — contou o anão-ferreiro.

— Você devem ter precisado de uma escada bem grande.

O anão olhou de lado para o humano, como se o achasse estúpido.

— Nós os mantivemos deitados durante a construção.

Derek riu. Era o que lhe restava.

As placas de proteção retraídas nos ombros, de súbito, se expandiram, assumindo a forma e a função de asas. O som gerado lembrava o de uma catapulta em ação. Então os casulos começaram a *se mexer* e a se abrir.

E então, Katar e Ono surgiram.

— Estamos prontos... — disse Katar, com o tom de voz de um adulto.

— Vocês vão levar crianças? — perguntou Gau. — Na idade delas permitíamos o treinamento, mas não a prática.

— Não eram vocês, mas a situação daquela época que ditava essas regras — comentou Strider. — Na Taremu de hoje, crianças pegariam em armas, e você ficaria impressionado com o que seriam capazes de fazer para proteger suas mães...

Derek se virou para Adross.

— Uma coisa que me passou pela cabeça agora, vendo as crianças: onde está Ogara, Adross? — perguntou de maneira despretensiosa.

Adross não respondeu. Ainda que sua expressão não tenha se alterado, Derek entendeu aquilo como um sinal de que algo sério havia acontecido.

— O QUE HOUVE COM OGARA, ADROSS? — insistiu ele em um tom de voz mais firme.

— HOUVE UM DIA... NA FLORESTA... DIA DE CAÇA... DRACÔNICOS APARECERAM, MATARAM ALGUNS DOS NOSSOS, DEPOIS ALGUNS DELES FORAM MORTOS...UM DELES A LEVOU... — resumiu o cinzento na voz mais fria possível. — FOI O QUE AS CRIANÇAS CONTARAM. EU NÃO ESTAVA LÁ...

O peso da palavra negativa dizia mais do que o cinzento deixara transparecer. Derek demorou para fazer a pergunta seguinte:

— AS CRIANÇAS VIRAM?

Adross apenas aquiesceu. E Derek compreendeu.

Você ficaria impressionado com o que seriam capazes de fazer para proteger suas mães...

O ranger se aproximou dos filhos de Adross.

— O QUE VOCÊS SENTEM QUANDO SE CONECTAM A ESSAS COISAS? — quis saber. — QUERO DIZER, VOCÊS SENTEM *TAMBÉM* O QUE ELAS SENTEM?

— VOCÊ QUER SABER SE NÓS *NOS MACHUCAMOS*? — perguntou Ono.

Derek balançou a cabeça, de acordo.

— Sim — admitiu Ono. — MAS NÃO É QUE O NOSSO CORPO SE MACHUQUE. DÓI *EM NOSSA MENTE*, ENTENDE? MAS A SENSAÇÃO É QUASE A MESMA...

— AINDA ASSIM, É MELHOR DO QUE FICAR DE FORA — complementou Katar. — DE TODAS, ESSA SEMPRE SERÁ A PIOR SENSAÇÃO.

Derek suspirou. Aquele ainda era o garoto capaz de atirar uma pedra na cabeça de um dracônico.

— NÓS TEMOS UMA MISSÃO — assumiu Strider. — BUSCAR MIHOS.

— EU HAVIA ENTENDIDO QUE ERA PRA NÃO NOS PREOCUPARMOS MAIS COM ELE... — disse Katar com uma sinceridade ao mesmo tempo inocente e provocativa.

— MUDANÇA DE PLANOS — justificou o patrulheiro.

— VOCÊS SÃO OS CHEFES — concordou Katar. — NÓS SÓ QUEREMOS AJUDAR...

Derek continuava observando os Construtos, pensativo.

— O QUE SÃO ESSAS CRUZES? — perguntou.

— SÃO ALVOS — explicou Nanuke. — NÓS NÃO PRECISÁVAMOS COLOCAR ESSAS CABEÇAS, ELAS NEM MESMO TÊM FUNÇÃO! MAS FOI SUGESTÃO DAS CRIANÇAS...

— EI, ATÉ VOCÊS ADMITIRAM QUE ELES IAM FICAR BEM ESQUISITOS SEM CABEÇA! — retrucou Ono.

— TALVEZ — ponderou o anão-ferreiro. — MAS ENTÃO NÓS PERCEBEMOS QUE ISSO ATRAIRIA A ATENÇÃO DOS COLOSSUS. AO MENOS ENQUANTO ESTIVEREM MIRANDO A CABEÇA, ELES NÃO ESTARÃO ATENTOS AO PONTO QUE REALMENTE IMPORTA. A CABEÇA É O ÚNICO LUGAR QUE PODEM DESTRUIR E NEM MESMO OS PILOTOS VÃO SENTIR...

Derek não parecia convencido.

— E NOS AJUDOU A IDENTIFICÁ-LOS! — acrescentou Katar, animado. — VEJA, O MEU VERMELHO BATIZEI DE *ULTRA*! ONO BATIZOU O DELE DE *SPECTRE*!

Derek riu, mais pela empolgação de crianças tratando Construtos como animais de estimação do que pelos nomes em si.

— SABEM, EU NÃO QUERO PARECER UM ESTRAGA-PRAZER, NEM DIMINUIR O VALOR DO SEU TRABALHO, NANUKE... — começou Derek para o mestre-ferreiro. — MAS APENAS O COLOSSUS COM QUE CRUZEI ERA PELO MENOS UNS CINCO METROS MAIOR DO QUE ESSAS DUAS COISAS...

— ENTÃO AINDA BEM QUE TEMOS DUAS — concluiu Nanuke.

Derek, mais uma vez, teve de concordar.

VALE DO PÓ

ELES SEGUIAM NA DIREÇÃO DA FLORESTA LUMINOSA. Antes, no entanto, ainda precisavam atravessar o vale árido e rochoso que castigava mais as montarias do que os montadores. O vento desenhava um cenário confuso com poeira, galhos sem folhas, lagos congelados, montanhas e vulcões extintos. Áreas de sal aumentavam a depressão de qualquer andarilho e faziam daquele cenário, definitivamente, um lugar adequado para alguém decidir se matar.

Em pé, diante de um painel central do veículo de guerra, o patrulheiro dimensional coordenava as opções de deslocamento, enquanto Adross pilotava, conectado pelo cérebro ao sistema de inteligência do carro. O painel luminoso mostrava o lado de fora, mas também construía, como um simulador virtual, a melhor opção de trajeto até o sinal luminoso que indicava a posição de Mihos. As rodas passavam sobre o solo de lama endurecida e, vez ou outra, os Construtos pilotados pelos filhos de Adross do lado de fora abriam os caminhos obstruídos para que o tanque pudesse passar.

— Mihos chegou a ser treinado? – questionou Derek.

— Eu tentei prepará-lo – admitiu Strider. – Mas Mihos não é um guerreiro nato...

— O que isso quer dizer?

— Eu o treinei para algumas coisas. Mas ele não quis ir além – explicou Strider, parecendo um mentor frustrado.

Derek apertou os lábios e ergueu as sobrancelhas.

— Você tentou treiná-lo como seu substituto... – concluiu Derek.

— Não fique enciumado – zombou Strider.

Derek buscou uma resposta, mas ela não veio. Curiosamente, o que lhe passou pela mente foi que, se estivesse em seu lugar, naquele momento, Romain teria a resposta certa. A lembrança de Romain o fez pensar também em Daniel. Romain. Daniel. Ashanti.

Amber.

— O que ele quer dizer... – complementou Adross, interrompendo a lembrança do ranger. – É que Mihos criou a própria maneira de batalhar.

— Ele desenvolveu *um estilo de luta*? – perguntou Gau, sentado no chão, no canto oposto do veículo.

— Poderíamos chamar assim — concordou Adross.

— Com que tipo de arma? — insistiu o monge-leão.

— Bolsões dimensionais — finalizou Adross.

No painel central, o sinal luminoso indicou o deslocamento. Adross calculou, observando o simulador virtual um tanto quanto incompreensível para alguém de fora, que Mihos avançava saindo da Floresta Luminosa.

— O que você vê? — perguntou Derek.

— Talvez ele esteja retornando — disse Adross. — Mas, pela velocidade, calculo que esteja correndo. Em outras palavras: ele pode estar caçando, pode estar simplesmente voltando, ou pode estar sendo caçado...

— Por que vocês insistem nesse termo com Mihos? Se Mihos não era um guerreiro, também não seria um caçador... — apontou Derek.

— Você não imagina o que a conexão com uma Serpente é capaz de fazer com uma pessoa — comentou Strider.

— Ah, sim... — ironizou Derek. — Porque deve ser bastante diferente de se conectar a um dragão.

Strider não soube o que responder.

Derek gostou da sensação.

O painel luminoso identificou os primeiros tremores. Pontos de luz registrando abalos sísmicos na forma de gráficos nasciam e morriam de acordo com a direção que os Construtos tomavam. Mesmo de onde estavam era possível ver que um Colossus cruzava a Floresta Luminosa, derrubando árvores pelo caminho. À frente do agigantado, o ponto luminoso que representava Mihos continuava sua trajetória na direção que havia sido estabelecida pelo sistema inteligente do tanque de guerra. Dentro do veículo, sentado em um dos cantos do lado de uma lança e segurando um bastão, Gau se concentrava para acalmar a própria respiração e evitar uma metamorfose antes da hora.

A voz de Strider assumiu o comando:

— É melhor se prepararem! Algo dos grandes vem por aí! — Então, ele começou a preparar os canhões de plasma, se posicionou na marca com naturalidade, abriu os braços e gritou: — Transmutação!

Um brilho, um piscar de olhos. Uma nuvem de átomos. E a armadura negra de metálider envolveu Strider por completo.

Sob o controle de Adross, os freios do tanque foram acionados, quebrando ainda mais argila do solo, e eles pararam a aproximadamente quinhentos metros da entrada da Floresta Luminosa. Aguardaram. Ainda em seu canto, Gau tremia. Derek podia até mesmo *ouvir* a transformação lenta de algumas partes do corpo do monge-leão, que lutava contra a injeção de adrenalina e o instinto de transmutação. Sua atenção, porém, se mantinha no sinal luminoso em movimento. Perto, cada vez mais perto. Então, as árvores da Floresta Luminosa se mexeram. Um vulto tomou forma.

E Mihos surgiu.

De longe parecia uma sombra em uma montaria correndo a aproximadamente cinquenta quilômetros por hora, fugindo da torre humanoide que o perseguia, embora a vegetação atrapalhasse. A princípio, não era possível identificar a montaria de Mihos, que apenas parecia uma criatura grande em altura e largura, com corpo metálico nos pontos das patas, cabeça e costas. E o solo tremia. E tremia. E tremia. Conforme a imagem na tela foi se tornando mais compreensível, as especulações surgiam:

— Mihos está cavalgando uma criatura? — perguntou Derek, surpreso.

— Sem dúvida... — confirmou Adross. — Depois de se conectar com a Serpente, ele descobriu formas de fazer isso com outras espécies...

Derek piscou algumas vezes e fixou os olhos em Adross:

— Você tá de brincadeira?

— Veja você mesmo...

Derek voltou a se concentrar na tela, onde podia ver Mihos em uma imagem cada vez mais nítida, até que, enfim, compreendeu *o quê* era aquilo que a Dádiva de Taremu montava.

— Não, vocês devem estar de brincadeira...
Aquilo é a porra de um urso vermelho metálico?

Era. Não tão vermelho, não o maior e mais forte que ele já tinha visto, mas, ainda assim, um urso de quase quatro metros com placas de metal soldadas na pelugem, lembrando um androide em forma de animal. Nas costas, preso por uma espécie de sela adaptada ao corpo da montaria, Derek viu que Mihos estava mais forte do que quando o vira pela última vez, vestindo roupas negras como as que Ashanti um dia usara para fugir com ele de uma Taremu sitiada. O cabelo, antes mais longo, agora estava curto, cheio apenas nas laterais e na nuca. Sua expressão de adrenalina era mais adequada a um guerreiro do que a um pensador.

— Katar... Ono... preparem-se para combate direto... — ordenou Adross através de um transmissor do próprio veículo, conectado a receptores móveis acoplados aos Construtos.

Aquele Colossus era diferente do primeiro que Derek havia visto. Embora também fosse de pedra, sua altura beirava os quinze metros e o corpo era mais robusto e mais esguio. Quase não se via o pescoço; a cabeça era colada no tronco e havia espinhos saindo dos ombros. O dorso e a cintura tinham a mesma largura, e para a surpresa de todos este Colossus tinha *quatro* pernas. Duas retraídas, duas que ele usava para correr. A face não tinha expressão nem nada que lembrasse um rosto humano, apenas orifícios e rachaduras na superfície de pedra.

— Metamorfose! — pronunciou Derek, assumindo a armadura de metal-vivo.

Já em pé e com as armas presas às costas, o corpo de Gau começou a crescer, criar garras, caninos e pelos.

— É agora que você deixa esse cara sair daqui de dentro! — berrou Derek para o cinzento.

Adross acionou as portas laterais. Ao abri-las, o som da movimentação do Colossus se intensificou, aumentando a tensão de todos que estavam no veículo de guerra.

— Era aqui que eu diria: hora de voar! — disse Derek em tom de lamento.

O monge em forma de fera saltou para fora do tanque, rosnando.

— Você consegue comandar o monge-leão em batalha? — gritou Strider para Derek.

— Se eu consigo *comandá-lo*? Você já tem sorte de ele reconhecer o Colossus como o inimigo!

Do lado de fora, a montaria de Mihos passou em disparada pelo tanque. A caixa de guerra blindada, por sua vez, se movimentou na direção do inimigo, que se aproximava do que viria a ser em breve um campo de batalha. O Colossus corria de maneira desequilibrada e furiosa, sem se importar com o veículo; seu alvo era a Dádiva.

— Facho de Plasma! — ordenou Strider.

A reação de Adross foi imediata. Pinças conectadas a cilindros metálicos fizeram mira e dispararam gás aquecido e ionizado. A munição fervente atingiu em cheio uma das pernas em movimento do Colossus, que bambeou, bambeou, até tombar no chão de argila.

— Katar! Ono! Agora! — gritou Strider.

Ultra correu e saltou, Spectre fez o mesmo. Os dois Construtos atingiram altura suficiente, apesar de serem cinco metros mais baixos que Colossus, e desceram com as bases unidas. Ultra aterrissou sobre a parte superior das costas, Spectre sobre o tronco. O impacto fez o corpo do Colossus afundar no chão de lama seca e *estalar*.

— Saiam daí! Abram espaço! Abram espaço! — ordenou Strider.

Os garotos não obedeceram. A empolgação com o golpe bem-sucedido foi mais forte, e Katar resolveu subir pelo braço do gigante, aproveitando a chance de lhe dar um murro. O chão tremeu. Agarrado ao dorso da criatura, Ono fez o mesmo. Deu-lhe um soco, então, outro. E outro. E, quando parecia que a batalha seria decidida em uma sessão de espancamento, o gigante de pedra reagiu. Subitamente, as pernas que estavam retraídas se esticaram de maneira violenta pela lateral, na direção de Spectre. Como dois troncos arremessados na horizontal, as pernas se chocaram contra o corpo do Construto pilotado por Ono, então se afastaram e se chocaram novamente! E mais uma vez! Quando Katar percebeu a situação em que se encontrava o irmão e ameaçou ajudá-lo, Colossus saltou, esticou as quatro pernas, desafiando a própria anatomia, e chutou Spectre, empurrando-o na direção de Ultra.

Após o impacto, os dois Construtos rolaram pelo solo rachado, causando ainda mais estrondos.

— Eu disse para se afastarem, droga! — resmungou Strider.

Derek acionou a abertura de uma das portas laterais.

— O que você está fazendo? — gritou Strider.

— Alguma coisa.

O tanque virou na direção do Colossus. Em vez de ficar em pé, o gigante continuou deitado. Abriu os braços e as quatro pernas, ergueu o tronco, deixando-o paralelo ao solo, sua cabeça sem face foi parar no meio dos ombros e, de repente, o Colossus havia se transformado numa aranha gigante de pedra.

— Esse tanque não tem condições de enfrentar uma coisa desse tamanho! — rosnou Strider. — Eu precisava de Quantron aqui!

Do lado de fora, Mihos vinha correndo com sua montaria na direção do Colossus. Em forma de leão, Gau fazia o mesmo. O Colossus se deslocava na horizontal, de maneira gingada, imprevisível. As quatro pernas permitiam que ele fizesse movimentos bruscos sem perder velocidade e equilíbrio. Por mais assustador que o tamanho de Gau fosse para um humano, para um Colossus, no entanto, representava pouco mais do que um inseto. Com um dos braços, que assumira a função de pata, o gigante tentou esmagá-lo e o monge se esquivou, saltando para longe. Então, o Colossus atacou de novo e, mais uma vez, Gau desviou do golpe, até que a luta parecesse mais uma dança.

Toda vez que um membro de pedra batia no chão de lama endurecida, pedregulhos voavam.

Derek se aproximou, materializou o rifle *hi-tech* e começou a disparar. A munição batia na superfície de pedra, causando pouco dano, mas ao menos tirava o foco do gigante no monge de Taremu. Gau aproveitou a oportunidade para escalar o corpo do inimigo pelas brechas, usando as garras para se segurar nos espaços possíveis. Seu equilíbrio felino o mantinha preso mesmo com o chacoalhar do gigante, mas nada naquela investida parecia um plano sensato. Ainda assim, o monge-leão decidiu saltar até chegar ao topo da aranha de pedra.

— Maldito suicida! — esbravejou Derek, percebendo a intenção do monge.

Então Derek notou que Mihos também avançava na direção do Colossus.

— Ótimo! Outro suicida...

Uma vez nas costas do gigante de pedra, Gau partiu em direção à área da nuca. Enquanto isso, o urso metálico que se aproximava atraiu a atenção do Colossus. O gigante tentou acertá-lo com os braços. Errou o primeiro golpe, mas no segundo acertou o animal em cheio, arremessando-o longe, e Mihos também. O Colossus correu para cima do urso ferido, pronto para finalizar o combate, e ergueu a mão. De longe, Mihos fez um movimento revelando braceletes de cristal encravados em cada pulso. Movimentou os braços no ar para acioná-los. Em vez de surgir arma ou armadura, contudo, o que ele fez foi acionar um teleporte, que fez o urso metálico *desaparecer* um segundo antes de ser esmagado pelo punho do Colossus.

— O que diabos foi aquilo? — gritou Derek, desnorteado.

Irritado, o Colossus se virou para Mihos, que se manteve em pé diante dele, formando uma imagem desproporcional. Mais afastado, Derek continuava a atirar na criatura da altura de um prédio. Nas costas do gigante de pedra, despercebido, Gau correu, armando a lança. Na nuca exposta do gigante, os olhos felinos repararam nas mesmas linhas esverdeadas do Colossus anterior, sob a pele rochosa. A lança correu para a palma da mão do monge. E, feito um dardo, foi arremessada no ponto vital.

Assim o campo de guerra foi tomado pelo urro cavernoso daquela raça alienígena.

Por reflexo, o gigante se ergueu e balançou o tronco à procura do monge-leão, montado em suas costas. Acertou um golpe com um dos braços, e o corpo do monge foi projetado para a morte certa. Antes de cair, no entanto, Gau sentiu o corpo sendo agarrado por alguém e viu tudo girar até sua visão ficar turva e nada mais fazer sentido. Quando o turbilhão de imagens se estabilizou, ele se viu na palma do Construto de Ono. Enquanto isso, do outro lado, Katar atacava Colossus. Socos destroçavam pedaços rochosos, contragolpes arrancavam metal.

— Ono, ao menos desta vez me obedeça! — berrou Strider. — Não ataquem o Colossus! Imobilizem-no! Agora!

Ono correu para ajudar o irmão. Desferiu um golpe de um lado, Ultra bateu de outro. O Colossus tentou se equilibrar, mas Ono projetou o Construto para esmagar duas das quatro pernas do gigante. Quando Spectre o atingiu, Colossus bambeou. Katar deu o mesmo golpe pelo outro lado. Então, ao mesmo tempo, os Construtos agarraram os braços do gigante e os afastaram do tronco, deixando o gigante de pedra de peito aberto.

Em pé, observando a cena, Mihos esperou até o momento certo para acionar os bolsões dimensionais.

— Vem! — gritou ele, movimentando o braço.

Então a Serpente surgiu. A conjuração, porém, era tão impressionante quanto a própria criatura. Para quem observava, a impressão era a de que ela surgia *de dentro* de Mihos.

Como se ele a invocasse e eles fossem um.

A Serpente tinha quase quarenta metros, o dobro do tamanho do Colossus. A cauda era espessa e o corpo era desenhado com escamas multicoloridas, dando-lhe uma aparência reptiliana. As pupilas eram de cobras, as orelhas exibiam tufos, da narina fina projetava-se um chifre e a bocarra exibia dentes afiados. Fileiras de chifres menores desciam desde a cabeça até a cauda, passando pela coluna, e reforçavam a ameaça que era uma criatura endeusada por demônios.

— O que nós fazemos? O que nós fazemos? — gritou Ono, dentro do Spectre.

— Mantenham a posição! — ordenou Strider, torcendo para estar certo.

O réptil gigante dançou no ar, estalando a cauda. Sua sombra cobria o Colossus ferido, que voltou a emitir seus ecos soturnos como se soubesse o que estava por vir.

— Ataque de chifre! — gritou Mihos.

A resposta foi imediata. A Serpente girou no ar com as asas esticadas, virou o corpo e desceu em fúria, espiralando na diagonal. Colossus tentou se afastar, mas os Construtos o mantiveram preso.

— O que nós fazemos? — voltou a gritar Ono, ao ver a sombra se aproximar.

— Mantenham a posição! — voltou a ordenar Strider.

— Eles vão ser atingidos pela Serpente! — alertou Adross a Strider.

— Não, ela não vai atingi-los — assegurou Strider.

O impacto chegou com a violência de um trem sem freios. O chifre da Serpente bateu no peito do gigante de pedra, forçando-o para o chão. A queda fez o chão vibrar como em um terremoto. Como um aríete, a Serpente passou entre Ultra e Spectre, forçando-os a largar o inimigo quando o Colossus foi esmagado contra o chão de lama endurecida, abrindo uma cratera. Uma nuvem de poeira se formou ao redor dos combatentes, enquanto o som do estouro ecoava pelo cenário morto.

Quando a poeira baixou, o Colossus estava morto.

Derek apontou o rifle para a Serpente, sem saber o que esperar. Então, da mesma maneira como surgiu, ela desapareceu sob um comando de Mihos.

— O QUE VOCÊ ESTÁ FAZENDO AQUI? — perguntou a Dádiva, quando o ranger se aproximou.

O capacete negro com visor cor de sangue foi desmaterializado, revelando o rosto suado, cansado e machucado do ranger.

Derek suspirou.

— NÓS PRECISAMOS CONVERSAR...

9

VALE DO PÓ

O Colossus ainda jazia no solo. A cratera aberta pelo impacto lhe servia de cova, e o grupo responsável por sua morte analisara o cadáver gigante, certificando-se de que a criatura *realmente* estava morta. Gau se isolara e fazia curativos em si mesmo com agulha e linha. Adross verificava os ferimentos dos filhos, Katar e Ono, ainda assustados com o que viram a Serpente fazer. Já dentro do tanque de guerra, Derek, Mihos e Strider faziam uma reunião.

— Você está me pedindo para salvar sua dimensão em troca da condenação desta... — concluiu Mihos após ouvir o que Derek tinha a dizer. Mais uma vez.

— Você imagina o que Ashanti diria se o escutasse colocar as coisas dessa forma? — perguntou Derek, sem esconder o tom amargo na voz.

— Vocês escolheram levar Ashanti! — rosnou Mihos. — E querem fazer o mesmo comigo, e pelos mesmos motivos...

O que mais assustava Derek era a *maneira* como Mihos se expressava. Mesmo em sua passagem anterior por aquele lugar, o americano havia tido pouquíssimo contato com aquele homem. Entretanto, esteve lá durante sua despedida. Testemunhou o sacrifício da Dádiva e o momento em que ele deixou a amada partir em troca da promessa do reencontro.

Um reencontro que, pelo visto, Mihos não pretendia cumprir.

– Você é estúpido? – resmungou Derek. – Nós a levamos sob a promessa de retorno. Nós voltamos para proteger nossa dimensão da cria de Asteroph, enquanto este patrulheiro deveria ter protegido esta dimensão...

Embora no limite entre a irritação e o constrangimento, Strider se mantinha em silêncio.

– E vocês protegeram... A sua dimensão dos perigos da cria de Asteroph? – questionou Mihos.

Derek demorou para responder, o que revelava muito do seu incômodo com a resposta.

– Eu saí de lá antes de saber o que aconteceu...

– Você os abandonou para vir até aqui? – vociferou Mihos.

– Não, eu me sacrifiquei. E agora estou realmente me perguntando o porquê...

Mihos deu de ombros.

– Eu não lhe pedi para vir aqui – disse.

– Não, não pediu – concordou Derek. – O que apenas torna ainda mais claro que eu não vim aqui por você.

Mihos começou a se dirigir para a porta do veículo, dando as costas para Derek. O ranger sentiu vontade de socá-lo.

– O que houve com você? – quis saber Derek. – Ashanti fala de você como um filósofo de palavras rebuscadas e pacifista. Quando você se tornou esse Mestre de Bestas cabeça-dura, arrogante e insuportável?

Mihos parou e se virou, desistindo de sair do carro. Postou-se diante de Derek, como se ponderasse a possibilidade de socá-lo e, então, falou:

— O príncipe Rögga colocou uma faca no pescoço de um ajudante de ferreiro e mandou que ele escolhesse quem deveria morrer: eu, Ashanti ou o próprio Rögga. A Dádiva, a guerreira ou o príncipe...

Derek escutou sem interromper, respeitando o momento. Strider ainda se mantinha a postos, sem interferir, como se sua única função ali fosse evitar que aquelas duas forças entrassem em conflito. Ainda mais no interior de sua máquina de guerra.

— Você sabe o que ele respondeu?

Derek balançou a cabeça negativamente.

— Ele escolheu a Dádiva — revelou Mihos. — Mesmo com toda a profecia envolvendo seu povo, ele passaria por cima de qualquer tipo de crença e fé e preferiria me matar a ter que executar os outros dois. Em sua justificativa, o menino afirmou que preferiria uma mulher capaz de usar uma arma em combate a um homem que só teria o que dizer após o fim da guerra...

Derek manteve os olhos focados nos de Mihos. Era um sinal de respeito.

— Desde aquele dia, essas palavras me acompanham — continuou Mihos. — Quando demônios invadiram Taremu atrás de mim, Ashanti me defendeu. Eu vi um rei e um príncipe morrerem por mim. Eu vi monges, gigantes, ajudantes de ferreiros caírem. Não importa a idade, a raça ou o sexo. Eu vi muitos morrerem por mim. E estou cansado disso...

Derek novamente balançou a cabeça. Dessa vez, positivamente.

Ele enfim compreendia.

— Esse tipo de experiência me consumiu o suficiente. Palavras bonitas são ótimas em momentos de paz, mas eu preciso fazer mais do que isso em momentos de guerra. Porque, nesta dimensão, nós *sempre* estamos em guerra. Então eu me conectei com a Árvore e ela me mostrou que aquilo que a profecia despertou em mim na Noite da Serpente podia ser *expandido*. Pros diabos! Se eu havia me conectado com uma espécie de dragão, por que não com outras espécies?

Derek franziu a testa.

— Você comanda esses bichos em combate?

— Eu sempre torço para que sim.

— De intelectual você se tornou um caçador de monstros?

— Caçador... adestrador... treinador... chame como quiser...

Derek se mostrou insatisfeito, deixando claro que precisava de mais do que aquela explicação.

— Está aí algo que não consigo entender — comentou o ranger. — Nós fragmentamos e desfragmentamos matéria sem vida. Mas você faz isso com seres vivos.

Mihos sorriu, como se, enfim, o ranger houvesse chegado onde ele queria.

— Você usa bolsões dimensionais — disse a Dádiva. — Eu uso portais dimensionais.

Ele ergueu os antebraços, revelando as peças de cristal. Pareciam as que Derek e os outros metalizados possuíam, porém, havia um detalhe a mais que mudava tudo: cada uma das peças era envolvida por runas, remetendo mais a um círculo de Ravenna do que à forja de anões.

— Mihos... — sussurrou Derek. — O que... é... isso?

— Isso são chaves — respondeu. — Conectadas a dimensões de tamanho reduzido. São todas de Gaia.

— Essas pequenas dimensões são de Gaia?

— Impressionante, não é?

Derek virou-se para Strider.

— Você sabia disso?

— Sim — revelou o patrulheiro de maneira seca. — São sobras de contratos com outras entidades. São como pedaços de terra hipotecados por demônios e que estão em negociação...

— Você tem de estar de brincadeira — afirmou Derek. — Eu não tive acesso a isso quando ela compartilhou a consciência comigo...

— Já lhe disse para não se sentir enciumado. Nem sempre é pessoal...

Derek sentiu vontade de rir. Em vez disso, virou-se novamente para Mihos:

— Ashanti descobriu como controlar esses portais...

Mihos não reagiu de imediato. Continuou observando, sem deixar claro se entendia o que Derek estava falando.

— Ela teria aprendido a fazer isso com demônios... — resolveu dizer Mihos.

— Foi exatamente o que ela fez — concordou o ranger. — Ela mesclou tecnologias e se baseou nas tentativas anteriores, em acertos e erros. Diabos, aquela mulher criou uma tecnologia que *não existia* na nossa dimensão. E tudo pra encontrar você! Ashanti não me trouxe aqui apenas porque descobriu uma abertura de volta para este Cemitério. Ela descobriu como abrir portais para qualquer lugar, desde que se tenha as coordenadas certas...

Mihos olhou para Strider como se pedisse ajuda por mais argumentos que apoiassem a teoria de Derek.

— É de fato possível — confirmou o patrulheiro. — Patrulheiros dimensionais lidam com uma tecnologia similar, ao menos quando não estão presos em dimensões como estas...

— Você acha que ela seria capaz de... — Mihos não terminou a frase, dividido entre a esperança e o egoísmo.

— Sim — disse Derek, completando o que Mihos queria ouvir. — Ashanti é capaz de levar você de volta para sua dimensão. Ela é capaz até mesmo de ir com você...

Mihos virou-se de costas, baixou a cabeça e apoiou as mãos sobre o balcão diante do painel central do tanque de guerra. Era o retrato de um homem sobrecarregado. Ele se sentiu fragilizado como há muito não acontecia e lembrou-se do homem que fora um dia.

— O que você tem a ganhar por aqui? Ou, melhor ainda, o que você tem a perder ao cumprir a promessa que fez a ela? — indagou Derek.

Mihos virou-se para eles. Seu olhar ainda exibia vulnerabilidade.

— Você se lembra quando me conectei à Serpente naquela batalha? Você se lembra do que aconteceu?

— Ravenna controlou você — disse Derek, de bate-pronto.

Mihos voltou a olhar para o chão.

— É isso que você teme? — questionou o ranger. — Que ela controle você novamente?

Mihos manteve o silêncio.

— Ele teme que Ravenna o siga — disse Strider em seu lugar. — Ele teme que ela o obrigue a matar Ashanti...

Derek inspirou fundo, enfim, compreendendo.

— Bem, então só há um jeito — concluiu o ranger. — Vamos matá-la.

Os dois o observaram, analisando se aquilo se tratava de bom senso ou loucura.

— Você quer dizer... agora? — perguntou Mihos.

— Nós temos a melhor força-tarefa que poderíamos montar nesse momento — argumentou Derek.

Mihos e Strider continuaram se olhando. Não podiam negar o que Derek tinha dito. Ainda assim, era difícil separar o bom senso da loucura.

— Ela não espera uma dianteira como essa. Vamos invadir seu covil, vamos esmagar seus dracônicos e exterminar de uma vez o demônio-bruxa...

Strider e Mihos, ainda olhando fixamente um para o outro, aguardavam para ver quem tomaria o primeiro passo naquela decisão.

— O que você acha? — perguntou Mihos, passando a responsabilidade ao patrulheiro dimensional.

Strider ainda ponderou, antes de dizer:

— Ele tem razão — concluiu. — Vamos matar Ravenna...

PLANETA TERRA
(24 horas depois)

10

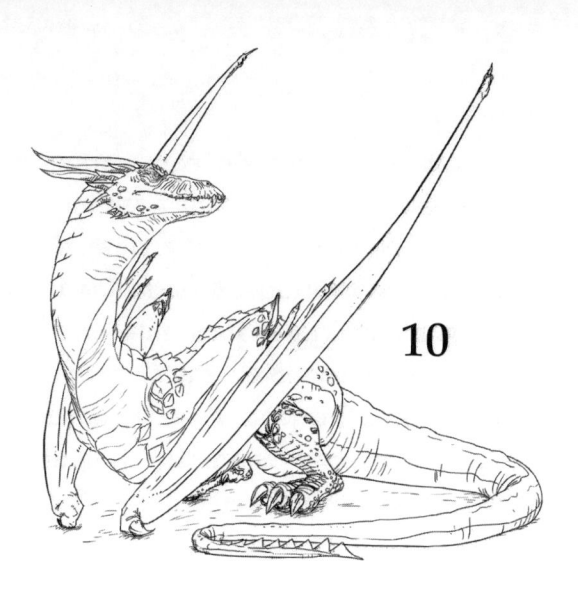

KIGALI, RUANDA

O tom de voz dela já indicava o nível da ameaça. Não era comum ouvi-la gritar daquela maneira.

— Tranquem a Antessala! Tranquem a sala! – gritou Ashanti.

O chão tremia. Conectadas às presilhas do espartilho e aos dois braceletes, correntes com vida própria dançavam ao redor da figura de visual gótico. O primeiro golpe, Ravenna errou. O segundo, não. Uma das correntes correu e se enroscou na armadura metálica da ruandesa, lembrando o estrangular de uma cobra. Quando se deu conta, Ashanti estava sendo esmagada contra o chão. Pelo visor do capacete ela acompanhou a cena enquanto seu corpo era espancado uma, duas, três vezes, até ser arremessado e bater contra uma parede blindada.

— Você conseguiu, não foi? – perguntou o demônio-bruxa na língua comum de Taremu. – Você encontrou *mesmo* o caminho...

No chão, Ashanti tremeu. Estava tomada por sentimentos derrotistas, tudo de uma única vez.

Ravenna falava como se a conhecesse. Como se conhecesse seu plano.

E como se esperasse que o plano desse certo.

O corpo de Amber também foi arremessado e bateu no vidro do outro lado da sala. Sua pistola voou longe. Ao ouvir o som da pancada, Ashanti se levantou, materializando tonfas da largura de canos com eletrodos acoplados. Em seguida, correu para cima do demônio, ao mesmo tempo que as correntes deslizavam na sua direção. Ela bateu as tonfas contra seus anéis metálicos uma dezena de vezes, gerando faíscas, até que as armas foram energizadas. Ashanti gingou, se desviou das correntes e avançou em um ataque em linha reta para eletrocutar Ravenna. O corpo do demônio-bruxa *piscou*.

Ashanti se deu conta: havia atravessado o corpo do demônio-bruxa.

Sem acertá-lo.

— Quando se atravessa para uma dimensão mais grosseira como essa, você não faz ideia do que nós passamos a ser capazes de fazer — disse Ravenna. — Além disso, desde nosso último encontro, eu aprendi novos truques...

Amber se levantou, materializou dois bastões feitos de ossos de dragão e atacou. Os golpes atingiram outra vez o vazio, até que ela percebeu que Ravenna sumira e reaparecera em outro canto da Antessala, com sua pistola cyberpunk em mãos. A pistola disparou três vezes, e Amber foi atingida por uma bala no peito e duas no capacete. Um dos tiros bateu no visor, causando-lhe uma cegueira temporária, aliada a uma sensação de enjoo.

Antes que o demônio-bruxa a castigasse ainda mais, Ashanti atacou. Golpeou com a tonfa elétrica mas, em vez de acertar o corpo, atingiu a pistola, derrubando-a das mãos inimigas. Por um momento, Ravenna perdeu a expressão debochada e a raiva ocupou seu semblante.

Relembrando a Ashanti sua face demoníaca.

Foi a vez de Ravenna avançar para cima da ruandesa. O visor do capacete de Ashanti se acendeu, buscando pontos fracos no demônio, mas sem sucesso. Diante da velocidade sobrenatural de deslocamento do demônio feminino, Ashanti assumiu uma posição de defesa contra o choque inevitável. Entretanto, em vez do impacto, foi tomada por uma dor na altura do abdômen como nunca havia sentido e, quando se virou, sentiu um corte lhe rasgar *por dentro* da armadura.

A ruandesa caiu de joelhos, assustada por causa da ferida.

E, mais ainda, *com a maneira* como a ferida havia sido feita.

— Ah, eu não disse a você? — debochou Ravenna, sorrindo.

Ainda de joelhos, Ashanti sentia não apenas o próprio desespero, mas também o da simbionte, que buscava recursos para ajudá-la contra um golpe que *ultrapassara* a proteção de metal-vivo. A região do corte, na lateral do umbigo, ardia. O capacete escondia de seus soldados a expressão de terror que se espalhava por seu rosto, mas sua postura corporal a denunciava.

Era a primeira vez que algo vindo do Órbita feria a metalizada.

— Rainha, nós vamos entrar! — anunciou o general do outro lado.

— Não... — sussurrou Ashanti em uma voz fraca que apenas piorou o horror geral. — Se vocês entrarem, vão morrer...

Na Antessala, Ravenna observava as próprias garras, manchadas com o sangue do inimigo.

Manchadas com o sangue mesclado.

— Tão poderoso... — disse ela, com certo êxtase. — E, o mais impressionante, é que até agora nem mesmo vocês sabem o quanto...

Sobreviver. Era a única coisa que passava pela mente da líder militar. A sensação claustrofóbica. A mesma de uma adolescente em uma Ruanda tomada por uma guerra civil. Uma guerra que uma mulher com seu destino não se imaginava capaz de vencer.

Esperava apenas sobreviver.

— **Beribekan Katabanda Beribekan Katabanda!** — começou a entoar Ravenna na língua demoníaca, enquanto lambia o sangue de Ashanti.

Recuperando parte da visão bloqueada, Amber correu até a pistola caída e mirou mais uma vez em Ravenna.

Desesperada com o possível contra-ataque de Ravenna, Ashanti ergueu-se, ignorando a dor, materializou também sua pistola *hi-tech* e se juntou a Amber. Elas atiraram ao mesmo tempo uma, duas, três... seis vezes. O corpo de Ravenna tremeu como antes, como se fosse uma imagem em *stop-motion*, e reapareceu em outro ponto da Antessala, e depois em outro.

— `Beribekan Katabanda Beribekan Katabanda!` — E o som continuava a ecoar.

Amber gritou quando a parte interna da coxa foi cortada e os nervos foram atingidos, imobilizando-a no chão.

Em seguida, foi a vez de Ashanti, que sentiu um golpe atingir suas costas. Mais um corte. Depois nas costelas. Por último, na face. Ela tentou alcançar a pistola mais uma vez, mas seu braço foi enroscado pelas correntes até o ombro. Houve um segundo de desespero.

E o osso da parte superior do seu braço foi deslocado da omoplata.

Quando Ashanti berrou, seus soldados gritaram com ela.

— Entrem! Entrem *agora*! — ordenou o general no canal de comunicação, quando o corpo metalizado tombou no chão.

Rendida, no solo, Ashanti quis gritar mais uma vez para que os soldados não entrassem na Antessala, que era exatamente o que o demônio-bruxa queria, e que eles morreriam se o fizessem. Mas as portas foram abertas e os militares invadiram o cômodo com rifles *hi-tech*. O general gritou comandos. Ravenna terminou de lamber o sangue mesclado das próprias garras, se agachou de leve e sussurrou para Ashanti:

— Nos encontraremos novamente...

Dezenas de pontos infravermelhos surgiram ao longo de todo o corpo de Ravenna, e os soldados aguardavam a permissão para o disparo. No chão, Ashanti tentou falar e se levantar, mas tudo ainda ardia, e sobrava apenas a figura de uma rainha esticando um dos braços quase em súplica, diante de um demônio prestes a dizimar seus homens.

Houve mais gritos, mais sangue e mais mortes.
E Ashanti só pensava em sobreviver.

Demônios não podiam chorar.
Mas podiam sorrir.

11

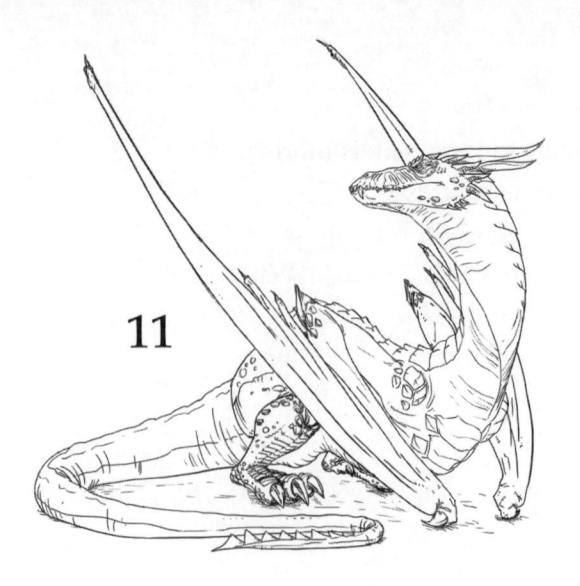

TÓQUIO, JAPÃO

A BASE LEMBRAVA UMA ESTAÇÃO ESPACIAL. A estrutura se dividia em três partes: região central, flanco direito e flanco esquerdo, formados por sete complexos e treze edifícios. Partes mecânicas baseadas em protótipos simulados por computação científica e construídas por equipes de engenheiros aeroespaciais eram transportadas por trem, através de uma linha ferroviária exclusiva. Tudo naquele local era preciso. Do horário de turnos ao tempo de entrega dos componentes, a execução atingia a mais pura perfeição. Mesmo com o trânsito intenso de pessoas, aparelhagem e veículos por todo os cenários, o complexo exibia cuidado e cheirava a limpeza. Todos falavam pouco e inclinavam o corpo em respeito e reverência ao outro. Os ambientes eram claros, iluminados, calmos. De vez em quando, ouvia-se o barulho de uma serra ou de um braço robótico em funcionamento, mas, na maioria das vezes, o som ambiente era tomado por algum mantra ou uma canção lírica. A maestria vinha da exigência. Aquelas pessoas davam vida ao mais ambicioso e oneroso projeto nipônico envolvendo a área espacial. Para alcançarem o resultado esperado foram necessários meses e meses de um trabalho ininterrupto envolvendo mecânica de fluidos, matemática teórica e termodinâmica. A grande diferença daquele projeto em comparação a qualquer outro com as mesmas características residia, principalmente, no fato de o projeto robótico em construção não conter aspirações espaciais. Todas aquelas horas de trabalho e toda aquela fortuna investida, estimada em bilhões de dólares, não eram para destacar o Japão no âmbito terrestre.

Eram para protegê-lo dentro de seu próprio território.

Naquele momento, operadores soldavam a uma figura robótica dezoito componentes que lembravam partes de espaçonaves, sob a supervisão de técnicos e engenheiros de diversas nacionalidades. Figuras da mais alta patente das Forças Terrestre, Marítima e Aérea de Autodefesa já haviam chegado à base e se dirigido para uma sala localizada no topo da região central. Cada uma dessas pessoas havia sido recebida na base pelo primeiro-sargento Kusaka.

Na sala, o grupo foi recepcionado por um engenheiro-chefe, então todos prosseguiram para mais uma caminhada silenciosa até uma plataforma que os ergueu ainda mais alto até a área principal, que concentrava toda a equipe de inteligência do local. À disposição no salão de metal estava a mais alta tecnologia japonesa que se podia encontrar, de computadores quânticos a um microscópio eletrônico de transmissão de elétrons, capaz de realizar observações em nível atômico.

No centro de toda aquela orquestra estava o nissei, nascido em uma colônia oriental brasileira, de nome Daniel Nakamura.

– Nakamura-san – cumprimentou um dos engenheiros, que acompanhava o sargento Kusaka na liderança do grupo de funcionários especiais civis.

Daniel vestia uma camisa social amassada, calça jeans e tênis, em total contraste com as vestimentas formais do restante. Com ajuda de um software avançado, o molde em 3D do computador diante de Nakamura simulava a imagem da parte interna do topo de um capacete. Cálculos e resultados de análises estáticas, dinâmicas, térmicas e magnéticas se espalhavam por doze monitores controlados por sensores. Daniel abria e fechava as mãos, clicava em coisas no ar, afastava os dedos para limpar telas e os aproximava para puxar arquivos.

Se fosse um japonês nascido e criado em Tóquio, naquele momento, Daniel teria parado *tudo* o que estava fazendo, virado o corpo e feito uma reverência para aquele grupo de senhores subordinados ao Ministério da Defesa. Criado no meio-termo entre duas culturas, contudo, sua reação mais espontânea foi, ainda de costas, erguer uma das mãos e pedir:

– Um momento...

O sargento Kusaka sentia vontade de puxar uma arma e atirar naquele garoto. Mas, sem ele, nada daquilo seria possível. Nakamura era o mesmo gênio da tecnologia que havia peitado o armamento de guerra japonês mais poderoso criado até então, o policial de metal Tsuyoi – e sobrevivido. Era também o fugitivo, que ficou preso em uma sala de análise científica e logo depois se conectou a um dragão azulado e destruiu o distrito de Akihabara, em um combate sem precedentes, contra a aberração conhecida como Vespa Mandarina. O ex-acusado de terrorismo foi premiado com o perdão do governo japonês em troca de uma oferta de reconstrução de Tsuyoi.

Algumas dezenas de metros maior.

Esse era o maior detalhe de sua proposta. Literalmente.

– Nakamura-san – voltou a dizer o engenheiro-chefe com um tom de voz um pouco mais grosso.

– *Eu disse*: um momento...

O silêncio prolongado era constrangedor. Cada segundo a mais de espera, diante de uma situação caracterizada como indelicada culturalmente e entendida como desacato hierárquico, acentuava o incômodo. O engenheiro olhou para o sargento, que ainda desejava atirar naquele garoto. Ignorando-os totalmente, envolto em seu próprio mundo, Daniel terminava de projetar no simulador 3D um ataque de um míssil coreano Nodong-1 à proteção externa do novo Tsuyoi para comparar resultados. Quando completou a análise, fechou os dedos e as telas sumiram, em seguida bateu palmas duas vezes, fazendo o sistema entrar em suspensão.

Ao virar-se, por debaixo do cabelo cheio sobre o rosto fino, abriu um sorriso.

– Senhores... – E só então Daniel fez a reverência.

Um tanto quanto atordoados, os mais velhos repetiram o gesto, quase de forma instintiva. Exceto o sargento Kusaka. Ele continuou olhando Daniel de maneira desconfiada e irritada, extremamente desconfortável por ter sido colocado em uma posição inferior.

– Nakamura-san... – repetiu pela terceira vez o engenheiro-chefe, dessa vez com um tom de súplica à espera de boas notícias.

Daniel continuava a sorrir.

– Desculpem a demora – continuou em japonês. – Eu estava upando um vídeo de instruções em caso de falha do sistema. Coisas assim podem fazer a diferença entre a vida e a morte no futuro. Agora sejam bem-vindos, e espero que gostem do que vamos ver aqui hoje.

Um dos visitantes, impecável em vestimentas formais e sapatos tão lustrosos que refletiam o ambiente, perguntou:

– Boas notícias?

– Uma armadura capaz de resistir a 750 quilogramas de explosivos sempre é uma boa notícia.

– Depende de quem controla a armadura – acrescentou o sargento Kusaka.

– Então é hora de fazer um autojulgamento – disse Daniel. – Pois agora essa tecnologia está nas mãos de vocês.

O SILÊNCIO FOI CORTADO PELO SOM DO GERADOR. Dentro da estrutura de metal de dezenove metros, luzes foram se acendendo, indicando a inicialização do sistema interno. Do lado de fora da cabine blindada, uma cabeça metálica também começava a se iluminar. Sua forma era oval, com dobras metálicas no lugar de orelhas, lembrando um elmo medieval. O corpo do robô era retangular, abrutalhado, na forma de uma caixa de metal com braços retráteis. Assim como a primeira versão, a armadura também unia placas sobre placas em cor escura e acinzentada, feitas à base de cadeias lisas de carbono. Ao contrário da versão de três metros, contudo, o *mecha* não era projetado para ser operado a distância.

O novo Tsuyoi precisava ser pilotado.

– Vamos? – sugeriu Daniel ao grupo.

Sua orientação indicava o caminho de acesso a uma plataforma móvel. Depois de passarem por andaimes e guindastes, eles chegaram à entrada para o cockpit, que já estava aberta, como um convite para uma revolução. Os convidados acenaram e entraram, deixando passar muito pouco nas suas expressões sisudas. Daniel, contudo, tinha certeza de que, por debaixo de toda aquela fachada fria, havia tensão. O orçamento bilionário, o armamento desconhecido, o controle dado a um nissei capaz de destruir todos aqueles soldados. Era como assinar um termo e entregar seus recursos a uma inteligência alienígena. Além disso, a criação daquele robô causava conflitos políticos. As Forças de Autodefesa do Japão haviam sido criadas após o fim da Segunda Guerra Mundial, de acordo com a Constituição pacifista japonesa, que impedia o país de declarar guerra por iniciativa própria. As tropas, portanto, eram voltadas exclusivamente para a proteção do país, sem ação militar no exterior de suas fronteiras, como evidenciado no próprio nome. Não era uma força armada militar, mas de fato uma força de autodefesa.

Em setembro de 2015, no entanto, a coisa mudou. Em uma decisão polêmica, que gerou agressividade coletiva entre os parlamentares japoneses, um pacote de leis foi aprovado pelo Senado, permitindo a atuação de tropas japonesas em conflitos no exterior e colocando em xeque toda a Constituição pacifista. A medida chefiada pelo primeiro-ministro Shinzo Abe havia sido apoiada pelo governo norte-americano, que há tempos pressionava o governo japonês para permitir que tropas nipônicas os auxiliassem em operações militares na região. As mudanças deram mais poder às Forças Armadas, que a partir da decisão poderiam inclusive participar mais ativamente de missões das Nações Unidas, não mais retendo-se a operações sem o envolvimento de combates. Não à toa, *aquele* Tsuyoi não era mais apenas japonês, mas fruto de um investimento de custos divididos com o governo dos EUA, que já planejava usá-lo em missões com os cybersoldados no continente asiático.

Por razões históricas, as mudanças não agradaram aos chineses, que prometeram uma reação. Alguns países do Oriente Médio também manifestaram desconforto, não por menos. Com a nova situação, a Marinha japonesa poderia, por exemplo, se juntar às operações para assegurar rotas marítimas no Golfo Pérsico e garantir o suprimento de petróleo. E tudo isso vindo de uma nação cujo militarismo durante a Segunda Guerra havia sido um dos mais agressivos, invadindo territórios tanto da própria China quanto da Coreia, da Rússia e de bases americanas no Pacífico. Sob todo esse cenário, o próprio Tsuyoi originalmente fazia parte apenas de uma força de autodefesa japonesa. Mas quando se aumenta uma *força* de três para dezenove metros, a preocupação com o uso desse poder de combate se torna inevitavelmente uma questão internacional.

– Por que não operá-lo a distância como no projeto anterior? – perguntou o senhor Tsuruji, um dos visitantes, de altura mediana e cabelo liso repartido ao meio, enquanto o grupo se aproximava do interior do novo Tsuyoi.

– Primeiro para minimizar os erros – explicou Daniel. – Se uma falha ocorresse ou um inimigo bloqueasse o sinal de transmissão de uma máquina de combate de três metros, você teria *apenas* um pedaço de metal pesado para resgatar em campo e consertar. Se isso acontecesse com um robô de dezenove metros, você teria um problema muito maior, desculpe o trocadilho. Além disso, se essa coisa tombasse, seria difícil prever quantos inocentes seriam mortos e quantas propriedades, destruídas.

Os japoneses balançaram a cabeça várias vezes, emitindo murmúrios, concordando. O elevador da plataforma parou na altura do peito do robô, onde havia uma abertura pela lateral de quase cinco metros.

– Como um piloto entra ou sai de uma coisa dessas sem uma plataforma? – perguntou outro visitante, o sr. Jin Tarumi, o mais alto e encorpado de todos os presentes.

– Ele teria de ser capaz de saltar bem alto – respondeu Daniel.

O grupo olhou sério para ele, franzindo a testa.

– Foi uma piada – esclareceu Daniel. – Tsuyoi tem mais duas entradas. Uma no calcanhar da perna direita, com um elevador até a cabine de comando. Outra na parte de trás da cabeça, para incursão por reforços aéreos.

Os japoneses voltaram a balançar a cabeça, satisfeitos. E continuaram exibindo expressões satisfeitas até quando entraram na cabine de comando. O lugar parecia a cabine de uma nave espacial. Havia cinco cadeiras acopladas a mesas com monitores, teclados e alavancas próprias. O mais interessante, contudo, é que não havia botões. Tudo era feito à base de sensores de luz e touch screen. Mesmo o teclado de controle principal não passava de uma mesa lisa com projeções de botões e teclados luminosos, sensíveis o suficiente para compreenderem os gestos e comandos de voz de seus pilotos. Havia um sistema de som incorporado, um projetor 3D com a imagem de Tsuyoi em um holograma, um indicador de temperatura no teto e um gráfico com análises de rendimento do sistema interno. Naquele momento, a temperatura ambiente era de dez graus.

– Aqui vocês podem analisar tudo o que temos a oferecer neste novo projeto – continuou Daniel. – Controles de movimento, canais de comunicação diversos, diagnósticos precisos de dano, sobrecarga e resistência...

Os engravatados analisavam tudo como se estivessem observando um apartamento para compra. Um deles, magro e com cabelos penteados para trás com gel, identificado como senhor Takeru, passou o indicador na parede, conferindo o nível de poeira em que se encontrava o teclado. Por um momento, Daniel imaginou se a limpeza interna para aquelas pessoas teria mais importância do que a eficiência da máquina em combate.

– Para que serve a alavanca vermelha? – perguntou o sr. Akama, o mais velho do grupo, de rosto largo e cabelo cheio e encrespado.

O mecanismo chamava atenção no painel principal, rodeado por tantos botões holográficos. Protegida por uma caixa de acrílico destrancada, uma alavanca de cor vermelha berrante saltava aos olhos, como se expelisse no ar o alerta: "apenas em último caso".

– É a inicialização do sistema de ejeção. Caso o mecha seja abatido, é a chance de sobrevivência dos pilotos.

– E os pilotos já foram selecionados? – quis saber Akama.

– Isso ainda está em análise para a decisão final – respondeu o sargento Kusaka. – Mas eu liderarei todas as operações.

– Você sabe mesmo como operar essa coisa?

– Eu pilotei o primeiro – afirmou o sargento. – Farei o mesmo com este aqui.

O grupo se olhou, sem demonstrar por completo o quanto acreditava ou não na qualificação do sargento para a tarefa.

– Vocês querem ver? – perguntou.

O CHÃO TREMEU. Era como ver um filho andar pela primeira vez, o testemunho de um momento único, que seria lembrado para sempre; um acontecimento que entraria nos livros de história. O grupo visitante observava do lado de fora da plataforma, acompanhado de dezenas de operários que haviam ajudado a dar vida a tudo aquilo.

Daniel estava entre eles. Sorria por fora, entrava em colapso por dentro. Aquele era seu momento de glória, ou de condenação. Diante deles, Tsuyoi já estava todo iluminado por debaixo do metal de altura colossal. A fileira de luz fosforescente subia pelas pernas e pelo tronco retangular, e se espalhava pelos braços da largura de postes.

– O sistema foi iniciado e funciona em perfeitas condições – anunciou Daniel.

Ele usava um fone de ouvido sem fio, tão pequenino que mais parecia um adereço do que um sistema de comunicação por rádio.

– Quando você quiser... – concluiu, olhando para o sargento.

– Você sabe como é extremamente bizarro para mim ouvir de você instruções para pilotar essa coisa, não sabe? – perguntou o sargento Kusaka, sentado diante do painel de luz principal de Tsuyoi.

– Eu imagino – concordou Daniel. – Deve ser difícil ver o cara que você torturou fazer um trabalho melhor do que o seu...

Silêncio.

– Você vai ter sorte se eu não pisar com essa coisa em cima de você – ameaçou Kusaka.

Daniel sorriu. Aquele mau humor constante do primeiro-sargento lhe dava saudade do francês Romain.

– Venha à vida... – sussurrou.

Como que obedecendo ao comando, o último trecho não iluminado de Tsuyoi se acendeu. Algumas linhas nas testas do elmo metalizado brilharam, e finalmente a região dos olhos ganhou vida, indicando pleno funcionamento. As testemunhas murmuraram em sinal de empolgação. O som da movimentação do robô ecoou pela plataforma.

E Tsuyoi deu o primeiro passo.

Daniel voltou a sorrir. Desta vez era um sorriso diferente, de pura satisfação. O sorriso de um homem que construía um legado. Definitivamente, a partir daquele momento, aquele dia entraria em todos os livros de história.

O Japão havia criado o seu primeiro robô gigante.

12

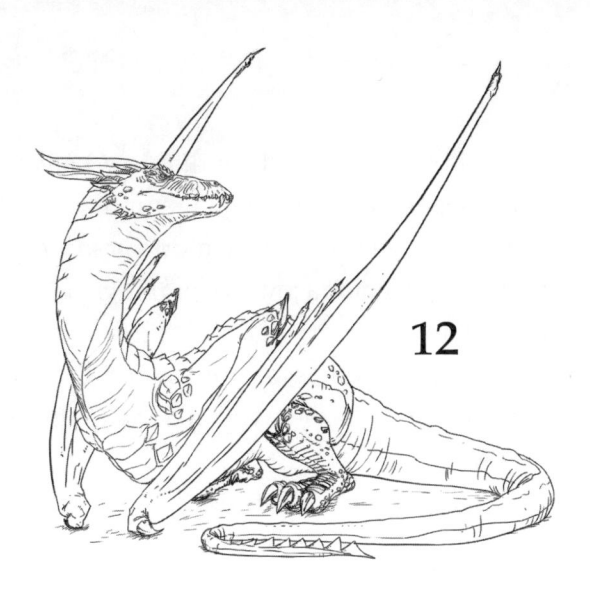

LOS ANGELES, EUA

A luz vermelha da câmera indicava o início da transmissão ao vivo. Um assistente de direção acenou quando o programa começou e o auditório desatou a aplaudir. À frente das câmeras, comandando todo aquele show, estava Gwen Kelly, a mais nova sensação dos talk shows norte-americanos. Comparada a ícones do calibre de Ellen DeGeneres e Chelsea Handler, a apresentadora ruiva simbolizava a nova porta-voz do público jovem para programas de auditório, além de gerar confiança e entretenimento para a audiência de um mundo recentemente atacado por dragões.

— Estamos de volta com *Gwen Kelly Talks!*, e, neste momento, temos o prazer de receber como convidada a mais nova promessa do cinema de ação de Hollywood!

Assobios foram ouvidos na plateia, incentivados por um assistente de produção. Gwen se virou para uma segunda câmera. Atrás dela, no alto, havia um globo de vidro, que nunca havia sido usado naquele cenário.

— E sabem o que é o melhor? – Gwen ergueu os ombros, afastou os braços em uma expressão corporal que dizia: "o que eu posso fazer?" e continuou: – Ele ainda é francês...

Gritos e aplausos do auditório. O alvoroço ainda era incentivado pelo assistente de produção, embora não fosse necessário. Oitenta e cinco por cento da plateia do *Gwen Kelly Talks!* era composta por mulheres, a maioria jovem e empolgada, na faixa dos quinze aos vinte e cinco anos.

— E dizem que ele sabe fazer coisas incríveis! Já me disseram, por exemplo, que ele é capaz de saltar por uma parede de fogo! Sem camisa!

Mais gritos do auditório.

— Já me disseram que ele é capaz de pilotar um carro a duzentos quilômetros por hora, enquanto alimenta o cachorro...

Mais gritos.

— E a última atriz que contracenou com ele disse que ele a virou de cabeça pra baixo no set! E eles nem estavam filmando...

Mais gritos. Histéricos.

— O nome dele é Romain Perrin e vamos ver o que ele tem pra falar com a gente hoje...

O auditório explodiu em aplausos, enquanto aguardava o ator surgir dos bastidores. Nada aconteceu. Os aplausos continuaram, os olhares buscavam a figura do francês e gritos soavam excitados. Então, de repente... o globo de vidro no alto do cenário *explodiu* e Romain saltou de dentro dele. Além do número impressionante, a queda ainda veio acompanhada de um giro, assim que Romain tocou o chão, e para finalizar ele parou sobre os joelhos e de braços abertos. O vidro do globo era cenográfico e não oferecia perigo, obviamente, mas, ainda assim, o show de entrada fora mais do que impressionante.

O auditório se tornou um pandemônio.

Romain foi até Gwen Kelly e, subitamente, segurou o rosto da apresentadora e a cumprimentou com um selinho. Com o rosto corado, a apresentadora se abanou, fingindo paixão. Romain vestia um terno sem gravata, com os dois botões de cima da camisa social abertos. Ambos sentaram-se em um sofá no centro do palco.

– Uau! – exclamou ela, e a plateia fez silêncio. – Não sei como vou explicar esse cumprimento em casa...

O auditório riu. Milhares de pessoas que assistiam ao programa de suas casas, naquele momento, também.

– Diga ao seu marido que em Paris as pessoas só se cumprimentam assim – disse Romain.

– Eu não posso dizer isso, é capaz de ele comprar uma passagem só de ida para lá – brincou ela. – E sem mim!

Mais risos da plateia.

– Sabe, eu tenho de lhe pedir desculpas pela produção ter obrigado você a saltar de dentro daquela coisa! Já pedi para eles tratarem melhor os nossos convidados... Depois eles não sabem por que ninguém quer participar do programa...

Mais risos.

– Na verdade, a ideia foi minha! – revelou Romain. – E isso não foi de forma alguma perigoso. Você precisa ver as coisas que a minha mulher me pede para fazer em casa. *Aquilo sim* é perigoso!

O auditório foi à loucura.

Mais risos. Mais aplausos.

– E é verdade que você não usa dublês?

– Eu já era dublê antes – informou o francês. – Não haveria motivos para alguém fazer um trabalho que eu mesmo poderia fazer melhor, certo?

– Você diz isso porque é europeu! – brincou Gwen. – Se fosse americano, ia adorar pagar para que alguém fizesse o seu trabalho por você!

O auditório explodiu em risadas e aplausos, enquanto, ao fundo, a produção lançava efeitos sonoros, como de costume, sempre que a apresentadora contava uma piada mais ácida.

– Ouvi rumores também de que você está proibido pelo governo japonês de divulgar seu filme por lá, sob justificativas ainda não... totalmente esclarecidas. Você pode falar sobre isso?

– Bem... – Era visível o constrangimento de Romain. – Eles não gostaram de algumas coisas que nós aprontamos. Foram tão reais que eles não querem nem que eu pise mais lá...

– Como assim?

Uma imagem retirada de um perfil de rede social apareceu no telão do cenário, ocupando o visor das televisões. Lá estava Romain com o pé sobre uma espécie de robô destruído no chão e a legenda: Um dia comum, após derrotar um mecha gigante. #highwaytohell

A plateia riu e aplaudiu.

Romain ergueu os ombros.

– É... poderíamos dizer que... como isso aí...

Mais risadas do público.

– Afinal, que foto foi essa? – perguntou Gwen.

– Digamos que faz parte de um... projeto secreto em que estamos trabalhando. Um projeto que o mundo vai gostar de ver...

Gwen aproveitou o assunto para emendar:

– Falando em projetos secretos, eu soube que já está em produção o segundo filme da franquia "O voo do dragão francês"! O primeiro foi o filme de ação mais visto do ano passado nos serviços de streaming de todo o mundo! Esse segundo tem coprodução americana e a crítica tem feito elogios rasgados! O *Hollywood Now* chegou a chamar o filme de "a próxima franquia da década". A revista *Action* elogiou o filme como "a franquia mais digna do legado de 'Missão: Impossível'"!

O auditório aplaudiu.

– Como você se sente com elogios desse tipo?

– Eu me sinto com vontade de pular nesse sofá! – respondeu Romain.

O auditório gargalhou, entendendo a referência.

– Por falar nisso... – continuou a apresentadora, aproveitando o gancho. – Você está na lista dos dez homens mais sexies de Hollywood deste ano!

Mais gritos da plateia.

– Eu preciso realmente agradecer a minha mãe nesse caso...

Risadas.

– E o que a sua mulher acha disso tudo?

– Qual delas?

O público fez um burburinho, dividido entre a excitação e a incompreensão.

– Como é que é? – disse Gwen. – Explique isso pra gente...

– Eu tenho duas mulheres, na verdade. E elas sabem uma da outra!

A produção liberou mais um efeito sonoro. Gwen simulou um desmaio na mesa, e na tela apareceu a legenda: #GWENKELLYMORTA.

A hashtag rapidamente atingiu o topo das principais redes sociais naquele momento.

– Mas como funciona isso? – insistiu a apresentadora. – É tipo um relacionamento aberto? Uma delas é da segunda e quarta, a outra do fim de semana?

– Nem de longe. Na verdade, o relacionamento não é aberto. É único.

– E não há problemas em você revelar isso em rede nacional?

– Não, elas sabem disso – garantiu Romain. – Tanto minha mulher Nicole... quanto minha filha Amélie...

O auditório explodiu. A hashtag #MORTASPORROMAIN começou a surgir nas redes sociais espontaneamente, lançada pelos próprios espectadores e acompanhada de mensagens cheias de admiração pelo ator francês.

Ao saber disso pelo ponto eletrônico, Gwen Kelly sorriu.

A audiência amava aquele cara.

– Eu não sabia que você tinha uma filha!

– Nem eu! – admitiu ele com naturalidade, outra vez provocando risadas da plateia. – E vou lhe dizer, Gwen, quando eu soube da existência dela, foi a primeira vez que tive medo. Mas não o medo de antes de uma cena perigosa, não esse frio na barriga. Estou falando de medo *de verdade*. Medo de ser responsável pela vida de alguém, de ser exemplo. Medo de não ser bom o suficiente...

O auditório se calou. Por dentro, Gwen Kelly estava em êxtase imaginando a repercussão daquela entrevista no dia seguinte.

— E, hoje, o medo passou? – perguntou ela.

— Sabe, eu tenho um amigo brasileiro, Daniel, que... droga... eu não devia admitir isso em rede nacional... mas ele me fez ver algumas coisas de maneira bem diferente de antes. Uma vez, eu disse a ele que admirava o modo como pessoas iguais a ele queriam ser heróis de verdade, enquanto eu queria ser um herói de cinema. Eu achava que isso era o que me completaria. Hoje, contudo, tenho plena consciência de que se fosse *apenas* isso, eu seria incompleto.

— E que tipo de herói você quer ser hoje, Romain?

— Para vocês, o melhor herói de cinema. Para Nicole e Amélie, o melhor herói de verdade.

Em meio a gritos, batidas de pé e assobios, o auditório explodiu em aplausos. Gwen Kelly abriu um sorriso, enquanto repetia o nome de Romain Perrin e chamava os comerciais. Ao fundo, o auditório ainda gritava e aplaudia.

A hashtag #MORTASPORROMAIN atingiu o topo mundial de todas as redes sociais.

De fato, a audiência amava aquele francês.

13

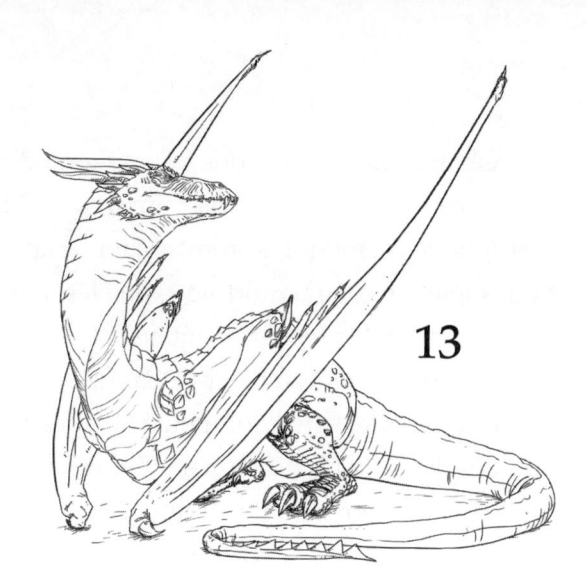

KIGALI, RUANDA

A BASE MILITAR ERA SANGUE. Paredes, chão, vidros partidos, não importava para onde se olhasse, tudo era vermelho. Buracos de disparos, cápsulas de projéteis, móveis tombados, corpos caídos. Uma assinatura macabra da passagem de um demônio.

– Meu Deus... oh, meu Deus... – balbuciava Ashanti.

Do outro lado da Antessala estava Amber, sentada no chão com as costas apoiadas na parede. Ela mantinha os olhos baixos e tentava fugir das lembranças daquele demônio. Seus olhos estavam arregalados, o rosto pálido, e a boca aberta indicava o choque do qual não se recuperaria tão cedo.

Por ser a primeira das duas a recuperar a sanidade, Ashanti resolveu ir até Amber.

– Amber... você está... – A ruandesa não soube como completar a frase. *Ferida*? *Bem*?

Qual seria a frase correta em um momento como aquele?

– Derek... – disse a irlandesa, como se fosse uma resposta. Mas era apenas um devaneio. – Ela matou Derek...

Ashanti queria dizer que *não*. Queria dizer que elas não tinham certeza disso e que talvez fosse um truque. Mas isso seria mentir para si própria. A maior dor, porém, era ter de admitir que, provavelmente, Mihos *também* estaria morto e, com eles, muito da esperança de vencer uma guerra de forças desiguais.

– Escute... – tentou dizer Ashanti.

– Nem tente! – interrompeu Amber de maneira ríspida. – Não me faça um discurso motivacional, não me diga como eu devo me sentir nem qualquer porcaria desse tipo...

– Eu não ia... Eu sei como você se sente...

– Ah, não sabe *mesmo*! – gritou Amber, erguendo-se enfim do chão.

– O destino de Mihos é provavelmente o mesmo de Derek...

– Só que a culpa de Derek estar morto *também* é sua! – acusou a irlandesa, praticamente sibilando com os dentes unidos.

– Como assim? – vociferou Ashanti de volta.

– Ele voltou lá por *sua* causa! – esbravejou Amber. – Por você e seu Mihos inútil, que não consegue lutar as próprias lutas! Foi por causa da *sua* loucura! Por causa da sua fraqueza.

Ashanti ficou em silêncio, diante de Amber, decidindo se devia dialogar ou socar a outra.

– Em outra situação, eu arrancaria a sua cabeça – disse a ruandesa. – Mas já tivemos baixas demais no dia de hoje.

Amber olhou para baixo. Em qualquer outro momento, atacaria Ashanti até que ela *reagisse*. No entanto, também era capaz de admitir que já havia inimigos demais para poucos aliados.

Ashanti começou a andar na direção da saída. Estava suja, ferida, machucada em tantos pontos que o simbionte precisava concentrar a cura por reconstituição celular acelerada em um ponto de cada vez.

– O que você pretende fazer agora? – perguntou Amber, vendo-a partir.

Ashanti se virou.

– Se eu lhe fizer uma pergunta, você promete simplesmente respondê-la em vez de se ofender?

Amber deu de ombros. Ashanti entendeu aquilo como um sim.

– Sem seu irmão, sem Derek, e depois de ver tudo que nós vimos, faz diferença pra você em qual dimensão nós vivemos?

Amber não respondeu.

– Digo: faz diferença se salvarmos esta dimensão ou se simplesmente escolhermos ir para qualquer outra?

– Era você que bancava a salvadora do mundo, heroína do povo...

– E olhe como estou agora... – A ruandesa suspirou. – Sem saber como salvar os que me amam, sem vontade de salvar os que me odeiam.

– E isso quer dizer o quê? Que você quer *desistir*?

Ashanti suspirou novamente e não respondeu.

Amber considerava a ruandesa a mulher mais forte que já vira, que já enfrentara, com quem já discutira, com quem já se aliara. Ver uma pessoa como ela prestes a se render era praticamente assumir, naquela Antessala, a derrota da raça humana.

– E que opção é essa? – insistiu Amber. – Ligar essa máquina e partir para uma outra dimensão sem olhar para trás?

– Exatamente.

A conclusão de que não havia mais esperanças para Ashanti doeu em Amber. Sentiu dor por tudo o que vinha com aquela resignação. E por tudo o que se perdia com ela.

– O povo vai ser exterminado... – sussurrou a irlandesa.

– Não seria a primeira vez, certo? – ponderou Ashanti. – E a vida sempre evolui depois, não? Talvez seja essa a ideia...

– Não desta vez. Porque *desta vez* este mundo seria reduzido a cinzas e se tornaria uma suíte de aberrações.

– E qual o problema disso? – perguntou Ashanti.

– Derek e Mihos teriam dado a vida por nada.

Ashanti levantou o olhar e o fixou em Amber, que sentiu arrepios. Era como se a ruandesa houvesse arremessado sua esperança em um precipício e Amber tivesse que saltar para segurá-la no último segundo antes da queda.

– Bem, *Amber*, nós temos apenas duas opções diante desse cenário: a primeira é ligar essa coisa e entrar nela sem olhar para trás, de volta para o lugar de onde achávamos que queríamos partir...

Amber suspirou e caminhou até o membro que Ravenna trouxera da outra dimensão e que agora estava jogado ao chão.

– E a outra opção?

– A outra é permanecer aqui, caçar Ravenna e enfrentá-la sem se preocupar em sobreviver... – A voz de Ashanti era tão sem vida quanto a conclusão. – Provavelmente não teremos chance alguma, talvez a gente morra na tentativa, uma de nós com certeza não vai chegar ao fim do combate...

– Mas talvez uma de nós consiga arrancar um dos braços daquela vaca – disse Amber.

– Talvez... – concordou Ashanti. – Isso talvez seja possível...

Amber agachou-se diante do braço necrosado. Estava coberto por sangue seco, os nervos tinham sido trucidados, e a tatuagem berrante indicava a palavra HURAY. O mais curioso, todavia, era que o bracelete de cristal ainda estava intacto no pulso.

– Se você acredita que eles estão realmente mortos, eu lhe digo agora... vamos matá-la – disse para Ashanti. – Sem olhar para trás, sem medo da morte. Mas, se você me disser que acredita que existe uma... uma única chance de que ao menos *um* deles esteja vivo, eu lhe digo para ligar essa porcaria e partirmos neste exato instante. Também sem olhar para trás.

Ashanti observou-a por um tempo, se perguntando onde estaria sua crença. No corredor, promovido a Antessala, aberto... o horror. Corpos de militares e de cientistas jaziam no chão, destroçados das maneiras mais chocantes; ossos expostos, colunas quebradas e cabeças abertas se somavam a manchas vermelhas espalhadas pelas paredes. Em alguns pontos onde canos tinham sido destruídos, havia pontos de alagamento. E, no teto, lâmpadas brancas balançavam, sustentando-se apenas por poucos fios.

– Então vamos atrás de Ravenna – decidiu Ashanti. – Vamos descobrir qual de nós morrerá no processo...

Amber apertou os olhos, trincou os dentes e expirou com vontade. Não era todo dia que se pensava que ia morrer. Em seguida, ela tocou pela primeira vez no braço gélido caído, na tentativa de conferir o quanto daquilo era real. Seus pelos se arrepiaram no toque, como se houvesse ali energia estática. E então o impensável aconteceu.

O bracelete de cristal encravado no braço se soltou.

– Como você fez isso? – perguntou Ashanti, com a expressão enrugada.

– Não faço ideia.

Amber agarrou o adereço cristalizado.

– Mas vou descobrir.

O LADO DE FORA TAMBÉM ERA CAOS. A base militar fora devastada. Corpos de soldados se espalhavam pelo perímetro em meio aos destroços. Veículos virados, portões arrombados e telhados destruídos se somavam a mais sangue, fogo e fumaça. Um cenário de horror que pedia urgência. Os sobreviventes se ajudavam como podiam, cuidando dos feridos, e contavam os mortos, embora mesmo os vivos parecessem mortos naquele momento. Amber aguardava no limite do perímetro, observando a cena fúnebre.

Então Ashanti surgiu no campo de visão, trazendo um cadáver nos braços.

O corpo era do doutor Nambara.

– Até ele... – sussurrou Amber.

– Sim – afirmou Ashanti. – Inclusive ele...

Ashanti parou ao lado de Amber e ficou com o cadáver do cientista nos braços por uns minutos, em meio ao local arruinado. O doutor Nambara tinha um hematoma no pescoço e um buraco no meio do jaleco, que estava encharcado de sangue. Os olhos virados, a boca aberta, a expressão eternizada de horror... Era um triste final para uma pessoa capaz de ajudar o mundo a mudar.

– O que você pretende fazer? Enterrá-lo?

Ashanti continuava parada, com o morto nos braços. Era possível enxergar o conflito em sua expressão corporal.

– Havia me parecido uma boa ideia quando o encontrei lá dentro, mas não mais aqui fora – disse ela. – Na verdade, eu só queria tirá-lo de lá...

Ashanti o deitou no chão, com cuidado, como se ele ainda estivesse vivo.

– Sabe, esse cara era uma das mentes mais brilhantes deste planeta. Ele saiu do Japão porque eu prometi que ele participaria da maior revolução tecnológica desse século...

– Você cumpriu a promessa – acrescentou Amber.

– A questão é: e *se* eu tivesse dito que essa participação custaria a vida dele, ele teria vindo mesmo assim?

– Como você poderia saber? Além disso, esse não é o tipo de pergunta que se deve fazer.

Ashanti continuou a observar o cientista morto.

– De vez em quando ele ia até a minha sala só para me levar comida, acredita? Eu esquecia de almoçar e ele não queria que eu morresse de fome...

A última frase tinha um quê de deboche, como uma crítica ao humor ácido do destino.

– Ele dizia que se Ruanda me perdesse, ao menos eu deixaria um legado. Que eu estava devolvendo o espírito desse país, o orgulho desse povo.

– Caras como ele costumam saber o que dizem...

– "Seja na ponta da faca, seja na bomba de nêutron, quando os corpos viram cinzas, o que sobra do espírito?" – citou Ashanti. – Essa foi a pergunta que ele me fez uma vez.

– E qual é a resposta? – quis saber Amber.

A ruandesa não sabia.

– Nós podemos chamá-los? – perguntou Amber, de súbito, mudando de assunto.

– Do que você está falando?

– Se vamos atrás daquela coisa *pra valer*, é melhor levarmos toda força que pudermos...

Ashanti desfocou o olhar, analisando o pedido de Amber. Se dependesse do próprio orgulho, seguiria sozinha. Mas seguir sozinha significava morrer nas mesmas condições.

– Desde que Derek atravessou o portal, você chegou a falar com algum deles?

– Não... não tive motivos – justificou Amber.

– Nem mesmo com o francês? – Ashanti estranhou. – Ele tinha uma queda por você...

– Quem, o ator? Ele é apenas irritante.

Ashanti soltou uma risada irônica. O tipo de risada de quem chegou a um fundo de poço tão profundo que nada mais parece realmente importar.

– E o outro? – perguntou a ruandesa.

– Já disse, não tive contato.

– Estou perguntando se devemos chamá-lo...

Foi a vez de Amber refletir sobre o pedido de Ashanti. Por fim, ela ergueu os ombros e disse:

– De todos nós, ele sempre pareceu o mais sensato.

Ashanti materializou o capacete, acionou o bracelete de cristal e o disco de luz se fez. Ela desenhou com os dedos os símbolos necessários e, nesse momento, em outro continente, o braço de Daniel Nakamura começou a fisgar.

– Ashanti? – A voz dele surgiu, parecendo vir de dentro da cabeça dela. – Por essa eu não esperava...

– Ravenna voltou. – Foi tudo o que disse.

Houve silêncio. Sem cumprimentos, sem explicações desnecessárias. Após absorver a informação, a voz de Daniel voltou a soar:

– E Derek?

– Morto.

Silêncio. Que durou uma eternidade.

– Se ela foi capaz disso... – começou a dizer o nissei.

– Eu sei.

Mais reticências.

– Amber está com você?

– Sim.

– O que vocês pretendem fazer?

– Acabar com ela.

Daniel suspirou. Aquela era a conversa mais direta e difícil que já tivera.

– Bem... e suponho que vocês queiram a minha ajuda?

– Escute: eu não vou implorar – garantiu Ashanti. – Só estou lhe *avisando* o que aconteceu e o que nós vamos fazer, e você pode decidir o que quer fazer.

– Imagino como deve ser difícil para você pedir ajuda...

– Eu *não* estou pedindo aju... – foi a vez da ruandesa suspirar, o cansaço evidente na respiração. – Quer saber? Só estou lhe comunicando porque, por algum motivo idiota, Derek acreditava em nós como um grupo. Nós *não* somos, mas ele acreditava nisso. Então, encare isso como meu último sinal de respeito a ele. E depois você e seu ator francês podem fazer o que quiserem. Mas tenham a consciência de que, se eu e Amber não conseguirmos parar aquele demônio, vocês terão de lidar com ele sozinhos. Aquela coisa não veio até aqui para um passeio turístico! Ravenna veio para tomar esta dimensão para si. E pelo que ela fez conosco em nosso primeiro contato, temos provas de que é capaz.

Daniel não respondeu, desta vez, mais por não saber como dizer o que queria do que por precisar ponderar sobre o que havia escutado.

– Pode ser mais complicado do que parece... – revelou.

– O que você quer dizer?

– Tive acesso a algumas informações que não foram passadas à imprensa. Nas galerias do metrô de Tóquio, onde eu e Romain enfrentamos a cria do demônio-bruxa... eles encontraram ninhos...

– De que porra você está falando?

– O Vespa Mandarina *deixou alguma coisa* dentro dos cadáveres. Coisas que... recentemente *eclodiram*...

– Oh, não – balbuciou ela.

– São *crias*, Ashanti! Não se tem ainda um relato concreto sobre *o quê* exatamente elas são, mas acredito que em breve vão começar a matar. E Ravenna não estará mais sozinha por aqui...

– E por que diabos você não nos informou disso *antes*? – esbravejou a ruandesa.

– Eu... estava ocupado.

Ashanti teve que espremer no silêncio a própria irritação.

– E posso saber com o que você anda tão ocupado?

– Eu construí um robô gigante.

Silêncio.

– Você construiu o quê?

– Um robô gigante.

Silêncio.

– Bem, então carregue a bateria desse negócio – disse Ashanti. – Nós vamos precisar dele.

14

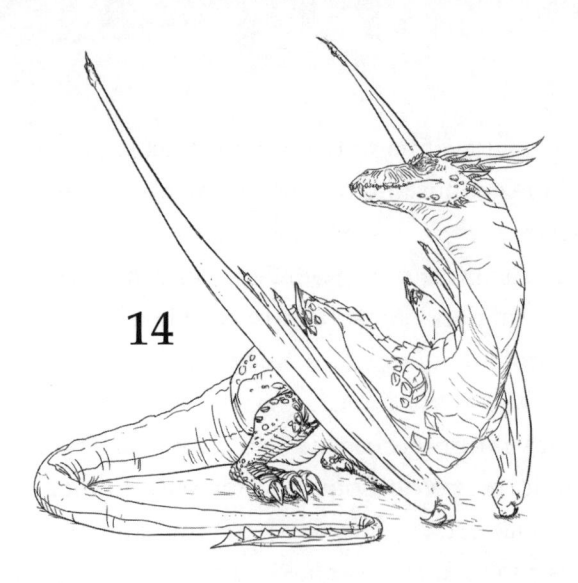

CHŌFU, JAPÃO

A cidade era conhecida por suas rosas de outono. Localizado na província de Tóquio a aproximadamente trinta minutos da região metropolitana, o município japonês tinha como um de seus maiores atrativos o colorido das pétalas espalhadas ao longo de dezesseis hectares do Jardim Botânico de Jindai. Em meio à visão multicolorida promovida pela plantação de mais de três centenas de rosas, os visitantes aproveitavam para registrar o cenário junto ao céu de outono e respirar o aroma promovido pelo agrupamento de tantas flores.

  O outono sempre fora uma estação visualmente fascinante no Japão. Em Koyo acontecia o efeito chamado *koyo zenzen*, a "frente matiz de outono", em que a coloração das folhas se modificava gradualmente para tons de amarelo e vermelho em direção ao norte. O período também permitia o consumo de diversos alimentos como cogumelos matsutake, nozes ginkgo, caqui, yuzu, nachi, castanhas e sudachi. A influência estrangeira popularizava mais a cada ano a festividade de Halloween em pontos como Shibuya, Harajuko e Roppongi, e crescia o número de eventos culturais e tecnológicos, como o festival de fogo Taimatsu Akashi, em Fukushima, e o Japan Robot Week, na capital.

Além disso, era o período dos Festivais de Hanabi Taikai.

Evento típico da cultura japonesa, os Hanabi Taikai contavam com diversas barracas gastronômicas e shows pirotécnicos, criados originalmente com a função de afastar os maus espíritos e confortar as almas dos mortos.

E era esse evento que acontecia naquela noite em Chōfu.

Quartel-general da Agência de Exploração Aeroespacial do Japão e composta por um design urbano semicircular, a cidade suburbana também era conhecida por abrigar em outubro o Festival de Fogos de Artifício. O evento era capaz de atrair tradicionalmente mais de trinta mil visitantes ao longo das margens do rio Tamagawa em um só dia como aquele.

Naquela noite, a pequena estação Fuda Keiō Line já havia recebido milhares de pessoas, como acontecia todos os anos. Já havia passado dez minutos desde as seis horas da noite quando começou a cerimônia de abertura. Mulheres vestidas de yukata, uma espécie de quimono informal, se abanavam com leques de madeira. Centenas de pessoas se posicionavam sentadas em lonas e lençóis esticados em uma extensa área verde iluminada por holofotes e organizada com cones amarelos. Pessoas de coletes vermelhos usavam lanternas de luzes LED para guiar os transeuntes. Casais registravam momentos, famílias dividiam comida como em piqueniques e tudo parecia em ordem.

Às seis horas e trinta minutos em ponto os fogos começaram.

Os rostos dos visitantes se tornaram multicoloridos como as rosas de outono, quando o espetáculo promovido pelas explosões de oito mil fogos de artifícios se iniciou. Havia êxtase, euforia, júbilo. O céu piscava como se estrelas estivessem explodindo, formando cascatas de luzes. As pessoas aplaudiam, assobiavam e produziam sons de surpresa, ao mesmo tempo que o espetáculo que pintava os céus era registrado por milhares de câmeras de celulares.

Passaram-se aproximadamente vinte minutos do início do espetáculo quando o inesperado aconteceu.

Ninguém estava preparado para o que invadia o festival, muito menos para a chegada de dragões. O som dos fogos de artifício superava qualquer outro som ambiente, e a atenção de milhares de pessoas estava no céu, não no solo. Todos se concentravam nas luzes, não nas sombras. Teorias futuras afirmariam que o gatilho responsável por atrair o horror naquele momento havia sido o barulho intenso, ou talvez o cheiro da comida em excesso, ou até o calor promovido pela junção de tantas pessoas... ou então um conjunto de tudo isso. Não importava, na verdade, porque seriam para sempre teorias.

O que realmente importava no momento era a face da criatura, a primeira delas a surgir, revelada pelo brilho de fogos de artifício vermelhos. E quem a viu foi um vendedor de batatas fritas que saíra da barraca para buscar reposição de bebida de soja em sua Kombi. Não importava o que dissessem, nenhuma teoria seria capaz de explicar o que viria a ser mais um dia capaz de entrar para a história.

Afinal, era a primeira vez que as crias do Vespa Mandarina se revelavam para o mundo.

O GRITO DO VENDEDOR ECOOU E EM SEGUIDA ELE ESTAVA MORTO. Sua cabeça tinha sido puxada na direção do vulto e o rosto cortado ao meio. Mesmo depois do grito e da quantidade de sangue esparramado, as pessoas ao redor demoraram para notar o que estava acontecendo. Fogos, luzes, estouros, sombras, mortes. Quando uma criança viu a cabeça do pai rolar pelo gramado verde e começou a gritar de maneira histérica, a onda de pânico se instalou.

As criaturas chegaram, se arrastando pelas sombras. Como o Vespa Mandarina, quase tudo nelas lembrava um inseto. Apesar do andar bípede, o tórax era colado ao primeiro segmento abdominal e um exoesqueleto protegia toda a musculatura, lembrando a anatomia de formigas. O corpo alienígena era peludo, amarronzado e não tinha ossos, mas sua constituição era firme, e a última camada de pele era tão dura que formava uma espécie de armadura. Em vez de braços e pernas, tinha patas articuladas, com uma garra no final. Enquanto a mandíbula era curta e projetada para mastigação, os olhos eram grandes e ovais, e ocupavam metade do rosto. No topo da cabeça, havia antenas capazes de identificar mudanças de temperatura, sabores e cheiros, e a nuca era coberta por pelos vermelhos. Quando caçavam, pareciam nunca saciar a fome, mastigando carne e sorvendo sangue. Algumas vezes, depois de se alimentarem, se jogavam no solo, arrastavam o tórax no chão, então saltavam para caçar de novo. E voltavam a matar. Sempre a matar.

 A multidão desatou a correr. Então mais *dessas criaturas* surgiram de outros pontos. Não importava para onde todos corressem, as crias do Vespa Mandarina estavam por toda parte. Eram pelo menos duas centenas, causando estrago em milhares. Uma mulher teve o peitoral aberto por duas garras e o coração devorado. Um ambulante jogou uma panela com óleo quente em cima de uma das mutações, que caiu no chão tremendo, como num ataque epilético. Ele teria corrido para salvar a própria vida, não fosse a outra criatura que surgiu pelo lado e perfurou seu estômago, esmagando-o em seguida contra a própria Kombi, amassando metal e partindo vidros. Alguns jovens com bastões de beisebol correram para salvar uma amiga e bateram com força no corpo de uma das aberrações. A mutação se virou de costas durante os golpes, e a proteção de quitina de fato se mostrou efetiva. Em seguida, a criatura ergueu as garras únicas, rasgou as gargantas de cada um do grupo e, por fim, devorou-lhes a carne.

 Policiais locais tentaram intervir, mas poucos carregavam revólveres. Por ter uma cultura avessa à violência, o Japão apresentava uma taxa de homicídios baixíssima e agentes policiais tinham uso restrito de armas de fogo. Por conta desses índices de criminalidade, até mesmo os *Koban* contavam apenas com dois a quatro policiais em seus postos policiais, servindo mais como estações de apoio e de serviços comunitários. Geralmente, os policiais que andavam armados eram os destinados a enfrentar o crime organizado ou a participar de ações de risco, com possibilidade de enfrentamento físico.

Nenhum dos quais se aplicava ao momento.

Divididos entre o dever e a sobrevivência, os agentes presentes no festival correram para pedir por socorro e reforço. Um deles pegou uma viatura e acendeu os faróis na direção de uma das mutações. A luz forte surtiu efeito e a criatura hesitou por um momento. O agente buzinou para que as pessoas saíssem da frente e se afastassem. Então, acelerou o carro, atropelou e esmagou a criatura, se tornando o primeiro humano a matar uma daquelas coisas.

Em meio à multidão de milhares de pessoas correndo e gritando, era possível enxergar as crias do Vespa Mandarina saltando e afundando-as no chão. Equipes de televisão local que cobriam o festival Hanabi Taikai transmitiam as cenas do pandemônio ao vivo; os repórteres tremiam, gritavam e choravam, tentando explicar a situação para a qual ninguém poderia ter se preparado. Nas redes sociais de compartilhamento instantâneo, vídeos começaram a circular em velocidade assustadora, replicados excessivamente em todos os cantos do planeta.

O pânico se alastrou da área do festival até Tenjin, onde havia uma concentração de grandes lojas de departamento, lojas de roupas, butiques e complexos de shoppings. Na rua principal, toda decorada com personagens yokai do mangá "Gegege no Kitarō", carros começaram a bater uns nos outros e a esmagar as pessoas que vinham correndo pela rua, na tentativa de fugir das mutações. Pedaços de corpos voavam, aterrissavam nos para-brisas dos carros e quebravam vidraças de lojas de luxo. Idosos foram pisoteados. As crias do Vespa Mandarina saltavam e caçavam e traziam terror. A multidão tropeçava em bicicletas, derrubava placas, batia contra postes. Aparelhos eletrônicos, roupas, joias, manequins, tudo ia se espalhando pelo chão, contribuindo para o cenário de puro caos. O aquário de uma loja foi atingido e se quebrou, jorrando água para todos os lados e fazendo os peixes saltarem desesperados, enquanto sufocavam. Um homem de avental saiu de dentro de uma casa de sushi e, brandindo um facão afiado, tentou atacar uma das criaturas demoníacas, mas terminou sendo arremessado contra a estrutura de um café de luxo. E, a cada momento, *mais* criaturas surgiam. Algumas saltavam sobre os carros, outras se agarravam aos outdoors luminosos e andavam por cima dos fios de eletricidade; em suma, as crias lembravam as piores lendas japonesas sobre maus espíritos. Um ônibus atravessou a vidraça do primeiro andar de um prédio empresarial, arrastando cadáveres em suas rodas. Uma senhora de noventa anos se escondeu atrás de uma placa de trânsito caída, fechou os olhos e orou para seu deus, pedindo para que ele a absolvesse daquela punição.

Mas não havia como fugir.

A punição era para todos.

Ao fundo, os fogos de artifício ainda explodiam no alto, colorindo o céu, como se o espetáculo macabro que acontecia no solo fosse parte da cerimônia. Agentes federais chegaram armados e tentaram atirar nas criaturas, mas a ação foi desastrosa. Muito ágeis, as mutações tornavam-se alvos difíceis, o que acabava ferindo inocentes. E mais pânico. E mais caos. A multidão corria sem saber para onde ir, buscando apenas se isolar *daquilo*.

Mas *aquilo* estava em todo lugar.

As estações de metrô ficaram entupidas, as pessoas eram esmagadas nas entradas e prensadas contra as paredes e, para piorar a situação já terrível, até dos túneis as criaturas surgiam, derrubando todos nos trilhos e invadindo os vagões. Gritos, correria, histeria. Horror. Humanos continuaram a fugir, demônios continuaram a devorar.

E assim, o Hanabi Taikai mais impactante da história japonesa continuou a tomar forma, manchando as ruas de vermelho, enquanto o céu brilhava, multicolorido.

15

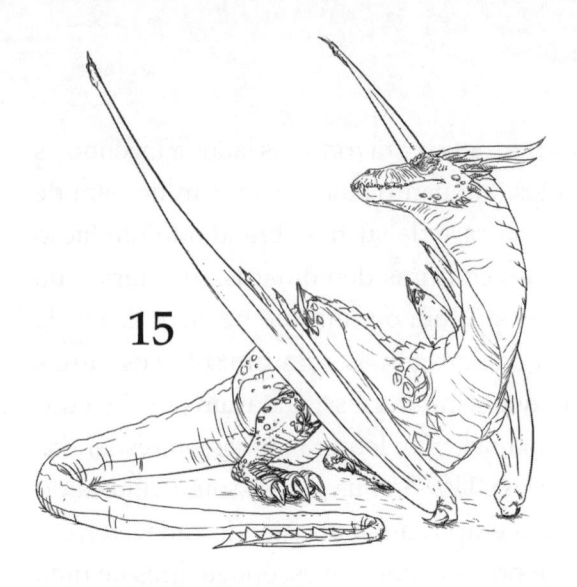

LOS ANGELES, EUA

Los Angeles era a cidade dos anjos. Conhecida por concentrar todo o glamour da indústria cinematográfica norte-americana, a cidade também era famosa por outra característica: o trânsito intenso.

Romain já havia aprendido essa lição desde seus primeiros trabalhos na indústria, ainda como dublê. Dependendo do horário, um mesmo trecho podia ser percorrido em trinta minutos ou em duas horas. Naquele dia, faltava um pouco para a hora do rush e o trecho da autoestrada 101 estava correndo bem. Ele dirigia na direção da Ventura Boulevard, com o objetivo de encontrar o agente para uma conversa sobre os próximos passos a tomar. A reunião foi marcada em um cybercafé da região; outra característica que ele aprendera rapidamente sobre a cidade: reuniões em LA nunca aconteciam em escritórios, mas em restaurantes.

Seu carro era um Bugatti Veyron em cor de ouro, com rodas pretas e inserções de fibra de carbono preto, um veículo alugado para ele pelo estúdio como um mimo por todo o agito que andava causando ultimamente. O supercarro esporte de visual futurista não corria; deslizava pelas estradas, atraindo olhares pelo caminho de outros motoristas. Ao fundo, Romain podia ouvir o som de helicópteros. Seu telefone tocou e o sistema de bluetooth transferiu a ligação para o viva-voz.

– *Mon amour* – saudou ele em francês. – Você precisa ver o que este carro é capaz de...

– Você viu no noticiário o que está acontecendo? – gritou Nicole do outro lado, também em francês. – Você viu?

– Ei, ei, calma! Calma! Respira fundo e me explica o que está acontecendo!

– Acabaram de dizer na televisão, na rádio, tá em todos os lugares! – continuou ela, com a voz acelerada. – Eles... eles estão dizendo... ai, meu Deus...

– Explica direito, Nicole! O que está havendo?

– O noticiário disse que a polícia está atrás de você!

Por um instante, as mãos de Romain tremeram ao volante e o carro bambeou entre duas pistas da 101.

– Como assim *a polícia está atrás de mim*? – gritou ele, afinando a voz.

O som dos helicópteros ao fundo ficou ainda mais alto e Romain reparou que estavam próximos demais. O telefone exibiu uma segunda chamada. Era Eric Roffman, seu agente.

– *Oh, merde...* – resmungou Romain. – Querida, eu vou ter de pedir um momento! Aguente na linha!

– O quê? Não ouse me deixar na linha, seu maluco do...

Romain trocou a ligação.

– Roffman? – disse Romain.

– Você está sabendo das notícias? – perguntou o agente com sua voz rouca.

– Acabei de saber – disse ele em inglês. – Mas não entendi porra nenhuma!

– O noticiário entrou ao vivo pra mostrar algum lugar de Tóquio sendo atacado! Eles não explicaram ainda por completo, mas parece que a ONU está acusando você por ações em crimes internacionais! – revelou o agente nos alto-falantes do veículo. – Eles estão requerendo sua custódia alegando que se trata de um assunto de Segurança Nacional!

– Mas isso não faz sentido! – berrou Romain, soltando o volante e, novamente, bambeando o carro. – Eu e Daniel fomos perdoados pelo... *que aconteceu* no Japão! Nós não destruímos Tóquio! Nós *salvamos o mundo*, droga! E eu nem pude contar isso pra ninguém!

– Aí é que está! Parece que o governo japonês *revogou* o seu perdão! E já requisitaram a sua custódia para o governo da França e dos Estados Unidos! – continuou o agente sem fazer pausas. – Eu acho que ambos os Governos acreditam que você tenha algum envolvimento nisso! Estão tratando você como um alvo de alta periculosidade para a segurança americana!

– Sério? – perguntou Romain, dividido entre o pânico e o orgulho. – Bom, ao menos isso...

– Romain, você tem ideia da gravidade da situação? – O agente começou a gritar, chamando a atenção dos clientes do cybercafé.

Além do helicóptero, Romain começou a ouvir as *sirenes*.

– Eu acho que *agora* eu tenho...

Pelo retrovisor, conseguiu ver os carros abrindo espaço para passar uma caravana de veículos do Departamento de Polícia de Los Angeles.

– Que barulho é esse? Onde você está?

– Na autoestrada – respondeu Romain. – Droga, como eles poderiam saber que esse é o meu carro?

– Você está no Veyron cor de ouro? O que o estúdio alugou?

– É claro! *Quem* não estaria? Mas isso não quer dizer nada...

O agente fez uma pausa.

– Só existem dezesseis exemplares desse modelo no mundo – disse Eric, de maneira seca, como se fosse óbvio.

Houve um silêncio constrangedor.

— Isso *ainda* não quer dizer nada! – resmungou Romain.– Eu poderia ser qualquer um dos outros quinze...

Ao consultar mais uma vez os espelhos retrovisores, o francês apertou os olhos. Tomando a frente de cada uma das cinco faixas da pista, carros pretos com giroflexes presos no teto desaceleravam o trânsito, isolando cada vez mais a parte da estrada em que Romain se encontrava.

— *Putain de bordel de merde*! – gritou Romain. – Eu nunca vi uma coisa dessas!

— Nunca viu o quê, cacete? – A voz do agente falhou do outro lado. – O que está havendo?

— É melhor você não saber – assegurou Romain. – O que precisa me dizer é o seguinte: você vai continuar sendo meu agente?

— O que você está dizendo? Eu não acredito que você está preocupado com isso agora!

— Vai ou não vai? Responde agora que eu vou ficar ocupado em alguns segundos!

— É claro que eu vou continuar sendo seu agente, seu maluco!

— Então, comece a preparar um contrato para a minha biografia! Filme, livro, especial de televisão, eu quero o pacote completo!

— Você é maluco! Sério, você é o filho da puta mais maluco que eu já conheci, e olha que eu trabalho em Hollywood!

— Eu sei – disse Romain, sorrindo e acelerando o carro. – Eles estão transmitindo ao vivo?

— Do que você está...

— Eu estou vendo *dois* helicópteros! Eu quero saber se ao menos um deles é da televisão! – gritou Romain, com a voz nasalada, enquanto o carro cortava o caminho por entre dois carros. – Eu estou ao vivo neste momento?

— Está! Os dois são da imprensa... – confirmou o agente, fechando os olhos. – Você na verdade está ao vivo para todo o mundo...

— É o que eu precisava saber.

– Romain, é melhor você se entregar para...

– Lembre-se: pacote completo!

A ligação foi novamente trocada.

– *Mon chéri?* – disse ele.

– Como você ousa desligar na minha cara assim? – gritou a esposa de Romain.

– Eu não desliguei, eu só coloquei na... bem, dane-se, escute! – ordenou ele, tentando falar sério, mesmo com o coração acelerado e sendo quem era. – Preciso que você e Amélie segurem a barra por um tempo, ok?

Nicole, do outro lado, começou a chorar.

– Por que você está dizendo isso?

– Eu não sei o que vai acontecer, Nicole! Mas, seja lá o que for, você vai precisar manter Amélie em segurança, ok?

Os helicópteros se aproximaram ainda mais. O som das sirenes também.

– O que você pretende fazer, seu pirado?

– Eu pretendo fazer história, amor! – revelou ele, como se não fosse nada. – Eu pretendo dar à América o maior show que ela já viu!

– Romain...

– Eu amo vocês.

Romain desligou. Olhou para a frente e acariciou o volante. Um terceiro helicóptero apareceu no cenário, totalmente diferente dos outros. Era evidente que não fazia parte da imprensa, com aquela aparência de uma máquina de guerra. A aeronave escura era equipada com rotores coaxiais e trem de pouso portátil, e mantinha as portas laterais abertas, revelando uma equipe de operações especiais prestes a entrar em ação. Avançava em uma velocidade superior aos cento e cinquenta quilômetros por hora, o que parecia ser apenas um terço da sua capacidade.

Os carros que ainda estavam na frente das viaturas começaram a jogar seus veículos para os acostamentos e a pararem por completo, deixando o caminho livre para as viaturas policiais passarem.

O helicóptero de guerra deu um rasante e passou direto pelo carro de Romain. Os outros dois permaneceram a distância, testemunhando e registrando tudo.

O superesportivo disparou, deixando viaturas e helicópteros de televisão para trás. O motor daquele carro tinha dezesseis cilindros, oito litros, quatro turbos e dez radiadores.

E a potência de *mil e duzentos cavalos.*

Quando a velocidade atingiu os 220 km/h, a suspensão hidráulica abaixou o carro até que ele se mantivesse a cerca de nove centímetros do solo. À frente, a uma velocidade superior a mais de cem quilômetros por hora, o helicóptero de guerra que havia ultrapassado o veículo parou a um quilômetro de distância apenas, garantindo uma margem de segurança, caso precisasse agir rapidamente. Analisando a situação e aproveitando a distância que havia entre ele e as viaturas, Romain surpreendentemente acionou bruscamente os freios a disco de fibra de carbono e carboneto de silício, desenvolvidos por cientistas espaciais. Pistões de titânio desaceleraram o veículo em segundos, e o carro saiu cantando pneu na autoestrada 101 até parar por completo. Curiosamente, por reflexo, Romain acionou as luzes de pisca-alerta. Em seguida, inseriu uma chave especial na lateral esquerda do assento.

Aquela era a chave de velocidade máxima.

Constantemente nas listas de carros mais velozes do mundo, o Bugatti Veyron exigia que seu modo de velocidade extrema fosse acionado apenas com o veículo parado. Ouviu-se um bipe e, como em uma máquina digna de um de seus filmes de ação, Romain testemunhou o spoiler traseiro se retrair e projetar um aerofólio de avião. Os difusores de ar frontais se fecharam e o carro diminuiu a distância que o separava do solo desta vez para 6,5 centímetros, tornando-se um veículo baixo, mas ainda extremamente largo.

– Muito bem, pessoal – disse Romain para ninguém em particular. – Se é um espetáculo que vocês querem, é a porra de um espetáculo ao vivo que eu vou dar a vocês...

As viaturas se aproximaram, iniciando o cerco em plena autoestrada. Antes que pudesse ser flanqueado por completo, Romain acelerou.

Dois-ponto-dois segundos.

Esse número assustador foi o tempo que o carro precisou para atingir de zero a cem quilômetros por hora.

Em oito segundos, ele corria a duzentos.

Em quinze, a trezentos.

Assim como Romain, tudo naquele carro era exagerado. A arrancada era mais rápida que a de um avião comercial e tão impressionante que os policiais nem se deram o trabalho de *tentar* competir com aquilo, mantendo apenas as sirenes das viaturas ligadas. Romain saiu cortando caminho entre qualquer retardatário que ainda não tivesse deixado o caminho livre, sentindo-se numa corrida de jogo de videogame, logo depois de acionar o nitro. Atingir uma velocidade daquela magnitude em uma autoestrada beirava a insanidade.

– *Yippee-ki-yay, motherfucker!* – gritou Romain ao volante.

Enquanto isso, as estações de televisão mantinham a programação interrompida para mostrar a ação, atingindo de um instante para outros índices de audiência explosivos, típicos de programas de horário nobre. Boa parte da audiência achou que se tratava de um making of do próximo filme de Romain e, na internet, a maioria dos comentários falava de uma suposta tentativa de marketing viral por parte do estúdio ou da empresa do automóvel.

O helicóptero preto de guerra voltou a acelerar. Romain passou por ele num piscar de olhos, mas a máquina voadora era preparada para situações como aquela. Seguindo o rastro do carro superesportivo que deslizava pela pista, a aeronave acionou propulsores, que a mantiveram na faixa dos trezentos quilômetros por hora.

– Engole essa, que essa aqui é furiosa! – comemorou Romain, afogado em adrenalina. – Puta-que-pariu-puta-que-pariu! Eu tô mais veloz do que um Fórmula 1!

Quanto mais rápido o carro avançava, mais a própria força da natureza tentava segurá-lo e jogá-lo para trás. Para funcionar em tal velocidade, o motor consumia cinco litros de gasolina por quilômetro e era preciso processar quarenta e cinco mil litros de ar por minuto, a mesma quantidade que uma pessoa respiraria em quatro dias. Era como ouvir um monstro devorar oxigênio. O bracelete de cristal começou a fisgar o braço de Romain, alertando-o para um princípio de transformação.

– Não, não, não! Menino mau! Menino mau! Papai não quer! Agora não! Você vai pesar muito o carro! Agora não!

Romain conseguiu impedir que a armadura fosse acionada, mas mesmo assim o metal-vivo ativou o sistema interno. Dentro do carro, o mundo se transformou em borrões. Romain imediatamente reconheceu a sensação de quando enfrentou Tsuyoi: sua visão selecionava e enaltecia o que era importante e escurecia as áreas que deveriam ser ignoradas.

– Ah, quer saber? Dane-se! Acione o capacete! – ordenou.

O capacete escuro com visor azulado imediatamente se materializou, dando ao motorista uma aparência de piloto de corrida profissional.

– Eu preciso ser mais rápido... – sussurrou. – Eu preciso ser mais rápido...

A reação foi instantânea. O visor imediatamente corrigiu desníveis de luz e reforçou trajetos, calculando distâncias e prevendo possibilidades de acidentes. Romain desacelerou o carro para ganhar margem suficiente e não bater na traseira de um outro e, em seguida, se enfiou entre dois carros da faixa ao lado. Mantendo a mesma velocidade que a dos outros carros, voltou à faixa anterior, passando pelo veículo retardatário, trocando marchas em zero-ponto-dois segundos. Tudo em um piscar de olhos.

Pelo retrovisor, Romain viu algo se acender na lateral do helicóptero. O brilho se tornou mais intenso e, então, de repente, avançou na direção do carro.

– *Putain de bordel de merde!* Aquilo é um MÍSSIL!

O carro cantou pneu e avançou na diagonal para outra pista, desviando do míssil no último segundo e escapando da explosão, que o projetou ainda mais para a frente. As câmeras dos helicópteros captaram o momento e exibiram ao vivo as imagens para todo o território nacional. Romain lutou com o volante para manter o veículo estável sobre o asfalto. O spoiler traseiro inclinou quando o motorista brecou, funcionando como freio de ar e equilíbrio durante a desaceleração. Do helicóptero, o inimigo preparava a segunda investida. Refletida no visor de Romain havia a figura de um soldado usando uma armadura e segurando uma bazuca.

– *Oh merde...*

O segundo míssil foi disparado. Imediatamente, o motor do carro rosnou e o Veyron partiu com a potência de um foguete, deixando para trás a área atingida pela segunda explosão. Dentro do carro, Romain tremia e continuava a acelerar. Ia rápido. Cada vez mais rápido. E cada segundo era uma preciosidade. A aceleração ultrapassou a barreira dos trezentos quilômetros por hora, deixando os helicópteros das emissoras e viaturas para trás, comendo poeira.

O carro ia passando direto pelos veículos parados nos acostamentos, os motoristas completamente assustados com o que estavam testemunhando. O barulho produzido pela aceleração e pela sucção do ar era tão intenso e característico que os motoristas eram capazes de ouvir o veículo muito antes de Romain surgir e passar por eles em uma linha borrada.

Então o velocímetro marcou 400 quilômetros por hora.

Aquilo era uma insanidade.

Até para Romain Perrin.

– *Oh-my-God-oh-my-God-oh-my-God!* – dizia, e a voz ia afinando.

A velocidade daquele modelo atingiu o limite máximo próximo dos 415 quilômetros por hora. Como se aquilo não fosse assustador o suficiente, o helicóptero de guerra que o perseguia atingiu uma velocidade similar.

E as cordas desceram pela lateral da aeronave.

– Vocês estão de sacanagem comigo... – resmungou Romain.

Uma tropa militar, composta por doze soldados vestidos com armaduras maleáveis, construídas à base de nanotecnologia, se preparou para uma ação de campo. Pelo retrovisor, o francês viu um deles colocar o corpo para fora e empunhar uma arma robusta. Ouviu o disparo e algo foi arremessado, dessa vez não na direção do carro, mas para a frente. A princípio a munição lembrava uma bola de metal. Na fração de segundo em que se deslocou, porém, revelou ser outra coisa: uma arma nanotecnológica com inteligência artificial.

Uma arma inteligente que se abriu, revelando uma fileira inteira de espinhos.

Ao perceber o que era aquilo, Romain mais uma vez acionou bruscamente os freios tentando não perder o controle do carro. Para frear um veículo daquele na velocidade em que estava, contudo, precisaria de dez segundos e meio quilômetro.

Infelizmente, ele não tinha nenhum dos dois.

Os quatro pneus estouraram ao mesmo tempo, e Romain perdeu o controle. Como consequência, o carro virou e o mundo começou a girar quando o esportivo começou a capotar, completando quinze voltas, até se chocar contra uma mureta. Quem viu a cena se arrepiou. A lataria foi se tornando um redemoinho cada vez menor, em meio ao som de destruição de metal e vidro. Quando o que restou do veículo parou no canto da estrada, de cabeça para baixo, esmagado contra o concreto, os militares desceram pela corda do helicóptero. As armaduras cobriam totalmente os corpos dos soldados, escondendo até mesmo os olhos, e acopladas ao pulso havia telas OLED flexíveis. Todos eles se aproximaram ao mesmo tempo, cautelosamente, e apontaram para a frente as armas de munição 25mm semiautomáticas, para o caso de Romain ter sobrevivido; uma preocupação que parecia absurda. *Ninguém* seria capaz de sobreviver àquilo. Mas eles eram militares que já haviam batalhado ao lado de um ranger vermelho. Os mesmos militares que viram um dragão se conectar a um homem. E nesse momento não estavam atrás de um alvo comum.

Naquele momento, eles eram cybersoldados com ordens para capturar um metalizado verde.

O grupo parou na posição de tiro, aguardando o sinal do líder, que mantinha o braço direito erguido e o punho fechado. Silêncio. Ao fundo, o som dos helicópteros da imprensa se aproximava. A autoestrada 101 permanecia fechada naquele trecho, e o trânsito tinha sido interrompido quilômetros antes, gerando um efeito caótico como nunca havia sido visto na cidade de Los Angeles.

Então, de repente, da pequena parte arrebentada que sobrara do carro, surgiu um homem vestindo uma armadura negra que cobria todo o seu corpo, com visor e ideogramas esmeralda espalhados pelo metal-vivo, lembrando veias de dragão.

– *Agora* vocês me deixaram puto!

Os militares dispararam, assustando telespectadores do mundo inteiro, que acompanhavam o retorno das imagens ao vivo. As primeiras balas ricochetearam na armadura, projetando Romain para trás contra o que restou do veículo. No entanto, a munição parecia ter o mesmo efeito de socos contra a armadura do metalizado verde. Havia *algo* de diferente com aquele alvo.

Em um momento, ele estava imóvel, inerte, sem reação.

No outro, tal qual um carro de dois milhões e meio de euros, ele começara a correr.

O militar mais próximo de Romain voou metros, sem saber direito o que o atingira.

– Vocês destruíram um Veyron dourado, seus putos! – gritou o francês, sua voz reverberando pelo caminho por onde passava.

Um dos soldados sentiu o próprio corpo girar pela pista. Um outro só percebeu que não estava mais em pé quando chocou-se contra o asfalto.

– Vocês sabem quantos carros desses existem no mundo? Dezesseis! De-zes-seis!

Os militares continuavam tentando capturar o metalizado, mas ele era rápido. Rápido *demais*. Romain corria, escorregava, avançava em uma velocidade que parecia pelo menos duas vezes maior que a dos soldados, treinados para serem ágeis. Mais dois deles caíram. Um bateu contra a mureta e perdeu a consciência. Os soldados trabalhavam em grupo para tentar pará-lo, mas as balas pareciam não surtir efeito algum. E o mais assustador para os militares é que o metalizado parecia não se cansar.

A melhor expressão para definir Romain naquele momento era *frenético*.

– E, por causa de vocês, agora existem quinze! Quin-ze!

Romain ainda guiava seus movimentos de acordo com os pontos de fuga e vulnerabilidade que o metal-vivo lhe apontava no cenário. Um dos soldados acionou uma arma de energia, que disparou um eletrolaser na direção de uma das pernas de Romain. Quando o disparo se chocou contra a armadura, o francês sentiu a pele queimar. Pela primeira vez, naquele combate, ele gritou de dor.

– *Fils de pute!* – berrou. – Isso arde mais que pimenta habanero!

Ele tentou correr em direção ao soldado, mas foi interrompido quando sentiu nas juntas o dano causado pela queimadura. Caiu com um dos joelhos no chão, lutando contra a dor. Diante da situação caótica, o simbionte tentou iniciar o processo de restauração celular acelerado, mas o tempo era curto demais para a gravidade da situação de risco. Os militares que ainda estavam aptos a combater formaram um círculo ao redor do metalizado verde. De várias direções, tiros de 25 mm atingiram a armadura metalizada, finalmente derrubando Romain.

As imagens continuavam sendo transmitidas, agora para o mundo todo, gerando todo tipo de reação. Uma dona de casa colocou a mão no rosto, sem saber se aquilo era realidade ou ficção. Clientes em restaurantes deixavam as mesas e se postavam diante das telas, enquanto ligavam para outros membros da família. Milhões de mensagens instantâneas eram transmitidas via telefone e computador de pessoas se perguntando o que estava acontecendo. Nas redes sociais, contudo, havia milhares de postagens em diferentes idiomas de pessoas desconfiadas de que talvez Romain Perrin fosse o homem por trás do vídeo viral do metalizado justiceiro, matador de terroristas. Que talvez fosse *ele* um dos combatentes do dragão vermelho que queimaram a Cidade do México. Que talvez fosse *ele* um dos guerreiros metalizados que destruíram um bairro inteiro de Tóquio durante a captura de uma aberração. E, por causa disso, em uma reação totalmente imprevisível por qualquer tipo de governo nacional, as pessoas de repente começaram a torcer pelo alvo, pelo injustiçado, pelo ídolo.

As pessoas passaram a torcer por Romain.

– Romain Perrin, você está sendo detido pelo Governo dos Estados Unidos sobre acusações de crimes contra a Segurança Nacional – anunciou capitão Hawkes, líder da tropa.

Romain só via o rosto de Amélie.

– Vocês... vocês não sabem... – As palavras ardiam tanto quanto os ferimentos.

Atordoado, Romain havia perdido a noção de tempo e espaço. Não sabia exatamente o que fazer ou o que estava fazendo. Reagia no modo automático, apesar de seu corpo não estar preparado. A angústia pela impotência do momento crescia dentro dele, arrepiando pelos e expelindo frustração. A queimação aumentou. A respiração ficou difícil. Os olhos se arregalaram, como os de um homem horrorizado. Seu bracelete cristalizado começou a fisgar o pulso, e um instinto animal nasceu em seu âmago, implorando para ser libertado. Era um rugido que ecoava pelo peito, resgatando uma reação animalesca. O mesmo sentimento de uma besta aprisionada, de uma fera em cativeiro. Quando o desejo de sobrevivência atingiu o ápice, Romain ouviu os soldados gritarem. A chuva ácida perfurou suas armaduras maleáveis. Romain descobriu que o urro bestial não estava apenas dentro dele. Também estava fora.

E o dragão verde voava ao seu lado.

– *Espinafre*, é você? – perguntou o francês.

Diante das câmeras, o dragão de dez metros e tonalidade esmeralda tomou o céu de Los Angeles, agitando asas e cuspindo ácido. Telespectadores gritaram de terror, como se o monstro estivesse a centímetros de distância. A chegada inesperada da criatura trouxe uma dinâmica diferente à reação das pessoas. Alguns passaram a apoiar a ação militar e a acusar Romain de fazer parte daquilo, de fazer parte do terror que parecia combater, de ser um perigo para o mundo. Já outra parte, principalmente a parte mais jovem, estava fascinada com um homem capaz de domar dragões. Um homem que fazia um heroísmo de cinema parecer verdade.

Os tiros voltaram a pipocar, enquanto os helicópteros da imprensa se afastavam. As balas batiam contra as escamas, sem perfurá-las. Para desviar dos projéteis, o bicho se movia em voos ágeis, gingando para os lados e invertendo o percurso sem aviso. De vez em quando, planava e esticava a língua numa ameaça. Quando o ácido batia na armadura, derretia componentes externos, como armas e a tela de LCD acoplada e, enquanto os soldados se debatiam, Romain teve tempo de se recuperar. Ainda que ferido, o simbionte cortou temporariamente a sensação de dor, e conseguiu derrubar mais fileiras de soldados. Foi quando finalmente voltou a raciocinar, desta vez conectado ao seu maior aliado. Então, homem e fera passaram a agir como um só.

Um dos soldados estava de costas quando Romain o arremessou para cima. A cauda do dragão verde estalou, jogando-o para longe. O mesmo soldado que havia ferido Romain voltou a acionar o eletrolaser, mas, antes que pudesse disparar, um jato de ácido caiu por cima de suas mãos, inutilizando a arma. Quando se deu conta do que havia acontecido, Romain já estava em cima dele, esmurrando seu capacete. O capitão Hawkes arremessou um explosivo que grudou nas costas do francês, o timer piscou duas vezes, e então a bomba estourou, acrescentando mais som de guerra ao caos. O soldado voou, caindo metros à frente. A besta esmeralda avançou, investindo contra o militar e, ao equilibrá-lo no chifre, arremessou-o em direção ao que restara do carro superesportivo.

Recusando-se a se entregar, o soldado colocou-se de quatro e então de joelhos. Fumaça, ácido, metal, vidro, concreto. Antes, com ordens para não interferir, e agora, depois do pedido de reforço, os policiais se aproximavam e o barulho de sirene ficava cada vez mais alto. O metalizado verde, no entanto, sabia que naquele momento não havia como vencer a batalha. Não daquele jeito.

– Dragão... – sussurrou, escondendo um sorriso irônico por dizer aquilo. – ... Hora de voar...

O dragão verde levantou voo imediatamente, cuspindo ácido pelo caminho, marcando o asfalto e afastando os soldados já temerosos. Deu um rasante e agarrou o corpo de Romain; em seguida, agitou as asas, erguendo-se.

– Não! Não! – gritava o capitão Hawkes em meio às ferragens, agarrando uma pistola e atirando a esmo em desespero. – Não de novo...

E assim, pela segunda vez, o capitão assistiu a um homem se retirar de um campo de combate, sob sua custódia, montado em uma besta que eles não conseguiam combater.

O cenário queimava. O mundo borbulhava. A internet fervia.

O helicóptero de combate levantou voo com um único objetivo: abate. Na Base Aérea de Edwards, base da Força Aérea Norte-Americana, situada na fronteira entre o Condado de Kern e o Condado de Los Angeles, caças F-35 e F-22 Raptor receberam a autorização para decolar em busca da criatura e executá-la. Em velocidades supersônicas, caçar o dragão só seria possível se ele se mantivesse em campo aberto.

Ainda acompanhado por câmeras profissionais e amadoras, o monstro seguiu na direção do píer de Santa Mônica. As primeiras pessoas a testemunharem a chegada do dragão esmeralda estavam na roda-gigante local. Um grupo largou no chão o que comia e correu sem rumo, assustando os pássaros que beliscavam os restos de comida. Ciclistas foram derrubados pela multidão amedrontada. Pescadores e músicos tropeçaram ao correr, e alguns foram pisoteados na confusão.

Mais tarde, Romain se lembraria muito pouco daquele momento. As memórias guardariam os gritos dos espectadores assustados com a chegada da besta, o voo rasante sobre o oceano e o mergulho que carregou ambos para dentro das águas do Pacífico. Seu corpo foi arrastado por debaixo da água, sem interrupção, até Romain se dar conta de que não estava mais no Oceano Pacífico.

Ao erguer-se das águas, ainda pelas garras de seu dragão verde, Romain levou apenas alguns segundos para perceber que não estavam mais no píer de Santa Mônica. Não estavam mais nos Estados Unidos. Eles não estavam mais nem mesmo na dimensão terrestre.

Eles estavam de volta ao Cemitério de Dragões.

16

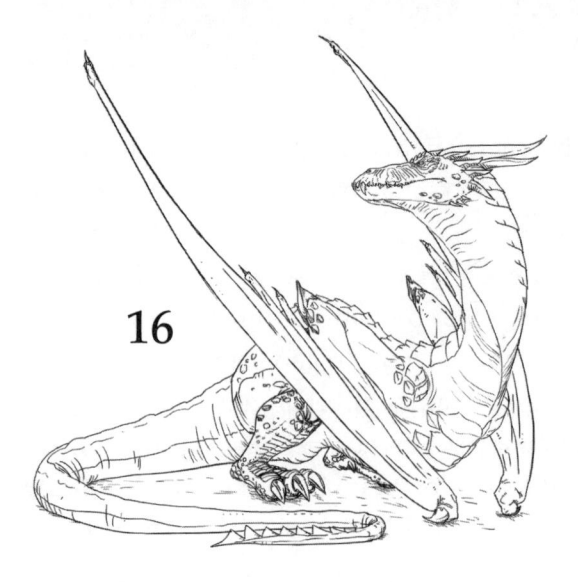

TÓQUIO, JAPÃO

A porta foi aberta de maneira brusca. Daniel Nakamura invadiu a sala de conferência onde líderes militares se reuniam ao redor de uma mesa com formato de uma imensa prancha de vidro, atraindo olhares assustados.

– Não fui avisado desta reunião – disse.

– Você não foi convidado – informou o primeiro-sargento Kusaka.

– Eu sei, só estava tentando ser educado.

Ignorando todo o peso da situação, Daniel puxou uma cadeira vazia e se sentou ao lado de um senhor chamado Tsuruji, das Forças de Autodefesa do Japão. Ele não escondeu a perplexidade. Para japoneses mais tradicionais, ainda era um tanto chocante que nisseis de gerações mais novas feito Daniel demonstrassem com muito mais facilidade seus sentimentos em público do que as gerações mais antigas.

Em pé, na sala, diante de uma imensa tela touch screen, Kusaka apoiou as mãos sobre a mesa e encarou o recém-chegado.

– Aparentemente você não notou a gravidade dessa...

– Eu notei – interrompeu o nipo-brasileiro. – Só não estou dando a mínima.

Kusaka levantou as mãos e bateu-as com força sobre a mesa.

– Você está mesmo debochando deste conselho?

– Não, mas eu acho *mesmo* que este conselho está debochando de mim.

Os líderes se olharam em choque. Definitivamente, aquele tipo de insubordinação na frente de superiores em idade e hierarquia era extremamente desrespeitoso na cultura tão rígida e disciplinada em que viviam.

– Eu vou precisar chamar reforços para tirar você daqui?

Daniel sorriu.

– Você poderia chamar o prédio inteiro para lhe ajudar e, ainda assim, isso não seria suficiente pra me tirar daqui. Na verdade, você precisaria chamar um robô gigante... – A expressão de Daniel de repente se modificou, ao se lembrar de um detalhe que não poderia passar despercebido. – Ou melhor... – acrescentou. – Você não poderia. Porque fui eu que projetei aquela coisa. O que só reforça a questão de que eu devia ter recebido o convite para esta reunião...

Silêncio. Os militares se olharam para ver qual deles tomaria uma atitude.

– Nakamura-san – começou Kusaka –, o que está sendo discutido aqui dentro entra em conflito com seus interesses por motivos pessoais. Não é aconselhável envolvermos você nas decisões que precisarão ser tomadas...

– Com todo o respeito aos membros deste conselho, mas... como assim "em conflito com meus interesses por motivos pessoais"?

Kusaka fez um movimento para um sensor, trazendo de volta à tela touch screen um conteúdo que havia sido minimizado.

– Nós estávamos debatendo sobre Romain Perrin – revelou.

A foto de Romain estava destacada na tela. Uma linha do tempo de acontecimentos aparecia no canto, ao lado de imagens de vídeos do acontecimento de Los Angeles.

– Senhores, peço permissão para discordar – disse Daniel. – Para ser sincero, eu sou a pessoa que mais deveria estar nesta sala hoje.

Senhor Akama, o mais velho, sentado do outro lado da mesa, tomou a palavra:

– Você e o homem citado receberam o mesmo perdão do Governo Japonês, por crimes pelos quais deveriam ter sido julgados.

– Se recebemos o mesmo perdão, por que apenas ele está sendo caçado?

– Nós conhecemos as suas intenções. Mas não as *dele*.

– Não! – rebateu Daniel. – Na realidade é porque vocês já me consideram em custódia.

Houve um momento de silêncio. Ninguém foi capaz de afirmar ou desmentir aquela afirmação.

– E se nós decidíssemos que ele é uma ameaça que deveria ser impedida? – perguntou de repente Jin Tarumi, o mais alto da sala, também sentado do outro lado da mesa. – Qual seria a sua reação?

– Eu seria então a única pessoa de bom senso a evitar uma estupidez como essa.

– Cuidado com o tom, garoto! – exigiu Akama. – Você está falando com as Forças de Autodefesa do Japão!

– Eu sei! – garantiu o nissei. – As forças pacíficas que me torturaram, pesquisaram tudo ao meu respeito e ainda ameaçaram minha família, antes que eu e os outros que vocês pretendem matar livrássemos o mundo do Vespa Mandarina!

– Destruindo um bairro inteiro no processo! – acrescentou Takeru.

– E evitando a destruição do mundo – concluiu Nakamura.

As vozes começaram a se exaltar, abandonando os protocolos.

– O Japão foi atacado novamente e precisamos lidar com isso! – gritou Kusaka. – Precisamos lidar com você e com os outros.

– Vocês vão atrás delas? É isso o que estão dizendo? Criaturas de outra dimensão tomaram este planeta e vocês querem ir atrás das únicas pessoas que foram capazes de enfrentá-las?

– Nós não sabemos quem de fato é nosso aliado e quem é nosso inimigo no momento.

– E, agindo desse jeito, vão continuar sem saber!

Tsuruji virou-se totalmente para Daniel pela primeira vez até então.

– Você tem total certeza de que os outros metalizados não têm nada a ver com o novo ataque a Tóquio, de maneira direta ou indireta?

Responder a essa questão era mais complicado do que parecia a princípio.

– Eu tenho total certeza de que nenhum deles é seu inimigo – afirmou Daniel.

– Mas não tem certeza se algum deles seria nosso aliado – acrescentou Kusaka.

– Disso *ninguém* pode ter certeza – retrucou Daniel. – Eu construí um robô gigante para vocês e ainda não sou tratado como aliado.

Nesse momento, todos os líderes militares do conselho se viraram para ele. Daniel sentiu no gesto o peso de um país inteiro virando-se para ouvir o que ele tinha a dizer.

– Se os outros metalizados se aliassem ao outro lado, você os enfrentaria em nome da nação japonesa? – perguntou Takeru.

Daniel só conseguia pensar em quantas piadas Romain faria se visse a quantidade de gel no cabelo daquele homem.

– Eu enfrentaria qualquer ameaça em nome de todas as nações do mundo – respondeu.

– Incluindo seus antigos aliados? – insistiu Takeru.

– Não será preciso enfrentá-los – garantiu Daniel.

– É por isso que você não tem a confiança deste conselho – concluiu Kusaka. – Você não consegue admitir que é capaz de colocar seus motivos pessoais acima do dever nacional.

Daniel bufou, sentindo os ombros pesarem. O primeiro-sargento estava certo.

– Eu posso convencê-las a vir até aqui – sugeriu Daniel, de repente.

Os militares se entreolharam, curiosos.

– Como é? – indagou Jim Karumi.

– Japoneses são conhecidos por honrar suas palavras. Se vocês me prometerem que não irão tratá-las como inimigas, eu as convenço a vir até aqui, antes que elas decidam os próximos passos por conta própria...

Outra vez os olhares se cruzaram. Os líderes buscavam na proposta de Daniel algum blefe ou uma armadilha. A expressão no rosto do nissei, no entanto, era sincera demais para que ele fosse tratado como um mentiroso.

– Elas ainda estão montando dragões? – perguntou Tsuruji, de súbito, como se estivesse dividido entre a preocupação e o fascínio no que dizia.

– Provavelmente.

– E você *provavelmente* exigirá algo em troca por isso... – calculou o homem.

Daniel ergueu os ombros e abriu os braços, como se dissesse: "faz parte".

– Diga o que você quer! – ordenou Kusaka, atraindo de volta a atenção.

– O governo japonês enviará um pedido de desculpas ao governo norte-americano, manifestando que o perdão de Romain Perrin ainda é válido e existem provas suficientes de que ele não tem qualquer relação com o ataque ocorrido em solo asiático.

Os líderes militares sorriram diante da ingenuidade da proposta.

– Primeiro: isso jamais será aprovado pelo Ministério da Defesa – afirmou Jim Takeru. – Segundo: depois do pandemônio que ele provocou por lá, você sabe que o governo americano não vai desistir de caçá-lo.

– Eu sei – concordou Daniel. – Mas ao menos seria sem o apoio e o respaldo do governo japonês.

Murmurinhos nasceram de um ponto a outro da sala. Apesar das expressões frias, muito era dito com poucas palavras. Eles estavam odiando aquilo: a posição delicada de depender de pessoas com tecnologias capazes de dizimar tropas de soldados e se conectar a seres abissais. Além disso, a situação era sem precedentes e envolvia o desconhecido. Ninguém sabia exatamente o que fazer.

– Ei, vocês perguntaram o que eu queria... – justificou-se o nipo-brasileiro. – Mas se não gostaram da proposta...

Daniel se levantou e começou a se dirigir para fora da sala. Os murmurinhos continuaram, enquanto ele continuava a agir como se não se importasse. Kusaka voltou a apoiar as mãos sobre a mesa e dialogava com os outros em sussurros.

Daniel começou a caminhar um pouco mais devagar, quando a audição potencializada pelo simbionte revelou o que o conselho sussurrava.

– Mesmo que isso seja aprovado, nós poderíamos prometer não tratá-las como inimigas – dizia Akama. – Mas jamais poderíamos prometer tratá-las como aliadas.

– Isso basta! – intrometeu-se Daniel. – Só preciso que vocês deem a elas o mesmo tratamento que dão a mim.

E assim Daniel Nakamura se foi, com a consciência de que muitas ligações seriam feitas daquela sala e horas e mais horas se passariam até que eles decidissem se aceitariam ou não as condições. Todavia, mesmo que a resposta fosse positiva, a situação não minimizava em nada a preocupação com o que ele teria de fazer a seguir.

Afinal, precisaria convencer Amber e Ashanti a confiar no governo japonês.

E depois eles precisariam matar Ravenna e exterminar toda a prole que restasse do Vespa Mandarina.

E, o mais difícil, teriam de torcer para Romain Perrin ainda estar vivo.

Onde quer que ele estivesse.

CEMITÉRIO DE DRAGÕES
(48 horas antes)

17

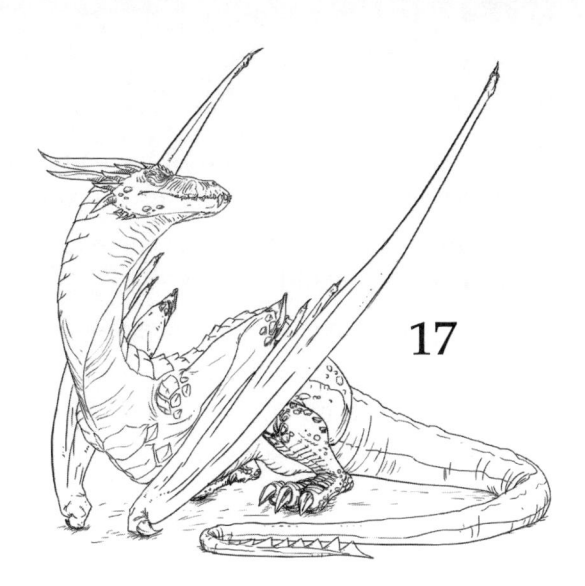

O COVIL

ATÉ O VENTO ALI ERA MORTO. O tempo corria diferente de uma dimensão para outra, mas o horror que as acometia não. Horas haviam se passado, quilômetros haviam sido percorridos, estratégias de batalha haviam sido traçadas. Eles eram uma caravana de guerra.

Um metalizado com uma armadura banhada com sangue de dragão vermelho.

Duas crianças pilotando Construtos.

Um patrulheiro dimensional.

Um evocador de monstros.

Um homem-leão.

O carro de combate seguia à frente dos dois Construtos de pele metálica, que tinham quase dez metros de altura. O veículo de combate fazia barulho, destruía trilhas, espantava animais. Em um mundo de dragões, aquela combinação assustadora completava o cenário.

Eles cruzaram as Terras do Pó na direção de um templo profanado. Um lugar conhecido por sediar rituais soturnos, sacrifícios humanos, experiências demoníacas. Onde um demônio-bruxa fazia sacrilégios com prisioneiros e monstros, na tentativa de dar vida às raças que pudessem aumentar as fileiras do Abismo.

A carcaça da criatura um dia chamada de Abominável ainda estava no templo, exalando um cheiro apodrecido. O que um dia havia sido um quadrúpede de patas desproporcionais e uma bocarra que, em seu interior, revelava um imenso globo ocular, no momento era um pedaço de carne que sobrara do banquete de outras monstruosidades, rodeado de insetos. E havia sangue de várias cores, das mais variadas raças. O odor de um lugar como aquele lembrava o de uma fileira de covas a céu aberto. Causava náuseas, vômito, enjoo. Se deparar com uma realidade dessa gerava uma sensação depressiva, que sugava qualquer tipo de vitalidade ou vontade de viver. Era um lugar que carregava a marca do Inferno.

— O LUGAR PARECE VAZIO... — concluiu Derek, dentro do tanque.

— EM POUCO TEMPO VAMOS DESCOBRIR — afirmou Strider.

Adross estacionou o carro de guerra metalizado e eles esperaram do lado de dentro, enquanto os dois Construtos avançavam até o fundo do templo.

— ME LEMBRO COMO SE FOSSE ONTEM DESTE LUGAR — disse Derek. — VI DANIEL E ROMAIN BANHADOS EM SANGUE DEMONÍACO, APÓS ABRIREM O CORPO DE UMA CRIATURA ABISSAL. NÓS SUBJUGAMOS RAVENNA E AMBER QUIS MATÁ-LA. MAS EU A IMPEDI...

A voz soava insegura e o eco gerado voltava-se em sua direção, como se ele pudesse engolir o próprio arrependimento.

— VOCÊ NÃO TINHA CONSCIÊNCIA DO QUE ELA VIRIA A SER — tranquilizou Adross. — VOCÊ ACHOU QUE O INIMIGO ERA ASTEROPH.

— Sim — concordou Derek. — INFELIZMENTE...

— DE FATO, ELE ERA — acrescentou Strider. — MAS NÃO FOI POR ISSO QUE VOCÊ NÃO A MATOU.

Houve uma troca de olhares entre eles, permeada de silêncio.

— VOCÊ NÃO FEZ ISSO PORQUE ACHOU QUE ELA ERA A ÚNICA QUE PODERIA ENVIÁ-LOS DE VOLTA — concluiu o patrulheiro dimensional.

Derek não negou.

Sentado em um canto do tanque, abraçado aos joelhos, Mihos tomou a palavra:

— Sinceramente, não acho que nenhum de nós está apto a tomar uma decisão desse tipo — Seu tom de voz era de cansaço. — Nenhum de nós pediu para estar aqui, qualquer um de nós teria feito o mesmo.

Um pouco mais afastado, sentado com as pernas cruzadas e a coluna ereta, Gau respondeu:

— Fale por você... Meu povo nunca chamou essa terra de casa, mas transformou seu reino em lar. E isso nos foi suficiente...

A conversa cessou por um momento, quase como um sinal de respeito.

— É esse o seu medo, não é? — perguntou Mihos a Gau. — Que você seja o último da sua raça e que o patrimônio do seu povo morra com você...

Gau não respondeu.

— Ei, eu posso lhe dizer que, desse assunto, entendo melhor do que qualquer um aqui! — continuou Mihos. — Tenho certeza de que sou o último sobrevivente da minha raça...

Adross estava concentrado nas telas do painel central, acompanhando a inspeção dos Construtos pilotados pelos filhos. Derek se voltou para Mihos:

— Posso fazer uma pergunta sincera?

Mihos fixou o olhar no do ranger.

— Se pudesse escolher entre voltar para sua terra natal ou ir até a minha encontrar Ashanti, o que você faria?

A atenção de todos no interior daquele veículo se voltou para Mihos.

— Voltaria para minha terra natal... — admitiu ele. — Levando Ashanti comigo.

Derek sorriu de um jeito irônico.

— Isso é trapaça — disse ele. — Mas, pelo pouco que conheci de Ashanti, acredito que ela adoraria ir com você...

Mihos sorriu, sincero.

— Algo está errado... — disse Adross, de repente, diante do painel. — Esse silêncio não faz sentido.

— Talvez eles estejam ocupados recitando magias em rituais — disse Gau.

— Não! Adross está certo... — ratificou Strider. — Mesmo em rituais haveria monstros de prontidão como guardiões. Haveria dracônicos. E haveria Colossus...

— Bem... — intercedeu Derek. — Então só há uma maneira de descobrir.

As portas do tanque de guerra foram abertas.

O cenário macabro era o mesmo dentro do templo. Uma anomalia arquitetônica, o templo era montado com pilares sobre um solo rochoso, manchado de desespero e tomado pela solidão. Insetos cruzavam o cenário indo de um cadáver a outro, em meio a lixo, carne apodrecida, trapos. Roedores se escondiam nas sombras, cobras erguiam os corpos esguios, preparando-se para dar o bote. Armas negociadas com ferreiros demoníacos enfeitavam as paredes e, sobre o piso de pedra, pedaços de corpos de criaturas diferentes formavam o desenho de um pentagrama. Bem no centro do símbolo, curiosamente, havia alguém, sentado em uma cadeira, coberto por um lençol manchado de sujeira, vômito e sangue. Não podiam ver o corpo, mas sabiam que estava morto.

— Era aqui que ela fazia suas aberrações? — perguntou Mihos, observando o cenário com olhos arregalados.

— Sim — disse Strider. — Foi aqui que ela criou a raça dracônica...

— E os dragões-zumbis — acrescentou Gau.

Derek e Strider acionaram as armaduras de metal-vivo para se preparar para o combate, mas era muito útil também para evitarem aquele cheiro intoxicante. Mihos decidiu amarrar um pedaço de pano grosso na altura do nariz. Gau, o de olfato mais apurado, era o que mais sofria, mas fingia que não. Adross e as crianças-pilotos aguardavam do lado de fora, em alerta, prontos para soar um alarme caso o inimigo chegasse.

— Algo ainda está errado... — insistiu Derek. — Esse lugar foi simplesmente abandonado.

— Ravenna e seu novo exército conquistaram quase todos os cantos desta dimensão — contou Mihos. — Ela poderia abandonar esse lugar se quisesse...

— Não — interrompeu Strider. — Ele está certo. Demônios são como cães, eles têm hábitos. Este lugar é uma fonte de poder, é um templo de magia negra. Para o demônio-bruxa, seria o que nós chamaríamos de lar. Um lugar que ela não abandonaria simplesmente...

— A não ser que de propósito — sugeriu Derek.

O grupo se concentrou no americano, os semblantes ainda mais assustados com a possibilidade de uma armadilha.

— O que você quer dizer com isso? — perguntou Mihos, de maneira enérgica.

— Nós viemos até aqui com nossa maior força e nossas maiores armas — continuou o ranger. — Eles podem ter se retirado...

— Ou podem ter nos atraído — concluiu Strider.

Era como se tivessem recebido um murro no peito. Mihos caminhou na direção do corpo no centro do pentagrama.

— Vocês estão em delírio? — gritou Gau. — Como a Dádiva afirmou, o demônio-bruxa tomou toda esta terra e pode estar em qualquer lugar...

— Não toda... — retrucou Mihos, olhando para o vazio, os olhos desfocados, com a expressão de um homem diante de um fantasma que ele não podia enfrentar.

Ele puxou o lençol sujo, que escorregou devagar, revelando a identidade oculta do cadáver. Sobre a cadeira de madeira desgastada, ali estava um membro da raça cinzenta; a cabeça fora arrancada e estava posicionada sobre o colo.

A cabeça era de Ogara, mãe das crianças-pilotos e mulher de Adross.

No peito, marcado a faca, apenas uma palavra:

Dikerá.

18

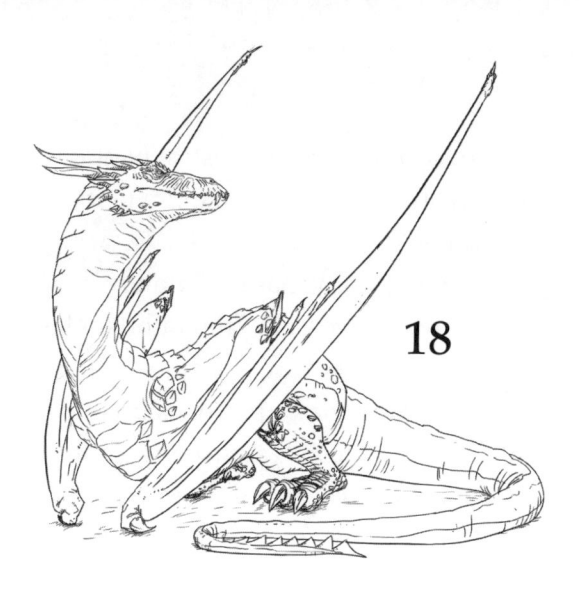

FLORESTA DE METAL

O CENÁRIO ERA DE DESTRUIÇÃO. Trilhas haviam se formado na região cercada de áreas vulcânicas. Troncos de pinheiro e de abetos com simbiontes metálicos quebrados se empilhavam sobre o chão de argila, água e matéria orgânica, revelando por onde Colossus havia passado. Os cadáveres de animais selvagens como veados, cavalos e carneiros se enfileiravam pelo caminho com as peles rasgadas, os órgãos para fora e pedaços da carne devorados. Não era difícil saber de onde vinha o som do desastre; bastava acompanhar o cenário de puro caos.

Pelas planícies cobertas de basalto reverberava um som de crepitar de fogo, golpes, rugidos de monstros. Como se isso já não fosse aterrorizante o bastante, o barulho e a trilha de desolação seguiam na direção da floresta, há milhares de anos banhada por cinzas, pedras-pomes e outros materiais vulcânicos, conhecida como Floresta Cinzenta.

Na direção de Gara, dos anões-ferreiros e do povo cinzento.

O tanque de guerra avançava na maior velocidade possível. No caminho, o grupo encontrou alguns anfíbios humanoides e dracônicos devorando inimigos e animais. Nesses encontros, de vez em quando, os inimigos eram atropelados, em outras vezes, pulverizados com artilharia de plasma. Em último caso eram esmagados pelos Construtos.

Nenhuma das cenas era bonita.

Com os nervos em frangalhos, eles continuaram avançando. Strider revelara a Adross o que tinham encontrado no interior do templo. Derek já havia presenciado muitas reações daquela raça cinzenta, mas nada como aquele momento. Eles haviam levado o corpo de Ogara para o veículo, repousando-o sobre o painel central. Adross se ajoelhou e colocou a testa nos pés da esposa, em nítido desespero, como se pedisse desculpas. Tremia e emitia um som que saía aos poucos de dentro dele, lembrando um grunhido. Lágrimas não caíram, mas todos ali sabiam que aquela era a sua maneira de chorar.

Derek mordeu os lábios. Era um soldado, treinado para a guerra, acostumado com a morte, mas não era insensível a perdas. Aquela era a fêmea que havia dividido com ele a cela nas Minas Dracônicas. A mesma que havia lutado para sobreviver pela cria e para rever o parceiro. A mesma mãe das crianças que Adross havia lutado para proteger.

A pedido de Adross, as crianças, que seguiam à frente do tanque, não foram informadas de que a mãe estava lá dentro. Quando se levantou, aquele Adross era bem diferente do cinzento que havia chegado antes até ali. Aquela era uma raça mais fria, mais contida, mais pacífica se comparada a todas as outras daquele Cemitério.

Não mais.

— Vocês estão vendo os Colossus? — gritou Mihos ao olhar para a tela principal. — Estou vendo dois!

— Três! — gritou Derek de volta. — E só no nosso campo de visão!

Na tela, viram centenas de dracônicos correndo, despertando lembranças dolorosas.

— É como retornar à Noite da Serpente — disse Gau. — É como uma segunda chance para morrer...

— Eu não pretendo morrer hoje — garantiu Strider. — Na verdade, hoje pretendo apenas matar...

O patrulheiro dimensional focou o olhar no ranger americano.

— Metamorfose — disse Derek, materializando o uniforme negro com veias de sangue draconiano vermelho.

— Transmutação! — ordenou Strider em seguida. O scanner interno leu sua posição uma vez mais, e o controle atômico reconstruiu a nuvem de átomos, brilhando e cobrindo-o com a armadura de metálider.

Gau começou a crescer. Sua mandíbula rapidamente se expandiu, assim como os dentes, os olhos, as orelhas e as garras. Ele tentava conter a metamorfose completa para não ser espremido dentro do carro de guerra, mas a adrenalina o impedia de ter total controle.

As portas laterais foram acionadas, enquanto o tanque invadia a Floresta Cinzenta e fritava demoníacos pelo caminho.

— Você pode cuidar das coisas aqui? — perguntou Strider para o cinzento.

— Vá matar lá fora — respondeu Adross. — Aqui de dentro, mato eu.

Strider pulou ao mesmo tempo que materializava o martelo de metálider. Derek seguiu atrás dele com o rifle *hi-tech*. Do outro lado, Gau saltou como um selvagem, liberando o instinto de homem-leão. Por fim, sobrava Mihos.

— Você acha que está pronto para isso hoje? — questionou Adross.

— Na primeira batalha eu era vítima — disse ele. — Hoje, não...

Mihos ajeitou os controles dimensionais nos pulsos. Adross disparou mais um tiro de dentro do tanque, arremessando o corpo de um dracônico contra um grupo que perseguia cinzentos em fuga.

O tanque parou.

— Então prove — exigiu Adross.

Mihos saltou do carro e avançou na direção dos inimigos.

O MARTELO QUEBROU DUAS CABEÇAS EM UM ÚNICO GOLPE. Por mais pesada que fosse uma arma daquelas, nas mãos do patrulheiro dimensional ela se tornava um vulto. Um golpe rápido seguido de morte, algumas vezes mais de uma. Acompanhando-o de perto estava o soldado americano. O matador de dracônicos. O ranger vermelho.

Derek estourava cabeças de longe, enquanto Strider estourava cabeças de perto. A dupla avançava em uma ação não combinada de ataque e defesa, que manchava suas armaduras com o sangue do inimigo. Dois dracônicos pularam nas costas de Derek, fazendo sua arma cair no chão. Derek tentou pegá-la, mas então um outro dracônico montou por cima dele. E outro. E outro. E todos tentavam socar, chutar, quebrar seu visor, quebrar sua coluna. Mais afastado, Strider quebrou o pescoço de um homem-sapo, girou o martelo no alto e então lançou-o com violência no meio da confusão onde imobilizavam Derek. O golpe gerou uma onda de impacto a partir do solo, o que fez o chão tremer e arremessar a pilha de dracônicos para o alto, espalhando-os pelo campo de batalha.

Derek ergueu-se e, desistindo da arma de fogo, partiu para matar com as próprias mãos.

Com um soco afundou um globo ocular, cegando o primeiro dracônico. Girando-o pelos cabelos, Derek o arremessou em direção aos outros dois que corriam em sua direção. Um dos reptilianos se levantou, avançou e socou o peitoral metálico com tanta vontade que sentiu os dedos quebrarem. Derek furou a garganta da criatura, enfiando os dedos pela goela e abrindo um rio de sangue, enquanto o corpo do inimigo caía aos seus pés. Em seguida, os outros dois, que estavam caídos, vieram correndo. Golpes, esquivas, golpes, esquivas. Duas cabeças espremidas uma na outra, uma delas torcida em seguida.

Derek pegou o rifle no chão. E novos tiros voltaram a estourar cabeças.

Por mais eficiente e aniquiladora que aquela dupla pudesse ser, os dracônicos estavam em centenas, como formigas fugindo do formigueiro. Mais dracônicos começaram a surgir e cercar Derek e o patrulheiro.

— Nós precisamos avançar! — gritou Strider. — Precisamos chegar até Gara!

Derek desmaterializou o rifle e parou em posição de luta.

— O que você está fazendo? — perguntou o patrulheiro dimensional.

— A minha munição não é infinita... — justificou-se.

Strider arremessou o martelo de metálider na direção de Derek. Ele agarrou a arma, sentindo os pelos arrepiarem por dentro da armadura.

— O que você está fazendo? — foi a vez de Derek perguntar.

— Eu tenho outras...

A espada de plasma de hidrogênio foi materializada, e o patrulheiro cegou os inimigos que se aproximaram. Derek aproveitou a hesitação dos dracônicos diante da arma nova de Strider para bater, quebrar e esmagar. Músculos, ossos, carne, tudo foi pulverizado em golpes que expressavam fúria. A raiva que sentia ao testemunhar aquela vida. De ter tido a morte negada. Enquanto isso, Strider cortava. Queimava. Pulverizava. A lâmina de plasma ionizado brilhava e torrava a pele reptiliana, enquanto o martelo de metálider abria o caminho para os dois. E assim eles seguiam.

Ao fundo, anões-ferreiros também batalhavam. Usavam armas de metal adaptadas ao próprio tamanho e à própria força. Pedaços de armaduras protegiam cabeça, antebraços, ombros, uma parte do peito, joelhos e canelas. Sem material suficiente para proteções completas, algumas das coisas que os anões colocaram na cabeça mais lembravam tiaras do que capacetes, mas, do tamanho de crianças humanas, eles lutavam como cavaleiros defendendo seu reino. Cavaleiros de armaduras de prata que as viam como armaduras de ouro. Alguns matavam, alguns morriam, nenhum recuava. Nenhum fugia. Nenhum abandonava a batalha.

E a Floresta Cinzenta continuava a cair.

Um Colossus de aproximadamente doze metros de altura esmagou uma construção que servia de abrigo para o povo cinzento. Ele tinha o formato tão singular quanto o dos outros que Derek havia visto. Era como se sete cilindros grossos de pedra presos um ao outro formassem um corpo; um deles estava no lugar da cabeça, outros dois, no lugar dos antebraços, mais dois faziam a vez das coxas e os últimos dois eram os pés. No cilindro maior, que seria a cabeça, um buraco circular enorme ocupava o lugar do rosto da criatura, e veias se espalhavam do buraco até os pés pelos cilindros pedregosos. O gigante se movimentava de maneira afobada, sem muita estratégia. De longe, a impressão era de que ele simplesmente gostava da destruição.

Um casal cinzento passou por debaixo do tronco de uma árvore partida, mas a perna do macho ficou presa. A esposa voltou para tentar ajudá-lo, então a sombra de um pé gigante cobriu os dois, e a criatura esmagou-os em seguida. Enquanto o agigantado ainda observava o estrago que causara, Katar avançou com seu Construto e golpeou o Colossus com um soco, destroçando um pedaço do cilindro que servia de cabeça. O Colossus bambeou para trás, tonto, como um lutador de boxe golpeado. Katar pediu mais golpes e Spectre bateu mais duas vezes. Na terceira, a criatura se defendeu. Bloqueio, bloqueio, bloqueio. Então, Ono apareceu por trás e empurrou-a para o chão, causando um estrondo.

Um segundo Colossus correu na direção dos Construtos. Tinha o tronco curvado, os braços em forma de curvas, vindo de cima, lembrando um nadador prestes a saltar na piscina. As pernas eram mais curtas que as dos outros; pareciam feitas para suportar fortes impactos. Esse Colossus saltou e desceu esmurrando Ultra, que foi ao chão na velocidade de um prego martelado com força. O Colossus curvado bateu mais uma, duas, três, quatro, cinco vezes no Construto caído. No seu interior, na parte das costas que lembrava uma colmeia, Ono gritou de dor e de desespero, mas ninguém podia escutá-lo.

Katar tentou avançar com Spectre para ajudar o irmão caído, mas já havia um inimigo de corpo cilíndrico pronto para impedi-lo. Os dois entraram em um combate de socos, esquivas, saltos e bloqueios em escalas magnânimas. Ao fundo, contudo, ainda se podia ouvir o som do Ultra sendo espancado. No interior do Construto, Ono começou a lamuriar, lembrando que ainda era uma criança.

Então, um tiro de plasma chamou a atenção de seu inimigo.

O Colossus curvado se virou e tomou outro jato de plasma no rosto. O tanque de guerra, pequeno em comparação com o tamanho do inimigo, avançava na sua direção. Largando o Construto caído, o Colossus curvado saltou e parou à frente da máquina de guerra pilotada por Adross.

Para piorar a sensação, Mihos apareceu na frente do veículo.

O Colossus hesitou por um momento, curioso com aquele desafio. O homem, um dia chamado de Dádiva, permaneceu imóvel, mais uma vez montado no urso de quase quatro metros com armadura de metal presa à pelugem. Das patas da montaria pingava sangue dracônico. Mihos fez um sinal com o braço, indicando a lateral, e Adross imediatamente entendeu. Devia se afastar. Definitivamente a sensação era estranha, mas, mesmo assim, ele obedeceu. Nesse momento, o Colossus saltou sobre o Mihos. De uma maneira ágil para seu tamanho, o urso gingou e escapou dos golpes correndo e saltando de forma igualmente espetacular. Os golpes levantavam poeira, causavam tremores e geravam uma onda de ar. A intenção de Mihos era fazer com que o Colossus se esquecesse do Construto. A estratégia funcionou e, ao fundo, Oto pôde se aproximar, erguer seu mecha e ajudar o irmão na batalha contra o outro inimigo.

Mihos havia traçado um segundo plano enquanto provocava o inimigo. Ele desceu da sela acoplada ao urso, acionou o controle de portais dimensionais, apontou para o ser de pedra que avançava e gritou:

— Vem!

A criatura que tinha sido convocada surgiu através de um portal que se abriu e fechou em seguida, em questão de segundos. Sua chegada trazia espanto, curiosamente mais aos seus aliados do que aos inimigos, naquele campo de batalha.

— Isso só pode ser brincadeira... — resmungou Strider em meio ao combate, reconhecendo o som que o monstruoso recém-chegado emitia.

Seis braços. Lembrando um besouro gigante de quatro metros de altura, a monstruosidade conhecida apenas como "a Criatura", a mesma que um dia aterrorizou os escravizados na prisão conhecida como Covil, se apresentou. Dracônicos tropeçaram ao vê-la, relembrando o trauma de um antigo carrasco que havia se voltado contra os mestres.

Mais afastado, Strider recebeu alguns golpes dos inimigos em volta, de tão impressionado que ficara com a aparição da besta que vira batalhar em uma arena.

— Não acredito que esse cara foi capaz de domesticar... isso! — disse para ninguém em particular. Então, recebeu um chute nas costelas e voltou a se concentrar na própria luta.

Mihos correu berrando comandos enquanto o corpo da Criatura, repleto de placas que formavam camadas de matéria orgânica nitrogenada, se movia rapidamente. Sua face monstruosa era asquerosa e lembrava uma tarântula de cabeça para baixo. Os olhos amarelos ocupavam toda a íris sem pupila e a bocarra exibia quatro caninos alongados.

— Escale! — ordenou Mihos.

Seguindo uma movimentação imprevisível, a Criatura saltou para os lados, acompanhando o percurso do inimigo. Ele recebeu golpes, que foram absorvidos pelas placas de quitina, esquivou-se de chutes, saltou para a frente, na diagonal, para trás, de novo para a frente, e então, finalmente, saltou na parte de trás de umas das pernas de base do Colossus saltador. O deslocamento lembrava por demais o de uma aranha, apenas muitas vezes maior, mais ágil e mais rápido.

Enquanto isso, Adross disparava as armas do tanque, confundindo o monstruoso de pedra e protegendo Mihos no campo de batalha. A Criatura subiu quicando pelo corpo rochoso, enquanto a Dádiva o controlava do chão, com os olhos virados. O Colossus tentou alcançar o inimigo em suas costas. Mas apesar de ajudar a causar estrago sua altura o colocava em uma posição desfavorável. Próximo a eles, os Construtos Spectre e Ultra causavam tremor toda vez que derrubavam o Colossus de corpo esférico. Aproveitando o momento em que o gigante se desequilibrou, a Criatura foi direcionada até a parte de trás do que representava a cabeça do Colossus curvado. Na altura da nuca havia a mesma abertura entre duas projeções, por onde se enxergava uma espécie de veia por baixo da parte sólida. As duas linhas esverdeadas se tornaram um único alvo.

Mihos ordenou:

— Ataca!

A Criatura saltou e abriu a bocarra. Em vez de cravar os dentes, porém, usou as pernas para rasgar e atravessar a proteção mineral.

O Colossus curvado enlouqueceu.

Primeiro, ele saltou de um lado para outro. Depois, tentou socar as próprias costas. Por fim, a mão agigantada conseguiu agarrar uma das pernas da Criatura e, em seguida, arremessou-a para a morte certa. Mihos acionou os portais dimensionais e, antes que o corpo batesse contra o solo, ele a desconjurou daquela dimensão.

As portas do tanque de guerra foram abertas. Mihos continuou parado, observando e aguardando o Colossus curvado avançar em sua direção.

— Entre aqui, agora, suicida! — exigiu Adross.

Mihos ignorou o chamado. Passos. Tremores. O gigante de pedra abaixou-se e então saltou na direção dele. No meio do salto, contudo, sem qualquer explicação aparente, o agigantado pareceu perder os sentidos. Caiu e afundou no chão, erguendo poeira em todas as direções.

Quando Adross voltou a ter visibilidade nas telas do painel central, Mihos já estava dentro do veículo.

— Veneno — revelou o cinzento. — Forte o suficiente.

Mesmo antes de a poeira baixar, os Construtos continuavam a esmurrar o inimigo caído, até que Katar ordenou que Ultra pisasse sobre a proteção mineral das veias do Colossus esférico. Apesar de parecer um ponto fraco considerável para uma raça daquela, o local era muito mais acessível a inimigos menores, que não costumavam derrubar gigantes de pedra ou mesmo escalá-los. Para outro ser de tamanho igualmente descomunal, todavia, a região era muito mais difícil de ser dilacerada. E era ali que Ultra pisava uma, duas, três vezes. Na quarta, houve o estalo e a quebra. A mão de metal desceu numa linha reta, como lâmina de faca. A ponta dos dedos se manchou de sangue verde e o Colossus esférico parou de se mexer.

O solo, entretanto, continuou tremendo. Não muito longe havia mais dracônicos, mais Colossus, mais aberrações, mais demoníacos. E também um demônio-bruxa, concentrando seu maior ataque em direção à única entidade com poder suficiente para lhe causar inveja.

Ravenna estava ali para matar a Árvore do Conhecimento do Bem e do Mal.

FLORESTA CINZENTA

Eles ouviram o som de dragões. Não bastassem todas as crias do inferno destruindo o único lugar que viam como casa naquela dimensão; não bastassem as ameaças dimensionais de proporções gigantescas pisoteando as poucas raças que tratavam como aliadas. Ainda havia mais. Strider e Derek seguiam na direção do som das feras que davam nome àquela dimensão, ainda abrindo caminho, atacando reptilianos enquanto avançavam. Ao fundo, via-se a clareira onde o tronco de cinquenta metros se mantinha havia milhares de anos. Ravenna, Colossus e dragões voavam ao redor da Árvore, enquanto gritos, golpes, tremores e fogo se mesclavam aos vultos. Anões-ferreiros vestindo armaduras metálicas ainda lutavam e morriam, cada vez mais, diante de um número de dracônicos ainda maior.

— Deve haver mais de uma centena só deste lado — analisou Strider, enquanto o martelo de metálider zunia de um lado a outro, estourando cabeças de reptilianos, com cabelo grosso em forma de cordas e orelhas repletas de brincos e argolas.

— Vá na frente... — comandou Derek.

— O que diabos você está dizendo? Você quer fugir da luta? — indignou-se o patrulheiro.

Ao fundo, dezenas de dracônicos corriam na direção dos dois, bradando urros de guerra e girando armas no ar. Derek desmaterializou o martelo e materializou novamente o rifle *hi-tech*.

— Não. Quero finalizar isso logo — disse o americano. — Não faça movimentos bruscos...

Strider suspirou quando entendeu, e correu para acompanhar Derek de encontro à parede de destruição que se movimentava em sua direção. A espada de plasma ionizado foi acionada e emanou o brilho que cegava. Os primeiros dracônicos hesitaram com a luz incessante, tropeçando e derrubando outros no caminho. Derek trocou o rifle para o modo de feixe iônico. Strider se agachou sobre um dos joelhos, como se estivesse se rendendo. Dracônicos continuaram a avançar.

E Derek disparou o laser com frequência de micro-ondas.

Era a segunda vez que ele via aquele efeito tão especial. O metal da armadura de metálider de Strider refletiu as micro-ondas, faiscando de maneira excessiva como fogos de artifícios. Os reptilianos em movimento tiveram as células de seus tecidos superaquecidas, e começaram a explodir em uma cena para estômagos fortes. Sangue e órgãos internos pipocaram para todos os lados, assustando o grupo e provocando uma debandada desorganizada. O cheiro de carne queimada dominou a clareira, enquanto o desespero ditava o ritmo dos sobreviventes.

— Gara! — gritou Derek, correndo, com a arma nas mãos. — Vamos avançar para Gara!

Strider se levantou e também correu. Os dois metalizados avançaram juntos e ouviram a risada de Ravenna. Para manter o controle e a proteção do soldado, as armaduras funcionavam de maneira inteiramente diferente. A armadura de metálider de Strider analisava a temperatura corporal e externa por um sistema, resfriando ou aquecendo conforme necessário. Quando a mudança de temperatura embaçava o capacete, a armadura jogava um desembaçador no visor. Já a de metal-vivo de Derek era parte de um simbionte inteligente, que agia diretamente no sistema nervoso do soldado, controlando desde a sudorese ao trabalho das glândulas suprarrenais e até mesmo cortando temporariamente a sensibilidade à dor no cérebro em casos de emergência.

Ao redor da Árvore era possível notar um Colossus de quase vinte metros de altura. De todos os agigantados pedregosos vistos até então, aquele era o que tinha a forma humanoide mais bem definida. A cabeça quadrada tinha um buraco no centro do rosto que lembrava um asterisco. Os ombros eram duas projeções pontiagudas como espinhos, e as coxas eram grudadas aos tornozelos. Os braços não tinham dedos, eram apenas reduzidos a basicamente duas pilastras de pedra, com as quais o Colossus esmagava o que visse pela frente. E, por mais impressionante que isso já fosse, ainda assim, não era ele quem chamava mais atenção ali.

Afinal, diante da Árvore, onde Derek absorvera tudo o que lhe fora permitido, Ravenna tinha se conectado à entidade e se mantinha de olhos fechados, travando uma batalha interna difícil de imaginar.

O mais assustador era que ela sorria. Como se estivesse gostando. Como se estivesse ganhando.

Para completar a surpresa da cena, no alto, o dragão que urrara alguns minutos antes, chamando a atenção de Derek e do patrulheiro, na verdade não era aliado do demônio-bruxa. Contrariando o cenário ao redor, o réptil com a metade do tamanho do Colossus era a única força que ainda enfrentava o inimigo e tentava impedir que a Árvore fosse atacada. Sobrevoava, dava rasantes, estalava a cauda, esquivava-se, cuspia ácido. Ignorando a cena, Derek materializou novamente o rifle com projéteis de 25mm e mirou em Ravenna. Antes que pudesse disparar o primeiro tiro, porém, seu dedo travou. Pela mira, Derek viu o demônio-bruxa abrir os olhos e encará-lo.

Ela ainda estava sorrindo.

Derek conseguiu puxar o gatilho e dar o primeiro disparo. O corpo de Ravenna tornou-se um vulto, e, no tempo de um piscar de olhos, já não estava mais ali. O tiro ricocheteou no tronco de Gara. Derek continuou a buscar o demônio-bruxa com a mira, mas Ravenna não estava mais em lugar nenhum. Ele então sentiu os pelos da nuca se arrepiarem e, sem que precisasse olhar, soube que ela estava bem às suas costas. E era tarde demais para reagir.

As correntes dela dançaram e o corpo de Derek foi projetado com violência contra o tronco da Árvore também de metal. O choque lhe desorientou, fazendo-o cair estatelado no chão. Ele chegou a ouvir Strider iniciar uma batalha com Ravenna, mas não sabia mais dizer de onde vinham os sons. Tentou se levantar, mas bambeou outra vez. O mundo girava. O estômago embrulhara. Ele desmaterializou o capacete para tentar respirar melhor, revelando o rosto cortado e inchado. O mundo aos poucos parou de girar e ele conseguiu enxergar Strider e Ravenna batalhando ao fundo com movimentos a uma velocidade que ele não sabia se seria capaz de atingir. Quando conseguiu se equilibrar e se levantou para ajudá-lo, contudo, outra voz, desta vez vinda do céu, ocupou sua mente como se fosse uma assombração:

– Ei, patrão-ranger-vermelho, se depois de tomar um suco aí embaixo você puder me ajudar a sobreviver a essa coisa aqui, eu posso até te colocar na minha lista de cartão de Natal!

Chocado, Derek hesitou ao reconhecer aquela voz. Os olhos subiram, a boca se abriu, o corpo voltou a bambear.

Domando o dragão verde que protegia a Árvore estava Romain Perrin.

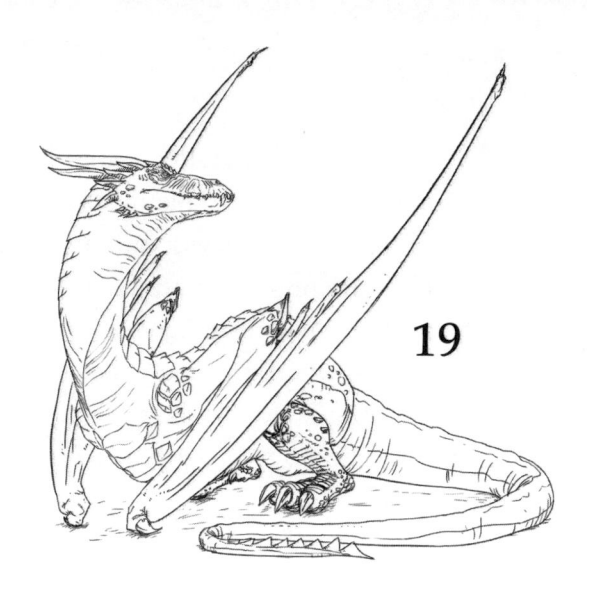

FLORESTA DE METAL
(HORAS ANTES)

Ele emergiu puxando ar. Surgindo de dentro do mar, o dragão verde alçou voo para uma realidade diferente com uma naturalidade espantosa. Conectado ao ser fantástico, Romain demorou a entender o que havia acontecido. Em um momento estava afundando nas águas do Oceano Pacífico em direção às profundezas e à escuridão marinha. E no outro, um rodopio na mente, a pressão caindo, o ar rarefeito. Ele achou que havia desmaiado quando tudo escureceu. Talvez houvesse apagado por menos de um minuto ou talvez tivesse sido a luz. O fato era que não sentira a transição. Sem magias negras, sem portais de sangue.

Apenas um mergulho dimensional.

– Desce! Desce! Desce, Espinafre! – gritou para o dragão verde.

O dragão balançou as asas de um lado para outro, como se estivesse protestando contra aquele nome. Depois se aproximou da areia e aterrissou de forma bruta, deixando a água escorrer de seu corpo. Romain não desceu do bicho, praticamente caiu, batendo na areia.

– Isso é jeito de tratar o seu dono? – resmungou, após erguer-se do chão, irritado, e bater na armadura para limpar a areia.

A cauda do dragão bateu no solo, levantando uma nuvem de areia na direção de Romain. Ele ficou em pé por um tempo, imóvel e sujo, como se não acreditasse no que acontecera. Então, bateu as mãos na armadura mais uma vez para tirar a sujeira.

– Quer saber? Acho que alguém vai ficar sem osso hoje...

Romain desmaterializou o capacete, inspirou fundo e sentiu novamente o cheiro daquela dimensão que tanto odiava.

– Não sei o que é pior, sério mesmo. Você ter me deixado lá ou ter me trazido aqui...

O dragão bufou. Romain abriu os braços.

– Ei, só estou sendo sincero – disse erguendo os ombros. – Pensei que a gente tivesse uma relação honesta.

O cabelo cheio grudava no rosto suado e ele precisou ajeitá-lo para conseguir enxergar. Depois, caminhou para longe do mar, até a parte onde a areia dava lugar a terra. Romain colocou as mãos na cintura e ficou pensativo, tentando encontrar um sentido para ter retornado até aquela dimensão.

– E agora? Você pode entrar de novo na toca do coelho e voltar pra Terra? Ou a gente tem que arrumar uma bruxa estressada, que por acaso seja um demônio fêmea excitado e esteja disposta a sacrificar estudantes virgens em meio a batalhas do fim do mundo?

Crack!

Um galho se partiu com o peso de alguma coisa, atraindo imediatamente a atenção do francês. Romain focou na direção do som e descobriu ali um grupo de quatro anfíbios humanoides de pele glandular azulada. Os olhos grandes de quatro retinas estavam tão surpresos e assustados quanto os dele. O papo das criaturas se movimentava, enquanto suas cabeças se erguiam e revelavam o ventre amarelado com manchas pretas, rico em toxinas. Assim como os sapos humanoides, Romain permaneceu imóvel, paralisado com a surpresa, parecendo um homem que flagra sua mulher com um amante; tinha a boca aberta e os olhos arregalados.

O capacete foi materializado de repente.

O movimento assustou os humanoides, que saltaram na direção oposta, coaxando e liberando no ar, pelas couraças enrugadas nas costas, um cheiro forte e venoso. Observando a fuga desenfreada, Romain abriu os braços e gritou:

– Isso mesmo, olhe quem voltou (não por vontade própria)! Vão e espalhem que Romain, o Destemido, retornou! O Usurpador de Tronos! O Senhor da Alcateia! O Poderoso Chefão Francês!

O dragão emitiu alguns grunhidos que mais pareciam risadas. Romain olhou para ele de lado.

– Mas você tá chato hoje, hein? Não foi você quem quis voltar pra cá?

Aos poucos, ele começou a perceber outro cheiro, por cima do odor forte das toxinas dos humanoides. Um cheiro podre, lembrando carne estragada. Ainda que lutando contra a vontade de fazer o que achava que devia ser feito, Romain seguiu na direção contrária ao vento em busca da fonte do odor pútrido. Ao entrar na mata, próximo de onde havia flagrado as criaturas-sapos, jazia um corpo em decomposição, repleto de marcas de luta e ferimentos de golpes.

– Ah, como eu adoro esse mundo... – ironizou. – Não que o meu seja melhor, mas, ao menos, lá você não é morto por sapos mutantes adolescentes ninjas, acho...

O cadáver era grande, tinha mais de dois metros. Romain o reconheceu como o corpo de um gigante, a mesma raça que havia batalhado ao lado dele, dos outros metalizados e dos monges de Taremu na Noite da Serpente. Ouviu um barulho vindo da mata e se colocou em posição de defesa, enquanto aguardava o confronto.

Seguindo a trilha a partir do corpo do gigante, rapidamente encontrou a fonte do novo som: espremido entre duas árvores estava um membro da raça cinzenta, abraçado aos joelhos, tremendo. Lembrava um adolescente, não tinha pelos e estava seminu, vestindo apenas uma tanga. A pele parecia coberta de pó, a mesma de Adross, e exibia alguns símbolos tribais, além de brincos e colares que também adornavam algumas partes do corpo.

Ainda sem retirar o capacete, Romain se aproximou.

– Então era você que eles estavam querendo matar...

Ao perceber que não havia mais caçadores ali, o cinzento mudou a expressão. Parou de tremer, correu em direção a Romain e se ajoelhou, agarrando uma de suas pernas e dizendo frases aceleradas em um idioma que ele não compreendia.

– Ei, calma, calma... – pediu Romain em francês, outro idioma que também não faria diferença naquele lugar. – Eu lhe dou um autógrafo.

O cinzento continuou a pronunciar frases afobadas, mas constantemente repetia entre elas uma palavra: Huray.

Essa, Romain reconhecia.

– Huray, hein? – perguntou, gerando uma expressão amigável no rosto do cinzento.

O sorriso fez com que Romain percebesse que uma parte do lábio do garoto estava rasgada, toda ferida. E uma das orelhas estava completamente esfolada. Partes do ombro estavam em carne viva. Era um fato: aquele menino havia passado por maus bocados antes de chegar até ali.

– Ei, pare, vamos, eu gosto de bajulação, e sei que salvei você de ser devorado vivo por sapos canibais, mas você já está exagerando!

– Huray! – voltava a dizer o cinzento, agarrado à perna de Romain e de olhos fechados. – Tahif, Huray!

Aquela expressão de desespero mexia com Romain. Ele imaginou que provavelmente o garoto o confundira com Derek. Entretanto, a sensação de ser considerado um herói, um campeão de verdade, mexeu com algum de seus instintos.

– Vamos, levante-se, levante-se... – disse Romain, erguendo o garoto. Então, começou a gesticular, tentando traduzir em gestos o que pretendia dizer: – Faz assim: você me leva até o local onde vocês cinzentos jogam cartas, fumam umas ervas, cantam na fogueira, sei lá que *merde* vocês fazem no tempo livre. Mas sem preconceito, ok, porque eu venho de Hollywood e, ho-ho, você não faz ideia do que as pessoas de lá são capazes de fazer no tempo livre. Mas, bom, não importa. Importa que se você soube se encontrar nessa mata, bancando um GPS ambulante, bom, eu estacionei o meu carro ali...

Ao concluir a frase, a expressão do cinzento deixou claro que ele não havia entendido nada. Aquilo frustrou o francês. Eles voltaram a trocar mais frases incompreensíveis até que, em meio ao idioma estranho, além de Huray, Romain captou uma segunda palavra:

– Hekkgon'i Gara! – repetiu o garoto.

Gara. Aquele nome causou arrepios em Romain.

– Gara... – sussurrou o francês. – Por que esse nome me parece familiar...?

A sensação de dúvida continuou a perturbá-lo. E, então, como se acordasse de uma amnésia traumática e, de súbito, relembrasse o nome da própria mãe, ou como um devoto que descobria finalmente o nome de seu deus, Romain se lembrou. A euforia ferveu dentro dele. Conectado ao dragão esmeralda, chamou:

– Vem...

Em alguns segundos ouviu-se o farfalhar de árvores e o barulho do vento. De repente, o réptil alado desceu na sua frente, fazendo o acinzentado cair para trás, aterrorizado. O garoto ficou agachado atrás de Romain, implorando por proteção. Mais uma vez.

– Calma – disse o metalizado, compreendendo a linguagem corporal do menino. – Ele está comigo...

Romain foi até a lateral do dragão, subiu e montou entre as escamas. As projeções no dorso da criatura se ligaram à armadura e novamente houve a conexão simbiótica entre homem e fera.

– Nós vamos levar esse nosso amigo pra jantar com a família hoje, se ele ainda tiver família. Então, tenha modos e não me envergonhe, ok?

O dragão grunhiu e o som parecia mais um resmungo que protesto.

– E depois você vai me levar até Gara... – ordenou de forma séria. – Você acha que pode fazer isso?

O dragão verde emitiu um som diferente, uma expiração prolongada, compartilhando através da conexão de sangue uma sensação de confiança, quase arrogante. Entendia exatamente o que Romain estava pedindo. E mesmo assim, percebeu Romain, era capaz de levá-lo até lá.

FLORESTA CINZENTA

Era uma espécie de aldeia. Dezenas de construções, inteiras e incompletas, à base de madeira e metal, ao redor de uma natureza alienígena. Em meio a anões e homens cinzentos, Romain levou de volta o integrante resgatado. Algumas palavras foram trocadas na linguagem estranha, e alguns dos cinzentos foram até ele, curvaram-se, pegaram suas mãos e as encostaram na própria testa.

– Ei, pessoal, sei que não é todo dia que vocês veem um astro de cinema por aqui, mas nada disso é necessário – tentou dizer. – Sério, quer me agradar? Me dá comida! Co-mi-da!

Mestre Nanuke surgiu, guiado por outros anões. Romain ainda vestia a armadura, sem o capacete, para que vissem que não era Derek. O anão-ferreiro falou mais algumas palavras que ele não entendeu e então tocou a armadura. A forma como a admirava, fascinado em ver o material moldado ao corpo do francês, fez com que Romain concluísse que ele tinha de ser o responsável por aquilo. Aquele era o olhar de um criador diante da criação. De um realizador diante da obra-prima.

De um pai diante de um filho.

Além disso, havia o dragão. A princípio, a chegada do réptil agigantado causou pânico; os presentes buscaram armas, prepararam as defesas. Então, quando o menino cinzento correu, gritando que estava vivo e que não havia perigo, já que havia sido salvo por um grande herói, imaginou Romain, as pessoas ouviram e as armas foram abaixadas. Assim que compreenderam que a armadura se conectava a dragões e gerava uma ligação com os hospedeiros, o orgulho transbordou pelo rosto de cada anão-ferreiro que testemunhava a chegada do forasteiro.

– Gara... – disse Romain, esperando que fosse suficiente. – Eu não sei exatamente o porquê, mas preciso que me levem até Gara...

Foi suficiente.

E Romain Perrin, pela primeira vez, foi levado até a Árvore do Conhecimento do Bem e do Mal.

Ele caçoou de tudo. Das árvores de metal orgânico, dos anões-ferreiros tatuados, do povo de pele cinza, da árvore de cinquenta metros adorada como deusa. As piadas, porém, escondiam o temor e o respeito. Ele não admitiria, mas estava impressionado, arrepiado. Aquela era a origem dos seres que criaram a tecnologia que fazia dele a pessoa que era naquele momento. Independentemente do que aquilo significava.

– Então... isso é Gara? – perguntou, mesmo sabendo que ninguém podia entender sua língua. – E eu imaginando uma princesa seminua com um tigre de estimação no colo...

No centro dos nódulos lenhosos ele notou os dois buracos paralelos e simétricos, que pareciam dois olhos gigantes, dependendo da imaginação do observador.

– O que essa coisa faz? Ela fala? Já estou imaginando a voz do Sean Connery: "Bem-vindo, meu jovem, a esta terra devastada por dragões e demônios tarados, dispostos a levar o Inferno para a Terra!"

Para Mestre Nanuke, que observava a cena, por mais que não compreendesse o diálogo, as interpretações daquele ser humano falando sozinho, mudando o tom de voz e até mesmo imitando uma árvore falante, eram completamente surreais.

– Ou, melhor ainda – continuou Romain –, já consigo ouvir a voz de um narrador de filme Blockbuster: "um dia, cinco azarados foram raptados da Terra e levados para os confins do Inferno..."

As raízes se mexeram pelo solo, fazendo um farfalhar. Romain saltou de susto.

– Ai, diabo! Que desgraça é isso? Cobra?

Mestre Nanuke apontou para o chão indicando que ele se ajoelhasse, um tanto impaciente.

– Shandar – disse.

– Ih, qual foi, velhinho? Você quer que eu me deite aí no meio dessas seringas ecologicamente corretas? Vai sonhando...

O anão continuou insistindo. Romain permaneceu com as mãos na cintura, fazendo sinais negativos com a cabeça.

– Mas você tá de brincadeira que eu...

Como que irritadas pela teimosia, as projeções pontiagudas das raízes simplesmente saltaram, lembrando de fato o bote de uma cobra, e perfuraram o corpo de Romain em pontos estratégicos, iniciando o processo de conexão. O corpo de Romain tombou de joelhos e não mais obedecia aos seus comandos. O sangue dele foi sugado. Seu grito ecoou pelos troncos ao redor. A simbiose tomou conta. A consciência foi repartida.

Então, o primeiro flash de memória.

Jantar. Sexo. Despedida. Moto. Acidente.

Kutash.

Julgamentos. Jornadas. Mortes. Batalhas. Alianças.

Parem de rir, seus estúpidos! Parem de rir de mim...

Idiomas começaram a ser gravados em suas células. Lembranças passaram a ser desmembradas. Memórias, desconstruídas.
Eu estava prestes a me tornar famoso antes de vir parar aqui!
Motivações. Frustrações. Reconstruções.
Até o fim?
Renascimento. Renovação. Ressurreição.
Até o fim.

– Você agora será capaz de me entender – soou uma voz dentro dele, que era ele, e, ao mesmo tempo, era algo que ele não tinha base para explicar. – E entender os outros...
– Jesus Cristo! – gritou Romain.
Romain viveu pela primeira vez a sensação de ter um conhecimento arrancado de si, quando a Árvore buscou a informação sobre o que aquele nome significava. Apesar de alimentada, a entidade se manteve à espera. Diante do silêncio incômodo, o francês resolveu se manifestar:
– Você é mesmo quem eu penso que é?
– Para algumas raças sou Gara. Outras me chamam de Grande Árvore ou Árvore-Mãe. Seres distantes já me nomearam Deusa. Seres de sua raça já me designaram Árvore do Conhecimento do Bem e do Mal.
Romain ficou quieto por mais uns segundos. Até que...
– Você treinou essa resposta antes, né? Só pode...
Não houve comentário.
– Bem, não sei por que reconheci seu nome antes – continuou ele.
– Porque fui responsável pela negociação da sua alma com demônios de dimensões vazias.
Outra vez, silêncio.
Ajoelhado, Romain, que não conseguia se mover, engoliu em seco e respirou de forma profunda.

– Não era bem a resposta que eu esperava, mas... obrigado, então, acho! Espero que ao menos tenha sido caro...

– Mais do que o normal. Menos do que eu poderia ter pagado.

– Você deveria ser minha agente.

Romain se arrepiou ao perceber que a informação sobre o que seria um agente foi imediatamente vasculhada e absorvida de suas células. Era invasivo e incômodo. Assim que descobriu o significado do termo, a entidade mudou o foco:

– Há algo que você gostaria de me perguntar? – questionou.

– Está de brincadeira? Eu poderia passar o dia inteiro lhe fazendo perguntas! A senhora é uma Wikipédia viva, só que com fontes confiáveis!

Mais uma vez, o conhecimento de Romain foi vasculhado. E mais uma vez, o comentário foi ignorado.

– Que tipo de conhecimento você deseja? – ofereceu ela.

– Primeiro: você realmente sabe quem eu sou?

– Alguns humanos chamam você de Romain. Outros de Kulpash. Uma única chama você de pai.

A última frase desestabilizou Romain. Um silêncio diferente se fez. Não mais de incômodo, nem constrangimento. Mas de respeito.

– Por que você me escolheu? – perguntou ele em um tom de voz sóbrio, normalmente não utilizado. – Eu entendo os outros, sério, todos eles. Entendo por que você deve ter escolhido cada um deles. Mas não a mim. No meio deles, me sinto o alívio cômico, e olha que nenhum deles me acha tão engraçado assim. Estou sendo honesto com você: no seu lugar, nem eu mesmo me escolheria...

– De todos eles, você é o que mais desejava a oportunidade.

– Você está louca, Dona! E eu pensando que você fosse uma Árvore do Conhecimento...

– Você era o que mais desejava a chance – insistiu Gara.

– Eu nunca desejei ser herói...

– Dentre todos, você era quem mais desejava ser melhor.

Romain queria negar. A motivação, a responsabilidade, a aceitação. Seria mais simples.

Negar sempre era mais fácil.

– Derek e Ashanti queriam ser melhores para o povo – explicou a Árvore –, Amber queria ser melhor para a família, Daniel foi motivado por sua herança cultural, mas você, não. Você não tinha nenhuma motivação que não fosse você mesmo. Que não fosse por você mesmo.

– Parece mais que você está me chamando de egoísta...

– Eu estou – concordou ela. – Assim como estou afirmando que seu pedido de uma segunda chance para descobrir como evoluir foi o que me fez negociar sua alma com demônios.

Romain sentiu-se um tanto rendido, como somente Amélie conseguia fazer com ele. Sem ironias, sem deboch15, sem gracinhas. Sem máscaras, sem atuações, sem disfarces. Apenas um homem ordinário, sonhando com momentos extraordinários.

Preciso ser mais rápido. Por todos eles... Preciso ser mais rápido.

– Por que Espinafre me trouxe aqui? – perguntou Romain.

Se uma Árvore pudesse sorrir, ela teria feito isso naquele momento.

– Ele ouviu meu chamado – contou Gaia.

– Você pode se comunicar com meu dragão?

– Eu posso me comunicar com muitas coisas além dele.

O francês ainda estava boquiaberto, imaginando as possibilidades e os significados daquilo tudo.

– Do que você precisa? – perguntou.

– Neste momento, o solo treme. Hordas de dracônicos e Colossus marcham para cá, provavelmente lideradas por Ravenna, o demônio-bruxa.

– Para destruir a aldeia dos índios cheios de pó?

– Para me destruir.

Ele travou, sem saber como reagir.

– Você disse que negociava com demônios...

– Não há mais o que ser negociado.

Romain bambeou. Quando uma entidade-enciclopédia capaz de chamar dragões temia alguma coisa, ele deveria estar, no mínimo, aterrorizado.

– Espere aí, ainda não faz sentido. Se aquela gótica demoníaca que adora espartilho viesse aqui realmente para isso, ainda assim, o que ela ganharia com esse plano?

– Essa dimensão seria destruída e se tornaria um buraco dimensional. Neste momento, o Cemitério está entre o caminho do último Círculo do Inferno e o da sua dimensão. Reduzida a um buraco, ela seria apenas uma passagem direta.

– Então, esses tais Colossus acabariam atravessando para a minha dimensão?

– Não apenas eles.

Romain só conseguia pensar em como seria mais fácil negar tudo aquilo. A motivação, a responsabilidade, a aceitação de que não era a melhor escolha para aquela batalha.

– Preciso voltar – disse ele. – Mais uma vez. Preciso voltar para protegê-las.

– Se esta dimensão se tornar um buraco, não haverá mais o que ser protegido.

Romain absorveu as memórias compartilhadas pela Árvore, caso tudo fosse perdido. Seus batimentos cardíacos se aceleraram consideravelmente.

– Você acha mesmo que eu sou capaz?

– Não importa o que se especula, apenas o que está acontecendo.

Romain expirou pesado. Boas lembranças lhe tomaram, rodeadas por uma sombra que ele não sabia como destruir. Família, sucesso, dinheiro, fama, amizade, reconhecimento. Tudo o que ele sempre buscou.

Tudo o que lhe seria tirado.

Mais uma vez.

– Você quer dizer então que não importa se eles vão me estripar, cortar minha cabeça e jogar pros porcos, porque não existe mais ninguém pra impedi-los. Eu que deveria tentar fazer isso...

– Esse é o conceito de heroísmo – complementou ela.

– Esse é o conceito de idiotismo.

Uma memória dele foi absorvida. Romain achou aquilo covardia.

– Então só nos resta sermos heróis e idiotas – disse Gara. – Até o fim.

Romain sorriu. Aquilo ainda era covardia.

20

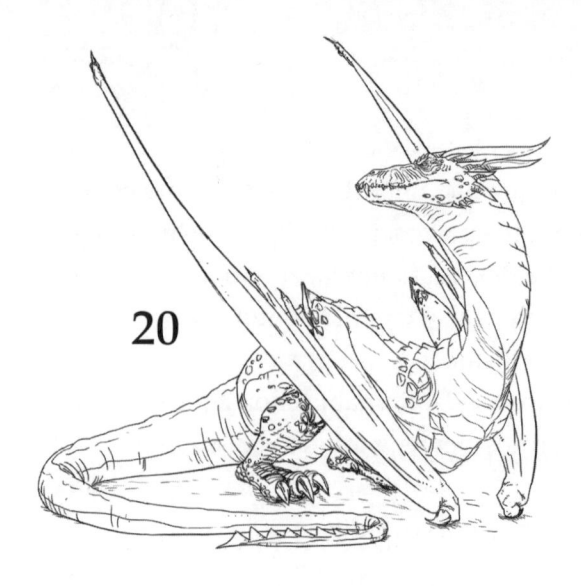

FLORESTA DE METAL

Colossus enfrentavam construtos. Impactos, tremores, metal despedaçado, pedaços de minérios destroçados. Alguns demônios, anões e cinzentos eram esmagados pelos gigantes que tombavam; outros, pelas árvores que caíam em meio à movimentação provocada pela proporção daquele tipo de combate.

Em outro trecho da floresta metalizada transformada em cenário de guerra, Mihos e a raça anã enfrentavam as hordas de dracônicos que não paravam de chegar, com o reforço do tanque pilotado por Adross. Como novo Mestre de Bestas, Mihos chegou a enfrentar sozinho, no comando da Serpente, um Construto menor, em um esforço para isolá-los da clareira onde se localizava Gara.

– Romain, você consegue me ouvir? – perguntou Derek, testando a frequência estabelecida pela armadura de metal-vivo.

– *Roger that* – disse Romain, sentindo uma nostalgia.

O metalizado de ideogramas verdes ainda estava conectado ao dragão de escamas esmeraldas, através das projeções da armadura. O Colossus de cabeça quadrada e quase vinte metros de altura continuava enfrentando os dois Construtos menores, pilotados pelas crianças cinzentas. O dragão arriscava rasantes de um lado a outro, cuspindo ácido no corpo pedregoso quando encontrava brechas.

Em outro ponto, Strider e Ravenna se enfrentavam. Gau, o monge em forma de leão branco, havia se unido ao combate após deixar uma trilha de corpos de dracônicos para trás.

– Vou ajudar você a mudar seu foco na batalha! – gritou o ranger americano, ainda na comunicação com Romain.

– O quê? Do que você está falando?

– Nós temos Construtos para enfrentar Colossus – justificou. – Você vai ser mais eficiente se usar o dragão para fortalecer Strider!

O Colossus bateu o braço em forma de pilastra contra o corpo do Construto pilotado por Ono, arremessando o mecha no chão com um estrondo, e o dragão teve de dar um rasante de repente para não ser acertado por um encontro entre pedra e metal.

– Você quer que eu enfrente aquela bruxa pirada? – gritou Romain, enquanto o dragão esverdeado equilibrava o voo novamente. – Por que você não vai lá ajudar?

– Eu irei – afirmou Derek.

Aquela resposta seca despertou Romain de um transe.

– Espere aí! – disse o francês. – Você quer dizer que precisa da minha ajuda pra derrotar a megera?

– Estou dizendo que você será mais eficiente lá do que aqui!

– Olha só, o líder-ranger-salvador-do-planeta admitindo que precisa de mim! Isso deve ser mesmo o fim do mundo!

O Colossus foi atrás do dragão verde. Espinafre embicou em diagonal antes que tivesse uma parte das asas esmagada em um golpe que passou no vazio. No solo, Derek acionou o lançador de granadas e disparou no corpo rochoso. O primeiro tiro explosivo bateu no que seria o abdômen do monstruoso. O segundo estourou contra o que seria uma das pernas da criatura.

– Vai agora, verde!

Romain mandou o dragão se esquivar, abandonando aquele combate. Diante da cena, quem entrou na linha de comunicação foi Adross.

— Derek, não faça isso! — gritou Adross com um tom de voz que o ranger nunca havia escutado. — Não tire Romain da cobertura dos Construtos!

— O dragão de ácido não tem relevância contra o inimigo de pedra! E os Construtos já cuidaram de outros Colossus! — justificou Derek. — Já Strider não tem como derrotar Ravenna sem reforço!

— Você, Gau e Strider podem derrotá-la! Mas Katar e Ono ainda não têm experiência para enfrentar sozinhos um Colossus de vinte metros! — insistiu Adross. — Romain dividia a atenção do combate! Sem ele, um dos dois ficará sobrecarregado!

Derek corria na direção do combate de Strider.

— Adross, eu entendo: são seus filhos, o inimigo parece invencível e nós somos poucos! — disse, afobado, sem parar de correr. — Mas, exatamente por isso, preciso pedir que mantenha o foco e a razão! Nós precisamos fazer o que é preciso ser feito para vencer esta batalha!

Como que percebendo o esforço inútil, Adross abandonou a comunicação e virou o tanque de guerra na direção do Colossus, disparando artilharia pesada.

— Não, droga! Adross! Não! — gritou Derek. — Concentre o tanque na batalha dos anões contra os dracônicos! Continue a ajudar Mihos contra os dracônicos!

Adross, contudo, ignorou a ordem. O Colossus de cabeça quadrada e um asterisco no lugar do rosto martelava Ultra no chão, enquanto Katar trincava os dentes, tentando se proteger. Os tiros do tanque começaram a estourar no corpo de pedra, incomodando feito picada de inseto. O Construto de Ono, Spectre, agarrou o corpo rochoso duas vezes maior e afastou-o do mecha comandado pelo irmão. O custo disso, porém, foi alto. O Colossus se desvencilhou e agarrou Spectre pela cintura, ergueu-o e espatifou-o no solo.

No meio do caminho entre a batalha de gigantes e a batalha com a líder demoníaca, Derek hesitou para analisar melhor as opções. O cenário era realmente caótico. Se Adross abandonasse o reforço do tanque contra as hordas dracônicas, a raça anã cairia em pouco tempo. Logo, o que restasse dessas hordas se juntaria a Ravenna e não haveria mais qualquer esperança de derrotá-la.

Já deixar Adross lidar com aquilo sozinho, principalmente no estado emocional alterado em que se encontrava, poderia significar condená-lo à morte.

Ajudá-lo seria abandonar o reforço contra o demônio-bruxa na única luta que eles pareciam fortes o suficiente para vencê-la.

Os sons de impacto, quebra de ossos, esmagamentos, tremores, últimos suspiros, gritos de combate, fogo, tiros e explosões vinham de todos os lugares. Derek tinha pouco tempo para tomar uma decisão.

– Nós precisamos matá-la... – sussurrou, voltando a correr na direção de Ravenna. – É a única forma... nós precisamos matá-la...

A única forma de acabar com aquilo tudo. De salvar Gara. De assustar dracônicos. De fechar portais para outras dimensões.

A única maneira de levar Mihos até Ashanti.

À frente, Derek viu Romain comandar o dragão. O animal deu um rasante com as patas erguidas, prestes a dilacerar o demônio-bruxa. As garras agigantadas se fecharam de maneira tão violenta que Ravenna foi perfurada nos dois pulmões e erguida no ar. A pata do dragão esmeralda se fechou ainda mais e as costelas do demônio estalaram. Ao atingir altura suficiente, o corpo foi solto para uma queda de quinze metros. O impacto deveria ter amassado a carne, quebrado ossos, espalhado sangue e explodido órgão internos. O som, entretanto, remeteu a um choque violento, seco, como se algo inanimado, e não vivo, houvesse batido contra o solo. Quando Romain desceu com o dragão para se certificar de que tudo havia acabado, o corpo caído se dissolveu. E ele ouviu, a metros de distância, Ravenna gargalhar.

Então, outra gargalhada do outro lado do campo. E depois em outro canto. E outro. E outro.

De repente, havia quatro Ravennas na área de combate, e não havia como saber qual delas era a verdadeira. Então, a primeira começou a entoar:

— DeribekanDatabanda... DeribekanDatabanda...

As aparições agiam por conta própria e não dependiam de nenhum tipo de contraparte sólida para que Derek pudesse ferir e desmascarar o verdadeiro demônio-bruxa. Confusos e sem saber onde atacar, Romain e o grupo hesitaram, até que o francês ordenou que o dragão atacasse a Ravenna mais próxima. A besta imediatamente cuspiu um jato de ácido na criatura, que se dissolveu em fumaça cinza.

— DeribekanDatabanda... DeribekanDatabanda... — continuavam entoando as outras.

Derek mirou a cabeça de outra, puxou o gatilho e eliminou mais uma aparição. Strider fez o mesmo e usou a espada incandescente, com o mesmo resultado.

— DeribekanDatabanda... DeribekanDatabanda...

O último a atacar uma aparição seria Gau, mas não houve tempo. Porque a verdadeira Ravenna surgiu bem atrás dele.

— Dikerá! — gritou ela.

O monge-leão sentiu os pelos da nuca se arrepiarem. Por mais ágeis que fossem seus reflexos, todavia, Ravenna havia se tornado algo mais. Algo mais poderoso, mais surpreendente, mais temível. As correntes com vida própria, ligadas ao espartilho, se movimentaram, e o leão branco sentiu as duas pontas perfurarem seu estômago pelas costas. Ele foi erguido, em seguida, e arremessado longe em meio a rugidos de dor.

Diante da cena chocante, Derek desmaterializou o rifle e o trocou pelo martelo de metálider. Viu Gau sobre as raízes de uma árvore, o tronco partido ao meio. Seu corpo estava torto e havia dois buracos nas costas por onde vazava sangue. Strider por sua vez já faiscava a lâmina de plasma em impactos contra as correntes em movimento da verdadeira Ravenna. Os elos resistiam até mesmo ao toque da arma ionizada, faiscando e provocando fagulhas conforme se chocavam.

E o demônio-bruxa gargalhava. Estridente, debochado, irritante.

Ao mesmo tempo, sem que eles houvessem notado, uma névoa começou a surgir na área em que batalhavam. Era como se ela sempre estivesse esperado por ali, deitada no solo, e, de repente, tivesse decidido se erguer. Em poucos segundos ganhou intensidade, dificultando a visão de todos. Parecia sugar algo dos combatentes em volta. Romain e seu dragão tiveram dificuldades de se movimentar e o capacete tentou corrigir a rota de ataque e a falta de visibilidade.

– Vai dar uma volta enquanto isso! – ordenou Romain, saltando para o meio da névoa, próximo dos símbolos de calor que representavam Ravenna.

Ele correu na direção dela para atacar. Inesperadamente, ela também correu na direção dele. Um passou pelo outro, e Romain sentiu o golpe atingir o vazio. Ravenna, não. O francês se virou e sentiu o rasgo na costela que sangrava por dentro da armadura. Caiu com um dos joelhos na terra, sentindo o corte arder. Era como se alguém houvesse marcado sua pele a ferro em brasa. A névoa deixava a visão turva e os outros sentidos confusos, mas, mais do que isso, parecia deixar o ambiente mais etéreo, mais irreal. A dor se intensificou e Romain chorou.

– Bem-vindo às brumas do Inferno! – saudou ela.

Seguindo o som, Derek saltou com o martelo e desceu sobre o corpo do demônio-bruxa. Ravenna piscou e, de repente, apareceu em outro ponto, enquanto a arma abria um buraco no solo.

– Pensei que havia me esquecido – zombou o demônio-bruxa, antes que as correntes circundassem o corpo de Derek e o apertassem com agressividade.

Os músculos do americano foram pressionados e a circulação sanguínea interrompida, mesmo com a proteção da armadura. Por baixo do capacete, o rosto de Derek foi ficando vermelho, depois pálido, até que a falta de oxigênio o fez desmaiar. Strider foi imediatamente informado, pelo visor de seu capacete, de que seu martelo havia caído no chão. Ele rolou, apanhou a arma e pulsou uma onda, jogando Derek e Ravenna para trás.

O dragão esmeralda deu um rasante atravessando a névoa e apanhou Romain do solo, tirando-o da zona de perigo. As projeções da armadura se prenderam ao dragão e a simbiose de sangue se estabeleceu, aliviando a dor do corte. Subindo ainda mais, Espinafre tirou Romain do alcance das brumas demoníacas.

Ainda no campo de batalha, guiando-se principalmente pelo olfato, Gau avançou sobre Ravenna. Seu corpo ainda sangrava e tudo aquilo mais parecia uma ação suicida, mas ele estava em frenesi e só pararia quando estivesse morto. Com as garras, tentou cortá-la, sangrá-la, desfigurá-la. Rosnados leoninos expressavam o ódio. Mas o demônio-bruxa desviava rápido, movimentando-se em uma velocidade sobrenatural. Golpes atingiam o vazio, enquanto Ravenna se arrastava, erguia-se, saltava, piscava. De repente, um dos golpes arrancou enfim um grito feminino. Neste momento, as raízes do solo, as mesmas que conectavam pessoas à Gara, se enroscaram no corpo de Ravenna. As correntes se agitaram e as raízes foram destruídas sem dificuldade. Aproveitando o momento de distração, porém, Gau saltou sobre o demônio, usando o peso para imobilizá-lo no chão. Abriu a bocarra, exibindo os caninos. No entanto, antes que pudesse morder, as correntes de Ravenna se agitaram por trás do monge-leão e envolveram a boca aberta.

Enquanto o monge-fera enfrentava o demônio-bruxa, Strider correu para conferir o estado de Derek. A pulsação indicava que ainda estava vivo. O patrulheiro dimensional o sacolejou e o simbionte ligado ao sistema nervoso liberou uma dose extra de adrenalina. Sem aviso, Derek ergueu-se do chão, debatendo-se, como se estivesse sendo agarrado por alguém do exército inimigo. Strider segurou seu corpo e tentou trazê-lo de volta à realidade. Os olhos arregalados do americano focaram a luta que ocorria às costas do patrulheiro dimensional e as pulsações aceleradas não diminuíram.

– Você precisa continuar lutando! Derek, nós precisamos continuar... – tentou concluir Strider.

– Ravenna vai matá-lo! – gritou o metalizado, identificando pela visão infravermelha a cena ao fundo. – Ela vai matar Gau! Ela vai...

Strider virou-se. Ravenna estava de pé, com Gau aos seus pés, debatendo-se com uma das correntes entre os dentes, outra ao redor do pescoço.

Ambas apertavam.

Gau rosnava em desespero, tentando parti-las com as garras e com os dentes. Mais sangue se derramava no solo, brotando das feridas abertas anteriormente. Derek tentou materializar o rifle, mas a tontura o confundiu e ele acionou um bolsão dimensional vazio. Apenas na terceira tentativa encontrou a arma, que se materializou em suas mãos já tarde demais. Os olhos do leão branco reviraram sem brilho e sem vida. O corpo animalesco foi se transformando novamente em humano. Entre os dentes haviam morrido também as palavras que ele não conseguiu sussurrar.

– Por taremu... – sussurrou Derek. Era o que Gau gostaria de ter dito.

Atraindo completamente a atenção de todos para o outro lado do combate, um estrépito tomou conta da zona de guerra, quando um dos Construtos tombou no chão. Havia sido esmagado pelo Colossus de cabeça quadrangular. Um dos braços em forma de pilastra subiu e desceu mais duas vezes, amassando o metal. O terceiro soco empurrou o piloto contra o chão. Dentro do tanque, Adross perdeu o controle. O Construto Ultra de repente havia parado de se mover, quando o piloto também congelou, sem reação. E então a criança começou a tremer ao compreender o que havia acabado de acontecer.

Seu irmão, Ono, estava morto.

Enquanto isso, as correntes de Ravenna continuavam a dilacerar o pescoço de Gau, até que a cabeça do último homem-leão foi arrancada e rolou pelo chão.

EM VEZ DE GRITAR, ELE FEZ SILÊNCIO. Talvez por causa da névoa repentina que embaralhava os sentidos, talvez pela falta de controle sobre os próprios nervos, talvez porque aquele cenário fosse pior do que qualquer outro pelo qual ele já havia passado. O fato é que não houve gritos, nem choro. Apenas choque.

Derek começou a sofrer uma alteração de pressão e o simbionte lutou para que ele não desmaiasse pela segunda vez. A mente era um misto de desespero e alucinações, enquanto frases frias lhe raspavam na pele feito fantasmas. Espectros que sussurravam e que se tornariam assombrações eternas se ele próprio não morresse ali.

DEREK, NÃO FAÇA ISSO!

Aquele havia sido o pedido em tom de súplica.

Mas Derek fez.

Nós precisamos matá-la...

A questão era a que custo.

— O que eu fiz? – balbuciou para si mesmo.

Olha só, o líder-ranger-salvador-do-planeta admitindo que precisa de mim!

— Para onde eu os guiei?

BEM-VINDO ÀS BRUMAS DO INFERNO!

STRIDER AVANÇOU COM A IRA DE UM HOMEM LOUCO. Brandia o martelo acima do corpo. O visor brilhava, dourado. O patrulheiro dimensional tinha o treinamento, a motivação, a tecnologia, a experiência. Ainda assim, não era suficiente.

Porque Ravenna tinha mais.

Era ela o demônio treinado por um demônio-rei, capaz de abrir portais dimensionais, domar dragões-zumbis, trazer espíritos de outras dimensões, criar raças nefastas, desafiar entidades abissais, abrir novos círculos do Inferno.

Era ela o demônio-bruxa que ninguém seria capaz de vencer.

Strider tentou se mover mais rápido. Atacar e defender. Esquivar e bloquear. Tentou cortar, chutar, afundar Ravenna no chão. Pulsou o martelo, girou o cabo com uma das mãos, juntou-as em seguida e tentou golpear. Mas a arma lhe foi arrancada. Ele materializou a espada de plasma, atacou fazendo semicírculos na vertical, na horizontal, na diagonal, mas as correntes continuavam a impedir que a lâmina brilhante a tocasse. E novamente a arma lhe foi tirada. A armadura escura, seu maior trunfo, antes sólida, se tornou maleável em meio às brumas, e por dentro dela Strider foi ferido. Houve um grito. Outro corte. Outro grito.

E outro.

E outro.

Tantas vezes quanto o demônio era capaz de se mover em um piscar de olhos. O patrulheiro se tornou mais um a cair de joelhos diante do inimigo impossível de ser combatido. Ravenna arrancou seu capacete, revelando a face inchada, os olhos baixos e a respiração fraca. E armou o golpe fatal.

– Não! – gritou Derek, saltando de surpresa e rolando com Ravenna pelo chão. – Você não vai vencer! Você não pode vencer!

Ele começou a socar o demônio, sem pensar no que estava fazendo. Ravenna parecia surpresa com aquela reação, o tom de voz decidido, aquele Derek mais próximo de um demônio enlouquecido do que um herói racional.

— Você não pode vencer depois de tudo...

Ravenna virou o jogo ao mudar de posição, colocando Derek imobilizado no chão, preso entre as pernas dela.

— Eu gosto de você assim... — sussurrou ela, deixando o cabelo negro cair sobre o capacete do metalizado. — Destemido, irracional...

As correntes se agitaram e envolveram os braços metalizados de Derek. Ravenna aproximou o nariz do visor do capacete.

— Você quer evitar mais genocídios? Você quer realmente acabar com tudo isso? — perguntou ela. — Então, se junte a mim...

Derek, que até então ainda lutava, parou de resistir. A apatia indicava sua resposta ao convite do demônio.

— Eu sou aquele que veio parar você... — disse Derek.

— Não, você não é! Você é o que falhou em tentar me parar! E, agora, tem a única chance de minimizar suas péssimas escolhas...

Derek sentiu algo rachar dentro dele, encurralado pelas verdades que não podia negar.

— O que você quer? — perguntou, como se qualquer resposta fosse uma opção considerável.

— Torne-se meu! — propôs ela. — Meu braço direito, meu amante, meu serviçal. Torne-se isso e você governará dimensões ao meu lado, enquanto eu poupo o restante dos seus da destruição.

A sensação era tóxica. Havia tantos absurdos e, ao mesmo tempo, tanta falta de opções em tudo aquilo, que deixar de existir parecia a opção mais sensata.

— Se não eu, outros vão te impedir — disse Derek. — Haverá outros patrulheiros, outros metalizados, outras raças criando tecnologias que ainda não imaginam ser capazes de criar. E elas vão te derrubar. Derrubar suas conquistas, seus exércitos de demônios. E tudo pelo que você lutou deixará de existir...

— Não, pelo contrário! — retrucou Ravenna. — Se eu cair, meu legado permanece. Assim como Asteroph caiu e hoje estou aqui. Se amanhã eu cair, outros virão em meu lugar e tudo continuará. Porque este é o ciclo do Bem e do Mal...

As brumas se tornaram mais intensas ao redor dos dois, aumentando a sensação etérea. Derek teve a pele do antebraço cortada por baixo da armadura, em um golpe que foi incapaz de enxergar. O local atingido começou a arder e, de repente, a comunicação entre os nervos do antebraço e do resto do braço foi interrompida. O corpo subitamente perdeu a ligação nervosa com o bracelete de cristal. Como resultado, a armadura de metal-vivo foi desmaterializada.

O que restava era um Derek Duke rendido, desarmado e desprotegido diante do demônio-bruxa.

O militar americano segurava o braço inutilizado com a outra mão, tentando fazê-lo reagir como se o problema fosse uma câimbra, não uma dilaceração de um nervo crucial. O corpo começou a arder de febre, o mundo já desfocado passou a girar.

— Nós vamos parar você... nós... temos... de parar você...

Ravenna observou o ranger incapacitado. E sorriu.

— Eu quero que eles vejam...

A névoa foi se dissipando pouco a pouco. Ao fundo, o som do Colossus esmurrando o Construto de Katar.

— Esse bracelete é a chave, não é? — quis saber ela. — Apenas evidencia sua fraqueza saber que tudo o que você tem para me enfrentar depende disto.

Ela se aproximou outra vez do rosto de Derek e sussurrou:

— Tire pedaços de mim e eu vou tirar ainda mais pedaços de você. Tire um pedaço de você e não haverá mais nada.

— Metamorfose! — gritou ele, vislumbrando novamente o fracasso. Definitivamente, a comunicação entre o simbionte e o sistema nervoso estava cortada.

As correntes de Ravenna dançaram ao redor dela.

— Desde nosso último combate, eu evoluí! — disse Ravenna. — Fiz mais alianças, houve troca de sangue e mais magias escuras. Asteroph tinha razão: ele me treinou bem e, hoje, sou mais do que um general. Sou mais poderosa do que ele foi. Antes de você chegar aqui, sua Árvore estava tentando me convencer a fechar uma nova aliança, mas não há aliança em uma dimensão prestes a ser eliminada...

— Ela pode lhe dar conhecimento... — tentou dizer o soldado.

— Eu só preciso de um último conhecimento... — respondeu ela. — Só preciso saber o motivo de você ter voltado aqui...

Antes que Derek pudesse reagir, as correntes avançaram na sua direção, desta vez, exibindo pontas afiadas que lhe perfuraram o peito, mas não com intenção de matá-lo. Queriam absorver seu sangue. E assim, sangue humano, dracônico e demoníaco se uniram em uma fusão explosiva. Derek gritou e se contorceu, mais lembrando um possuído em uma sessão de exorcismo, e por alguns minutos isso continuou, até que as correntes se afastaram de seu corpo.

Ravenna continuava rindo, embora fosse um sorriso diferente, extasiado, quase uma satisfação sexual.

— Então, era isso... — concluiu ela, ainda em êxtase. — Ela usou sangue dracônico para trazer você até aqui e espera que você esteja no local do portal para levá-lo de volta...

Escutar Ravenna dizer isso era o pior dos golpes. Derek passou a se sentir um traidor, um delator da própria tropa. Tudo, menos um maioral.

— Pois quer saber? Eu vou levar sangue humano de volta para lá...

Derek tentou se levantar, sem sucesso. As correntes correram na direção do braço inutilizado, aumentando a sensação de pavor. Uma delas se enroscou no pulso, outra na dobra do antebraço, logo abaixo de onde Ravenna havia destruído os nervos. Derek tentou arrancá--las, mas não tinha força para enfrentá-las.

Em um único movimento, seu antebraço foi quebrado e parte do osso ficou exposta.

O grito de Derek foi ouvido por gerações.

Com um movimento brusco, Ravenna terminou de arrancar o antebraço que havia ficado pendurado, rasgando pele, ossos e nervos. Ela ergueu sobre a cabeça o membro arrancado, deixando o sangue pingar na boca, e em seguida lambeu os lábios. Ainda com a boca manchada de vermelho, reparou melhor no bracelete cristalizado e na tatuagem enfeitando o pulso.

– Huray... – sussurrou, achando graça. – Nada mais perfeito...

No chão, com a força que ainda lhe restava, Derek continuava a gritar, implorando para deixar de existir. No campo de batalha em que se transformara a Floresta de Metal, os últimos anões que ainda resistiam foram executados; a raça cinzenta novamente se tornava escrava; Strider ainda estava inconsciente no chão; o tanque de Adross estava virado; o Construto do filho que havia sobrevivido fora amassado e abandonado.

Aproximando-se da clareira, Mihos viu Derek caído. Ele próprio estava ferido, sujo, sangrando, repleto de hematomas. Ele, que antes era quem deveria ser salvo, notou que se tornara o único ainda em pé. Dracônicos de um lado, um Colossus e um demônio-bruxa de outro. Sem opções, o homem, um dia conhecido como a Dádiva de Taremu, deu a última cartada: simplesmente abriu todos os bolsões dimensionais, trazendo à arena todos os monstros que havia caçado e aos quais se conectara nos últimos tempos. E como não podia controlar todos, porque o elo se mantinha apenas com um, aquilo era como libertá-los a esmo num campo de batalha.

Ele virou os olhos e chamou a Serpente.

Ursos metalizados, Criaturas de arena, vermes com tentáculos. Havia de tudo, e, com o controle sobre o próprio corpo de volta, em vez de atacarem o antigo mestre, ao contrário do esperado, todos resolveram matar dracônicos, pois os odiavam ainda mais. Controlando a Serpente, Mihos virou-a na direção de Ravenna e do último Colossus. O demônio-bruxa poderia continuar com aquela luta, mas ela já conseguira o que precisava. Tinha para onde ir. E tinha seu próximo plano.

Abandonando a batalha e deixando dracônicos para trás para morrer, Ravenna desapareceu entre as brumas que recriara, com o intuito de seguir na direção de Taremu. Enquanto isso, a Serpente enfrentava um Colossus já cansado; raças eram cada vez mais reduzidas; monstros atacavam monstros; heróis jaziam derrotados; um dragão abandonava a luta e uma entidade do conhecimento nada podia fazer se nem mesmo era capaz de diferenciar o Bem do Mal.

Fogo, sangue, tiros, rugidos, gritos, quedas.

O eterno som daquele cemitério.

PLANETA TERRA
(72 horas depois)

21

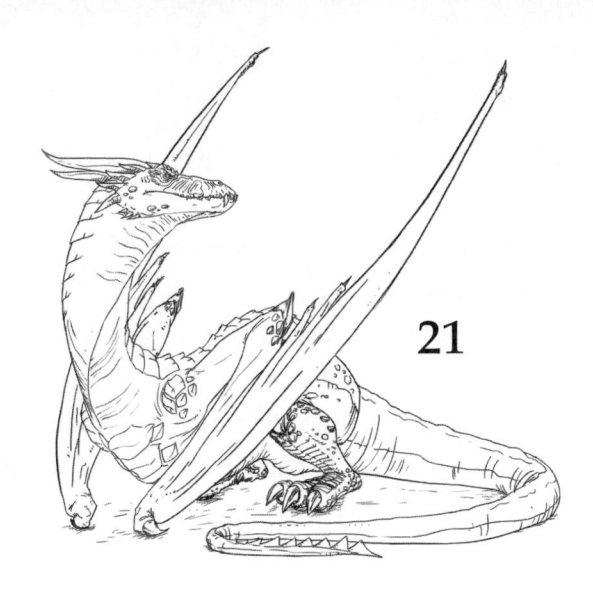

TÓQUIO, JAPÃO

Era estranha a sensação do reencontro daquele trio. Em Tóquio, após viajar por curvas dimensionais e sair do fundo do Oceano Pacífico montadas em dragões, Ashanti e Amber reencontraram Daniel Nakamura. As montarias voltaram para debaixo das águas antes de serem vistas, enquanto suas montadoras nadaram para as margens da Rainbow Bridge. Naquele momento, estavam abraçadas a cobertores e com os cabelos ainda molhados, acomodadas na casa de massagem Escola de Meninas Mágicas da Lua. O local havia sofrido uma reforma desde que se tornara palco do combate do bairro de Kabukicho e ainda estava fechado ao público.

Takeda Nakamura, o dono do estabelecimento, se aproximou do salão.

– Oni-san – cumprimentou Daniel, fazendo uma reverência ao irmão. – Essas são Amber e Ashanti...

– Amber-san, Ashanti-san! – cumprimentou ele com a reverência familiar dos japoneses.

Ambas estranharam o visual único. Ele tinha cabelo colorido, cordão com um ankh no pescoço, vestia camisa preta com duas partes transparentes exibindo as laterais do tronco e calça justa roxa-escura.

— Obrigada por nos receber aqui — disse Ashanti de maneira seca, por obrigação.

— Amigos de Daniel-san, amigos desta casa — garantiu Takeda em um inglês de sotaque carregado, difícil de ser entendido.

A maneira como ele falava, alongando as vogais, passava uma impressão de alegria inusitada diante de um cenário de crise. Um terceiro homem chegou ao local. Rosto fino e nariz alongado e uma expressão séria e fechada. Era alto e vestia camisa e calças jeans escuras, com uma jaqueta de couro por cima.

— Este é Jalal — apresentou Daniel. — Companheiro de Takeda.

O recém-chegado era o oposto do irmão de Daniel. Sisudo, observador, taciturno. Ashanti fez um sinal com a cabeça para cumprimentá-lo, como se não se importasse com a existência dele. Amber o ignorou e se concentrou em Daniel:

— Nós temos pouco tempo. Você disse que tinha algo para nos mostrar.

Daniel acionou um tablet. Após arrastar o dedo pela tela algumas vezes, deu play em um vídeo do ataque a Chōfu em pleno Hanabi Taikai.

— São as crias? — perguntou Ashanti, surpresa com as imagens.

— É a única explicação — disse Daniel. — Foram encontrados ninhos pelas galerias de metrô de Tóquio. É impossível saber, ao menos por enquanto, quantos são ou de onde mais poderiam vir.

— Algum sinal de Ravenna? — perguntou Amber.

— Não que as minhas fontes saibam. Na verdade, nós já saberíamos se ela tivesse aparecido.

Ashanti continuava a rever as imagens tremidas, com pessoas correndo e gritando e repórteres tentando narrar em japonês toda a loucura que era transmitida. Vídeos amadores se alternavam com vídeos de câmeras de imprensa profissionais; o mesmo pânico estava presente em todas as gravações.

— O que essas coisas são capazes de fazer? — perguntou ela. — Parecem insetos gigantes.

— Tudo é especulação ainda, mas, do que foi analisado pelos vídeos e por relatos, elas têm a mesma estrutura de exoesqueleto que o Vespa Mandarina. Não parecem com vertebrados, mas têm uma pele tão dura quanto ossos. A mandíbula corta carne, provavelmente para sugar sangue, e as antenas, se forem como as de insetos, devem servir como sensores.

— E o que aconteceu depois que as forças japonesas derrubaram essas coisas? Elas se dissolveram ou o quê?

— Os policiais do festival não estavam armados — disse Daniel. — Depois do caos, elas simplesmente desapareceram para o mesmo lugar de onde saíram...

— Os policiais aqui não usam arma de fogo? — questionou Amber.

— Normalmente não é necessário.

Amber estalou a língua e voltou a assistir ao vídeo. Em determinado momento reparou em um detalhe incomum no canto da tela de uma das filmagens. Uma das aberrações havia se jogado no chão, arrastando o tórax na grama e andando como uma aranha. Uma segunda daquelas criaturas foi até a que estava no solo e despejou algo dentro da mandíbula projetada.

— Vocês viram aquilo? — perguntou a irlandesa, alterada. — Parece que ela estava... *cuspindo* algo na boca da outra!

— Bem, é sangue... — explicou Daniel, sem jeito. — A melhor explicação até agora para isso é que elas devem se alimentar por trofalaxia.

Amber e Ashanti encararam Daniel.

— É quando um ser transfere para outro o alimento que está no próprio tubo digestivo — explicou o nissei.

As duas se entreolharam, enrugando o rosto.

— Você tá me dizendo que elas *vomitam* sangue pra dentro da outra? – perguntou Ashanti.

Daniel ergueu os ombros, apertou os lábios e abriu os braços.

— Que coisa nojenta! – resmungou Amber.

— É muito comum entre os insetos – disse Takeda. – Formigas armazenam líquidos no papo e passam secreções com a comida, induzidas por feromônios.

— Ainda assim, é nojento... – insistiu a irlandesa.

— O princípio das iscas pra combater formigueiros se baseia nisso – continuou Takeda, e seu tom de voz outra vez parecia conter uma alegria inapropriada. – As formigas contaminadas passam o inseticida para outras, produzindo uma reação em cadeia.

Amber e Ashanti olhavam para Takeda de lado, como se ainda estivessem tentando entender o que ele fazia ali.

— E isso é importante neste momento? – quis saber Amber.

— Muito – respondeu Daniel. – Se essas coisas se comunicarem por feromônios feito formigas, isso pode ser a nossa chave para derrotá-las.

Ashanti se aproximou de Daniel, observando-o olho no olho em um ângulo de baixo para cima.

— Você tá falando sério?

— Um feromônio é uma substância química – disse ele. – No caso de formigas, o tipo secretado informa o trabalho que elas têm de fazer, se há algum alerta de perigo e até mesmo se elas têm de recrutar operárias rapidamente pra carregar alimento pra colônia!

— Tudo isso pelo cheiro? – perguntou Amber.

— Pois é – confirmou Daniel. – Elas têm olfato pra tudo, desde o feromônio que distingue as formigas de cada ninho até o que atrai a fêmea para a cópula.

— E como isso é útil? – perguntou Amber.

Daniel sorriu, orgulhoso do plano que apresentava.

— Foi ideia de Takeda-san, na verdade. Ele gosta de insetos...

Takeda sorriu mais um de seus sorrisos abertos, com os olhos apertados, lembrando um personagem de anime. As duas mantiveram expressões impacientes e voltaram a focar em Daniel.

– Após analisar os vídeos, Takeda-san lembrou bem de uma das funções desses feromônios: guiar as operárias em fila, formando trilhas do ninho até o alimento, e então de volta para o ninho.

– Você está querendo dizer que a gente poderia... – começou a falar Ashanti.

– Estou – interrompeu Daniel, ainda sorrindo. – Estou querendo dizer que a gente pode seguir a trilha química direto para o ninho dessas coisas, ou seja lá qual for o nome disso.

Ashanti e Amber se entreolharam, as testas franzidas, enquanto Daniel e Takeda mantinham largos sorrisos no rosto.

– Bem... – continuou Ashanti. – Eu juro que não quero ser uma estraga prazer e adoraria que esse plano desse certo, mas... vocês já pensaram em *como* identificariam essas substâncias químicas? Existe algum aparelho japonês ou militar capaz de fazer algo do tipo?

– Infelizmente, não – respondeu Daniel. – Nós teríamos de nos arriscar na forma *old school*, e precisaríamos de alguém ou alguma coisa com um olfato muito apurado.

– Você pretende cheirar o ar naquele lugar e ver se sente alguma coisa? – perguntou Amber.

– Não – respondeu Daniel. – O nosso organismo não seria capaz desse feito.

– Espero sinceramente que tenha um "mas" em algum lugar nessa frase... – acrescentou Ashanti.

– *Mas* – acentuou Daniel, ainda sorrindo. – Talvez o organismo de dragões seja.

Ashanti e Amber, enfim, trocaram olhares com expressões mais sossegadas.

Daniel e Takeda continuavam a sorrir.

22

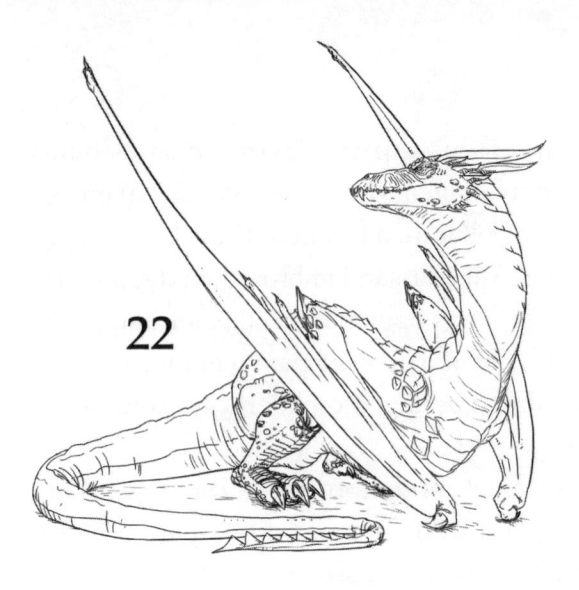

CHŌFU, JAPÃO

O CENÁRIO AINDA ERA UMA LEMBRANÇA RUIM. Apesar de toda a ação das forças governamentais e de segurança pública, o cenário que servira como palco da sangrenta revelação das crias do Vespa Mandarina mantinha o clima de morbidez. Após o massacre, o lugar havia sido tomado por fitas amarelas, delimitando as áreas de acesso proibido, e corpos ensacados, que foram carregados em veículos oficiais. Nas ruas, funcionários do sistema público de limpeza tentavam tirar a todo custo as manchas de sangue, enquanto derramavam lágrimas sobre os uniformes.

Ao lado de membros das Forças de Autodefesa do Japão, equipes da polícia mantinham vigilância nos arredores, buscando qualquer detalhe que houvessem deixado passar. Equipamentos eletrônicos com tecnologia de ponta e gráficos 3D eram utilizados em novas tentativas até então inúteis. Civis japoneses deixavam mensagens e prestavam homenagens aos mortos nos lugares não delimitados pelas autoridades.

Ainda assim, a cada momento, as forças policiais os afastavam *mais* do local onde ocorrera a carnificina em pleno Hanabi Taikai. No centro da área delimitada estava o primeiro-sargento Kusaka, que mantinha a expressão padrão de mau humor. Seu temperamento, que já era ruim, apenas piorou quando ele percebeu que um grupo passara por baixo de uma das faixas amarelas de isolamento e caminhava em sua direção. Liderando o time estava Daniel Nakamura.

– Kusaka-san! – Daniel fez uma reverência ao se aproximar.

Kusaka devolveu a cortesia, mas sem citar nomes. Ao lado de Daniel estavam Amber e Ashanti.

– Eles lhe informaram, então, o motivo de nós estarmos aqui... – concluiu Daniel em japonês.

– Sim – confirmou Kusaka. – E você deve saber como eu *adoro* quando você age nas minhas costas.

– Eu *não* agi pelas suas costas. Apenas segui o protocolo e fiz diretamente ao comitê das Forças de Autodefesa uma proposta referente à segurança nacional japonesa.

– É engraçado como um cara que sabe falar tão difícil se esquece de colocar alguém em uma simples cópia de e-mail...

– Eu não esqueço – disse Daniel. – Talvez você simplesmente não precisasse ser copiado...

Kusaka manteve dois palmos de distância de Daniel, denunciando a diferença de altura entre os dois.

– Ou talvez você soubesse que eu nunca teria deixado uma ideia estúpida como a sua *proposta referente à segurança nacional japonesa* passar pelo comitê.

– Sabe o que não entendo? Se você é assim tão influente, por que ninguém lhe encaminhou a mensagem?

– Você sabe a desgraça que pode acontecer por aqui se essa insanidade que você está propondo falhar?

– A desgraça aqui *já* aconteceu. Você deveria se concentrar em quantas vidas poderemos salvar se essa insanidade der certo.

Kusaka começou a esbravejar:

— Depois do que seu amigo francês aprontou, vocês não têm o que exigir. Temos snipers espalhados por estes prédios prontos para acertar a cabeça de vocês a um comando meu! E, caso você tenha se esquecido, Tsuyoi ainda é meu. E, se for necessário, eu trago aquela coisa até aqui e esmago você e seus monstros!

Amber tomou a frente, perguntando em inglês, em um tom igualmente agressivo:

— De que diabos você tanto reclama? Pensei que o que temos a fazer por aqui fosse urgente!

Kusaka ficou em silêncio, um tanto quanto em choque, olhando para Amber como se ela tivesse dito uma ofensa.

— Qual o seu problema? – perguntou a irlandesa, franzindo a testa e apertando os olhos.

Kusaka ergueu as sobrancelhas, surpreso mais uma vez com a insubordinação da estrangeira.

— Você quer saber qual o meu problema? – perguntou ele no inglês mais claro que ela já havia escutado de outro japonês até então. – Vocês acharem que podem trazer mais uma daquelas coisas aqui! Uma daquelas coisas que eu vi matar homens que estavam sob meu comando!

— Você é o sujeito que torturou Daniel e destruiu metade de um bairro pra prender Romain? – intrometeu-se Ashanti. – Se for, não me surpreende que homens que estavam sob seu comando tenham morrido.

— Compreendo, *rainha* – ironizou o primeiro-sargento japonês. – Você, melhor do que qualquer um, deve saber como me sinto...

Ashanti ameaçou avançar sobre Kusaka, quando Daniel Nakamura se postou no meio dos dois, virando-se para ela:

— Ei, ei, eu sei, esse cara não é dos mais fáceis – disse. – Mas tudo isso aqui só tem valor se nos concentrarmos no que temos de fazer...

Ashanti olhou para Amber, como que pedindo apoio. A irlandesa mantinha a expressão fechada e sua linguagem corporal deixava claro o incômodo. Diante do olhar da ruandesa, Amber ergueu os ombros e disse:

— Olha, quer saber? Se você quiser, depois eu mesma soco a fuça desse japonês almofadinha. Mas, antes, vamos terminar logo com isso...

Ashanti suspirou. Daniel acenou na direção de Kusaka, que se afastou, contrariado. Em japonês, gritou ordens que mais pareceram ameaças aos soldados. Agentes se puseram a gesticular, repassando os novos comandos, e a correr, liberando todo o perímetro da região a céu aberto. Transeuntes se juntaram, cada vez mais curiosos com o alvoroço. Daniel, Amber e Ashanti permaneceram na área isolada.

— Vocês viram que a imprensa já deu um nome para aquelas coisas? — perguntou Daniel.

— Mais criativo do que *Vespa Mandarina*? — perguntou Amber.

— Digamos... tão criativo quanto — continuou o nipo-brasileiro. — Eles as chamaram de *Legionárias*. Uma referência às formigas-legionárias.

Amber enrugou a testa.

— Bom... — disse. — Faz jus à ameaça.

Ashanti estava distante, concentrada nos arredores. Os lábios se apertavam, desenhando uma expressão de conflito interno.

— Você tem mesmo ideia de como nós vamos fazer isso? — perguntou Ashanti.

— Nenhuma — confessou Daniel. — Apenas esperança e dedos cruzados...

— O que será muito útil se a coisa sair de controle.

Daniel observou as pessoas ao fundo sendo afastadas cada vez mais pelos agentes japoneses. Começou a suar e sentir palpitações. A respiração mudou.

— Sabem... faz tempo que eu não faço isso...

Amber abriu um sorriso sutil. Sentiu o estômago pegar fogo. Aquela sensação deveria ser tóxica, e por um tempo havia sido, mas não mais. Como um fumante que se acostumava com o ato de fumar, ela também havia se acostumado com aquilo. E tinha descoberto até um certo prazer viciante.

– Com isso você não precisa se preocupar – disse ela para Daniel. – É como andar de bicicleta. Só que muito mais perigoso.

A queimação saiu de dentro dela e se tornou o primeiro chamado. Ao lado, Ashanti fez o mesmo. Daniel ainda suava, ainda temia, ainda bambeava. Mas o chamado continuava. O elo que transcendia a matéria e se conectava ao fantástico. Mesmo antes das outras pessoas, eles já conseguiam ouvir o som das movimentações no fundo do mar. Grunhidos, rosnados, sons de feras. O barulho foi se aproximando, a intensidade aumentou. Então, as águas se agitaram, enquanto a tensão no local se fortaleceu. Novos comandos em japonês foram enunciados, a maioria com o significado repetitivo de "se afastar".

Assim a dragonesa rosa-escuro emergiu das águas da Baía de Tóquio.

Seguida por outros dois dragões.

Em meio a gritos, flashes e pânico, as monstruosidades aladas seguiram desde a Baía até Chōfu. A cada sombra gerada pelos dragões na região metropolitana, mais caos se arrastava. Carros bateram e despedaçaram vidros, ambulantes largaram as barracas, crianças apontavam para o alto e puxavam as saias das mães. Canais de notícias tentavam narrar o que estava acontecendo nas imagens que foram transmitidas ao vivo para o mundo inteiro. "Os dragões estão de volta!", diziam, mas desta vez não estavam atacando. Alheias ao pandemônio que havia se formado no solo, as criaturas seguiram voo em direção aos montadores, como se nada mais importasse.

Em Chōfu, Amber, Ashanti e Daniel aguardavam. Era possível *sentir* cada ganho de proximidade. Os gritos também provocavam um eco, uma onda que se alastrava pelo concreto e denunciava a localização dos monstruosos. Independentemente dos gritos, porém, a conexão entre os dragões e o trio era tão forte que eles sabiam onde as montarias estavam mesmo em meio às pessoas que corriam desesperadas.

Assim, sob a mira de armas que não poderiam ferir, os dragões desceram e aterrissaram de uma maneira mais suave do que se apostaria.

A presença deles acentuava ainda mais a sensação coletiva de desesperança. Aquelas eram as mesmas criaturas que haviam matado centenas no estádio do Maracanã, no Rio de Janeiro; as mesmas que queimaram outras dezenas na praça da Constituição, na Cidade do México; e interrompido o trânsito da rodovia 101, em Los Angeles. As mesmas que o mundo queria mortas, com toda a sensação de justiça que emergia antes de um ato de vingança.

A dragonesa de escamas matizadas em vermelho-claro pulsante se aproximou de Amber. Com crista nervurada e chifres no maxilar, a cabeça da fera se virou e seus olhos vermelhos se fixaram nos de Amber. A irlandesa não demonstrou medo, nem mesmo alterou a expressão, concentrando apenas em si um sentimento domado de ódio puro pelo monstro que havia matado seu irmão.

– Já disse que *odeio* você, não disse? – perguntou ela em tom de desgosto.

A dragonesa soprou ar pelas ventas, em uma maneira de dizer que não se importava.

O ar quente bateu no corpo já metalizado de Amber.

A multidão ao redor ficou alvoroçada. Era a primeira vez que eles viam aquela transformação. A materialização imediata de uma armadura como aquela, em um piscar de olhos, era surpreendente até mesmo para um povo acostumado aos padrões tecnológicos do Japão. Então, Daniel e Ashanti também exibiram suas armaduras negras, repletas de ideogramas desenhados por sangue pulsante de dragão. Eles se aproximaram dos dragões e saltaram para suas costas, montando-os, como se o absurdo fosse lógico. Projeções saíram de suas armaduras, perfurando áreas específicas no dorso dos dragões. Em seguida, os visores se acenderam, ganhando a mesma tonalidade do sangue e dos olhos dos agigantados.

Mais uma vez, os dragões eram deles.

Os sentidos se mesclavam e ampliavam seu alcance. Amber liderou a primeira caminhada, quando as patas do seu dragão começaram a marcar pegadas no solo. A cauda de ponta denteada dançava de um lado a outro em um ritmo cadenciado; a língua bifurcada e espinhosa agitava-se no ar.

– Quero que você cace o *cheiro* daquelas coisas – ordenou Amber. – Quero que você descubra o rastro e nos leve até o *ninho*...

A dragonesa rosa-escuro emitiu um som gutural, como se estivesse reclamando da ordem. A língua ainda balançava de um lado a outro, enquanto seu corpo de quinze metros caminhava sorrateiramente sob a mira de snipers. Um pouco mais afastados, os dragões de Ashanti e Daniel acompanhavam sem se intrometer, deixando Amber comandar a situação. Entre eles era evidente o respeito que nutriam pela irlandesa quando o assunto era cavalgar dragões. Era triste e fascinante, ao mesmo tempo, admitir isso, mas a relação que existia entre sua dragonesa e ela, construída à base de raiva, se mostrava a mais eficiente no elo entre ser humano e besta.

O visor de Amber continuava aceso. Pouco a pouco, foi se tornando menos vermelho e ganhou tons mais pálidos, lembrando um filtro de manipulação de imagem. Os aromas do ambiente foram divididos em *categorias* pelos sentidos draconianos, e destacados conforme a importância. Primeiro, foi apontado o cheiro de sangue, e, por último, o de carne morta. Atravessavam todo o cenário de destruição, desde os veículos batidos até as barracas de comida abandonadas. Havia marcas de pânico por todos os lados e sangue... muito sangue em retrovisores, no chão e até em panelas jogadas no meio-fio. Amber sentiu-se enjoada e tonta por causa da intensidade de cheiros e de repente sua visão ficou turva. Arrastando a língua pelo ar e em seguida pelo chão, a montaria finalmente fez a distinção de alguns cheiros, e captou o odor de duas identidades corporais distintas. O primeiro era sangue humano. O segundo, de uma criatura que não parecia nem um homem nem um animal.

Apesar de não existir mais corpo, aquele era o local onde a primeira cria havia sido morta, atropelada por um policial japonês.

A primeira sensação de Amber foi de náusea. Aquele cheiro era forte e intoxicante, como o de morfina. Antes que Amber vomitasse por dentro do capacete, o simbionte agiu para isolar a reação involuntária e reestabelecer o controle. A montadora bambeou, mas se manteve firme, embora estivesse com a respiração entrecortada e a temperatura corporal elevada. Finalmente, seu corpo relaxou e, então, vieram as primeiras cores. De certa forma, a experiência era magnífica. Estabelecendo uma linguagem visual para traduzir uma linguagem sensorial, o visor começou a dividir e desenhar em cores, pelo cenário preto e branco, a trilha deixada no ar por humanos e pelas crias. Uma trilha esfumaçada vermelha indicava o rastro de sangue humano, que se espalhava por todos os lados, como se um pintor houvesse detestado sua obra e tivesse tacado tinta a esmo em seu quadro. Em meio à trilha vermelha, contudo, havia outra, em tonalidade amarronzada. Conforme essa distinção foi ficando mais clara, o simbionte atuou e retirou aos poucos a trilha esfumaçada vermelha do campo visual.

O resultado era uma trilha colorida de feromônios.

– Achei! – anunciou Amber para os outros.

Montaria e montadores se puseram em alerta. A dragonesa rosa-escuro começou a andar mais rápido e a simples movimentação alterada trouxe mais pânico à multidão, que assistia de longe, e aos policiais, que haviam se preparado para qualquer reação hostil. Observando ao fundo, Kusaka ditava ordens em canais de comunicação via rádio, tentando manter os nervos sob controle.

Conectado ao dragão anil, Daniel ordenou que o animal seguisse a dragonesa rosa-escuro. A montaria acelerou o passo, agitando o pescoço curto e espesso que ligava o corpo esguio à cabeça achatada. Daniel acionou o canal de comunicação entre eles.

– Você conseguiu distinguir a trilha? – perguntou.

– Eu não, essa coisa – corrigiu Amber.

– Não faz diferença – disse Ashanti.

– Faz sim – corrigiu Amber. – Eu e essa coisa não somos iguais.

Ashanti se aproximou com seu dragão de escamas douradas e parou ao lado de Amber. A besta cheirava a carne queimada, e esticava e retraía repetidas vezes a língua pontiaguda.

– Escute – começou a dizer Ashanti –, entendo esse seu momento sensível, e isso é totalmente justificável, mas podemos pular pra parte em que você rastreia o covil dessas porcarias?

Amber virou-se na direção de Ashanti e, por mais que a ruandesa não pudesse ver seu rosto, a expressão corporal e o silêncio já diziam muito.

– O que relataram as testemunhas sobre a direção para onde essas coisas foram? – questionou a irlandesa.

– Não disseram nada de concreto, na verdade – disse Daniel. – Apenas falaram que, da mesma maneira misteriosa como chegaram, essas coisas pareciam ter desaparecido.

– Mas como exatamente "desaparecido"? Fazendo uma acrobacia para trás e sumindo no ar? – resmungou Ashanti.

– Os relatos são diversos e não foram levados tão a sério pelas autoridades japonesas. Na verdade, foram considerados relatos pós-traumáticos.

A dragonesa rosa-escuro continuou a agitar a língua bifurcada, ampliando o alcance dos sentidos. Uma área do cérebro de Amber foi acionada na simbiose, e ela viu espectros no cenário apresentado pelo visor, como se personagens 3D houvessem sido inseridos em uma imagem.

– Eles deveriam ter levado os relatos mais a sério – disse.

– Como assim? – questionou Daniel, acelerado.

– Você disse que essas coisas se comunicavam por... como é mesmo...

– Feromônios! – confirmou Daniel de bate-pronto. – O que tem?

– Certo – disse Amber, com certo desdém. – Parece que esses feromônios não agem apenas nas crias demoníacas. Pelo visto, de formas diferentes, eles também agem em seres humanos...

– Do que diabos você está falando? – perguntou Ashanti.

– Quer saber? É melhor eu mostrar a vocês...

Duas projeções saíram da armadura de Amber, como as que se conectavam às montarias ou a um segundo montador do dragão, e se prenderam nos dragões em volta, gerando um elo entre os três. A ação foi tão surpreendente que pegou até mesmo as criaturas fantásticas desprevenidas. Ambas, então, emitiram sons guturais quando perfuradas. Amber não pensou em fazer aquilo, nem mesmo em *como* faria aquilo. Ela *simplesmente fez*.

Ao fundo, a multidão se alvoroçou mais uma vez; algumas pessoas se jogaram no chão, outras ergueram os braços. Snipers tiveram as ordens para atirar negadas. Os dragões conectados ficaram agitados, enquanto o sangue dos três era mesclado e a ligação estabelecida. Passada a fúria, veio o êxtase.

– Eu cada vez acredito menos que você já não tenha feito essas coisas antes... – disse Ashanti.

– A Irlanda é um país místico – acrescentou Amber em tom ranzinza. – Você não faz ideia dos workshops que eles têm por lá...

Os sentidos ampliados por causa da ligação entre Amber e a dragonesa rosa-escuro foram compartilhados com os outros dois. Ashanti chegou a sentir um solavanco com a quantidade de informações que recebeu de uma só vez e com a intensidade que ganhou seu olfato. Ela bambeou, segurou a ânsia de vômito e manteve-se firme. Após passar pelo mesmo processo, Daniel identificou no visor a mesma simulação que Amber havia visto. Então, entendeu.

– Mimetismo – concluiu, embasbacado.

– Não sei do que você está falando, mas acho que compreendeu agora... – disse Amber.

– Ele está falando de um tipo de sistema de camuflagem – explicou Ashanti. – Quando um animal tenta se parecer com outro que não é.

Então, Ashanti se deu conta do que dizia. Seu visor passou a mostrar em meio ao cenário preto e branco os milhares de pontos coloridos destacados.

– Não... – disse a ruandesa. – Vocês *só podem* estar de brincadeira...

– É muito pior do que se imaginaria a princípio – analisou Daniel, devagar, como se precisasse ouvir a própria voz dizendo aquilo para parecer mais real. – Amber tem razão: eles deveriam ter levado os relatos mais a sério...

– Aquelas coisas não desapareceram no ar... – sussurrou Ashanti.

– Dê parabéns aos seus *feromônios* – acrescentou Amber com a típica falta de paciência.

– Elas não surgem, nem desaparecem *do nada* – murmurou Daniel, trêmulo. – Elas na realidade são capazes de enganar os sentidos humanos com secreções químicas.

A ansiedade de Daniel foi compartilhada com as outras duas. Não que fosse preciso. Elas já haviam entendido a gravidade da situação.

– Não existe ninho – concluiu Daniel. – Essas coisas estão simplesmente camufladas no meio da multidão, aguardando a ordem para atacar novamente...

23

TÓQUIO, JAPÃO

O CLIMA ERA DE PURA AFLIÇÃO. A sala de conferência reunia outra vez os líderes militares das Forças de Autodefesa do Japão ao redor de uma imensa prancha de vidro. Desta vez, porém, havia observadores educados e silenciosos. Em outro salão, isolado do principal, o trio composto por Daniel, Amber e Ashanti observava a reunião emergencial através de uma tela.

— Acredito que todos nesta sala já entenderam a gravidade e o funcionamento da ameaça diante de nós – resumiu o senhor Jin Tarumi. – A questão aqui e agora é *como* nós vamos isolar da multidão essas monstruosidades?

— Talvez com leitores infravermelhos – sugeriu o senhor Tsuruji. – A temperatura delas provavelmente é diferente da de um corpo humano.

— Isso seria prático se a ameaça estivesse limitada a uma região específica – afirmou o sargento Kusaka. – Mas, quando a amplitude dessa ameaça é indefinida, nós deveríamos estudar uma proposta de maior alcance.

– Ou, enquanto vocês pensam em uma proposta melhor, alguém poderia usar leitores infravermelhos no meio da multidão – insistiu Tarumi.

As opiniões e sugestões eram lançadas de maneira enérgica em japonês, com todas as entonações e os gestos bruscos característicos. No canto da sala de projeção do vídeo, Daniel ia traduzindo o que conseguia para as duas mulheres.

– É isso o que eles estão dizendo? – perguntou Amber para Daniel. – Juro que daqui a impressão é a de que estão xingando o ancestral do outro, antes de iniciarem uma batalha samurai.

Em outra ocasião, Daniel teria achado graça, embora soasse como uma ofensa.

– Eles já nos citaram? – quis saber Ashanti.

– Como assim *nos citaram*? – perguntou Daniel.

– Esses caras revogaram o perdão japonês e convenceram o governo americano a enviar cybersoldados atrás de Romain! E com certeza fizeram isso de dentro de uma sala como essa! Você acha que eles não têm um plano agora que nós trouxemos dragões de volta a esse país?

– Bem, eles me deram a palavra deles de que não tratariam nenhum de nós como inimigo se eu convencesse vocês a vir aqui pacificamente...

– Admita que ela tem razão – disse Amber. – Os caras estão todos armados nos corredores aí do lado de fora. E duvido que seja por medo de aquelas coisas bizarras aparecerem por aqui.

– Eu sei que aqui neste país costuma-se dar mais valor à palavra do que em outras culturas – continuou Ashanti –, mas não se iluda, nissei: não é à toa que nós não estamos lá dentro daquela sala.

– Na verdade, eu nunca participo dessas reuniões – acrescentou Daniel. – A não ser quando eu as invado...

– Novamente: não pense que isso acontece à toa – insistiu Ashanti.

Daniel suspirou. A ruandesa estava certa.

– E se eles tiverem um plano? – quis saber. – Um plano para nos controlar, ou nos limitar, ou seja lá o que eles acham que são capazes de fazer?

– Eles não vão nos impedir de agir, não importa que plano tenham – garantiu Ashanti.

– Aí é que está – disse Daniel. – Não acho que isso funcionará para nós sermos coagidos, mas, por outro lado, se reagirmos e não colaborarmos...

– Do que diabos você está falando? – rosnou Amber. – Você por acaso está mesmo cogitando brincar de *Simon Says* com esses caras? Eles mal sabem como enfrentar os inimigos que *nós* identificamos para eles!

– Sim, mas...

– Não existe *mas* – enfatizou a irlandesa. – Já estou sendo educada só de permanecer nesta sala, enquanto eles tomam decisões e colocam caras armados do lado de fora! Guardas, inclusive, que eu entortaria só de esbarrar!

– E é isso que me preocupa.

– Entortarmos seus amigos?

– Não. Não saber mais quando agir e quando esperar. Quando ser político e quando ser independente.

– Você não tem de se preocupar em ser político com pessoas que mudam constantemente as regras do jogo, Daniel – disse Ashanti. – Sei que você acha que *deve* alguma coisa a eles. Só que o mesmo sargento que pilota o robô que eles financiaram torturou você quando precisou de informações. E o perdão recebido pelas consequências da batalha contra o Vespa Mandarina ainda é um perdão por nós termos salvado o resto da vida neste mundo...

Na sala de conferência, as discussões continuavam. Daniel só conseguia prestar atenção em Ashanti.

– Eu entendo o que você diz – afirmou. – De verdade. O que estou querendo levar em consideração agora é: se agirmos por conta própria, neste exato momento, que tipo de mensagem passaremos para o mundo?

– Talvez... *não ferre conosco*? – sugeriu Amber.

– Mas foi *para isso* que nós voltamos? – insistiu Daniel. – Para sermos *temidos*? Para as pessoas não entenderem a diferença entre nós e os monstros? Romain em um momento era herói, no seguinte foi tratado como terrorista.

Ashanti colocou uma das mãos no ombro de Daniel e apertou, fazendo-o se concentrar nela. Odiava aquele papel. O papel de mentora, de irmã mais velha, o papel de *amiga*. O papel de tudo o que ela não era de nenhuma daquelas pessoas.

Nós não somos um grupo, droga.

– A diferença é que nós estamos *matando* os monstros – afirmou ela. – Uma vez, quando eu estava no Covil de dracônicos à espera do combate, Strider me explicou que a função de pessoas como ele era manter o *equilíbrio dimensional*. Eu não entendi o que ele quis dizer a princípio, mas depois aquilo ficou bem claro. O raciocínio era que se um grupo de bitolados daqui se achar superior a pessoas de outra cor e começar a matar, isso é um problema desse planeta. Mas, se um demônio abissal vier até aqui e começar a dizimar toda a dimensão, isso se torna uma ameaça digna da atenção de pessoas como ele.

Daniel ficou em silêncio e continuou olhando para Ashanti.

– E, se vamos mesmo fazer isso... – Admitir aquilo para si mesma era como comer areia. – Se vamos mesmo tentar bancar o esquadrão que Derek imaginou um dia... talvez seja essa a moral que devemos adotar para nós.

Nem mesmo Amber tinha o que acrescentar.

Ashanti continuou:

– Você e Derek não quiseram apenas matar os monstros quando voltaram. Vocês quiseram ser os heróis justiceiros e talvez tenha sido *esse* o erro. O que eu proponho nesse momento é: vamos agir sem bandeiras, sem fronteiras, sem lados políticos. Deixem que esses caras policiem a si mesmos. Nós seremos um outro tipo de polícia, atuando em outro tipo de jurisdição. Uma jurisdição que esse mundo não pode defender por conta própria.

– Eles não vão entender... – Daniel suspirou.

– Pra mim não seria novidade – disse Ashanti. – Desde que retornamos, sempre fui tratada como vilã.

– E eu nunca me importei com a maneira como sou tratada – acrescentou Amber. – Além disso, já sou a "filha do terrorista".

– Parece que a questão depende de você, nissei: e *você*? Se importa em não ser tratado como herói?

Daniel ponderou sobre aquilo. De repente, a armadura de metal-vivo já cobria todo o seu corpo.

– Quer saber? – disse Daniel. – Vamos matar uns monstros.

24

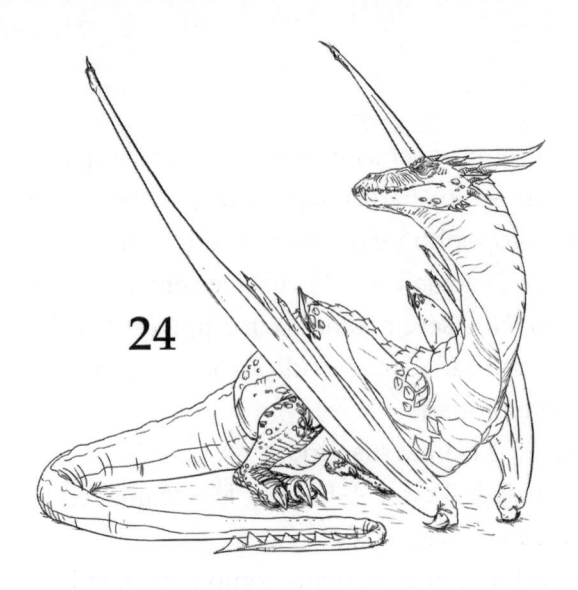

TÓQUIO, JAPÃO

Quando saíram da base militar, os três não sabiam que fariam história. Daniel, Ashanti e Amber partiram, vestidos com as armaduras negras de sangue de dragão, ignorando ordens de contenção. Tiros ecoaram e bateram nas armaduras metalizadas sem causar qualquer arranhão. Soldados foram arremessados para trás, armas partidas ao meio, balas ricocheteadas pelos corredores, marcando as paredes. Mas nenhum soldado foi morto. Machucados, contundidos, nocauteados, mas nenhum morto. Quando o trio chegou do lado de fora, os engravatados vieram correndo. Discursaram sobre honra e responsabilidades, fizeram ameaças bélicas e políticas, ofereceram acordos de guerra e de paz.

Nada lhes interessou.

Daniel desmaterializou o capacete, para que eles vissem seu rosto.

– Nós não somos um *grupo de guerra* – garantiu. – Nem de política, nem religioso. Mas uma força de defesa que pode combater o que *vocês* não podem.

– A coisa não é tão simples – disse o senhor Akama, o mais experiente. – Vocês não podem simplesmente agir sem prestar contas.

Toda vez que atacam soldados, vocês se tornam ainda mais o inimigo a ser abatido. Vocês ajudarão as forças militares ao redor do mundo a se unirem contra o que estão criando aqui!

– Talvez – ponderou Daniel em japonês. – Enquanto vocês se reúnem em reuniões particulares para falar sobre isso, estamos caçando as criaturas.

O nipo-brasileiro percebeu que o sargento Kusaka não estava presente com o restante do grupo. Estranho.

– Não! – garantiu o senhor Tsuruji. – Ou vocês estão subordinados às Forças de Autodefesa do Japão ou não são mais confiáveis.

– Vocês estão *mesmo* falando das pessoas que lhes deram justamente as informações que vocês estavam debatendo naquela mesa de vidro? – questionou Daniel. – As mesmas pessoas que domaram os dragões que queimaram cidades, as que mataram uma mutação e desvendaram os segredos de suas crias?

– E que podem usar tudo isso contra nós a qualquer momento – acrescentou o senhor Tarumi. – Este país já se reergueu de destruições em massa vezes suficientes para querer garantir que isso não aconteça novamente!

– Uau! – surpreendeu-se Daniel. – Agora entendo o que Derek passou diante de seus antigos comandantes. Mudam as bandeiras, mas não os discursos.

– O mesmo vale para as ameaças – acrescentou o engravatado.

Mais carros militares começavam a chegar ao local, fazendo um cerco e trazendo mais homens uniformizados, mais armas e mais problemas.

– Está na hora de dizermos adeus – disse Amber.

– Terminou a sua tentativa *pacifista* de negociação? – quis saber Ashanti olhando para Daniel.

– Não está funcionando...

– Não vou dizer que avisei...

As armas foram apontadas para o trio, como se a quantidade de munição fizesse diferença e pudesse tornar as balas nocivas às armaduras de metal-vivo. Quando pontos vermelhos começaram a surgir no rosto de Daniel, o capacete de visor azulado foi novamente materializado. Ainda assim, foi possível ouvir sua voz quando ele perguntou:

– Vocês não aprendem?

– Nós poderíamos perguntar a mesma coisa – respondeu Tarumi.

– Nós vamos sair daqui agora e ninguém vai se machucar.

– Não, vocês *não* vão a lugar nenhum.

Um silêncio se fez, como se a pausa longa servisse para sustentar a afirmação.

Amber e Ashanti já analisavam pontos de fuga e de ataque, preparadas para os próximos passos.

– Isso foi uma ameaça, certo? – quis se certificar Daniel.

– Sim – afirmou Tarumi, com uma sinceridade sem emoção.

– E são esses homens que vão cumpri-la?

– Não.

Tarumi fez um sinal com a cabeça para o senhor Takeru. O homem de óculos escuros e cabelo puxado para trás com gel acionou um transmissor de voz.

– Avançar – foi a ordem, sem especificações.

Houve silêncio e as pessoas ficaram imóveis, fossem as vestidas em ternos ou em uniformes. E uma tensão no ar. As armas continuaram apontadas para o trio, e as miras lasers ainda desenhavam pontos vermelhos nas armaduras negras.

– O que diabos está acontecendo? – perguntou Amber.

O chão tremeu, e até os japoneses armados ficaram assustados.

– Acho que nós teremos um *grande* problema...

Houve um segundo tremor. E um terceiro. E um quarto. Os tremores continuaram e eram cada vez mais intensos.

Estavam cada vez mais próximos.

– Não, você não está querendo me dizer que... – Ashanti parou de falar.

– Infelizmente, sim – ratificou Daniel.

– Malditos engravatados... – lamentou a ruandesa.

Amber entendeu o que aquilo significava e sentiu a raiva *pulsar*.

– Acho melhor vocês todos se retirarem – sugeriu Daniel aos homens sem farda. – Antes que isso aqui se torne um campo de batalha que, devo acrescentar, vocês mesmos estão criando...

– Não é preciso que se torne um campo de guerra – tentou negociar o senhor Tsuruji. – Como você disse: vocês querem combater os monstros tanto quanto nós. Nós só precisamos que sejam os heróis que nós queremos que vocês sejam...

– O problema é que nós somos heróis e idiotas – disse Daniel, em uma frase que não fez sentido para aquelas pessoas.

A base tremeu quando a criação metálica de dezenove metros chegou ao cenário, atraindo a atenção de todos. Pilotada por Kusaka, a nova máquina de guerra agigantada era pura agressividade e belicosidade em meio às placas escuras à base de carbono liso. A cabeça oval não parecia pertencer a uma máquina, mas a um alienígena. O coro quadrangular estava *aceso*, as luzes distribuídas em fileiras e bases circulares como faróis, transformando o aparato de guerra em um espetáculo visual digno de um show midiático.

O recado era apenas um: Tsuyoi estava pronto para sua primeira batalha.

– Pensei que você havia criado essa coisa para lutar do nosso lado – resmungou Ashanti.

– Nem tudo é perfeito.

A presença do robô gigante causava tanta confiança que os engravatados não quiseram deixar a área, permanecendo ao lado dos soldados sob seu comando com suas armas de efeito moral.

– Vocês sabem que *nem mesmo vocês* são capazes de enfrentar aquilo tudo sozinhos – decretou o senhor Tarumi.

A raiva de Amber se expandiu para muito além dela, o suficiente para realizar *um chamado*. Daniel e Ashanti sabiam o que aquilo significava.

Eles também podiam sentir.

– Vocês se esquecem de que nós *não* estamos sozinhos... – disse Daniel.

O chão tremeu mais três vezes seguidas quando os dragões pousaram com força ao lado de Tsuyoi, emitindo guinchos.

E foi quando tanto engravatados quanto uniformizados começaram a correr, liberando a área de combate que haviam acabado de criar. Carros cantaram pneus. Ordens em japonês foram jogadas ao vento e os líderes tentavam comandar homens que não ouviam. As câmeras de segurança estavam focadas no trio, gravando tudo, enquanto telefones tocavam sem parar, e mensagens de estado de emergência eram trocadas.

De dentro da máquina agigantada, Kusaka sorriu para si mesmo. Uma reação de quem havia gostado daquela *oportunidade*. Honra, dever e orgulho dividiam suas ações, enquanto ele, o primeiro piloto da maior máquina de guerra já criada pela humanidade, se aprontava para estrear suas habilidades em campo.

À frente, um cenário de correria e descontrole. Gritos e pânico tomavam conta, enquanto soldados antes confiantes de repente se viam aterrorizados.

Nenhum ser humano poderia culpá-los. Aquele era um dia para se fazer história.

Dragões enfrentariam um robô gigante.

25

TÓQUIO, JAPÃO

O dragão azul foi o primeiro a atacar. O réptil de escamas anil subiu dez metros em diagonal, parou no ar e esticou o pescoço curto. Então, abriu a bocarra e cuspiu o jato gélido na direção do robô. Tsuyoi agachou e cruzou os braços na frente do rosto para se proteger. O jato atingiu os antebraços metálicos e o sistema interno acusou o resfriamento súbito.

– Deslocar energia para aquecimento parcial! – ordenou Kusaka.

O sistema interno reconheceu o comando e a área atingida pelo raio congelante draconiano se acendeu imediatamente, gerando um aquecimento suficiente para transformar o gelo em água. Um painel eletrônico com um gráfico 3D mostrava em tempo real os desníveis e a correção de temperatura em toda a mecânica interna. Aquilo tinha um custo. Concentrar uma grande quantidade de energia na defesa impedia a máquina de direcionar as forças em uma ação de ataque.

Aproveitando-se desse momento de hesitação, os outros dragões atacaram.

O dragão de escamas douradas e anatomia estreita e oval avançou pela lateral para um ataque direto. Inclinou a cabeça, projetando os chifres das laterais, levantou voo e se jogou contra o robô. O choque gerou uma onda que destruiu vidros de janelas próximas. O robô sentiu o impacto, bambeou para trás e estava prestes a tombar sobre o prédio da base militar.

— Acionar gráviton! — gritou Kusaka, pressionando com força os comandos.

Em fração de segundos, um sistema projetado por Daniel Nakamura baseado em eletromagnetismo e força nuclear foi utilizado em combate pela primeira vez. O poder de atração entre a base metálica e o solo se tornou estratosférico, e imediatamente os pés do robô grudaram-se no chão. Com as pernas presas, o robô dobrou os joelhos, travando o corpo de metal em uma inclinação de 45 graus.

— Ataca! — ordenou Amber, ao ver a posição vulnerável em que o inimigo se encontrava.

A dragonesa rosa-escuro subiu mais alto do que os outros e desceu com a crista projetada, pronta para testar por completo a eficiência do sistema de equilíbrio mecanizado. Ao mesmo tempo, o dragão dourado voou para longe, dando espaço para a dragonesa, e agitou a cauda repleta de espinhos.

Notando o pouco tempo que tinha para preparar para o novo ataque, Kusaka ordenou que o braço mais próximo agarrasse o dragão dourado. A mão agigantada se esticou, mas o dragão já havia saído do alcance de sua circunferência.

— Expansão! — ordenou o primeiro-sargento com um autocontrole digno de estudo.

Ouviu-se um estouro e, em meio à fumaça, o braço que o robô esticara na direção do dragão que se afastava se separou do corpo, mantendo-se conectado apenas por um cabo de aço, e foi *lançado* em velocidade acelerada. A mão do robô se prendeu à cauda espinhosa do dragão. Os dedos de metal se fecharam sobre a couraça e os espinhos, e o cabo de aço foi travado. Com o voo brecado, a criatura alada guinchou e o corpo fez um movimento semicircular forçado. Na descida, se chocou contra a dragonesa rosa-escuro, e o impacto mais uma vez gerou um estrondo.

– Vocês viram o que aquela coisa fez? – gritou Amber.

– Droga – lamentou Daniel. – Eu odeio esse cara. Mas ele realmente é o melhor piloto que esse robô poderia ter...

– Ele deve estar lisonjeado com a sua admiração – resmungou a irlandesa.

Tsuyoi inclinou o corpo de volta para a posição ereta e os pés, presos pelo sistema gráviton, foram liberados. Com toda a energia desta vez concentrada no ataque, o robô preparou um soco, e em vez de realizar um movimento de corrida, simplesmente deslizou em linha reta, como se fosse um aríete de dezenove metros. Sem esperar o movimento, a dragonesa rosa-escuro mal teve tempo de reagir quando o punho colossal socou a cabeça, quebrando três de seus dentes. O corpo draconiano caiu no chão, causando um estouro e levantando uma nuvem de terra.

– Vem! – ordenou Ashanti, convocando a montaria.

Tanto o dragão de escamas verdes quanto o azulado partiram. Deram rasantes, seus montadores saltaram, agarrando-se nas escamas, e subiram. As projeções pontiagudas das armaduras se conectaram aos dragões e o sangue foi mesclado, aumentando o poder da conexão simbiótica.

– Vamos tentar uma investida dupla – sugeriu Ashanti a Daniel.

– *Roger that!*

Eles voaram, alternando os lados, em movimentos que desenhavam o infinito no ar. No interior de Tsuyoi, Kusaka acionou um scanner virtual voltado aos dragões, transformando-os em alvos. O visor acompanhou a aceleração de voo das criaturas, fazendo não apenas a leitura da velocidade mas também uma previsão de movimentos.

– Giro laser! – ordenou Kusaka.

Na altura do ombro do robô, de uma pequena abertura, uma espécie de trilho foi liberada, circundando todo seu corpo metálico. Do ombro direito saltou um dispositivo do tamanho de uma webcam, com um ponto vermelho e brilhoso na ponta. Os olhos de Daniel se arregalaram.

– Não avança, não avança! – gritou para Ashanti. – Desvie, desvie o voo!

O dragão azul desviou no momento em que a linha laser foi acionada e o robô começou a girar para atingir todos ao redor. Ashanti, porém, não teve a mesma sorte. Surpreendido pelo ataque, o dragão dourado não teve tempo de manobra e a linha de luz condensada queimou parte das duas asas em um único movimento. Os músculos pararam de responder ao voo, e a criatura tombou.

– Merda, merda, merda! – gritou Ashanti em suaíli durante a queda.

Enquanto caía, o dragão dourado guinchava em desespero, com a língua comprida e pontiaguda para fora. A queda foi se tornando uma realidade próxima. Até que as projeções da armadura se desprenderam e Ashanti foi arremessada ao asfalto antes da montaria.

– Ashanti! – gritou Daniel no canal de comunicação, com a voz alterada. – Ashanti!

– Ela vai sobreviver – tranquilizou-o Amber. – Quem não vai aguentar a batalha é o dragão!

– Nós precisamos abortar! – decidiu Daniel. – Eu criei essa coisa e digo que neste momento nós não temos como enfrentá-la!

– Ainda acho que podemos derrubá-la – afirmou Amber. – Mas existem coisas mais importantes para resolvermos agora...

– Não! – Era a voz de Ashanti, que reaparecia no cenário. – Eu não vou abandonar Zahabu!

– Como é que é? – irritou-se Amber. – Ótimo! O bicho adestrado agora tem nome...

– Eu sei que você os odeia e entendo seus motivos – disse Ashanti. – Mas sem eles nós já perdemos. Não encontraremos as crias. Não venceremos Ravenna.

Amber odiava ter de admitir que a ruandesa estava certa.

Daniel continuava no ar, buscando a atenção de Kusaka. Após sair do alcance do laser, viu o robô recolher o armamento, esticar a palma direita e acionar uma linha de disparo. Balas de calibre 22 foram cuspidas da mão agigantada aberta em sua direção, obrigando-o a se defender com novas manobras. Algumas bateram nas escamas do dragão azulado, sem perfurá-las, mas, ainda assim, machucando-o com vários socos. Sem suportar a pressão, a besta bambeou e subiu ainda mais, dando voltas em torno de Tsuyoi e dificultando o ângulo de mira.

– Vou assumir a batalha – disse Amber, montando em sua dragonesa rosa-escuro, ainda ferida do último golpe. – Você tira o dragão de Ashanti daqui!

– Não! – ordenou Daniel com um vigor que assustou as duas. – *Você* vai buscar o dragão dourado. *Eu* vou parar aquela coisa.

Houve um silêncio um tanto chocante.

– Uau! – disse Amber. – De onde veio isso?

– Eu gostei – acrescentou Ashanti. – Ao menos ele parece saber o que está fazendo...

– Que seja. Ele é todo seu.

A dragonesa rosa-escuro alçou voo na direção do dragão dourado caído. Enquanto isso, o dragão azul fez um semicírculo no ar para retomar a dianteira de Tsuyoi.

– Certo... – Daniel suspirou. – Essa é a parte em que eu só gostaria de estar em última instância. Ou isso vai dar certo, ou é morte certa.

O dragão azul guinchou, entendendo e, ao mesmo tempo, detestando o plano.

– Avança! – gritou Daniel. – Ele vai atirar, e eu sei que vai doer, mas você precisa avançar!

A mão do robô voltou a abrir e disparar munições. Mais balas cruzaram o ar. O dragão novamente desviou de alguns tiros, enquanto outros o atingiam nas escamas.

– Agora!

O dragão azulado esticou o pescoço curto e a face achatada, enquanto as projeções da armadura impediram que Daniel fosse arremessado para longe. Ainda em meio à rajada de balas, o jato gélido foi projetado sobre a palma robótica que atirava, criando uma camada de gelo e congelando o gatilho. Todo o antebraço robótico foi coberto por uma crosta gelada.

Tsuyoi teve que interromper qualquer tipo de ataque para concentrar a energia em aquecer a região e derreter a camada de gelo.

– O que esse maluco está fazendo? – perguntou Amber, enquanto a dragonesa rosa-escuro agarrava o dragão dourado pelas patas e Ashanti montava atrás de Amber.

– Ele *tem de ter* algum plano na manga – disse a ruandesa, torcendo para que estivesse certa.

Daniel ordenou que o dragão azulado ignorasse os próprios ferimentos e permanecesse parado diante do robô de cabeça agigantada. Foi preciso mais força de vontade do que ele esperava para convencer a montaria a obedecer àquela ordem de risco imediato.

– Ok – sussurrou ele, tremendo por dentro. – Lá vamos nós...

E assim Daniel Nakamura desmaterializou o capacete diante de Tsuyoi.

– Me diz que isso faz parte do plano – sussurrou Amber.

Ashanti não conseguiu responder.

Dentro da cabine de comando do robô, Kusaka entendeu a atitude de Daniel como uma afronta. Mais uma manobra arrogante de um moleque que queria mostrar o próprio rosto, enquanto o sargento operava o robô que *ele* havia criado. O sistema interno concentrava a energia para aquecer a área que havia sido congelada, quando Kusaka falou sozinho:

– Quer saber, seu cretino? Dane-se! Eu vou explodir você e esse dragão agora! Preparar míssil terra-ar!

Mais uma vez o scanner foi ativado e Daniel e o dragão azulado tornaram-se alvos. Duas portinholas no peito do robô se abriram, prestes a disparar a artilharia de autopropulsão.

– Tsuyoi, disparar!

Kusaka sorriu à espera da munição teleguiada.

Só que de repente o sistema se recusou a obedecer a ordem.

– Disparar! – voltou a gritar o primeiro-sargento, confuso.

O japonês trocou o comando de voz por comandos manuais, mas o teclado estava inutilizado. Na tela havia apenas estática, exatamente como um computador comum travado.

– Mas o que...

Na tela, uma mensagem começou a piscar, informando:

ALVO RECONHECIDO: CRIADOR

– O que diabos é isso, pelos ancestrais? – berrou Kusaka em desespero.

Os comandos, porém, continuavam travados. Tsuyoi assumiu uma posição neutra e deixou o sistema tomar o controle. Como se a situação já não fosse terrível o suficiente, um vídeo surgiu na tela, em reprodução automática. Na imagem estava Daniel, vestindo camisa social amassada, calça jeans e tênis.

– Não... – gaguejou Kusaka.

Desculpem a demora, eu estava upando um vídeo de instruções que acabei de gravar para casos de falha do sistema.

– Não, seu desgraçado...

Coisas assim podem ser a diferença entre vida e morte no futuro.

– Olá, eu sou Daniel Nakamura, mas, se você está pilotando esse robô gigante, provavelmente sabe disso – dizia a gravação. – Outra coisa que nós talvez venhamos a concordar é: se você está assistindo a isso, neste momento, você provavelmente tentou me matar. Eu devo ter tirado o capacete em um último ato de desespero, torcendo para o sistema reconhecer essa última programação. E devo estar do lado de fora, olhando para esta cabine com um sorriso de satisfação, mas, se servir de consolo, antes eu devia estar me borrando todo por dentro ao me usar como isca em um recurso inserido às pressas. Mas, bem... ele funcionou.

De repente, uma segunda janela surgiu no mesmo vídeo, desta vez, com a imagem de Romain. Era notável que ele havia gravado aquilo com um telefone virado para si, de dentro de um carro esporte e *enquanto* dirigia.

– Ih, Kusaka-san! Olha só quem apareceu aqui: Romain Perrin! – disse o francês. – Tá lembrado? Aquele que você tentou matar lá em Kabukicho e chutou a sua bunda? Sim, eu sei que, se este vídeo está sendo utilizado agora, foi você que tentou matar o meu irmão nissei, seu cachorro sem mãe! Agora me diz: você acha isso legal? Sim, ele é meio irritante às vezes, é verdade, mas, cara, é o padrinho da minha filha! Você já torturou o cara uma vez e agora quer ainda mais o quê? Sabia que ele não usou contra você *todos* os e-mails que a *sua* mulher troca com o amante? E que recompensa você oferece? Tenta matar o cara com o robô que ele mesmo criou? *Va au diable, fils de pute*!

A reprodução do vídeo foi desligada. Kusaka não conseguia se mexer, ainda em choque. Enquanto o primeiro-sargento japonês tentava formular algum raciocínio em meio ao coração palpitando e a pressão alterada, o vídeo surgiu novamente, com Romain voltando a falar com sua voz fina e nasalada:

– Ah, sim, e, caso você esteja se perguntando, pedi para ele traduzir *todas* as mensagens pra mim, e sua mulher está te traindo com um assistente de padeiro! De novo: *assistente de paaaa-deeeeei-rooooo*! O cara que sabe apertar e bater na massa está atendendo a sua mulher *toda semana*, e ela ainda escreveu que tem coragem de fazer com ele *tudo* o que não tem com você! Ouviu isso, samurai? Tudo-o-que--não-tem-coragem-de-fazer-com-você!

A postura de Daniel no vídeo se modificou, como se ele estivesse constrangido por ouvir aquelas coisas. Ou ao menos por ter *gostado* de ouvir aquelas coisas.

– Bem – disse ele, cortando o áudio de Romain, que ainda repetia diversas vezes ao fundo: *paaaaa-deeei-rooooo*. – Esse vídeo improvisado na verdade era só para deixar claro o seguinte: *eu* construí essa coisa, *eu* sei mais sobre o sistema dela do que você jamais vai saber, e *eu* posso tomá-la de vocês na hora que eu quiser. Em um resumo para facilitar a sua explicação: *eu* sou o dono deste robô gigante!

O vídeo foi desligado mais uma vez. Kusaka se mantinha atônito.

Daniel ainda aguardava, montado em um dragão do lado de fora, sem o capacete.

Sorrindo.

O capacete foi novamente materializado, e o dragão azul enfim voou para longe diante do robô subitamente inutilizado, levando o montador e deixando gravada no ar uma mensagem de Daniel Nakamura para todos os engravatados que se escondiam em meio ao cenário de batalha que eles próprios haviam criado.

Ele havia construído aquela coisa.
Ele poderia tomá-la quando quisesse.

Ele era o dono daquele robô gigante.

26

TÓQUIO, JAPÃO

Aquele era um dos cenários mais vertiginosos do mundo. Localizada próxima à Narihira Bridge, no centro de um triângulo formado pelos rios Arakawa e Sumida e a avenida principal local, a Tokyo Sky Tree se mantinha de pé em seus 634 metros. Triangular na base e circular na ponta, sua estrutura era dotada de dois observatórios separados por cem metros, formando a maior torre do planeta e a segunda estrutura mais alta já construída pelo ser humano.

Um ótimo lugar para receber dragões.

Naquele momento, Daniel, Ashanti e Amber se posicionavam acima do segundo observatório, a 450 metros do solo. A altura era tão imponente que passava por cima de nuvens, camuflando-se da visão dos pedestres no asfalto do centro cultural japonês. Os dragões permaneciam alheios aos ventos de 250 quilômetros por hora, com seus montadores presos por suas armaduras simbióticas e comunicando-se pelo sistema interno dos capacetes. O sangue mesclado acelerava a cura de humanos e criaturas, mas não aliviava as aflições.

– Não acredito! Você colocou *mesmo* um vídeo de Romain dizendo isso? – questionou Ashanti.

– Bem, vocês sabem como ele é. E não tinha como pedir pra ele gravar de novo! Eu precisava realmente inserir aquilo rápido e em segredo.

– Não sei qual de vocês é mais louco – disse a ruandesa.

– Eu gostei... – acrescentou Amber.

Os três riram por um instante, em contraste com tudo o que estava em jogo.

– Uma coisa que achei interessante e gostaria de perguntar... – disse Daniel para Ashanti. – Durante a batalha... você chamou seu dragão por um nome...

– Zahabu – completou Ashanti, achando graça. – Foi improvisado. Significa "ouro" em suaíli.

– Oh... – surpreendeu-se Daniel. – Bem pensado.

– Sei que não é o nome mais criativo do mundo, mas...

– Romain batizou o dele de "Espinafre" – interrompeu Daniel.

Houve um momento de silêncio entre eles. E Ashanti começou a rir.

– Pensando bem, até que eu dei um bom nome.

Eles voltaram a rir.

– Você batizou o seu? – perguntou a ruandesa a ele.

– Bem, inicialmente pensei em chamá-lo de *Sonic*...

As duas ficaram olhando para ele.

– Por que ele é rápido? – perguntou Ashanti, percebendo que Daniel queria ouvir algum comentário.

– Sim – disse ele em um tom impaciente. – Mas também porque ele é azul! Entenderam? Um bicho rápido e azul!

Elas continuaram olhando para ele, como se nada daquilo fizesse sentido.

– Bem, deixa pra lá, pelo visto é melhor eu trocar...

– Derek chegou a dar nome ao dragão vermelho? – perguntou Amber.

– De vez em quando ele usava o nome "Marte" como um código – revelou Daniel.

– "Marte"? – estranhou Ashanti. – Por causa do planeta vermelho?

– Também – concordou Daniel. – E por ser o nome do deus romano da guerra.

Para Amber, a informação trazia a lembrança de Derek. A lembrança espremia a dor.

– Não tenho coragem de dar nome à dragonesa – disse Amber. – Isso geraria apego.

– Já sei – exclamou Daniel, alheio. – Vou chamá-lo de *Fera*!

As duas balançaram a cabeça e ergueram os ombros.

– É meio genérico, mas faz jus ao que ele é – comentou Ashanti.

– Sim! – voltou a exclamar o nissei de maneira alterada. – E também por ele ser azul! Sacaram? Ele é uma fera... e ele é azul...

As duas balançaram a cabeça outra vez, como se estivessem diante de uma criança.

– Bem, por mais empolgante que isso pareça para você, Daniel, nós ainda temos um grande problema a lidar – disse Ashanti.

Daniel suspirou, frustrado.

– Ok... vamos fazer isso... Só trabalho sem diversão faz de Daniel um bobão...

Amber tomou a palavra, ignorando a referência mais uma vez.

– Vocês têm certeza de que isso está dentro do conceito de "ameaça ao equilíbrio dimensional"? – perguntou em um tom irritado.

– Por que você está usando esse tom? – perguntou Ashanti.

– Ora essa, olhe a nossa situação! Tentamos fazer do seu jeito, ir até lá, agir com neutralidade. E o que aconteceu logo na primeira tentativa? Nós relembramos que não temos aliados! E que as poucas pessoas que nos importavam estão mortas, enquanto estamos aqui tentando salvar as mesmas pessoas cujo governo não se importa e ainda vira nossas próprias armas contra nós! De novo: por que diabos nós estamos fazendo isso?

Houve silêncio, como se Ashanti e Daniel estivessem decidindo qual dos dois estaria mais apto a responder.

– Bem... – começou o nipo-brasileiro. – Uma vez eu li sobre um... filósofo... que disse que *com grandes poderes vêm*...

– Vá à merda, Daniel! – cortou Amber. – Eu sei quem disse isso. E o cara nem existe!

– Certo – disse ele, embaraçado. – Ainda assim, não deixa de ser verdade.

– Você tem alguma resposta melhor? – perguntou Amber para Ashanti.

– Talvez ainda façamos isso porque não nos sobrou mais nada.

Amber *odiava* aquelas respostas.

– Talvez porque essa seja a nossa vingança – insistiu a ruandesa.

Amber gostou muito mais daquela resposta.

– Em algum lugar, neste exato momento, Ravenna está rindo – continuou Ashanti. – Ela se sente poderosa, invencível. E talvez realmente seja. De qualquer forma, ela acredita que ninguém é capaz de pará-la. E é bem provável que apenas nós três não sejamos o suficiente. Mas nós temos dragões, temos raiva e agora temos um robô gigante. Em outras palavras: se nós não conseguirmos, quem irá? Mas talvez você esteja certa em um ponto: estou cansada de bancar a altruísta; esse era o trabalho do seu escoteiro e veja onde isso o levou...

– Ei, ei – interrompeu Daniel. – Não façam isso! Sério, simplesmente não façam! Vocês me convenceram de que nós devemos simplesmente matar alguns monstros, então vamos nos concentrar nisso! Não finjam que vocês não se importam, eu sei que é mentira!

Daniel apontou para Ashanti.

– Você enfrentou o mundo para dar voz a Ruanda!

E então apontou para Amber.

– Você passa por cima do ódio dessa criatura porque sabe que precisa dela para o que teremos de enfrentar!

– Ou talvez meu ódio por Ravenna só seja maior.

– Talvez – voltou a dizer Daniel. – Ou talvez você não queira que a morte do seu irmão tenha sido em vão.

Se eles não estivessem distantes e a 634 metros do chão, Amber teria socado a cara dele.

– Então não me digam que vocês não se importam com aquelas pessoas, mais do que com qualquer reação política com que a gente possa ter de lidar por isso.

Ashanti suspirou.

– Não adianta – concluiu. – Você tenta bancar o bad boy, mas no fim tudo o que você quer é ser o herói, não é?

– Ou o idiota... – completou Daniel, como se estivesse muito mais falando sozinho do que com elas.

– Como?

– Nada, é uma coisa boba que eu tenho com Romain. Uma espécie de lema. Nós costumamos dizer que seremos "heróis e idiotas até o fim".

Houve silêncio. Um tanto constrangedor.

– Você sabe que vocês dois formam um casal, não sabe? – disse Amber.

– Aí, tá vendo? São essas coisas que enfraquecem a amizade...

– Não é isso! – afirmou a irlandesa. – Quis dizer que a coisa que vocês têm é forte!

Daniel começou a ficar vermelho por baixo do capacete.

– Ei, ei, eu não... eu não estou gostando nada de onde isso está...

– Ih, olha só – reparou Ashanti. – Ele tá gaguejando...

– Que bonitinho! – acrescentou Amber. – Parece adolescente falando sobre o primeiro beijo!

– Eu... eu... eu...

– Mas conta: como é que funciona? Vocês mandam selfies um pro outro?

Amber então arregalou os olhos, ao se dar conta, mais animada do que já estivera em semanas.

– Vocês mandam *nudes* um pro outro?

Daniel pensou em se desconectar do dragão e saltar daquela torre para a morte certa.

– Ei, dá pra vocês nos respeitarem? Eu sou padrinho da filha dele!

– Uau, é sério isso? – assustou-se Ashanti. – Aliás, é *tão* sério assim?

– Ei, quer saber... – começou Amber. – Vocês deveriam *adotar* um! Hoje em dia a sociedade tem a mente bem mais aberta a isso!

– E como seria o nome desse bromance? *Romainiel*?

– VOCÊS QUEREM PARAR COM ISSO?

As duas riram, lembrando novamente os raros momentos em que se sentiam amigas que poderiam até conviver em um mundo normal.

– Certo – suspirou Ashanti. – Parece que não estamos levando a sério tudo isso, mas na verdade estamos aqui matando o tempo porque não faço ideia do que fazer. Quero dizer... aquelas coisas estão lá embaixo e mesmo que a gente comece a eliminá-las... será como uma infestação, não? Elas devem estar em *todos* os lugares! E se nós as provocarmos a se mostrarem e piorarmos a situação? E se houver mais ovos do Vespa Mandarina prestes a eclodir? Ou se aquele demônio desgraçado estiver, neste momento, trazendo *mais* coisas até aqui?

– Mesmo que Ravenna esteja: qual seria a outra opção? Aguardar aqui em cima até ela aparecer? – perguntou Amber.

– Ou até pensarmos em uma forma de provocá-la a aparecer.

Amber gostou daquilo, mesmo sendo um raciocínio suicida. Os ventos fortes continuavam, limpando um pouco as nuvens ao redor da torre. A dragonesa rosa-escuro se mostrava mais recuperada dos ferimentos, embora a conexão entre elas ainda fosse muito mais tóxica do que saudável.

– Por mim, estou dentro – afirmou a irlandesa.

– Ótimo, agora só falta a gente descobrir uma maneira de fazer aquela vaca aparecer...

Daniel ficou quieto por um tempo, até que ergueu as mãos feito um aluno solicitando permissão para falar.

– Senhoras... – disse, um tanto tímido. – Acho que tenho uma ideia. Mas nós vamos ter de voar um pouco...

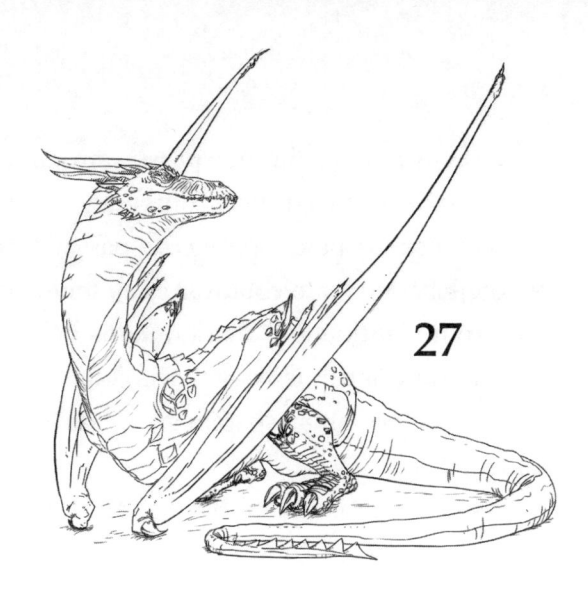

OSAKA, JAPÃO

A MAIOR FAVELA DO JAPÃO. Esse era o título do distrito de Kamagasaki, o bairro mais pobre em todo o território japonês. Aproximadamente 25 mil pessoas viviam na área compacta, a maioria homens solteiros, desabrigados e desempregados, acima dos 45 anos. Apesar do título, havia diferenças consideráveis entre uma favela japonesa e uma favela brasileira ou ruandesa. As ruas eram asfaltadas, os crimes de assassinatos eram raros e não havia esgoto a céu aberto. Ainda assim, a atmosfera de depressão era facilmente reconhecível no acúmulo de pessoas nas ruas e em parques locais repletos de bicicletas, pneus, guarda-chuvas, caixas e mobília abandonada. Prédios velhos tomados por cachorros vira-lata e moradores de rua dormindo em camas de papelão dividiam o cenário urbano com cabanas improvisadas ao longo do elevado das linhas de trem da Nankai. Hordas de idosos alcoólatras fugindo de suas famílias compartilhavam espaços tanto com empresários imobiliários arruinados pela especulação de 1991 quanto com membros da Yakuza, líderes de jogos ilegais e prostituição.

Em um lugar como aquele, álcool, drogas e entorpecimento ditavam diariamente que muitos de meia-idade já não tinham memória ou que estavam nos últimos passos em direção ao suicídio. Durante a tarde, se espalhavam filas contendo centenas de sem-teto à espera de uma senha para o direito de passar a noite em abrigos ao lado de hotéis baratos que cobravam 800 ienes pela estada. Senhores de idade sem identidade e abandonados pela família se concentravam na porta do Centro de Assistência Social, aguardando um emprego, alimentados por uma esperança perdida, em meio a uma cultura que condenava o fracasso.

Esse era Kamagasaki, um bairro isolado em seu próprio significado. Um distrito com histórico de tumultos e crime organizado, esquecido pelas pessoas e pelo governo.

O lugar perfeito para a concentração de algo que não gostaria de ser encontrado.

– O que nós estamos esperando mesmo? – perguntou Ashanti no alto de um prédio imundo e abandonado, repleto de ratos e infiltrações.

– Alguns reforços meus – disse Daniel. – É que eles não voam em dragões.

Ashanti franziu a testa. Amber observava o bairro de uma maneira um tanto quanto espantada.

– Não imaginava que havia algo assim no Japão – comentou.

Eles haviam voado seguindo a trilha de feromônios por mais de três horas, a uma distância de quinhentos quilômetros da capital japonesa. O mais assustador era acompanhar como a trilha se espalhava pelo caminho, revelando a quantidade megalomaníaca de crias demoníacas que já havia se espalhado e se reproduzido por toda a ilha asiática.

– Sabe o que é mais curioso? – perguntou Daniel. – Nós estamos bem perto de áreas conhecidas da cidade, que atraem turistas do mundo inteiro, e a maioria sequer faz ideia de que esse local existe.

– Típico – resmungou Ashanti.

– E você acha que a maior parte da concentração daquelas coisas pode estar aqui? – questionou Amber.

– Faz sentido, não? – voltou a dizer Daniel. – Por mais que as crias do Vespa Mandarina se misturem na multidão e enganem os sentidos humanos, para que o ninho delas se mantivesse invisível por tanto tempo ainda precisaria estar em um local que também não *se importasse* em percebê-lo. Um lugar que também fosse invisível.

– Qual é a responsabilidade social que o governo japonês assume com esse lugar? – perguntou Ashanti.

– Quase nenhuma. Na verdade o governo japonês *nega* a existência de Kamagasaki...

– Como é que é? – exaltou-se a ruandesa. – Você tá falando sério?

– É triste, mas é verdade – garantiu Daniel. – Quando eu digo que ele nega a existência deste distrito, estou falando literalmente. Você não vai encontrar Kamagasaki no mapa japonês, nem mesmo *esse nome*! Em vez disso, a polícia recebe dinheiro da Yakuza para não interferir nas atividades criminosas e os políticos batizaram esse lugar de *Airin*.

– "Airin"? E que diabos isso significa? – quis saber Amber.

– Bem... – disse Daniel, um tanto constrangido. – Significa *Bairro do Amor*.

– Filhos da puta – rosnou Ashanti. – Eles têm sorte de eu não ter nascido aqui.

– É verdade – concordou Daniel. – Se sem ter nascido aqui você já causa problemas suficientes a eles...

– Eu causo *problemas* a eles – corrigiu Ashanti. – *Nunca* suficientes.

Amber observou um idoso passar empurrando um carrinho de supermercado, enquanto dois homens completamente embriagados riam sozinhos no canto da rua, sentados em papelão, debaixo de guarda-chuvas. De vez em quando, algumas pessoas cruzavam as ruas em bicicletas, pedalando-as ou empurrando-as, no caso dos que não tinham força.

– Já entendi por que este lugar é perfeito para servir de ninho daquelas coisas – disse Amber. – O que não entendi ainda é como você pretende usar isso pra atrair Ravenna até aqui...

– O nome de Vespa Mandarina foi bem escolhido para a cria de Ravenna – começou a dizer Daniel. – Vespas não se preocupam em produzir algo de útil para a natureza, elas apenas destroem, muitas vezes por diversão. Ainda assim, ela era uma ameaça solitária. Já as Legionárias...

– Ainda não me acostumei com essas coisas já terem até nome próprio... – acrescentou Amber.

– Acredite. Elas já são *trending* na internet.

Amber estalou a língua, louca para desistir de tudo aquilo.

– Dane-se o nome que deram para aquelas aberrações – reclamou Ashanti. – A questão aqui é: o Vespa Mandarina era solitário e as crias não, e daí?

– E daí que formigas-legionárias não são apenas insetos carnívoros – continuou Daniel. – Elas são cegas e por isso só andam em bando. Um bando *de centenas*! E tem um detalhe importante: não constroem ninhos permanentes. Só param enquanto colocam ovos, do contrário, estão sempre em movimento!

Ashanti entendeu rapidamente onde ele queria chegar.

– Então você acha que, se elas estão concentradas neste bairro...

– Elas devem estar usando alguns destes prédios abandonados como ninhos. E se a gente não parar isso agora, elas provavelmente vão gerar mais coisas daquelas, o suficiente para exterminar todo o Japão! E então gerar mais ovos. E mais ovos. Até se expandirem para todos os cantos do planeta.

– Não me parece um plano inteligente. Uma raça monstruosa quer dominar o mundo e começa a ocupação pelo Japão? – comentou Amber.

– Por que não? – quis saber Daniel.

– Cara, este país é uma ilha – concluiu Amber. – Mesmo que exterminassem toda a vida no Japão, essas coisas não teriam como se expandir além deste território, a não ser que saibam pilotar navios.

– Aí é que está: formigas-legionárias são seres do Inferno! Para você ter uma ideia, elas usam o próprio corpo como arquitetura!

– E que droga isso quer dizer? Elas poderiam dar as mãos e construir uma ponte?

– Sim! – exaltou-se Daniel. – Elas fazem *qualquer coisa* para conseguir alcançar um objetivo! Se existe uma parede, elas sobem uma na outra e fazem uma escada! Se o inimigo está embaixo, elas escalam e caem por cima dele usando as bocas em forma de ganchos! Cara, elas são insanas! Se a versão pequena é capaz de dilacerar cavalos, imagine o que é capaz de fazer a contraparte demoníaca? Elas devem ser capazes *de nadar* até onde quiserem! Você consegue imaginar isso? Centenas de milhares de formigas humanoides desembarcando em uma praia asiática e devorando toda a vida no caminho?

Imaginar aquilo embrulhava estômagos.

– O que você sugere então é trazermos dragões e seguirmos a trilha de feromônios até os ovos? – perguntou Ashanti.

– Essa seria uma opção – concordou Daniel. – Mas não a mais eficiente.

– Estou confusa ou você está sugerindo um extermínio em massa?

Daniel ficou imóvel, chocado com aquela suspeita.

– Não, não, claro que não! – exalou-se. – O que diabos você pensa que eu sou? Eu quero *salvar* o máximo possível de pessoas, não exterminá-las, Deus do Céu...

– Ok, desculpe, senhor sensível – disse Ashanti. – Então ao menos seja mais claro!

– O que eu quis dizer é: assim como as formigas, imagino que... Cristo, eu *ainda* não acredito que você achou... que você pensou que eu pudesse estar sugerindo um extermínio em massa!

– Se você viesse de onde eu vim, descobriria que coisas desse tipo não seriam impossíveis – disse a ruandesa.

Daniel não respondeu.

– Agora se concentre e termine a sua conclusão.

Ele suspirou. E completou:

– Acredito que, assim como as formigas-legionárias, as crias do Vespa Mandarina também protejam a rainha no meio da ninhada, enquanto os ovos eclodem.

Amber e Ashanti se aproximaram com posturas agressivas, como se ele fosse culpado pela conclusão.

– Você tem noção do que está dizendo? – questionou Ashanti.

– Você acha então... que Ravenna... *está aqui*? – perguntou Amber.

Silêncio.

– Eu não acho – garantiu Daniel. – Eu *tenho certeza* de que ela está.

Silêncio. As mulheres se alongaram, gerando estalos pelo corpo.

– E como nós a tiramos do ninho?

– Já aprendemos como essas coisas se comunicam. A trilha nos trouxe até aqui, nós podemos pegar uma delas e espalhar o sangue no meio da rua. Acredite, elas vão espalhar feromônios suficientes para atrair Ravenna. *O problema* é que isso também vai atrair todas as Legionárias espalhadas por Kamagasaki e até mesmo as que estão em outros lugares...

– De quantas criaturas você acha que estamos falando? Dezenas? Centenas?

– Dependendo da quantidade de ovos já eclodidos, milhares.

Silêncio.

– Posso fazer uma pergunta sincera a vocês? – perguntou Daniel.

Ashanti fez um aceno com a cabeça na direção dele, autorizando. Mas já sabia qual seria a pergunta.

– Mesmo com o reforço dos dragões e com o que mais eu tiver na manga... vocês acham que teremos chance? – perguntou ele, de maneira sincera.

As duas se entreolharam, decidindo quem responderia o que Daniel já sabia.

– Não – respondeu Amber. – É uma batalha sem volta. Um voo como os dos antigos japoneses kamikazes.

Daniel suspirou.

– Talvez um de nós sobreviva... – disse.

– Quem sobreviver será o menos afortunado de nós – concluiu Ashanti.

Daniel aproveitou que elas estavam próximas e, em um ato totalmente espontâneo, colocou as mãos nos ombros de cada uma. As duas quase repeliram o movimento por instinto, ao sentir o toque, mas então ficaram imóveis quando viram que os olhos dele se enchiam de lágrimas.

– Ei, essa talvez seja a nossa última oportunidade de diálogo, então eu queria dizer algumas coisas – disse ele. – Bem, sei que vocês são duronas. Eu sei disso. Sei que na vida sofreram situações mais pesadas do que eu jamais poderia imaginar. Situações que endurecem. E sei um pouco do quanto vocês perderam nesse processo. Ainda assim, preciso dizer... que se o meu destino foi retornar para morrer no dia de hoje ao lado de mulheres como vocês... então não há honra maior para um homem como eu. Ashanti tinha razão: nós criamos o nosso código. Não vamos fazer isso por bandeiras, por ideologias, por consciência. Vamos fazer isso porque *nós queremos fazer isso*. Faremos por Derek, por Romain, por Strider, por Adross. Faremos por Mihos e por Conor. Faremos pelas pessoas que perdemos e pelas que podemos poupar. Quando Romain conheceu meu irmão Takeda... ele resmungou que eu nunca havia contado que eu tinha um irmão. Eu respondi que não costumava falar sobre a minha família, e ele retrucou: *mas hoje eu tornei você parte da minha*. Era o dia em que tinha me tornado padrinho de Amélie. Entendem? O que eu quero dizer com tudo isso é: Romain é família pra mim, Derek é família para Amber, Mihos é a família que tiramos de Ashanti. Mas, agora, eu compreendo que o quadro é muito maior e, no fim, é isso que vocês *também* são para mim. Vocês são a única parte boa que aquele cemitério me deu. Realmente não somos um grupo, nem um esquadrão criado por um ranger; somos muito mais do que isso. Nós somos a herança. Sabem, nós ludibriamos a morte em sua própria dimensão e, se fomos capazes de fazer aquilo, talvez a gente possa fazer o mesmo por aqui. Ou talvez não. Mas, ainda assim, eu afirmo a vocês neste momento, com toda a sinceridade: nunca trocaria o que nós conquistamos nessa jornada. E faria tudo de novo se fosse preciso. Eu reviveria tudo, se este fosse o preço a pagar – o de morrer no dia de hoje para que qualquer uma de vocês possa viver.

Nenhuma das duas soube o que dizer, a princípio, que expressasse gratidão suficiente. Quando Daniel se deu conta, cada uma delas estava com uma das mãos em um dos lados do rosto dele. Havia lágrimas também nos olhos das duas e ele se deu conta de que aquela talvez fosse a primeira vez que as via chorar.

– Heróis, heroínas e idiotas até o fim? – perguntou Ashanti, sorrindo e chorando ao mesmo tempo.

Daniel baixou a cabeça e sentiu as testas das duas se unirem à dele em um triângulo com um simbolismo que ia muito além daquela dimensão.

– Até o fim – respondeu ele. – Mais do que nunca, até o fim.

28

OSAKA, JAPÃO

Faltava pouco para a última batalha de suas vidas. As armaduras de metal-vivo protegiam os corpos e o simbionte tentava controlar a pressão arterial alterada pelo que viria a seguir.

– Amber, quando quiser... – pediu Daniel.

A irlandesa suspirou. E de novo aquela sensação tóxica se expandiu dela, iniciando um *chamado*. Era madrugada e as ruas de Kamagasaki se transformaram em um cenário de bêbados falando sozinhos pelos cantos. Espremidos nas sombras, em cima de folhas de papelão, havia grupos de sem-teto buscando sono em uma noite fria. De vez em quando, via-se uma luz acesa em casas onde acontecia jogatina clandestina ou para anunciar o fim de programas sexuais.

Ninguém reparou na chegada do dragão fêmea.

– Ela está aqui – avisou Amber.

– Precisamos que ela reconheça novamente um rastro de feromônio e divida com você a informação – comentou Daniel. – Você acha possível?

– Claro, afinal de contas nós somos grandes amigas – resmungou a irlandesa.

Apesar dos resmungos, Amber se concentrou. A dragonesa de escamas matizadas em vermelho-claro voou, parando bem próximo dela, e se tornou novamente montaria. A conexão imediata ampliou os sentidos de Amber em um nível astronômico, e o visor do capacete se acendeu. Amber sentiu o estômago embrulhar com o bloco de informações sensoriais que subitamente invadia seu consciente, mas, desta vez, sem o elemento surpresa, foi mais fácil se recuperar. Como sempre, tudo consistia em isolar, selecionar, concentrar. Planando sobre Kamagasaki, a dragonesa rosa-escuro buscou no ar o reconhecimento do mesmo odor químico identificado em Chōfu. O campo de visão mostrado pela tela voltou a exibir o mundo em duas cores. Aromas foram fragmentados, analisados, ignorados. A língua bifurcada da criatura balançava, lambendo a noite, caçando a presa. Então, a primeira identificação. O cheiro nem de homem nem de animal. Amber rosnou, mostrando os dentes. O visor isolou tudo que não importava e então começou a desenhar uma trilha, lembrando neblina, identificando um caminho.

— Estou vendo.

Daniel e Ashanti sentiram os próprios batimentos cardíacos se acelerarem.

— Qual o cenário? – perguntou ele.

— Quase ninguém na área, com exceção dos que estão dormindo pelos cantos – especificou Amber. – A trilha vai seguindo pela rua. Tem dois idosos andando na direção contrária.

— Tem alguém andando *na mesma direção* da trilha?

— Agora estou vendo um – afirmou ela. – Um velho bêbado, que mal se aguenta em pé. Ele tá cambaleando de um lado pro outro, bambeando entre o rastro químico daquelas coisas.

— Ele é um deles – concluiu Daniel. – O nosso bilhete premiado de hoje.

— Você consegue derrubar ele sozinho? – perguntou Ashanti.

— Eu não vou tomar essa pergunta como ofensa.

A dragonesa rosa-escuro voou com as asas abertas, e a sombra projetada pela luz da lua desenhou sua figura no chão. Curiosamente, o velho bêbado não notou o espectro que o rodeava na madrugada silenciosa.

– Ou ele está muito bêbado, ou essas coisas realmente são cegas – ponderou Amber.

A voz de Daniel tomou o canal de comunicação:

– Ashanti vai se unir a você. Quando nós realmente fizermos isso, não vai demorar para a coisa ficar feia...

– E você? – quis saber a irlandesa.

– Eu vou assim que orientar meus... reforços...

Amber mal escondeu a surpresa.

– Você estava falando sério mesmo sobre essa coisa de "reforços"? Mas que tipo de... bem, dane-se! Faça o que quiser, eu já tenho trabalho suficiente por aqui...

Ashanti gritou alguns comandos para a montaria.

– Fique por perto – ordenou Amber para a dragonesa. – Hoje você *também* vai morrer.

As projeções que uniam montadora e montaria foram desacopladas, retraindo-se novamente para a armadura. Se fosse religiosa, a irlandesa teria feito uma oração. Como não era, ela apenas respirou fundo.

E saltou.

O corpo metalizado bateu no chão, gerando um estrondo na madrugada. Moradores de rua acordaram no susto, enquanto o velho bêbado se desequilibrou e caiu batendo as costas no chão.

– Muito bem – disse Amber, andando devagar na direção dele. – É agora que nós vamos começar a brincar...

O velho se arrastou para trás, com uma expressão de pavor. Dizia coisas em japonês e balançava as mãos, parecendo implorar pela vida. Amber parou diante dele com as mãos na cintura.

Ao redor, as pessoas correram e gritaram, acordando outras pelo caminho.

– Que interessante. Vocês conseguem até *copiar* o desespero.

Ela chutou o corpo do velho bêbado. O metal bateu forte na carne mole, o corpo idoso se projetou por metros na diagonal até cair no meio de um acampamento de mendigos. O grupo se afastou correndo, apanhou as bolsas que encontrou pelo caminho e saiu pedalando depressa em bicicletas. O corpo do velho permaneceu imóvel em meio à escuridão, soterrado por guarda-chuvas.

Amber caminhou até ele e aguardou.

– É agora que você se revela, seu desgraçado filho da...

Das sombras ela já surgiu transformada. Por mais que já os tivesse visto em fotos e vídeos amadores, Amber ficou enojada diante da figura repulsiva. Patas articuladas com garras nas pontas foram projetadas para cima dela, arranhando a armadura. Em retorno, Amber socou um dos olhos que ocupava metade da face repulsiva. A monstruosidade caiu para trás com o impacto do golpe. Definitivamente, não era uma criatura acostumada a receber revides.

– Não é à toa que você veio de quem veio – disse Amber.

A cria demoníaca tentou reagir. Saltou com as patas para a frente e a mandíbula aberta. O visor de Amber mostrou os pontos vitais e ela preparou o soco. A mão protegida pela armadura invadiu a mandíbula aberta e destroçou tudo o que havia por dentro. O som do estrago foi um estalo, como o de um inseto esmagado. A formiga humanoide bateu no chão pela terceira vez, tremendo, apavorada, diante da inimiga superior.

Amber observou o próprio punho. Havia uma gosma escorrendo do metal-vivo.

– Que coisa nojenta... – resmungou. – Eu posso matar essa coisa?

A voz de Daniel entrou na comunicação.

– Em pouco tempo – avisou. – Mas primeiro você tem de fazer com que ele sinta medo de você...

– Se o problema for esse, a missão já está cumprida.

– As antenas estão se movimentando?

– O tempo inteiro.

– Não as destroce ainda – pediu o nissei. – Ele deve estar espirrando no ar mais feromônios do que Romain espirra perfume.

– Há alguma coisa que eu possa fazer para aumentar essa intensidade?

– Bem, quanto mais aterrorizado ele ficar...

– Deixa comigo.

Amber agarrou uma das patas do humanoide e arrancou uma das garras em um único tranco. A cria demoníaca emitiu uma espécie de guincho, não como o de uma fera, mas mais próximo do grito agudo de um animal cercado.

Então, a irlandesa arrancou outra garra.

– Deixa eu te contar uma coisa, barata assassina – disse, com desprezo. – Sabe quem foi a pessoa que derrotou *o seu pai* em um bairro não muito distante daqui? Exato! Fui *eu*! E se eu fui capaz de afundar a cabeça dele no chão em uma luta de igual para igual, imagine o que eu sou capaz de fazer com você!

Ela chutou o tórax fundido da criatura. Houve mais guincho.

– Então isso nos deixa um ensinamento: sozinho, você não é capaz de me meter medo nem de me machucar.

Ela torceu para trás uma das patas da criatura, gerando mais um estalar. Não havia ossos na anatomia monstruosa, mas havia a carapaça e as ligações nervosas dilaceradas.

– Então, comece a chamar os seus irmãos! – ordenou Amber. – Faça todo o barulho que puder com as suas fragrâncias bizarras e diga que vocês têm um alerta vermelho!

Amber arrancou a pata inteira do corpo demoníaco em um único movimento. O guincho ecoou pela madrugada de Kamagasaki.

– Grite, desgraçada! – exigiu ela. – Grite até que *a sua rainha escute*. Grite até aquela desgraçada vir até aqui.

Amber ouviu as primeiras movimentações, vindas do fundo da rua. Não era uma agitação pesada e bem definida, mas ainda assim era o som de uma movimentação animalesca. Com os corpos curvados, salientando o exoesqueleto protetor, as crias vinham em velocidade, movimentando as antenas, abrindo e fechando o maxilar e girando as garras.

– Acho que agora posso te matar – disse Amber.

O pescoço da cria demoníaca foi quebrado e o cadáver arremessado na direção dos que vinham correndo. O sangue espalhado e o corpo monstruoso aberto agitaram os recém-chegados, que começaram a tremer e a se esfregar uns nos outros.

– Uau! – reagiu Amber, diante da cena. – Quando você pensa que não pode ficar pior...

Depois de se esfregarem o suficiente para seja lá o que estivessem fazendo, as crias voltaram a se concentrar em Amber. Então, partiram unidas, como um único bloco monstruoso disposto a destruir.

Amber materializou os bastões de osso de dragão.

– Achei que ia ficar aqui a noite toda.

A cena que se seguiu foi um misto de violência, estalos, guinchos e carapaças quebradas. Por mais que lembrassem insetos e atacassem em bando, seguindo orientações de sensores químicos, era Amber quem mais parecia o bicho. Se movimentava com raiva. Batia com raiva. Matava com raiva. Os bastões de osso de dragão causavam um dano considerável à camada de pele dura, promovendo um festival de horror de criaturas que caíam, tropeçavam, emitiam guinchos, agitavam antenas e subiam umas nas outras. Individualmente, nenhuma delas era digna de uma batalha contra a metalizada. Em grupo, porém, causavam estragos. Um golpe não surtia efeito na armadura de metal-vivo, nem dois, nem três, mas quando dez, vinte, trinta golpes acertavam o mesmo ponto, o simbionte começava a fraquejar. Independente disso, Amber continuava a bater e bater e bater, enquanto a armadura negra com ideogramas rosa-escuro era manchada pelo líquido viscoso que corria no interior daquelas crias. Em poucos minutos, ela derrubou duas dezenas pela ruela vazia.

Só que outros chegavam.

Pelos becos, pelo outro lado da rua, pelas brechas e janelas dos prédios ao redor. Não importava. Elas continuavam vindo de maneira incansável. Ao fundo, ouviam-se os gritos das pessoas aterrorizadas, correndo sem saber para onde, e das que logo depois morreriam sem conhecer o motivo. O som mais assustador era o da carne sendo mastigada e do sangue sendo sorvido.

Amber começou a ser cercada e o cerco se fechou *demais*. Para cada grupo de corpos que deixava no caminho, a impressão era a de que o dobro se aproximava. De repente, ela se viu rodeada por trinta, quarenta, cinquenta. E elas continuavam a chegar.

As Legionárias continuavam a chegar.

– Sabe... – resmungou a irlandesa pelo canal de comunicação, tentando se manter em pé com cinco daquelas coisas montadas nas costas, mordendo os ombros protegidos e o visor do capacete. – Acho que agora até que seria bom contar com alguma ajuda, se não for problema para os senhores...

Sem aviso, uma explosão. Corpos de crias demoníacas voaram pelos ares a alguns metros de Amber, fazendo o solo tremer.

– Pensei que nunca diria isso – disse outra voz feminina no canal de comunicação.

Aproveitando o momento de caos provocado no campo de batalha pelo ataque-surpresa da ruandesa, Amber procurou e reconheceu Ashanti no alto de uma estrutura.

– Você está carregando uma *bazuca*? – perguntou.

– Um lançador de granadas – respondeu a ruandesa. – No estilo daqueles que o Derek gostava. Apanhei de um dos soldados japoneses que a gente derrubou no caminho.

No estilo daqueles que Derek gostava. Amber odiava aquelas frases no passado.

— Sinta-se em casa, então — disse a irlandesa.

Imediatamente, houve uma segunda explosão, e uma terceira, e uma quarta. Enquanto Ashanti descarregava toda a munição explosiva, uma parte das crias demoníacas correu na direção da construção antiga e abandonada onde ela estava, comandadas por um novo rastro de feromônios. Algumas invadiram o interior do prédio velho, subindo as escadas em velocidade, uma por cima da outra. Outras começaram a escalar as paredes com as garras, lembrando animais artrópodes. A munição de Ashanti terminou e, assim que percebeu que os primeiros bichos alcançavam as beiradas, ela começou a chutar alguns de volta para o solo. Ao cair, as crias derrubavam outros. Os corpos se chocavam no asfalto, ficando aleijados e deformados, e se agitavam mesmo tendo perdido membros e o controle da movimentação.

— Daniel não estava brincando quando falou sobre centenas! — disse Ashanti.

Na rua, Amber explodiu a cabeça de uma cria ao bater com os bastões de osso ao mesmo tempo dos dois lados de sua cabeça.

— Ele disse *milhares*!

A porta que dava acesso ao telhado onde estava Ashanti foi despedaçada. De lá, mais crias saíram correndo, famintas, emitindo seus sons guturais, em sua movimentação trôpega e carregando o instinto assassino coletivo. Para a ruandesa, o mais assustador, contudo, não era o visual repugnante, os sons, a quantidade nem a atitude.

Era reconhecer naquela visão os mesmos demônios que massacraram seu povo.

Demônios humanos. Que também corriam em bando. E também gritavam.

E também matavam.

— Podem vir — sussurrou ela, engolindo o ódio. — *Desta vez*, podem vir...

Os braços se cruzaram, fizeram um movimento rápido para baixo, e as tonfas tecnológicas foram materializadas. Agressivas, imensas, da largura de canos, repletas de eletrodos que se acendiam na parte dianteira e traseira.

Uma arma à altura da guerrilheira.

Os golpes espalharam eletricidade. Ao se chocar contra as carapaças, a arma queimava e deformava os exoesqueletos demoníacos, abrindo buracos e espalhando o cheiro de queimado. Ainda assim, as crias conseguiram formar um círculo ao redor de Ashanti, que continuou arremessando-as para o alto, para fora do telhado ou para cima umas das outras. Eram tantas criaturas aglomeradas que a ruandesa começou a receber golpes de volta. A cada uma que derrubava, três ou quatro atingiam suas costas e as laterais do corpo. Ela se desequilibrou para trás e mais daquelas coisas saltaram sobre ela. Golpes, golpes e mais golpes. A borda do telhado se tornou mais próxima. Ashanti notou de repente que precisava optar entre atacar e se equilibrar em pé. Fechou os antebraços e ergueu as tonfas eletrificadas para servirem de bloqueio. Ainda que recebendo um choque de alta voltagem em retorno, as crias demoníacas saltaram com os pés esticados sobre ela, até que o equilíbrio dela não fosse mais uma opção.

Assim, Ashanti tombou do alto do prédio.

O corpo metalizado bateu no chão com força. O solo absorveu o impacto e as tonfas voaram longe. Dotadas de pura insanidade, as crias do alto do telhado saltaram atrás da ruandesa, a maioria morrendo ou se aleijando na queda. Ashanti ficou imóvel, absorvendo a dor, buscando uma confirmação de que ainda tinha controle sobre os próprios movimentos. O simbionte conectado a seu sistema nervoso começou a trabalhar com intensidade, amenizando o sofrimento e se concentrando em curar os pontos de maior lesão, mas era preciso tempo. Um tempo que ela não tinha.

Mais crias demoníacas correram até onde Ashanti tinha caído e começaram a chutá-la. A ruandesa se fechou em uma postura defensiva para aguentar a surra. O desespero se espalhou pelo seu corpo a ponto de se expandir para além dele. Novamente aquilo se tornou um chamado.

Quando ela se deu conta, as crias demoníacas ao redor estavam sendo queimadas pelo jato vulcânico.

Tomando o campo de batalha, o dragão dourado, nominado por sua mestra como Zahabu, deu um rasante de maneira agressiva e cuspiu lava. De todos os dragões, aquele era o de visual mais impactante em sua postura de ataque. Reforçado pela escuridão da noite, o corpo estreito e oval, coberto de chifres na lateral, exibia veias repletas de sangue fervente que *se acendia*. Fumaça saía de suas ventas e mesmo os olhos adotavam uma cor intensa de fogo, reforçada pela vermelhidão da língua comprida e pontiaguda que torrava carne ao mero toque.

A presença do novo monstro deixou as crias demoníacas desorientadas por alguns minutos. A rua era estreita para a criatura gigante, e não proporcionava o melhor campo de ataque. Adaptando-se como podia, o dragão voou com o corpo em diagonal, espalhando a chama que lembrava rocha em fusão, e usou as garras para rasgar as carapaças inimigas.

— Ashanti! Ashanti! Você consegue me ouvir? — gritou Amber no sistema de comunicação interno, enquanto subia em um carro, cercado de aberrações.

Não houve resposta.

— Droga! — resmungou ela, observando a distância que as separava. Ashanti estava caída a uns trezentos metros à frente.

Zahabu, contudo, fazia um bom trabalho protegendo-a.

— Daniel, você consegue me ouvir? — perguntou a irlandesa.

Não houve resposta. Crias demoníacas começaram a subir no carro pelo capô e o bagageiro, e Amber zuniu os bastões de osso quantas vezes foram necessárias para devolvê-los ao concreto.

O problema era que eles eram uma legião.

Ao fundo ela pôde ouvir a chegada de *mais*. Saindo das sombras, saindo de prédios abandonados e transformados em ninhos. Eles eclodiam e imediatamente seguiam a trilha dos outros direto para a matança. Naquela rua, havia centenas.

– Daniel! – gritava Amber, enquanto chutava monstros.

Um deles acertou um golpe em suas costas e ela tombou na parte dianteira do carro. Outro veio correndo e saltou, arremessando-se na direção do vidro do carro, que se partiu.

Quando se deu conta, Amber estava caída dentro do veículo, e as bestas do lado de fora tentavam virá-lo, balançando-o de um lado para o outro.

– Daniel, cadê você e o seu maldito reforço? – gritou ela.

Barulho de tiros. Um, dois, três... dez. Sem saber de onde vinham, Amber viu quando as cabeças das crias que sacudiam o carro explodiram.

– Estou aqui! – A voz de Daniel surgiu de repente no sistema de comunicação interno. – Demorou, mas meu reforço chegou...

29

OSAKA, JAPÃO

Primeiro o som das freadas. Faróis de carros iluminaram sem aviso o campo de batalha, pelos dois lados da rua. De dentro dos veículos, membros da Yakuza saíam armados com artilharia pesada, estourando pólvora em meio à noite. Avançavam pela rua estreita, gritando frases agressivas em japonês, correndo e gesticulando uns com os outros. Alguns vestiam roupas sociais pretas, enquanto outros usavam camisetas exibindo as tatuagens da máfia. Aqueles homens estavam acostumados com ilegalidades, com podridão, com trabalho sujo. Ainda assim, diante do que encontraram naquela noite de horror em plena Kamagasaki, eles tremeram.

Do meio do grupo vinha Daniel em sua armadura com o visor e os ideogramas azulados acesos. Ao seu lado estava Takeda, vestido com a armadura de *Yokai*.

Ambos empunhavam uma espada katana.

E partiram para matar.

Daniel se considerava uma pessoa que buscava o bem, o melhor, o lado correto. Uma pessoa capaz de honrar tradições familiares, ao mesmo tempo que mantinha a mente aberta diante das mudanças aceleradas do mundo moderno. Crescido no caminho da espada, a única coisa que realmente o diferenciava do caminho trilhado por aquelas pessoas ao redor eram as escolhas. Daniel escolheu ganhar o mundo, se tornar o mais próximo que podia dos heróis que admirava na ficção. Outras opções poderiam tê-lo levado ao submundo criminoso e a fazer parte de um dos grupos mais violentos da máfia japonesa. Grupos integrados por pessoas com as quais ele cresceu e aprendeu o caminho da espada.

Um caminho que os conectava.

Daniel Nakamura era um sujeito tímido, reservado, taciturno. Contudo, com a espada na mão, tornava-se *diferente*. Era a pessoa em que poderia ter se transformado em uma outra situação. Frio, eficaz, matador. O ninja moderno, o samurai urbano capaz de se banhar em sangue inimigo. E gostar.

Ao seu lado, Takeda vestia a armadura de três camadas. Constituída de aço, couro e seda, a couraça apresentava um visual perturbador, complementado pela máscara de demônio com chifres e dentes à mostra. Era o visual do mestre marcial do Goto-gumi, batizado com o nome de uma criatura folclórica japonesa ligada a fantasmas. Takeda era o oposto de Daniel. Expansivo, extrovertido, comunicativo. Ainda assim, quando brandiam a espada, o respeito ao caminho marcial os conectava.

Mais do que a ligação de sangue, era na seriedade do combate que os irmãos se igualavam.

Os golpes eram tão rápidos que não se viam as lâminas, viam-se vultos. Semicírculos de um lado a outro deixavam cabeças e patas pelo caminho e gosmas despejadas dos membros decepados. Para evitar a linha de tiro, os irmãos Nakamura partiram cortando pelos cantos escuros. De longe, parecia uma dança. Os corpos gingavam, trazendo um golpe em cada movimento, e deixando um cadáver demoníaco para trás enquanto avançavam para o próximo.

Do lado de Takeda, a passagem era reforçada por seu companheiro Jalal, vestido com sobretudo e roupas pretas. Munido de duas pistolas automáticas, o iraniano protegia a retaguarda enquanto a espada cortava os inimigos à frente.

Já do lado de Daniel, o simbionte era seu parceiro. No visor azulado aceso, pontos vitais desprotegidos eram iluminados, oferecendo as opções de corte mais eficientes. Áreas entre a segunda e terceira pata; na parte esquerda do pescoço; na base da perna direita. As regiões iam sendo definidas e Daniel executava os desmembramentos com uma precisão tão eficiente quanto assustadora, sujando a armadura com pedaços do inimigo a cada investida.

– Avise seus *amigos* para ficarem longe de Ashanti! – ordenou Amber. – Ela está ferida e sem controle total do dragão dourado! Se aquela coisa achar que os seus Yakuza estão atacando ela, ele vai queimar cada um deles!

A informação tirou Daniel do transe assassino.

– Nós precisamos caçar o ninho! – afirmou ele. – Essas coisas estão vindo de algum lugar próximo daqui! A trilha de feromônios com certeza está forte o suficiente para nos levar até lá!

– Faça isso *você*! Eu vou retirar Ashanti daqui agora – comunicou Amber. – Se ela apagar, o dragão vai perder o controle!

Daniel avançou até perto de onde Amber continuava a estraçalhar legiões de monstruosidades com seus bastões. Juntos, os dois metalizados mataram mais daquelas coisas, protegendo seus flancos.

– Pode ir – disse ele. – Eu termino de matar esses pra você!

– Você fica mais interessante quando fala assim...

Amber correu em direção a Ashanti, passando diretamente pela linha de tiro das armas dos Yakuza. Algumas balas bateram com tanta força em seu corpo metalizado que a arremessaram no chão.

– Eu estou do lado de vocês, seus idiotas!

Próximo a Ashanti, o dragão de escamas douradas continuava protegendo-a. Dentes, cauda, chifres, garras. A ferocidade era tão brutal que chegava a assustar homens com tatuagens de dragões. Amber se aproximou correndo da área protegida, e o dragão permitiu que ela alcançasse Ashanti. O visor do capacete estava apagado.

– Você consegue me ouvir? – perguntou a metalizada de runas rosa-escuro.

– Há muito tempo – respondeu a ruandesa. – Você faz bastante barulho...

– Eu *realmente* devia deixar aquelas coisas devorarem você!

Amber ergueu Ashanti do chão. O mundo da ruandesa girou um pouco, até se estabilizar. Os ferimentos ainda estavam lá, mas o simbionte isolou a sensação de dor.

De longe, se ouviam as primeiras sirenes. As forças policiais japonesas se aproximavam de um local que queriam esquecer. Um local de crias demoníacas, yakuzas armados e dragões enfurecidos.

– Você consegue controlar a porcaria do seu dragão enlouquecido? – perguntou Amber.

– Pare de falar comigo como se eu fosse uma criança! – resmungou Ashanti. – E é claro que eu consigo!

Recuperando a concentração, ela focou em Zahabu. Houve o chamado e o visor dourado novamente se acendeu.

O dragão dourado largou os inimigos e voou, pousando na frente das duas.

– Sobe! – ordenou Ashanti para a irlandesa, montando na criatura e liberando as projeções da armadura.

– Tenho a minha própria montaria – recusou Amber.

– Como quiser.

O dragão dourado voou novamente. Ouviu-se um rugido similar do alto de um prédio do outro lado da rua. Quando se deram conta, perceberam que o dragão azulado também alçava voo com Daniel em seu comando.

– Amber... – convocou a voz dele pelo sistema interno.

A raiva se expandiu, e Amber chamou a dragonesa sem nome. Ao redor, membros da máfia japonesa continuavam a atirar em crias que se acumulavam pela rua e, ainda assim, outras continuavam a chegar. Novos faróis se aproximaram, atropelando crias pelo caminho, e a princípio parecendo forças policiais. Ao saírem do veículo, entretanto, se revelaram mais mafiosos, oriundos de outros grupos da Yakuza que se uniram ao combate.

Ao mesmo tempo, os três dragões voavam.

– Vocês estão vendo isso? – perguntou Amber.

Nenhum deles respondeu, os três chocados com o que viam. Afetados pela ligação de sangue e novamente conectados aos sentidos draconianos, eles se concentraram no visor aceso, que mostrava uma trilha esfumaçada esverdeada, indicando os vestígios do feromônio demoníaco. A imagem arrepiava. Dezenas, centenas, milhares de fileiras de trilhas se espalhavam pelo bairro de Kamagasaki, formando uma teia de horror. Como se já não fosse assustador o suficiente, as ramificações começavam a se espalhar para os outros bairros japoneses ao redor.

Então eles se deram conta de que os policiais não estavam mesmo se dirigindo para aquela área de combate. Corriam para os bairros periféricos, onde as crias recém-despertas estavam atacando e iniciando um caos que se espalharia por toda a Tóquio.

– Meu Deus... – lamentou Daniel. – O que eu fiz?

Ashanti emparelhou seu dragão com o dele, antes que o sentimento de autopunição do nipo-brasileiro colocasse tudo a perder.

– O que você fez foi planejar o fim dessa ameaça que destruiria tudo isso aqui! – gritou Ashanti. – Então, agora, se concentre no que nós precisamos fazer, pois nós somos a única chance que restou a esta dimensão!

Amber aproveitou a deixa:

– Eu e Ashanti precisamos do Daniel que corta a cabeça daquelas coisas, não do geek humanitário!

O coração dele batia acelerado e cada uma das batidas *doía*. Sentia a garganta seca, o estômago queimando.

– Certo – concluiu Daniel. – Vamos fazer isso.

– Fazer isso *o quê*? – quis saber a ruandesa.

A queimação do estômago se espalhou pelo sangue. Daniel sentiu-se a ponto de ter uma ebulição interna, até que homem e dragão dividiram o peso da sensação, o que abriu espaço para a manifestação de um sentimento assassino.

– Vamos achar e matar Ravenna! – gritou ele.

O dragão azul voou na frente.

Amber apertou os dentes e sugou o ar, como se aquilo fosse uma situação excitante.

– Eu *adoro* essa versão dele – declarou.

O EMARANHADO LEVAVA AO NINHO. Ainda em Kamagasaki, a trilha os guiou até uma construção que ocupava toda a esquina de um quarteirão, nascida do abandono de uma antiga fábrica de papel. Durante o trajeto, era possível ver, do alto, as crias se espalhando pelas ruas do Japão como um vírus em um sistema sanguíneo. As pessoas corriam para onde podiam, sendo perseguidas, caçadas, devastadas. Sem uma liderança apropriada contra uma ameaça que não compreendiam, civis comuns se tornavam presas fáceis em meio ao caos trazido nessa noite de horror.

Por mais difícil que fosse testemunhar aquilo tudo, contudo, eles precisavam avançar até a fonte. Do lado de fora, havia paredes de tijolos pretos e vidraças quebradas. Lodo, lama e mato se abraçavam em uma única junção, diante das folhas secas, da madeira e do vidro acumulados no solo. As paredes de cimento estavam destruídas, repletas de falhas e canos enferrujados à mostra. As partes internas visíveis lembravam corredores de concreto cariados e as escadas estavam saturadas de musgo, em meio ao chão coberto de água suja.

Um lugar inabitável até mesmo para desabrigados.

– É ali – afirmou Daniel. – É ali o grande ninho dessas coisas.

– Vocês conseguem destruir a parte de cima? – perguntou Amber. – Façam uma abertura que eu queimo essas coisas lá dentro!

– Não parece ser muito difícil – concluiu Ashanti. – A estrutura deste lugar já parece apodrecida.

– Fera pode congelar o que resta do telhado, pra aumentar o peso – sugeriu Daniel. – Então Zahabu pode jogar lava nas estruturas. Deve ser suficiente para ruir.

– O que estão esperando, então? – perguntou Amber.

O dragão azul fez um voo em diagonal, ganhando ângulo. Daniel voltou a se concentrar no que mandaria o dragão fazer a seguir. A sensação que compartilhava naquela conexão, antes de um sopro, era única. Primeiro o sangue do dragão, que já era frio, esfriava *mais*, parecendo um mergulho súbito em uma piscina de crioterapia. A temperatura baixava a ponto de Daniel sentir frio no cérebro, o que alterava a oxigenação. Seus olhos lacrimejavam. A língua perdia o paladar. A garganta secava, e forçar a passagem de saliva parecia o mesmo que engolir gelo. Quando pronto, o dragão de escamas anil arqueava, inspirando, e então esticava o pescoço curto e a face achatada.

O resultado era um jato capaz de congelar qualquer superfície em segundos.

O líquido gélido a 40 graus negativos bateu contra a parte superior já danificada, congelando não apenas qualquer tipo de umidade e lama acumuladas, como também toda a estrutura ainda restante de concreto e maquinário elétrico inutilizado por anos. O som daquele processo agressivo parecia o estalar de uma cachoeira em uma superfície rochosa, dez vezes mais intenso. Mesmo após o processo, os estalares continuavam, denunciando a fragilidade de uma arquitetura podre, prestes a ruir.

Quase ao mesmo tempo, o dragão dourado também deu um rasante. As sensações divididas com Ashanti eram opostas à experiência de Daniel. Com ela, tudo fervia. O corpo suava, o sangue borbulhava. A queimação se espalhava pelas veias e a mente quase mergulhava em alucinação. Então a fervura era expelida na forma de um jato dourado, que derretia tudo o que tocava. A argamassa começou a se dissolver em um som sibilante, até que vieram os primeiros *cracks*. Como peças de dominós, as laterais da estrutura sobrecarregada com o peso do gelo se viram em uma derrocada sucessiva, até que o telhado ruiu de uma única vez. O som da demolição ecoou pelo cenário abandonado, quando blocos de cimento tombaram e levantaram uma nuvem de poeira.

Quando a poeira baixou, foi possível enxergar um pedaço do Inferno.

– Meu... Deus... – gaguejou Daniel.

O ninho de fato lembrava um habitat de formigas-legionárias. Havia milhares, pelo menos dez mil crias, entrelaçadas umas às outras, formando um emaranhado preto e demoníaco. Uma sucessão de patas se movimentava, abraçada em uma única massa de vida própria, capaz de enojar à primeira vista. As criaturas se espalhavam pelo solo alagado, pelas paredes sem tinta, pelos canos de lodo, pelas escadas destroçadas. Sugando, vomitando comida, esfregando antenas. De vez em quando, os olhos grandes se iluminavam na escuridão, quando as cabeças em movimento se destacavam em meio à unidade do horror. Cadáveres abertos e mutilados se espalhavam por um acúmulo de gosma e pus, presos em quinas ou soterrados em meio às crias famintas. Parte do teto havia esmagado ao menos uma centena e havia gerado caos ao longo do restante da fábrica-ninho.

– Parece uma orgia demoníaca – comentou Ashanti.

– Não por muito tempo – decretou Amber.

Foi a vez de a dragonesa rosa-escuro preparar o sopro. Cinco metros maior do que os outros dois dragões, a dragonesa inclinou os chifres do topo da cabeça para trás, enquanto as veias brilhavam na escuridão noturna. O som do ardor. E então veio a chama rosa-escuro espiralada, que desceu junto com o voo, iluminando a fábrica abandonada e torrando centenas de corpos da legião conectada. O cheiro de queimado subiu, anulando as trilhas de feromônios e desorientando a organização da unidade. O caos se instalou. Milhares de crias demoníacas começaram a se bater e a se esbarrar, desnorteadas e sem referência. A partir da região queimada, buracos foram se abrindo; parecia um mar com vida própria, gerando furacões em meio às crias aglomeradas. Abismos de escuridão de onde nada jamais sairia com vida novamente.

Escorregando pelos corpos umas das outras, tremendo em seus ataques enlouquecidos, esmagando cabeças nas paredes, das maneiras mais bizarras possíveis, o amontoado de crias foi dando espaço para *algo* que havia embaixo. Algo que brilhava com intensidade, um único ponto de luz em um covil de criaturas cegas, uma luminosidade capaz de cegar quem focava o olhar. A intensidade foi aumentando e se aproximando de onde os dragões aguardavam em pleno ar.

Da abertura apareceu Ravenna.

Junto com sua chegada, o zumbido. A gargalhada característica. A energia negativa capaz de sugar toda a vivacidade ao redor. Do espartilho e das correntes escorria a gosma verde que corria no interior de suas crias.

— Você só tem essa roupa? – zombou Amber quando os olhos das duas se cruzaram, como se a presença daquela entidade não a assustasse.

Ravenna sorriu, se divertindo com o comentário.

— Eu lhes disse, não? – O demônio-bruxa flutuou em direção ao trio. – Eu lhes disse que tomaria sua dimensão e ampliaria meus Círculos até aqui.

— Desde quando essa desgraçada *voa*? – resmungou Ashanti.

A dragonesa de Amber expirou fumaça pelas ventas, anunciando o que viria a seguir. Ela rosnou, os olhos e as veias se acenderam, e a cabeça arqueou para trás. E então a chama fervente em espiral desceu na direção do ser demoníaco que o trio planejava matar.

A chama desceu com tanta intensidade que não foi possível acompanhar o que e o quanto estava sendo incendiado. Os guinchos das aberrações ecoaram pela fábrica abandonada, lembrando o som de animais sacrificados em um abatedouro. Em meio ao cheiro de carne queimada, Amber buscou o resultado. Novamente, centenas de crias demoníacas se debatiam em desespero, buscando uma orientação de sobrevivência. Pedaços da pele dura tinham derretido e as criaturas estavam grudadas umas nas outras, formando uma massa de insetos humanoides, tanto os mortos quanto alguns dos vivos. Em meio à imagem abominável, o trio procurou pela rainha da ninhada. Os sentidos amplificados pela conexão draconiana eram guiados pelo visor, que corrigia as diferenças de iluminação e buscava o demônio-bruxa através dos sensores infravermelhos.

No entanto, Ravenna não estava entre as crias.

Ela flutuava logo atrás de Amber.

Antes que Daniel e Ashanti pudessem entender o que estava acontecendo, a corrente se agitou, se enroscou no corpo de Amber e a puxou em seguida. As projeções da armadura de metal-vivo conectadas à dragonesa tentaram mantê-la presa, aguentando os primeiros trancos enquanto sofria espasmos.

De fato, aquela Ravenna que estavam enfrentando era *diferente*. Mais confiante, mais arrogante, mais ágil, mais forte.

Mais poderosa.

Amber arregalou os olhos por dentro do capacete quando se deu conta de que mais uma corrente havia se enroscado em seu corpo metalizado, e a força unificada deixou o golpe tão poderoso que as projeções da armadura foram *arrancadas* da montaria. A dor foi a mesma de ter as unhas arrancadas com alicates.

Presa pelos aros metálicos e agitando-se em pleno no ar, Amber gritou, tentando se soltar. Eram urros de raiva, de dor, de impotência.

— Quando vocês vão entender? — perguntou Ravenna. — Vocês não são capazes. Nunca foram. Nunca vão ser.

A irlandesa jogou toda a força para os braços, tentando quebrar as correntes, mas o esforço era inútil. Sob o comando de seus montadores, Fera e Zahabu avançaram em velocidade com garras e dentes projetados, mas Ravenna era mais ágil. Num piscar de olhos, estava em outro lugar, e de novo, ainda com Amber em seu domínio.

— Devolvam os meus dragões e podemos negociar condados nesta dimensão — propôs o demônio-bruxa.

— Nós não vamos entregar nada a você, Ravenna — disse Ashanti na língua de Taremu. — Não sem luta. Não sem morte!

— Que assim seja.

Amber foi solta, seu corpo jogado em queda livre em direção ao mar escuro de milhares de crias demoníacas.

30

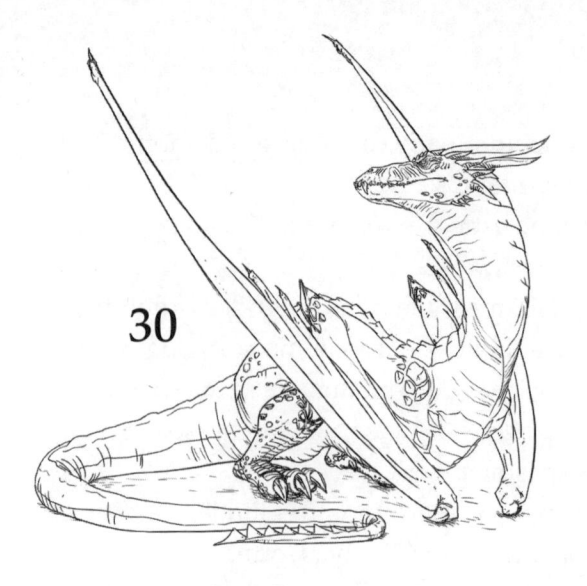

OSAKA, JAPÃO

Os tiros continuavam. Na rua, onde tudo havia começado, Takeda continuava a resistência, agora com uma segunda katana nas mãos, tornando-se uma figura mais temida do que as aberrações que estavam ali.

O lugar ainda era uma mistura de lâminas, tiros, cadáveres, sangue e gosma; vidros partidos, carros destroçados, portões arrancados, telhados tombados, cartuchos de balas caídos. E a guerra continuava. A todo momento, algum ponto da rua ou das esquinas paralelas brilhava com o disparo de uma arma de fogo, algumas vezes por um Yakuza, algumas vezes por membros das forças policiais japonesas.

Cercado em uma das esquinas que daria em um beco sem saída, Takeda optou por saltar e invadir um restaurante, quebrando a vidraça. O lugar era apertado, com um forte aroma de molho shoyu. Tinha poucos móveis além de um balcão e um aquário no centro exibindo peixes de vários tipos. Pelos menos, cem crias demoníacas tentaram invadir o lugar atrás dele, ao mesmo tempo, e os últimos acabaram entalados na entrada. Tornando-se quase um vórtice humano com as duas lâminas, o mestre Yokai arrancou patas e separou cabeças, provocando uma chacina e formando uma barricada com os corpos que caíam à frente.

As aberrações se acumularam em volta, dificultando a movimentação de Takeda, enquanto as espadas ainda cortavam. Algumas tropeçavam em si mesmas, outras tentavam se espremer por espaços menores que elas mesmas e também ficavam entaladas. Quando acertavam o japonês, os golpes machucavam, mas a armadura lhe protegia dos cortes e das mordidas. Ainda assim, por mais que ele matasse e por mais que resistisse, o espaço já estreito do restaurante foi se tornando ainda menor para uma luta daquele porte.

As costas de Takeda bateram com violência contra uma parede, derrubando as placas de divulgação das promoções da semana. Em uma reação instintiva, Takeda socou e quebrou o aquário, espalhando água e peixes pelo chão. Os inimigos começaram a escorregar, enquanto ele saltava para cima do balcão, ainda zunindo as lâminas. Takeda buscou uma saída. O lugar tomado, porém, estava devastado e lembrava um cenário de como a humanidade imaginava que seria um apocalipse zumbi.

Algumas crias saltaram com os pés juntos, atingindo Takeda no peito e arremessando-o para trás do balcão. Ele sentiu dificuldade para respirar. Então, ouviu tiros na entrada do restaurante, e mais cabeças demoníacas explodiram, espalhando líquido gosmento. Outro tiro. E outro. Takeda viu as crias ao fundo tombarem, até que, mesmo em meio ao caos, reparou em um dos homens armados.

Ao contrário do que imaginara, não era nem um Yakuza nem um agente japonês. Uma blindagem de aparência leve com visores de LCD acoplados envolvia seu corpo em uma espécie de armadura de guerra moderna que ele já havia visto anteriormente.

A mesma armadura de guerra utilizada pelos homens que perseguiram Romain Perrin em Los Angeles.

– Granada! – gritou o homem em inglês.

Takeda se encolheu atrás do balcão.

A explosão levantou cadáveres de insetos humanoides, e o tremor derrubou uma parte do teto. Um cano de água estourou e encharcou ainda mais o chão, aumentando o caos e a agitação das crias demoníacas. A parte elétrica também foi exposta, exibindo fios soltos que sustentavam lâmpadas fosforescentes. Mais tiros, mais cortes, mais mortes.

– Você consegue dar a volta? – gritou o cybersoldado para Takeda, enquanto outros chegavam pelas laterais, derrubando mais criaturas. – Você consegue sair?

Takeda foi andando por cima do balcão até onde havia um gerador de energia e, ao lado, uma porta para os fundos do restaurante.

– Agora sim! – gritou Takeda.

O japonês ligou o gerador e as luzes imediatamente se acenderam. Uma lâmpada que balançava no alto estourou, quase derrubando uma segunda. Depois de cortar patas e cabeças e se livrar de crias que pularam no seu corpo, o Yokai quicou pelo balcão, zuniu a espada e derrubou a lâmpada fosforescente, ainda agarrada ao fio elétrico.

Ela caiu na água.

Dezenas de crias foram eletrocutadas e se debateram, como se estivessem na rave mais esquisita do mundo. Enquanto isso, Takeda arrancou o cadeado da porta dos fundos e chutou-a com força para abrir, deixando para trás as explosões de granadas.

As criaturas foram atrás dele, como que enfeitiçadas. Ao fundo, ainda se ouvia tiros e explosões. Takeda correu por um corredor estreito, derrubando panelas e louça pelo chão. Tropeçou, mas continuou a correr. As crias empacavam pelo caminho e se espremiam atrás dele, abrindo e fechando as mandíbulas e agitando as antenas.

No final do corredor estreito havia uma segunda porta de madeira fina. Sem saber se estava trancada, Takeda saltou em desespero usando o próprio peso para derrubá-la. Ao sair girando pela rua, descobriu-se na mira de mais quatro cybersoldados à espera.

– Fora da linha de tiro – ordenou a voz do capitão Hawkes.

Takeda correu na direção deles, saltando sobre corpos de civis que não conseguiram fugir. Os soldados aguardaram a passagem, mesmo quando as primeiras crias surgiram pela porta e também correram na direção deles. Assim que Takeda passou pelos soldados, as armas semiautomáticas piscaram na escuridão noturna cuspindo projéteis de 20mm. As crias foram caindo umas sobre as outras.

– Derruba, agora! – ordenou o capitão em um canal de comunicação via rádio.

O restaurante explodiu. O chão tremeu, vidraças, janelas e vigas bambearam e foram destruídas. A fumaça de poeira subiu misturada ao pó de corpos carbonizados instantaneamente.

Observando tudo, ainda caído no asfalto, Takeda tentava acalmar a própria respiração. No alto, a responsável pelo míssil teleguiado que acabara de dizimar dezenas em um único tiro, uma aeronave futurista de dez bilhões de dólares daquele grupo militar, iluminava as ruas com um holofote que continuava a derrubar monstros pelo caminho.

Espero que Daniel esteja tendo mais sorte, pensou ele em uma noite ruim para toda a humanidade.

Ou então nós estamos perdidos.

31

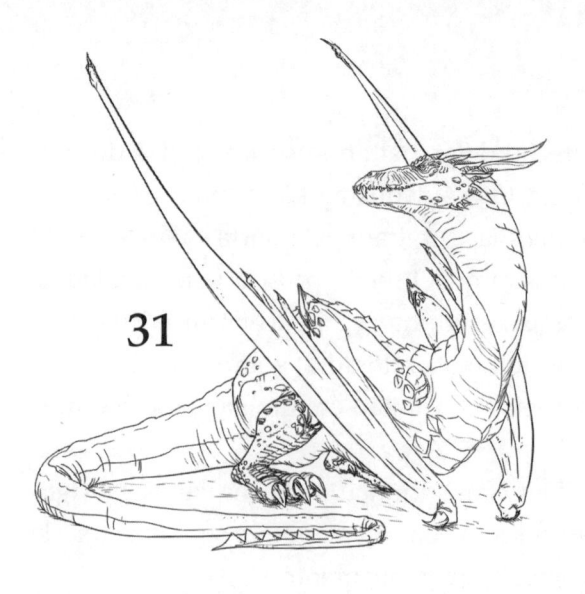

OSAKA, JAPÃO

Era preciso uma decisão rápida. Amber desapareceu na escuridão diante do olhar de Daniel e Ashanti. A metalizada afundou em um breu de crias demoníacas, agitando os braços e as pernas. Sua dragonesa afundou logo em seguida em um voo afoito atrás dela, deixando os outros dois dragões diante de Ravenna.

— Corte essa desgraçada em quantos pedaços você puder! — ordenou Ashanti.

O dragão dourado Zahabu projetou a cabeça repleta de chifres laterais e seus dez metros na direção do demônio-bruxa com a bocarra aberta. Uma sombra denteada cobriu-a e se fechou no local onde ela se encontrava, mas, no segundo seguinte, Ravenna já estava em outro ponto, estourando a corrente em Daniel.

O brasileiro impediu o golpe, mas não a angústia ao perceber que Ravenna estava montada na garupa do Fera. As correntes dela dançaram no ar e, antes que fizessem com ele o mesmo que tinham feito com Amber, Daniel desconectou as projeções da armadura, interrompendo a conexão com a montaria.

— Oh, vamos, me mostre o que você tem... — exigiu ela.

Daniel materializou a espada e, em pé, sobre as costas do dragão, avançou em direção ao demônio-bruxa em uma luta singular em pleno voo. Sem saber o que fazer, o dragão buscou uma forma de tentar ajudar o mestre, mas qualquer movimento brusco ou mudança no ângulo de voo ameaçava derrubá-lo. Rendido, Fera se manteve em linha reta, esperando um momento em que pudesse agir.

A lâmina de Daniel cortou o ar em movimentos semicirculares, batendo contra os aros metálicos e gerando faíscas. Os golpes se chocaram duas, três, quatro vezes, então uma das correntes bateu forte em seu peito, projetando-o para trás. Ravenna gargalhava. Munido de uma raiva que o entorpecia, o nipo-brasileiro atacou de novo e de novo, e a luta se resumia a um borrão de lâminas, correntes, faíscas, quedas e risos. Na terceira vez que viu Ravenna gargalhando e sentiu que a situação a divertia, Daniel ficou ainda mais irritado.

Voando bem próximo, Ashanti se via em um conflito interno entre aguardar o combate que testemunhava, o que seria omissão; atacar Ravenna; ou partir atrás de Amber, o que poderia condenar Daniel. Mas não ir atrás de Amber poderia condenar a irlandesa. Enquanto ainda lidava com suas incertezas, ela ouviu a voz entrecortada de Daniel entrar no sistema interno de comunicação:

– Você consegue me ouvir? – ele tentava recuperar o fôlego.

– Alto e claro.

– Vá atrás de Amber! – ordenou.

– Você não pode lutar com Ravenna sozinho!

– Eu disse: *vá atrás dela*!

Era a primeira vez que ela o ouvia dizer algo naquela inflexão. Sem titubear, Zahabu mergulhou na direção da fábrica de papel abandonada, deixando Daniel Nakamura e o demônio-bruxa Ravenna em sua própria batalha.

– Você me surpreende – disse Ravenna. – Talvez eu devesse ter escolhido você em vez do outro...

Por baixo do capacete, Daniel franziu a testa.

— Você REALMENTE o matou? — perguntou ele, no idioma aprendido em Tegrim.

Ela não gargalhou, mas sorriu. Uma risada curta, com os lábios unidos. Um sorriso de prazer.

— Sim.

Assim como a sessão de tortura a que Kusaka o havia submetido uma vez, o rompante daquela condição extrema de estresse destravou regiões de seu inconsciente ainda não totalmente exploradas, amplificando seu raciocínio.

Ravenna o observou com interesse.

— Vamos! — continuava a provocar. — ME MOSTRE...

Daniel gritou. O gritou ecoou por dentro do capacete, afogando-o na própria fúria.

— Então é a minha vez de matar você... — sussurrou um Daniel possuído, insano, completamente enlouquecido.

As projeções ressurgiram da armadura de metal-vivo, porém, em vez de se conectarem ao dragão em voo, desta vez os quatro braços, lembrando patas mecânicas de aranha, permaneceram em alerta ao redor de Daniel, como que o protegendo e apontando as pontas afiadas na direção de Ravenna.

As correntes do demônio-bruxa voltaram a avançar sobre o corpo metalizado de Daniel, quando os braços começaram a *atacá-las*. Mais parecendo cobras metálicas, os braços dotados de vida própria se chocaram contra as lâminas giratórias, protegendo o hospedeiro. O demônio feminino não pôde nem esconder a surpresa, pois a defesa de Daniel permitiu que se aproximasse dela de uma forma como nenhum dos metalizados havia conseguido até então.

E Ravenna afinal recebera seu primeiro corte.

Foi superficial, com a ponta da espada. Uma linha fina de sangue na altura do pescoço, mas que deixou para trás um corte simbólico profundo, um dano muito maior do que o que era visível.

– Você... me cortou? – perguntou ela em um misto de incredulidade e, ao mesmo tempo, respeito.

Sem responder, tomado apenas pela cólera, Daniel voltou a atacar. As correntes de Ravenna dançaram de novo, mas, pela primeira vez, não com o propósito de ataque, e sim de defesa.

Desta vez, era Daniel quem comandava o ataque.

Ele se movimentava virando os ombros, como em uma dança. Os braços mecânicos então atacavam, lembrando botes de najas. As correntes estalavam e tudo se resumia a faíscas. Daniel golpeou com a katana outra vez, aproveitando uma brecha que surgiu entre ataques e defesas, mas Ravenna já estava preparada. Ela se esquivou do golpe e se preparou para desarmá-lo. Surpreendentemente, em vez de tentar outro golpe, Daniel simplesmente arremessou a espada para o lado, como se houvesse desistido da arma. Uma das projeções mecânicas da direita agarrou a arma no ar, enroscando-se na lâmina, e então investiu, cortando Ravenna na altura das costelas.

– O que... o que você... – tentou dizer ela, atônita diante daquela demonstração de força.

– Evoluindo – disse Daniel, respondendo a pergunta que ela não conseguiu fazer.

Um dos braços mecânicos da esquerda jogou Ravenna para trás, desequilibrando-a. Aproveitando o momento de vacilo, imediatamente, as quatro projeções desceram ao mesmo tempo em direção ao dragão, perfurando as placas e refazendo a conexão de sangue com o metalizado.

– Ataca! – ordenou Daniel.

A cauda do dragão azulado estalou sobre o próprio ventre, arremessando Ravenna para longe com a força de uma catapulta.

Do alto, Daniel a observou cair e bater no solo feito um meteoro.

Abaixo, a fábrica abandonada estava escura, e Amber e Ashanti poderiam estar mortas. Em condições normais, Daniel abandonaria *tudo* para ir buscá-las. Mas aquele Daniel em frenesi, tomado pelo ódio e pela frieza que corriam em suas veias, baseava as ações em sentimentos e decisões diferentes. Todas elas buscavam a destruição.

– Vá atrás dela! – ordenou ao dragão Fera. – Esta noite eu quero que você mastigue a carne de demônios...

O dragão desceu sem saber quem era o humano e quem era a besta.

32

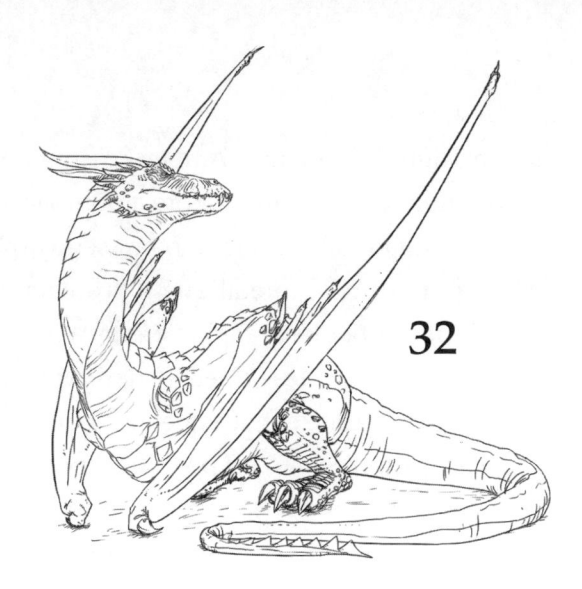

OSAKA, JAPÃO

AMBER CAIU AGITANDO OS BRAÇOS. O corpo metalizado não bateu no chão, mas no amontoado grotesco conectado e em movimento, esmagando algumas crias e escorregando para o buraco negro que existia em suas brechas. O que ocorreu então foi uma sessão de pesadelos. As Legionárias começaram a morder e a bater no corpo protegido pela armadura, atiçadas pelo instinto de sobrevivência. Amber se encolheu, enquanto pensava num plano para sair dali. A adrenalina havia atingido níveis estratosféricos durante a queda inesperada, acendendo seus sentidos e descontrolando os batimentos cardíacos. O espancamento grupal a que estava sendo submetida a impedia de ver uma lógica em meio à montanha-russa de emoções e aflições.

    O visor trincou quando uma daquelas coisas tentou perfurá-lo com a mandíbula. Elas avançavam em seus ombros, braços, suas pernas e seu pescoço. O metal-vivo impedia que as crias demoníacas arrancassem pedaços, mas não aliviava totalmente a dor dos golpes. Por debaixo da proteção, o corpo de Amber, acostumado com a violência, encheu-se de hematomas, deixando o simbionte conectado ao seu sistema nervoso à beira do colapso.

Em algum momento, Amber finalmente bateu no chão, em vez de continuar escorregando sobre amontoados de monstruosidades. E as crias vinham, ainda subindo em seu corpo, ainda batendo, ainda tentando perfurar o metal que a protegia de ser devorada viva. O coração de Amber batia rápido e estava à beira de um infarto.

– Conor... me desculpe... – delirou, enquanto se encolhia em posição fetal. – Eu... eu juro que fiz... o meu melhor...

O ar ficou rarefeito. O peito de Amber parecia prestes a se abrir e ela desejou se livrar da mesma armadura que a salvava. Um som monstruoso ecoou pelas paredes degradadas e Amber achou que era o som do arauto da morte.

Então, o ar foi tomado pelo cheiro da carne queimada de carapaças, derretidas pela chama rosa-escuro espiralada.

As crias voltaram a se desorganizar quando a dragonesa invadiu o ninho. Rosnando, cortando, mordendo. Eram milhares, mas aquele monstro tinha uma dezena de metros, chifres, garras, fogo e, principalmente, ódio.

Foi assim que centenas começaram a cair.

A cauda estalava de tempos em tempos, projetando um contra vários outros, lembrando um jogo de boliche macabro. Os chifres furavam e abriam buracos nos corpos arremessados para cima, e algumas vezes a dragonesa prendia as crias na parte superior da própria cabeça. Uma gosma caía pelas laterais da bocarra, depois da quantidade de corpos destroçados pelas fileiras de dentes. E enquanto o réptil voava, seu sopro fervente torrava ao menos uma centena a cada vez.

Protegida pela dragonesa, Amber voltou a si. Estava assustada não apenas pela proximidade da morte ou pelo descontrole emocional, mas principalmente por se dar conta de que havia perdido o comando da situação. A cada golpe, a cada movimento, a cada ação que a dragonesa que odiava fazia para sua proteção, Amber se dava conta de que *não estava no comando*. E de que aquele monstro a protegia simplesmente *porque queria*.

Ou talvez porque odiasse Ravenna tanto quanto ela.

As duas opções a assustavam.

– Certo... – resmungou. – Se a morte não me quer, então eu não irei decepcioná-la...

Os bastões de osso de dragão foram materializados. Uma cria teve uma das patas inferiores quebrada no primeiro golpe. Uma segunda ouviu um estalo e perdeu metade da face monstruosa; a terceira teve a cabeça entortada, a quarta sentiu uma parte da mandíbula projetada entrar na própria boca. A quinta perdeu uma antena e todo o sentido de direção; a sexta sentiu um dos olhos se rasgar. E a metalizada continuou a matar. Um círculo de morte começou a se formar ao redor da irlandesa que derrubava outra após outra e outra, em meio a milhares de crias demoníacas.

Sem que ela precisasse ordenar, a dragonesa apenas reforçava a matança.

Amber recebeu golpes de volta, mas desta vez havia algo de diferente. Desta vez, *ela gostava*. Feito um lutador louco dentro do ringue que provoca o adversário para acertá-lo e enfurecê-lo, Amber matava, recebia golpes e parecia se revitalizar naquilo. A luta vibrava dentro de seu corpo e ela devolvia golpes mais poderosos. Vibração, contra-ataque, morte. Vibração, contra-ataque. Morte. Amber se sentiu preenchida, fosse pela insanidade, fosse pelo princípio de psicose. Quando o emocional chegou ao limite, ela precisou *expulsar* o excesso de dentro dela.

A coisa aconteceu rápido, sem que Amber entendesse a lógica; simplesmente a força dos golpes que recebia tinha uma parte absorvida, estava molhada em ódio, e então devolvida depois de ferver o suficiente.

Assim, dezenas de crias tombaram quando uma onda de energia se espalhou ao redor de Amber.

Uma onda de energia *fervente*.

Assim como o sangue que corria e se mesclava com o da dragonesa, assim como a raiva que crepitava dentro dela, Amber começou a *expelir ondas de fogo*. Crias demoníacas ao redor caíram e se debateram no chão, assustadas com uma manifestação de força que a rainha não ensinara a combater.

Quanto mais Amber avançava e insistia nos golpes, contudo, mais a sua temperatura interna subia. O simbionte tentava controlar aquela variação violenta, mas era preciso que Amber *também* parasse. Só que ela continuava. A temperatura do corpo atingiu 40 graus e as proteínas começaram a cozinhar, deixando o organismo em pane. Mais um grau e Amber começou a delirar, não mais enxergando crias demoníacas, e sim o rosto de demônios internos na forma de pessoas que odiava.

Seu pai, seus antigos adversários, seus detratores, seus traidores. Eles davam faces àquelas criaturas e ela queria esmagá-los. Mais uma vez. A hipotermia começou a minar suas forças. Amber suava tanto, por dentro da armadura, que o metal-vivo precisou se adaptar e ampliar o espaço entre o metal e a pele para que a transpiração fluísse. Quando não havia mais o que ser feito, uma nova onda de energia escaldante era expelida de Amber; mais um suspiro diante do colapso iminente.

Quanto mais superaquecido o corpo ficava, mais frio ela sentia. O sistema muscular começou a responder com espasmos. A perda de líquido e sais minerais gerou enjoo e tontura, e então Amber fraquejou. Tombou com um dos joelhos no chão, embora ordenasse ao corpo para continuar lutando. As novas crias chegavam correndo, prontas para atacar, mas, então, viraram-se, de repente, partindo desordenadamente.

Zahabu as queimava de cima, com seu jato de lava.

– Ei, monte naquela sua coisa! – ordenou Ashanti. – Nós temos de sair daqui *agora*!

Amber permaneceu ajoelhada, tentando não desmaiar.

– Antes, nós precisamos queimar isso aqui! – vociferou.

Zahabu, no entanto, já estava fazendo isso de um lado, enquanto a dragonesa rosa-escuro fazia o mesmo do outro. Com Amber recuperando-se no meio daquele círculo de fogo, os dragões queimaram ovos já abertos e ovos ainda com embriões de crias demoníacas. O fogo se espalhou rápido, alastrando-se pela estrutura e pelos corpos amontoados, que transferiam as chamas para os outros. Os guinchos se tornaram o único som do mundo por um momento.

E o ninho das crias demoníacas queimou.

Amber se ergueu. A dragonesa rosa-escuro imediatamente voou em sua direção e a apanhou com as garras, levando-a para longe do antro. Enquanto isso, o dragão dourado Zahabu voltou a intensificar o incêndio cuspindo mais lava fervente a 600 graus Celsius. Então, os dois dragões abandonaram o cenário de horror, deixando para trás crias demoníacas queimando em um cenário próximo da visão do mesmo inferno de onde haviam saído.

33

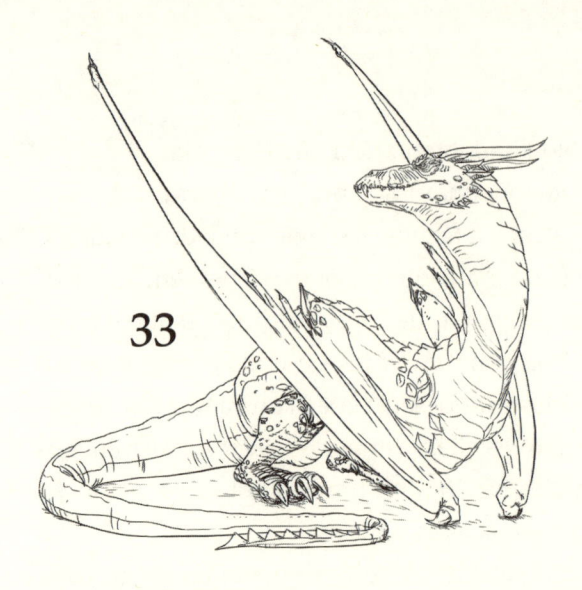

OSAKA, JAPÃO

Daniel abriu uma cratera no solo ao aterrissar. A luta com Ravenna se arrastara por quarteirões, invadira estabelecimentos e destruíra espaços públicos. Se estivesse por conta própria, mesmo com toda a sua fúria e os novos truques, ele teria sucumbido diante daquela entidade. Só que dessa vez o metalizado tinha um dragão.

A besta agigantada avançou pelo ar dando um rasante às costas do demônio-bruxa. Ravenna continuou de costas, como se não percebesse a aproximação. Então, de repente o corpo dela se tornou um vulto e o dragão Fera sentiu um corte em um dos músculos da asa, em um ponto entre as placas, difícil de ser atingido. Apesar da lesão, a criatura alada ignorou a dor e voou em um ângulo aberto, retornando para um novo ataque. Ravenna permaneceu à espera.

Quando Fera preparou o ataque, ela gritou, fulminante:

— Dikerá!

A ferida na asa explodiu, aumentando consideravelmente o rombo e os ferimentos. O dragão azulado se viu sem controle do músculo, e o voo reto bambeou na direção do solo. Assim como Daniel, a besta anil abriu uma nova cratera ao bater no chão, dez vezes maior do que a de seu mestre.

Elas seguiram o rastro de destruição. Amber e Ashanti chegaram ao novo campo de batalha, deixando fogo e fumaça para trás. A dragonesa de Amber a levou para o alto de um prédio, onde a armadura foi desmaterializada. Com o corpo repleto de hematomas, a irlandesa era um ensopado de suor. Apesar de encharcada, já havia parado de suar, e estava praticamente desidratada. Amber tremia em delírio. Desatinos que a tiravam daquela realidade.

Derek...

Ela o enxergava. Na própria mente, em outra realidade, em outra dimensão.

Derek, nos ajude.

Não sentia mais o corpo físico, mas ouvia a própria a voz. E podia ver Derek, o mesmo que a havia tirado de uma mina de escravidão dracônica, olhando para ela como um homem em desespero por não poder socorrê-la desta vez.

Derek, me leve daqui ou nos ajude...

Diante da cena de delírio, a dragonesa começou a lambê-la, limpando um pouco as secreções. Em seguida, com uma das garras, o monstro fez um corte em uma região nervosa da própria pata. A pata foi erguida sobre o corpo de Amber, que começou a ser banhada pela seiva rosa-escuro. Ainda em devaneios, a metalizada não compreendeu a princípio o que estava acontecendo. O corpo fraco beirava o coma, aguardando a morte. Então, subitamente ela começou a tossir enquanto era afogada em essência draconiana.

E se deu conta de que estava bebendo sangue de dragão.

O processo foi extremamente invasivo e violento. O metabolismo humano sem qualquer tipo de preparação foi bombardeado subitamente com um excesso repentino de tudo o que lhe faltava. Proteína, sais minerais, oxigênio, hidrogênio. O simbionte começou imediatamente a gerenciar o sistema nervoso, agindo rápido sobre aquela pane no metabolismo humano. Amber arregalou os olhos, puxando o ar e erguendo o corpo, lembrando uma pessoa que despertava com uma superdose de epinefrina.

Ela arfava, enquanto sentia o coração esmurrar a parte interior do peito. Tremia, ainda sem controle de si mesma. A mente começou a reconhecer o cenário ao redor e Amber descobriu em que realidade estava. O mais assustador era o fato de que ela nem mesmo sabia em qual delas preferia estar. Sentiu náuseas e começou a vomitar sangue de dragão, sangue humano e suco gástrico, expulsando do corpo tudo o que ainda a envenenava. A garganta ardia com o sangue fervente. As mãos, o cabelo, para toda parte do próprio corpo que ela olhasse, só havia o carmim, a variação de vermelho que a conectava com aquele dragão feminino.

O alívio surgiu após o vômito, os sentidos foram despertados e Amber sentiu o corpo recarregado como uma bateria. Embora ainda estivesse cheia de hematomas, o processo de reconstituição celular foi acelerado e as dores amenizadas. Então, o bracelete cristalizado no antebraço começou a fisgar, lembrando-a de que era hora de retornar à luta.

Amber se ergueu, ainda com sangue de dragão cobrindo-a e pingando por todo lado.

– Não sei se você me ama ou me odeia por querer tanto me trazer de volta – disse para a dragonesa.

O dragão fêmea expirou ar das ventas em cima da irlandesa, como se fosse sua maneira de rir. A armadura envolveu o corpo encharcado de Amber. O metal-vivo se pôs a absorver o sangue de dragão e as runas em rosa-escuro começaram a brilhar. Quando o processo chegou ao fim, Amber se sentia *revitalizada*.

Ainda sem capacete, ela olhou para sua dragonesa. Tocou o maxilar draconiano, ainda com uma expressão indecisa entre o ódio e o perdão.

– Fênix – decretou ela. – Seu nome é Fênix.

A dragonesa grunhiu como se houvesse *gostado* daquilo. O capacete de Amber foi materializado.

O visor se acendeu em rosa-escuro com uma intensidade nunca vista.

O NINHO AINDA QUEIMAVA. O mais surpreendente, porém, era que Ravenna não parecia se importar. Dragões a atacavam, enquanto as crias demoníacas que haviam escapado do incêndio corriam em desespero.

– SUAS CRIAS SERÃO DERROTADAS – disse Ashanti em meio ao combate. – SEUS PLANOS FRACASSARAM...

Ravenna emitiu mais uma de suas gargalhadas, ainda flutuando. Do tipo que a ruandesa odiava.

– VOCÊS ACHARAM QUE *ESSE* ERA O MEU PLANO? – desdenhou o demônio-bruxa. – QUE ERAM ESSAS CRIAS QUE DESTRUIRIAM ESTA DIMENSÃO?

O corpo do demônio-bruxa tremeu e se tornou um vulto, escapando do dragão dourado e aparecendo em outro lugar.

– ESSAS SÃO AS MINHAS NOVAS TERRAS DO PÓ – disse ela. – AQUELE NINHO FOI MEU NOVO TEMPLO NEFASTO! REPLETO DE PENTAGRAMAS DE SANGUE E DE SACRIFÍCIOS HUMANOS! MINHA NOVA OBRA-PRIMA...

Daniel retornou ao cenário em um voo bambo. O sistema de comunicação interno foi acionado.

– Você acha que ela pode estar falando sério? – perguntou para Ashanti.

– Não – concluiu a ruandesa. – Demônios adoram mentir.

— Talvez! Mas eles adoram ainda mais dizer verdades perturbadoras!

Os dragões se encontraram no ar formando um X.

— Você acha *mesmo* que essa desgraçada pode ter usado aquele lugar para criar um novo portal?

— Acho – disse Daniel. – E nós podemos ter ajudado com o sacrifício em massa de centenas de crias demoníacas!

— Então o que você ainda está fazendo aqui?

O dragão Fera abriu o ângulo de voo ainda com dificuldade e partiu na direção do ninho em chamas. Antes que Ravenna fizesse algo para impedir Daniel, Zahabu cuspiu lava na direção dela. O demônio-bruxa desapareceu e surgiu em outro ponto, e o jato bateu contra um prédio empresarial, derretendo fachadas e janelas.

— Você está blefando — sugeriu Ashanti. — Um blefe de um demônio em desespero!

Ravenna riscou no ar um símbolo que lembrava uma runa. O risco permaneceu no ar em linhas negras, que de repente ganharam vida e avançaram na direção de Ashanti. Aquilo a atingiu como um soco, que só não a arremessou para fora do dragão por causa das projeções conectadas à montaria.

— Os únicos a sentirem desespero aqui são os da sua raça! — voltou a dizer Ravenna. — A desesperança de descobrir que existem coisas piores do que o ápice dos horrores!

Ravenna fez mais um desenho de uma runa no ar. Antes que aquilo avançasse sobre Ashanti, ela ordenou:

— Voe na garganta dela, agora!

O dragão dourado partiu rapidamente, com a bocarra aberta. Ravenna se transformou em um vulto e recuou em velocidade extrema. Ao passar pelo ponto onde Ravenna deixara a runa, o dragão perdeu o senso de espaço e bambeou. Quando se deu conta do erro, já estava batendo a cabeça no solo, quebrando um carro e arrebentando uma calçada. O corpo de Ashanti rolou pelo asfalto até bater e destroçar um poste.

Ravenna aterrissou em um ponto próximo a ela.

– Como anda sua obsessão com a Dádiva?

Ashanti se encolheu simplesmente ao ouvir aquele nome. Ergueu-se em um salto, materializando as tonfas.

– Pelo visto, ainda grande – debochou Ravenna.

Ashanti saltou em um golpe com as tonfas eletrificadas. Ravenna reapareceu em outro ponto, enquanto a ruandesa destroçava mais um pedaço da calçada.

– Você quer saber se ele está vivo?

Ashanti atacava, e atacava, e atacava. Em todas as vezes, Ravenna se esquivava do golpe.

– Ou você tem certeza de que ele está morto?

A ruandesa mal conseguia pensar em outra coisa que não fosse matar.

O dragão azulado sobrevoou o ninho. A claridade do incêndio ainda brilhava forte, ressaltando pecados. A cada instante uma nova parte da fábrica de papel abandonada ruía, espalhando destroços incandescentes. Daniel viu quando o restante do teto tombou, na mesma região onde antes Amber havia estado. Ainda era possível ver pontos iluminados se destacando na escuridão, identificando Legionárias pegando fogo, tentando se arrastar para fora do ninho em chamas.

– Rodeie o centro, se possível – pediu Daniel.

Ao contrário de Ashanti que comandava, ou de Amber que ordenava, Daniel sempre parecia mais pedir um favor à montaria.

O dragão azulado girou com as asas abertas sobre a fábrica, ignorando a fumaça. O ferimento provocado por Ravenna ardia, mas a besta ignorava a dor. Eles podiam ver o que sobrara do incêndio derretendo, algumas coisas eram criaturas ainda vivas. E desta vez era possível enxergar o solo. Como de costume, o visor de Daniel corrigiu os desníveis de luminosidade e ele pôde identificar as marcas no chão. Pentagramas. Vermelho-sangue. Como os que existiam no antigo templo do demônio-bruxa.

A grande diferença, porém, era que ali havia dezenas deles.

Espalhados pelo chão e até mesmo pelas paredes, os desenhos brilhavam junto com o fogo, como se recusassem a desaparecer. Na verdade, brilhavam *mais* do que o restante do cenário em chamas.

– O que diabos...

Os olhos de Daniel se arregalaram por debaixo do capacete quando ele percebeu um detalhe macabro. Era o verdadeiro motivo pelo qual daquela vez ele conseguia enxergar o solo antes tomado por centenas de crias. Próximo às marcas de pentagrama, os corpos carbonizados das crias demoníacas desapareciam, mas não porque viravam pó, e sim porque os símbolos pareciam sugá-los. Como um ralo absorvendo sangue e matéria.

Como um sacrifício.

– Ei, vocês estão me ouvindo? – perguntou Daniel em uma voz acelerada no canal de comunicação. – Vocês estão me...

Só que elas não estavam. Do outro lado, Daniel recebia de volta sons de combate e de destruição, e nenhuma voz retornava para que ele pudesse dividir a revelação que vislumbrava.

– Ravenna não estava mentindo... – disse com uma voz fraca, sem saber se alguém o escutava do outro lado. – Isso não era apenas um ninho. Isso era o seu novo templo de magias escuras.

A fábrica de papel mais parecia *implodir*. O visor de Daniel começou a identificar detalhes que passariam despercebidos a olho nu. Os corpos carbonizados acumulados, bem como o líquido gosmento que lhes corria, continuavam sendo sugados pelos símbolos de sangue, mas mesmo a estrutura que tombava por causa do incêndio não se acumulava pelo solo. Também parecia ser absorvida.

Paredes continuaram rachando. Ferrugem, corpos humanos que haviam sido usados como hospedeiros de ovos, vidro, telhas, tudo era puxado e não mais devolvido.

— Eu... eu não sei o que fazer... — desesperou-se Daniel. — Eu não sei como parar isso...

O desespero dele, porém, não era por não compreender como impedir aquele processo.

Era por saber que não havia como interrompê-lo.

E não ser capaz de imaginar o que poderia vir a seguir.

— Amber! Ashanti! — ele voltou a gritar. — Vocês estão me ouvindo?

Elas não estavam.

— Será que *tem alguém* me ouvindo? — sussurrou ele para si mesmo, ainda em desalento. — Porque, seja lá que força suprema possa me ouvir neste momento, nós vamos precisar da sua ajuda...

A fábrica de papel ruiu por completo, absorvida pelas runas, como se diante de um buraco negro. Uma escuridão se misturou ao brilho ardente e o abismo cresceu, dando forma a uma magia que Daniel Nakamura jamais havia presenciado. Uma experiência que ele nunca conhecera.

— Aquilo é um... *portal*.

A escuridão deu lugar a uma luminosidade que atingiu uma largura e uma altura estratosféricas, transformando-se em uma imensa esfera brilhante ao longo da mesma área que antes era apenas uma estrutura abandonada. Ela continuou a sugar tudo o que havia ali até que somente aquela luz, quase física e palpável, restasse. Então, novamente, Daniel foi testemunha da conexão entre matéria e espírito. Da união entre o real e o fantástico. Entre o bruto e o sutil. A conexão entre dimensões.

A conexão entre o sangue de homens.

E o sangue de demônios.

– Ela conseguiu – concluiu ele, tremendo por dentro da proteção metálica. – Ela uniu as dimensões...

A mão gigante de alguma criatura se projetou violentamente para fora do portal sombrio e bateu os dedos alongados no chão, provocando um terremoto. A pele parecia de pedra, e o restante do corpo igualmente rochoso foi se erguendo e surgindo aos poucos no cenário urbano.

Daniel voou para perto do portal e pôde jurar que ouvira os sons de uma guerra, que ecoavam *do outro lado*. O medo de que aquilo que estivesse do lado de lá atravessasse para a sua dimensão rivalizava com o medo de ser sugado de volta para um local para onde jamais desejara voltar.

Aos poucos, as partes de um corpo gigante iam aparecendo. Um braço de pedra com um antebraço três vezes maior do que o resto do braço. Um tronco com espinhos na forma de picos que subiam em fileiras pelas laterais dos braços, passando por ombros e pelo pescoço. Uma cabeça quadrangular lisa, sem qualquer tipo de rosto, lembrando a base de um ferro de passar. Pernas com a região inferior também três vezes maior que as coxas. Pés sem dedos, apenas mais projeções pontiagudas de pedra.

Em pé, a criatura tinha aproximadamente uns vinte metros de altura.

O gigante atravessou e ficou imóvel, observando aquela dimensão com sua cabeça sem rosto, como se estivesse orgulhoso do próprio feito.

– Nós estamos perdidos – foi a conclusão de Daniel, o mais otimista dos metalizados. – Definitivamente...

Os Colossus haviam chegado ao planeta Terra.

34

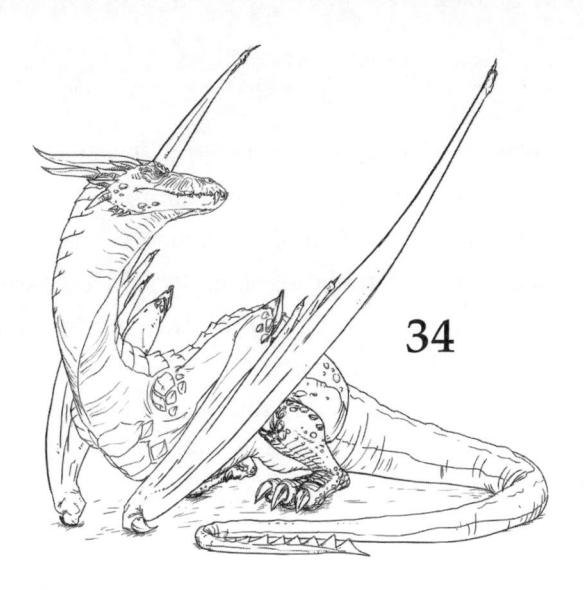

OSAKA, JAPÃO

Ravenna gargalhava. Um som estridente que estourava lâmpadas e vidraças, enquanto os Colossus pisavam em carros e construções e faziam o asfalto tremer. Em meio aos destroços, Ashanti tentava concluir uma luta que a cada momento soava mais suicida.

— Valeu a pena? — perguntou Ravenna. — Todo o trabalho que vocês tiveram para voltar aqui?

Ashanti atacou duas vezes com as tonfas eletrificadas. Em ambas as correntes de Ravenna se mexeram, repelindo os golpes.

— Eu *não* pedi para voltar! — gritou Ashanti.

Ravenna sorriu e se tornou um borrão ao *atravessar* o corpo de Ashanti. A ruandesa gritou de dor ao sentir mais uma vez a pele sendo cortada *por dentro* da armadura.

— Então você é mesmo uma amante do azar — concluiu o demônio-bruxa.

As correntes agarraram o corpo ferido de Ashanti e o arremessaram contra alguns barracos erguidos por moradores de rua, espatifando-se e fazendo ruir as estruturas frágeis. Zahabu desceu para atacar, mas Ravenna se multiplicou em cinco cópias, cada uma com movimentos próprios, que confundiram o dragão. Ele avançou sobre uma delas, mas a ilusão se desfez em sua boca lembrando algodão-doce, se o gosto fosse amargo.

Um som ainda mais estremecedor veio de longe, quando o dragão azulado de Daniel foi golpeado pelo Colossus e atravessou um andar inteiro de um prédio, de ponta a ponta, saindo pela janela do lado oposto. O gigante seguiu a trilha de destruição atrás dele, enquanto um segundo Colossus saía pelo buraco dimensional.

O agigantado recém-chegado adotou uma postura diferente da dos outros. Em vez de se pôr em pé, ereto, ele se curvou e lembrava mais a posição de um símio. Os membros superiores eram mais longos do que as pernas e ele se movimentava apoiando a parte frontal do corpo nos membros dianteiros. O punho e o antebraço pareciam meteoros conectados ao braço, de onde se viam sangue e espinhos incandescentes. Em sua face losangular dois olhos brilhavam na cor vermelho-brasa.

Próxima à mestra ferida, Zahabu terminou de dissolver a última Ravenna falsa e se virou para atacar a verdadeira. Enquanto isso, o Colossus recém-chegado correu com seu gingado galopante, saltando por metros em uma velocidade absurda em direção à besta que pesava toneladas.

O dragão Zahabu virou-se na direção de uma Ravenna sorridente, que o encarava do meio da rua. A besta se manteve no ar e arqueou o corpo, prestes a avançar em linha reta. Atrás, o Colossus-símio continuava avançando aos saltos, destroçando o asfalto a cada pisada.

O metal-vivo anestesiou o corte na lateral do abdômen de Ashanti e ela pôde voltar ao combate. Ao perceber as intenções de seu dragão e a aproximação do gigante de pedra, ela tentou intervir:

– Não! – gritou. – Não se concentre nela! Se concentre no...

Mas era tarde demais.

O dragão desceu com a bocarra aberta, quando o colossal saltou o equivalente à altura de um edifício, agarrou-lhe a cauda, girou com ele no ar e o chocou contra um prédio de dormitórios populares.

Tijolos, estilhaços, madeira, cimento, areia e cascalho se tornaram uma nuvem de poeira, enquanto os corpos de pessoas idosas foram esmagados ou projetados para fora, tombando para a morte. A estrutura ruiu em seguida e desabou ao redor do corpo do dragão.

– Zahabu! – gritou Ashanti, como se estivesse vendo um filho sendo ameaçado.

Ravenna avançou em sua velocidade sobrenatural e parou a alguns metros de Ashanti.

– Deixe as crianças grandes brigarem – disse o demônio-bruxa. – A sua luta é comigo...

Ashanti suspirou, quase como se confessasse um pressentimento da própria morte. O barulho de algo metálico extremamente pesado, tombado de uma altura superior a três andares, chamou sua atenção. A ruandesa se virou, imaginando qual seria o novo inimigo.

Ali estava Amber, arqueada, com dois punhos fechados tocando o chão quebrado. A cabeça dela se ergueu, revelando o capacete aceso. Então, ela levantou e desmaterializou o capacete, para que Ravenna visse seu rosto.

– Sabe, eu não sei falar a sua língua demoníaca nojenta – começou Amber. – Mas tenho certeza de que você consegue me entender.

Ashanti já havia visto diversas facetas daquela irlandesa. A maioria delas envolvia raiva e fúria, mas, ainda assim, eram reações moldadas pela impulsividade. *Aquela* Amber, porém, ela ainda não havia visto. Ainda era possível notar a ira e a cólera, mas, em vez de desordenadas, elas pareciam *concentradas*. Havia foco, havia sobriedade, mesmo diante de um cenário que estimulava a loucura. A expressão de frieza, a voz sem medo, a postura confiante. Ashanti, acostumada a liderar um país, pela primeira vez se viu diante de uma mulher cujas ordens ela aceitaria sem questionar. A mesma sensação que ela um dia teve diante de um patrulheiro dimensional em uma prisão-arena.

A mesma sensação que ela experimentou diante de um ranger vermelho liderando uma batalha final.

— Ashanti... — disse Amber, sem deixar de olhar para Ravenna. — Vá atrás de Zahabu e derrube aquele Colossus antes que ele leve a destruição ao centro de Tóquio.

O capacete de Ashanti foi desmaterializado.

— Você não pode enfrentá-la sozinha — disse Ashanti, boquiaberta, certa do que dizia, por experiência própria.

— Sim, *eu posso* — afirmou Amber. — E, neste momento, ela *também* sabe disso.

A expressão de Ravenna transparecia certo deleite diante daquela revelação, como Asteroph em seu último momento, diante dela, ao perceber que havia criado uma sucessora.

— Eu *não* vou deixar você enfrentar... — tentou dizer Ashanti.

— Sim, você vai — interrompeu Amber com a frieza de uma assassina, enfim encarando-a.

Os olhos da irlandesa eram vermelho-sangue.

— Agora me deixe terminar isso.

O capacete com visor dourado foi materializado. Sem que nada mais fosse dito, Ashanti se afastou daquela batalha, rumo à trilha sonora de devastação provocada por seres agigantados.

Amber desmaterializou toda a armadura e caminhou na direção de uma Ravenna ainda surpresa e extasiada.

— Isso era tudo o que você queria, não é? — disse ela. — O caos... o extermínio... o pânico e a desolação. Toda a porra do seu prato de comida preferido. Entendo como você pensa. Sejam demônios, humanos, monstros ou híbridos, não importa quem sobreviva, você vence apenas com a guerra. Você se satisfaz com tudo o que é gerado para que um dos lados vença.

Ela ergueu o antebraço, exibindo o bracelete cristalizado encravado na pele.

— Isso foi o que muitas raças precisaram criar para *tentar* parar você. Lideradas por um homem a quem você causou isso...

Um segundo bracelete cristalizado foi materializado e mostrado a Ravenna.

O bracelete de Derek Duke.

– E o legado dessa junção de magia, metal e tecnologia vai sobreviver. E eu espero que isso realmente seja suficiente. Porque, hoje, esse mesmo legado vai se voltar contra você. Hoje, *eu* vou me tornar o monstro.

Ravenna sorria, como se a entendesse. Como se gostasse do que ouvia.

Como se Amber fosse tudo o que ela quisesse ter criado.

– É a sua vez de reclamar a Coroa... – sussurrou Ravenna, repetindo o discurso que fizera antes de matar um demônio-rei. – É assim que funciona a Ciência do Bem e do Mal.

O antigo bracelete de Derek foi acoplado ao redor do antebraço livre e se fechou sobre a pele de Amber, iniciando a conexão de sangue. Só que agora a troca envolvia o sangue humano e o sangue de dois dragões.

O sangue de dois dragões vermelhos.

Amber sentiu o fogo correr por suas veias e segurou a dor sem gritar. Suas íris vermelhas se dilataram e se encheram de sangue, cobrindo até a pupila de um tom escarlate. A irlandesa começou a tremer, enquanto seu sistema nervoso tentava evitar o colapso diante de um processo tão invasivo que chegava a modificar seu DNA. A bioarmadura de repente se materializou, mas, desta vez, no lugar do cabo integrado ao capacete que lhe perfurava a nuca, Amber sentiu *duas* perfurações. Uma descarga elétrica gerou novos espasmos e, ao mesmo tempo que queria morrer, ela nunca desejou tanto viver. Ou sobreviver.

– Hoje, *eu* sou a matadora de crias demoníacas... – concluiu Amber.

As runas brilhavam com uma intensidade quase cegante. Como se não fosse o suficiente, uma segunda camada de metal-vivo começou a se expandir, aumentando as proteções do peitoral, da lateral da cintura e das coxas. Na parte dos ombros, o metal se desenhou em três proeminências que lembravam garras, como se um dragão houvesse colocado uma pata sobre o ombro de Amber. O capacete tremeu e emitiu estalos, em seguida, esticou-se, ganhando nas laterais o formato de uma cabeça draconiana e na parte de baixo uma mandíbula aberta. Até que as cores *se inverteram*. O vermelho que existia no visor foi se espalhando, enquanto a área preta do elmo metálico se viu invadida pelo sangue em excesso.

Como resultado, o visor se tornou preto e o capacete se tornou vermelho.

O mesmo ocorreu no restante da armadura. Amber sentiu sangue e metal se tornarem uma única coisa, quando as camadas da proteção de guerra começaram a se sobrepor e formar outras camadas, gerando um visual que remetia a *escamas metálicas*. As runas *também* se dilataram, espalhando o sangue mesclado de dois dragões.

Pouco a pouco, a armadura ganhou uma coloração de um tom intermediário entre o vermelho-sangue e o rosa-escuro, enquanto as runas enegrecidas se desenharam por todo o corpo protegido, lembrando tatuagens tribais. Até que só restou o resultado final.

Até que só restou uma nova armadura de metal-vivo vermelha.

– Hoje *eu* sou o *huray*...

O disco de luz foi acionado e Amber desenhou uma letra V no ar, materializando os dois bastões de osso de dragão. Ela cruzou os braços, olhando para baixo, então, esticou-os rapidamente, paralelos ao corpo, como se estivesse esticando as armas.

De repente, os bastões pegaram fogo.

A camada de metal extra nas costas da bioarmadura se separou do restante, e três pedaços na forma de lâminas se projetaram para os lados, lembrando três pares de asas grandes.

Imponente, com a armadura cor de sangue, os bastões incendiados, as asas metálicas esticadas e o visor negro no centro do elmo de dragão, Amber fixou os olhos em Ravenna.

E se acendeu.

– Hoje, *eu* sou o vermelho!

Ravenna não sabia se temia ou se aplaudia aquilo.

MUNDOS DE DRAGÕES

35

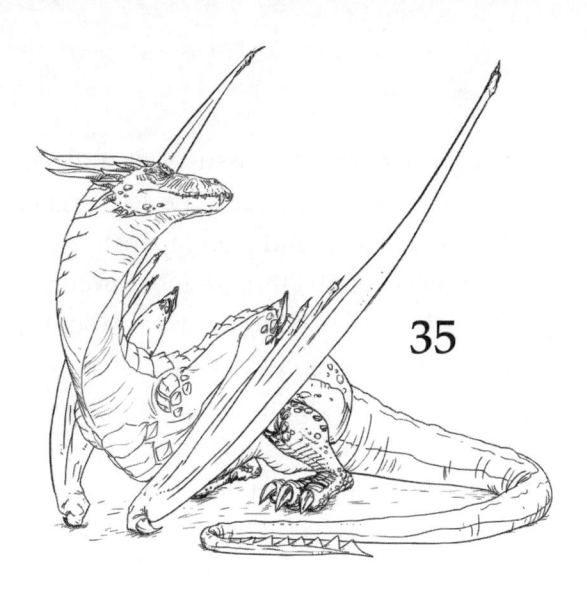

PLANETA TERRA

O Japão caía. Iniciada em um bairro marginalizado, a batalha dimensional e estratosférica se estendeu aos bairros adjacentes a Kamagasaki, espalhando a destruição e a mensagem de ameaça. Imagens de câmeras amadoras e profissionais eram transmitidas por mídias tradicionais e redes sociais, reproduzindo-se em uma velocidade incontrolável. Por ter presenciado inúmeros incidentes e acidentes naturais, o povo japonês por diversas vezes havia ensinado ao mundo o conceito de renascimento. Uma cultura construída à base de organização, respeito e comprometimento, capaz de ganhar a admiração do mundo ao se pôr de pé novamente quantas vezes fosse necessário.

Da nova ameaça, no entanto, ninguém sabia se o Japão conseguiria se reerguer.

Porque, *daquela* vez, não estavam falando de bombas de hidrogênio, de vazamentos industriais de material radioativo, de rendições de guerra.

Estavam falando de demônios e monstros gigantes.

E a questão que mais assustava o mundo desta vez não era apenas se o povo japonês seria capaz de se reerguer após o fim da batalha.

Mas se existiria ainda um Japão.

Se aquela batalha teria sequer um fim.

Tomada pelo pânico, a capital japonesa se tornou um misto de correria, gritos, sobrevivência. Famílias carregavam mochilas com os pertences que conseguiram salvar, idosos empurravam carrinhos de supermercado com mantimentos, motoristas subiam pelas calçadas e eram bloqueados por multidões que corriam sem saber para onde. A histeria era justificável, pois de fato não havia lugar seguro. Era possível enxergar os estragos por quilômetros e ouvir o som constante da destruição, diante de um inimigo que o mundo não estava preparado para combater. A única opção, portanto, ainda era correr para longe de onde estivessem os gigantes de pedra. Mas eles se arrastavam, invadindo territórios, destruindo prédios, pisando em lojas, chutando ônibus, derrubando postes.

E no chão corriam as crias demoníacas. Milhares haviam sido derrubados, mas outros milhares continuavam a se alimentar de sangue e carne, sem um objetivo claro que não o puro extermínio. Forças policiais e gangues de mafiosos da Yakuza se uniam de uma maneira nunca antes vista, atirando lado a lado contra um mesmo inimigo. Membros de dojos de diferentes tipos de artes marciais reforçavam o combate, com armas brancas japonesas e alguns até mesmo usando tradicionais vestimentas samurai.

E como se não bastassem gigantes e demônios, havia dragões.

Singrando com suas aparências igualmente aterrorizantes, espalhando o som que o mundo aprendeu a temer. Garras, dentes, espinhos, fogo. De tempos em tempos, as bestas cuspiam variações de ataques ígneos, iluminando a noite japonesa como fogos de artifício.

Um detalhe, porém, não passava despercebido: os dragões atacavam os gigantes de pedra.

Não era claro o que aquilo significava. As principais discussões que tomavam o globo tentavam decidir se o mundo deveria agradecer por aquilo ou se deveria temer. Os dragões estavam lutando contra os seres monstruosos, mas e depois? Ficariam satisfeitos ou voltariam a matar o restante da população?

Outra coisa que as imagens, principalmente as amadoras, captavam: os metalizados.

Primeiro, houve as imagens amadoras de um metalizado com ideogramas vermelhos combatendo o terror no Oriente Médio, reforçadas pela polêmica líder ruandesa, que tomou o controle de seu país com apoio popular e atingiu seu ápice na Batalha de Akihabara. Tudo isso tinha culminado na destruição da aberração apelidada de Vespa Mandarina, e muitos ainda teorizavam se aquele esquadrão fazia parte de uma força de agentes especiais não oficialmente subordinados às Nações Unidas.

Outros, porém, os colocavam na mesma esfera dos grupos extremistas terroristas.

Independentemente disso todos torciam para que eles vencessem aquela ameaça atual, antes que decisões *piores* fossem tomadas. Fontes jornalísticas norte-americanas divulgavam rumores, ouvidos nos corredores do Pentágono, envolvendo a possibilidade de uso de novas bombas atômicas. As redes sociais imediatamente respondiam a todo tipo de boato, com mensagens que reforçavam mudanças de mentalidade da sociedade. Uma sociedade diferente, que não aceitava mais decisões do tipo *antes eles do que nós*.

Não mais como na Armênia. Não mais como em Kosovo. Não mais como na Síria.

Não mais como em Ruanda.

Uma sociedade de uma geração com voz que queria ouvir de seus líderes governantes uma solução que os unisse, em vez de separá-los. Ao menos *daquela* vez.

O apelo internacional teve consequências. Assim como já havia acontecido com os cybersoldados, tropas de reforço estrangeiras foram enviadas para a capital japonesa através de veículos supersônicos, desembarcando a todo momento em pleno combate no território japonês.

Foi assim que o mundo passou a descobrir os planos de resposta de cada país aos metalizados justiceiros que moldavam uma nova era naquela dimensão.

Eles vinham de diferentes nações, trazendo o melhor da tecnologia de cada país. Da França, uma superequipe de resgate, com especialistas em retirada de civis de zonas destruídas e negociação em situações de crise. De Israel, um time especial de incursão com forças robóticas, capaz de servirem tanto como reforço de ataque quanto de transporte de feridos ou dos próprios agentes. Da Alemanha havia chegado um homem-máquina, com força para dizimar, sozinho, dezenas de crias demoníacas incapazes de perfurá-lo. Da Inglaterra, homens em armaduras de guerra metálicas que lembravam pássaros aterrissaram e retiraram inocentes de prédios incendiados. Da Coreia, um grupo de soldados especializados em controle civil desembarcou, comandado por uma mulher, a quem todos tratavam como uma patrona. Da Rússia vieram homens com armaduras pesadas de combate, armados com espadas de lâminas vibratórias e vestindo elmos em forma de cabeças de lobo.

Eles iam se espalhando por regiões como Quioto, Nagoia, Aichi, Yamanashi, Kanagawa e Tóquio em meio a resgates, controle de pânico e combate direto com monstruosidades. Suas ordens envolviam socorrer a população, destruir crias demoníacas, isolar a área de combate dos dragões com gigantes de pedra e, sobretudo, evitar a intromissão nas batalhas colossais que aconteciam em Osaka. Ao menos enquanto não entendessem por completo quem eram os inimigos e quem eram os aliados naquela guerra.

E assim o Japão começou a cair, mas, ao mesmo tempo, começou a resistir. No fim, apenas uma das duas opções seria realmente sacramentada.

Ou um novo fim ou um novo começo.

O DRAGÃO AZUL TOMBOU MAIS UMA VEZ. A luta se estendia pelos arredores de Kamagasaki, sempre mantendo um padrão de destruição em níveis absurdos. Já haviam destroçado uma das entradas da estação Nishinari e seguiam demolindo prédios velhos e casas de sem-teto na direção do bairro de Shinsekai. O maior problema daquele deslocamento destrutivo, porém, era que eles invadiam a cada vez mais o centro da cidade de Osaka.

O caos chegou à Hanshin Expressway. O dragão azulado havia projetado os chifres contra o peito de pedra do Colossus, que caiu com seu tronco espinhoso em cima de uma ponte, carregando consigo pedaços da rodovia e de carros em fuga. O gigante de vinte metros recebeu mais golpes, ainda no chão, e foi arrastado para outro lugar. Postes elétricos foram derrubados, canos de água partidos. As pessoas corriam, choravam, rezavam. O Colossus de cabeça quadrangular socou a face do dragão com um murro capaz de abrir uma caixa-forte. Cada som que acompanhava golpes como aqueles era o equivalente a pequenas explosões com tremores.

A luta se estendeu da rodovia até o Parque Tennōji. Eles iam pisoteando a vegetação colorida que dava vida ao jardim botânico e desmantelando estátuas de arame na forma de animais. Fera bateu as costas contra o chão de terra e continuou rolando até destruir a Torre do Relógio da Branca de Neve, uma pequena atração composta de uma casa colorida e estátuas dos Sete Anões da versão da Disney. Levar a luta para aquele parque, porém, elevava o nível de estrago e colocava em risco algo muito maior do que a possível depredação de um ponto turístico.

Naquele parque se localizava o zoológico de Tennōji.

Abrigo de mais de mil animais ao longo de onze hectares, o lugar mantinha em seu território muitas espécies dos trópicos asiáticos e da savana africana. Ainda mais sensíveis do que seres humanos, os animais ali alojados já estavam naturalmente agitados com toda a movimentação da batalha de gigantes, que acontecia ao redor. Quando o combate invadiu *seu* território, o instinto tomou conta e o parque se tornou selva.

Primeiro, eles invadiram a área sul, na zona da Floresta Tropical asiática. O dragão cravou as garras inferiores no tronco rochoso do Colossus, enquanto as garras superiores destroçavam pedaços de rocha e dilaceravam terminações nervosas. Em determinado momento, os braços do Colossus conseguiram erguer o corpo do dragão e esmagá-lo contra o solo, provocando tremores, enquanto capelas de macacos saltavam pelas árvores, em pânico. Pavões batiam as asas, enquanto o guincho de aves silvestres se tornava orquestra. O solo continuava a tremer com novos golpes e novas quedas, elefantes fugiam, destruindo portões e tentando convocar os seus, pisoteando coalas no caminho.

O Colossus conseguiu segurar a ponta do rabo do dragão e o fez quicar no chão uma vez feito um chicote. Então, ergueu-o novamente e o arremessou para o outro lado do parque, em uma região que pioraria ainda mais o caos que se estabelecera.

A região que simulava a savana africana.

O Colossus correu na velocidade que o próprio peso permitia, enlouquecendo os animais selvagens já em pânico. Zebras dispararam em bando, antes que o gigante de pedra lhes esmagasse, e hienas fora de si começaram a atacar as retardatárias no caminho. Daniel se deu conta de que a montaria havia destruído as proteções que separavam a área de visitação da área de tigres e leões, mas, se não matasse aquele Colossus, não havia o que ser feito. Ordenou, então, que o dragão alçasse voo e voltasse a atacar, enquanto aves de rapina e feras carnívoras tomavam o parque. Rinocerontes aceleraram, serpentes se esgueiraram pela escuridão, ursos polares caíram em aquários com tubarões-baleia.

O metalizado azulado foi tomado por um desespero cada vez maior, ao se dar conta de que não conseguiria vencer aquilo sozinho.

– Preciso de ajuda... – disse ele em um canal de comunicação diferente do utilizado com os outros metalizados. – Preciso que você me ajude a parar essa coisa.

O canal de comunicação foi desligado.

UMA PINTURA DA BARBÁRIE. Animais selvagens avançaram, em fuga, para além dos limites do parque, tomando as ruas cheias de carros batidos e pessoas descontroladas. Leões saltaram em cima dos automóveis, tigres devoraram mendigos em becos, hipopótamos esmagaram um casal adolescente que havia caído no chão. Lojas e mercados foram saqueados por homens com máscaras improvisadas por camisas amarradas no rosto, que acabaram se assustando com a aparição de girafas.

Então, no meio da rua de Shinsekai, um dragão amarelo desabou.

O Colossus que se movia como um símio gigante quicou em um prédio, que ruiu em seguida. Os braços sem dedos, que mais pareciam meteoros, ergueram-se para golpear Ashanti, arrancando-a de cima do dragão Zahabu. A ruandesa cambaleou por metros até se chocar na lateral de um carro. Vidros caíram no seu colo e ela ouviu rosnados.

Quando focou o olhar à frente, viu uma alcateia de cinco leoas avançar.

O metal-vivo protegeu-a das primeiras dentadas, mas o peso dos animais era considerável até mesmo para a bioarmadura. Ashanti sentiu 180 quilos baterem de uma vez contra o peito e perdeu o ar. Os dentes continuaram se fechando sobre seu capacete com uma pressão equivalente à de um cavalo sobre seu corpo, e ela ouviu *estalos*. Se não houvesse a proteção metálica, aqueles animais seriam capazes de arrancar o ombro dela com uma dentada. Assustada com a possibilidade de o capacete não resistir ao ataque selvagem, Ashanti se encolheu em uma posição de defesa e desejou ser *mais forte*. Desejou ser mais *inabalável*. Ser *invulnerável*.

Aquilo ativou *algo* dentro dela.

Assim como já havia feito com suas células e seu DNA, o simbionte começou a alterar as moléculas do metal-vivo, *aproximando-as* ainda mais umas das outras. A alcateia golpeava com as patas o corpo metalizado e a ruandesa continuava desejando se tornar mais *rija*. O metal-vivo acelerou o processo de mutação e Ashanti se sentiu duas vezes *mais pesada*. Foi quando uma das leoas de repente *quebrou* alguns dentes ao tentar mordê-la. Afogada na própria adrenalina, Ashanti materializou uma pistola e abriu um rombo no crânio da leoa ferida, assustando as outras. Um dos olhos do animal rolou pelo asfalto, enquanto ela atirou mais duas vezes para cima, afastando o resto do bando. Seu corpo, então, se tornou um pouco menos pesado e ela conseguiu se levantar, ainda um tanto confusa.

Sem aviso, o dragão amarelo rolou pela rua, abraçado ao corpo do Colossus-símio, fazendo o asfalto tremer e esmagando pessoas e animais pelo caminho. Golpes de cauda e de garras se misturaram a socos capazes de destruir andares inteiros. O dragão tentou cuspir lava na face do gigante de pedra, mas levou um murro de intensidade estrondosa e o jato queimou barracas de vendedores ambulantes e pertences amontoados de desabrigados deixados para trás. O fogo rapidamente se alastrou lambendo papelão, papel de revistas, madeira. Uma pequena fogueira se tornou, então, o início de um grande incêndio, assustando ainda mais os animais espalhados pelo centro urbano.

E Ashanti se deu conta de que um elefante corria em sua direção.

Ela estava tonta e desorientada. O mamífero assustado corria descontrolado, projetando o corpo de cinco toneladas na sua direção. Os batimentos cardíacos atingiram o pico e o simbionte novamente uniu as moléculas do metal-vivo, alterando a *densidade* da armadura. Ashanti sentiu a armadura pelo menos dez vezes mais pesada e caiu com um dos joelhos no chão, tentando resistir e entender o que estava acontecendo. O piso sob seu corpo rachou e Ashanti apoiou os dois punhos fechados no chão, tentando se manter firme.

– O que... é... isso?

O mamífero descontrolado avançava rápido e o encontro entre os dois era inevitável. Ashanti apertou os dentes e fechou os olhos. O metal-vivo pareceu se apertar como um abraço sufocante, e ela se viu imóvel diante do nível de solidez molecular atingida. O bramido do elefante ecoou pela rua destruída e o corpo de três metros de altura se chocou, sem qualquer tipo de freio, com o da metalizada ajoelhada.

Em vez de Ashanti, porém, foi o animal quem tombou e rolou pelo asfalto, como um atleta distraído que tropeça em algo que não vê.

A pata dianteira do elefante bateu no corpo de Ashanti, embaralhou-se com as outras e o impacto o arremessou para o alto. O mamífero tombou e sua face se arrastou pelo chão. Ele rolou assustado, invadindo uma loja de consertos de sapatos.

Ashanti abriu os olhos, confusa por não estar no lugar do animal. A armadura voltou a ter o peso normal e ela recuperou os movimentos.

– O que acabou de acontecer? – sussurrou, ainda alterada pela superdose de adrenalina.

Mas não havia tempo nem mesmo para *pensar* sobre aquilo. Ao fundo, prédios continuavam a queimar diante das ruas devastadas de Shinsekai, enquanto o dragão Zahabu e o Colossus-símio digladiavam à frente da Tsutenkaku Tower, uma construção de cento e três metros conhecida como a "torre que alcançava o céu".

Fogo, lava, garras, dentes, pedras.

Se aquilo não era o fim do mundo, era difícil dizer que mundo ainda haveria depois do fim.

Amber era o legado Ranger. A armadura vermelha com escamas metálicas brilhava mesmo na escuridão da noite, reforçando o visual bélico. O metal reforçado a tornava *maior*, mais perigosa, mais agressiva. As asas de metal projetadas de suas costas proporcionavam um visual único mesmo entre os outros metalizados, mas, mais do que isso, também tinham uma função que ia além da estética.

Elas realmente funcionavam.

Amber atravessou o andar inteiro de um escritório, agarrada a Ravenna. O corpo do demônio-bruxa se chocou contra uma parede, e ambas atravessaram o concreto, arrancando os aparelhos de ar-condicionado. Amber continuava a bater e bater e bater no demônio em pleno voo, em uma demonstração de poder inédita até para ela mesma.

— Desde que vi meu irmão ser carbonizado por uma das coisas que você enviou para cá, sonho com esse momento!

Nas mãos da irlandesa, bastões de osso de dragão estavam em chamas. Deixavam rastros no ar quando se movimentavam, queimavam a pele e carbonizavam partes do cabelo do demônio. As correntes de Ravenna tentavam revidar, mas as mesmas asas de metal que faziam a irlandesa voar a protegiam. O resultado eram faíscas brilhando em plena noite de Osaka.

— O momento em que eu seria capaz de revidar!

Ainda em pleno ar, Amber jogou os bastões para cima, agarrou Ravenna pelos cabelos e puxou o rosto dela de encontro ao próprio joelho. O som do impacto era de algo se quebrando. Então, ela apanhou de volta os bastões no ar.

— O momento em que eu seria capaz de fazer *você* ter medo de mim!

Ravenna *sangrava*. A risada maquiavélica havia desaparecido, e ela ainda absorvia aquele momento em um misto de indecisão sobre o orgulho da própria criação ou o real pavor pelo que poderia acontecer em seguida. Enquanto isso, a dragonesa Fênix tentava seguir o rastro que a luta deixava de bairro em bairro.

Sempre que o dragão tentava se intrometer, porém, Amber vociferava:

— Não se atreva! — Era uma das coisas que ordenava em tom irritado. — Essa luta é minha!

As duas invadiram o bairro de Namba, distrito popular conhecido por seus mais de trezentos shoppings e restaurantes. Amber bateu o corpo de Ravenna contra um letreiro luminoso atrás do outro, gerando explosões, faíscas e espalhando uma escuridão repentina no local. Os fios elétricos cortados iam ficando pelo caminho, tombando sobre calçadas e turistas que ainda corriam amedrontados. As correntes de Ravenna tentaram outra vez rebater a metalizada, mas era impossível deter o furor banhado em violência da irlandesa. Os bastões de osso de dragão incinerados castigavam como o chicote de um carrasco. O demônio-bruxa tentava usar a velocidade sobrenatural para escapar da situação, mas não havia brecha para que se concentrasse no movimento.

Além disso, a velocidade de Amber *também* alcançava níveis sobrenaturais.

A metalizada apagou o fogo e desmaterializou os bastões, partindo para o combate corporal. Enquanto Amber desferia murros poderosos, a trajetória descontrolada as levou em direção à Estação Nankai Namba. Amber enfiou a cara de Ravenna na quina da parede, arrastando-a pela argamassa até passar por uma janela. O vidro se partiu, cortando o rosto do demônio-bruxa em diversos pontos.

O ódio concentrado do demônio explodiu, em uma reação semelhante ao que havia acontecido quando a irlandesa fora cercada por crias demoníacas. Uma onda de energia se manifestou ao redor, jogando Amber para longe. Ao ver o próprio reflexo na vidraça do prédio, com a face completamente cortada, Ravenna gritou como uma pessoa histérica e, então, finalmente se tornou um borrão. Ela avançou sobre Amber, agarrou-a ainda em pleno ar e desceu na direção de um telhado, que com o impacto foi completamente destruído.

Elas foram parar em um arcade vazio, ainda batendo uma na outra durante a queda. Destruíram um balcão no formato de uma estrela da série de jogos Super Mário Bros, e consoles de videogames de 8 e 16 bits. Por causa do espaço apertado da loja, a armadura recolheu as asas de metal, liberando totalmente os movimentos de Amber. Ela socou o pescoço de Ravenna e recebeu de volta um golpe, que a arremessou contra a tela de um fliperama. As correntes zuniram e a metalizada saltou para o lado enquanto o resto da máquina era devastado.

Amber tentou atacar, mas Ravenna foi mais rápida e atingiu um golpe no seu capacete. E depois outro e outro. Desorientada, a irlandesa se tornou uma presa fácil para mais um golpe que a jogou na direção da entrada da loja. Seu corpo destruiu a porta de madeira e girou pelo meio da rua. Amber rolou pelo asfalto até bater em um poste. Uma moto tombou estacionada ao seu lado. Ravenna correu em velocidade acelerada para cima de Amber. Quando estava prestes a alcançá-la, a irlandesa zuniu a moto como se fosse um bastão, fazendo-a se partir em duas ao se chocar contra o demônio-bruxa.

O bairro que se tornara o novo cenário de batalha estava deserto e iluminado por centenas de luzes e painéis de neon. Os carros tinham sido abandonados pelo caminho ainda com portas abertas e o motor ligado. Fios elétricos balançavam e faiscavam. Canos estourados de água e esgoto alagavam boa parte das ruas.

As correntes de Ravenna arrancaram um poste do lugar e o jogaram contra a irlandesa, prensando o corpo metalizado em um caminhão largado em diagonal no meio da rua. Amber a golpeou de volta, se soltando do poste e das correntes que avançavam mais uma vez. Desta vez, foi mais ágil e agarrou os aros de metal com força suficiente para girar o corpo de Ravenna três vezes no ar e arremessá-la para cima.

O demônio-bruxa bateu contra a estátua de um caranguejo gigante, no alto de um restaurante especializado em frutos do mar, invadindo o andar superior do estabelecimento. Amber esperou que ela retornasse pelo telhado, mas Ravenna surgiu, em um borrão, do andar inferior, destruindo a vidraça da entrada principal e carregando a irlandesa para o chão.

— Você é ousada, até mesmo para tudo o que imaginei... — rosnou Ravenna.

A mudança era nítida. Ainda que Amber soubesse da real natureza daquela entidade, Ravenna sempre exibia uma aparência *humana*. Naquele momento, entretanto, o lado besta, até então oculto, emergiu, e o resultado enojava. Os olhos esbugalhados revelavam a natureza reptiliana, com pálpebras soldadas e pupilas em fendas na vertical. A pele machucada, coberta de feridas, cortes e hematomas, parecia *rachada*, como se tivesse desenvolvido camadas. Uma língua bífida passou a se agitar por dentro da bocarra aberta, cuspindo veneno que se dissolvia ao bater no metal-vivo.

— Você se acha capaz de me vencer? — esnobou Ravenna, por cima de Amber, no meio da rua deserta e iluminada, tomada por carros sem dono. — Pois se orgulhe de ter sido a que chegou mais perto!

Amber agarrou os braços cada vez mais escamosos de Ravenna e afastou-os de si, dando início a uma prova de força. Sentiu a nuca começar a coçar e uma corrente elétrica correr pela espinha. Pedaços de informações acumulados pela troca de sangue do segundo bracelete cristalizado foram *desbloqueados* e transmitidos diretamente na terminação nervosa que era comandada pelo simbionte. De repente, Amber adquiriu memórias, sentimentos e conhecimentos que não pertenciam a ela. Emoções fragmentadas de outra pessoa, que de uma hora para a outra se tornaram suas, como uma herança.

Resquícios de memórias, sentimentos e conhecimento de Derek Duke.

— Você se tornou forte o suficiente para enfrentar minha versão menor, mas não o bastante para enfrentar minha versão mais poderosa nesta dimensão — ameaçou Ravenna, ainda cuspindo veneno. — O tempo e os sacrifícios naquele ninho de crias *também* me ajudaram a evoluir! E você não faz ideia de até onde um demônio como eu pode chegar!

— Na verdade, eu faço — disse Amber, usando, pela primeira vez, um idioma que nunca havia aprendido.

Ravenna travou, totalmente sem reação diante da mudança de Amber. A dragonesa Fênix deu um rasante, afundando o teto de um carro, e aterrissou para testemunhar a cena.

— E eu matarei todas as suas versões, seja nesta ou em qualquer outra dimensão! — continuou a irlandesa.

Ravenna foi arremessada para longe. Seu corpo girou e sua cabeça abriu um buraco no chão.

— Eu vou matar você como matei sua Vespa Mandarina! — esbravejou a metalizada vermelha, se aproximando.

As correntes tentaram se mexer, mas Amber agarrou uma delas com as duas mãos, enquanto pisava no demônio-bruxa. Então, em um único movimento feroz, arrancou-a. Ravenna gritou de dor, como se alguém tivesse lhe arrancado um braço.

— Eu vou matar você como matei legiões das suas crias demoníacas!

A outra corrente se agitou, descontrolada. Amber *também* a agarrou com ambas as mãos.

E *também* a arrancou.

— Eu vou matar você, como você enviou aquela coisa para matar Conor!

Fumaça começou a sair das ventas da dragonesa Fênix, que acompanhava a cena, como se ela sentisse irritação pela lembrança.

Os bastões de osso de dragão foram materializados e incinerados, e então Amber usou-os para golpear Ravenna não como ataques em uma luta; era mais um ato de punição. Desta vez, o tecido do espartilho de Ravenna começou a se esfacelar em meio aos rastros incessantes de fogo. A nudez imposta revelava a cada golpe um pouco mais do corpo reptiliano, tomado por escamas. Ravenna começou a gritar, tanto de dor quanto de ódio.

Tomada pela adrenalina diante da cena, Fênix pulou, soltando o próprio guincho, e pairou sobre as duas com os olhos em brasa.

— Eu vou matar você, como você matou Derek!

Amber saltou para trás e fez um sinal para o alto.

A dragonesa rosa-escuro despejou sua lufada de dragão.

As lutas se misturaram. O nome daquele bairro era Nipponbashi, mas, por uma ironia monstruosa do destino, era conhecido como o "Akihabara de Osaka". Assim como o bairro de Tóquio onde acontecera a batalha final contra o Vespa Mandarina, a região era um paraíso de eletrônicos e da cultura otaku.

O caos se espalhava em pontos opostos da Avenida Sakaisuji. De um lado, Daniel lidava com o Colossus sem face. Do outro, Ashanti enfrentava o gigante de pedra que lembrava um símio. Os dragões suportavam a luta ao lado dos mestres, mas, ainda assim, aquela não era uma batalha fácil.

Após destroçar uma parte do pescoço do Colossus em um golpe rasante, o dragão Fera foi agarrado pela cauda, girado e arremessado. Seu corpo bateu no solo após destruir um ônibus, depois foi erguido novamente, chocando-se contra uma passarela e, então, lançado para dentro de uma ampla loja de revistas. O dragão finalmente bateu em uma parede, mas não antes de derrubar prateleiras de mangás e revistas semanais sobre televisão, cinema e celebridades.

Uma parte do teto ruiu em cima do corpo caído, erguendo ainda mais fumaça de poeira e destroços. Desconectado do Fera e ainda no chão da loja, Daniel ouviu quando um avião e um helicóptero se aproximaram do cenário de batalha.

— Aqui seria um bom lugar pra desmaiar e desistir da luta, se tivesse essa opção – disse ele, deitado em um emaranhado de tijolos, gesso e madeira, revistas em quadrinhos em preto e branco, uniformes de cosplay e papelão na forma de personagens de animes.

Os passos fizeram o chão tremer. Curiosamente o Colossus parecia caminhar devagar, tranquilo, como se já tivesse consciência da derrota do inimigo.

A conexão de sangue havia transmitido a Daniel o cansaço da montaria, acumulado pelo estresse e pelos ferimentos múltiplos. O capacete foi desmaterializado, revelando uma face inchada, e ele buscou ar fresco.

– Sabe... tem algo que eu preciso revelar a você...

O dragão azul respirava pesado, mas se manteve quieto, à espera, em uma posição quase rendida, como um cachorro surrado.

– Antes dessa batalha, Amber comentou que seríamos como os kamikazes japoneses, e que nem todos nós sobreviveríamos.

Assim como o som do avião e do helicóptero, os passos do gigante de pedra se tornavam mais barulhentos a cada instante.

– Insisti que talvez *um* de nós sobrevivesse – sussurrou Daniel. – Insisti, sabe? Mas... sinceramente... acho que nem eu nem você veremos o fim desta luta. Acho que cabe a *nós* o sacrifício final.

Fera expirou forte pelas ventas, como se resmungasse em resposta ao que Daniel dizia. A respiração da criatura estava acelerada, buscando o máximo de recuperação no pouco intervalo que ainda tinha.

– Eu sei, é difícil assumir isso, mas... – A voz ficou embargada na garganta. – Como nós poderíamos deixar que algo acontecesse a *qualquer* uma delas? Que tipo de... *heróis* nós seríamos?

Os passos cessaram. Ele pôde ver os pés do Colossus imóveis na frente da loja, aguardando para terminar a luta.

– Então... – continuou Daniel. – Desculpe por você ter tido o destino de ser o meu... e sei como você deve estar sem forças, mas... se nós vamos morrer hoje... vamos ao menos levar aquele Colossus conosco. O que me diz?

O dragão azul rosnou, mostrando a fileira de dentes. Daniel entendeu aquilo como uma confirmação.

– Ok. Vamos terminar logo com isso. E, bem... nós estamos no lucro. Já voltamos da morte em uma oportunidade.

O capacete novamente foi materializado.

– E é como dizem por aí...

Fera resgatou as últimas energias para voltar ao ataque.

– ... *Só se vive duas vezes.*

O barulho ensurdecedor do disparo de um canhão automático M61 Vulcan dominou o cenário, provocando em Daniel uma surdez temporária. Uma cadência ininterrupta de balas de 20mm tomou conta do lugar, e o corpo do gigante de pedra foi destroçado. Suas partes foram arremessadas para todos os lados. Dentro da loja, sem saber como reagir ao ataque aéreo, Daniel escutava os zunidos de balas perdidas estourando no chão, nas paredes e nas escamas do dragão azulado. Como se não bastasse, logo em seguida, houve um abalo no solo. Daniel, então, descobriu o real motivo da espera do gigante de pedra, do lado de fora da loja destruída.

O Colossus não estava esperando por ele.

Estava surpreso com o que havia chegado com as aeronaves.

O som que Daniel ouviu pertencia na verdade a um caça F-16 e a dois helicópteros militares. O primeiro fora responsável pelo ataque aéreo e pela distração do inimigo agigantado. Os outros dois, pelo transporte da máquina de guerra de dezenove metros, reforço solicitado pelo próprio Daniel.

As aeronaves de transporte liberaram a entrega a 500 metros de distância do alvo de combate, enquanto o jato continuava distraindo o gigante de pedra. O corpo robótico caiu, afundando e abrindo mais buracos e rachaduras no solo já arruinado. Em seguida, o caça e os helicópteros se afastaram em direções opostas. Recompondo-se do pouso, o robô gigante Tsuyoi começou a se dirigir em direção ao Colossus e ao que seria mais um momento histórico de guerra.

Pela primeira vez, um gigante de metal enfrentaria um gigante de pedra.

36

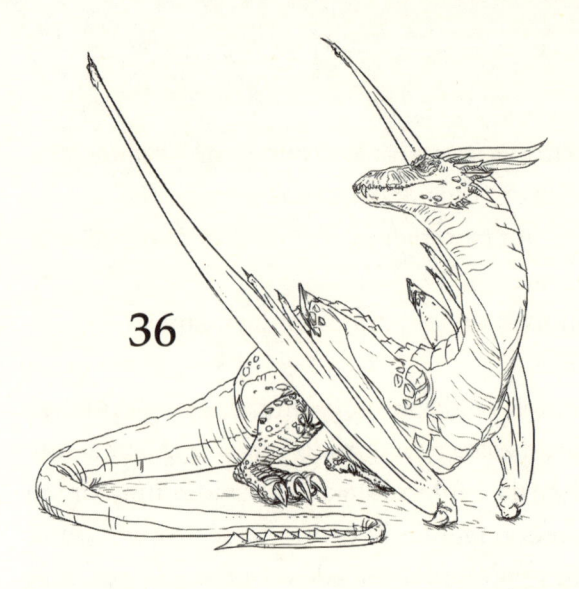

OSAKA, JAPÃO

O PORTAL AINDA ESTAVA ABERTO. Em Kamagasaki, o globo luminoso que surgira no antigo ninho de crias demoníacas de Ravenna mantinha acessível o caminho entre duas dimensões.

O cenário ao redor era de buracos e destroços no asfalto, laterais de prédios quebradas, fachadas derrubadas, carros virados, vidro partido, gasolina esparramada, fogo se alastrando. Quase não se via viva alma ainda por ali. Os poucos que restavam eram repórteres de canais de televisão ou blogueiros e freelancers gravando vídeos amadores com telefones celulares. Eles tentavam narrar os acontecimentos que não compreendiam, e as imagens tremiam a qualquer sinal de uma possível movimentação de monstros ou dragões.

De repente, um vlogueiro japonês caiu sentado para trás em plena gravação quando a mão agigantada de um Colossus tentou passar pelo portal. Houve gritos das poucas testemunhas corajosas o suficiente para ainda estar naqueles arredores. Contudo, fosse lá o que quer que estivesse resistindo *também* do outro lado, algo puxou o gigante de volta. Alívio. Logo em seguida, uma parte de um Construto, pilotado por uma criança cinzenta, surgiu tão rápido quanto desapareceu, retornando ao combate que acontecia do lado de lá. Então, outro assombro e as imagens captaram uma criatura voadora de dez metros surgir e atravessar de vez o caminho dimensional na direção da rua devastada.

Ela parou no ar agitando as asas, como se contemplasse o retorno àquela realidade.

– Quer dizer que eu não posso deixar as crianças sozinhas que elas aprontam essa bagunça, né? – resmungou o homem que montava o dragão.

A criatura de escamas matizadas em verde tinha ferimentos, sangue e sujeira espalhados pelo corpo. O mesmo visual do metalizado verde que o comandava.

– Não se preocupem, os verdadeiros heróis voltaram... – garantiu a voz nasalada de Romain Perrin. – E eles estão completamente putos da vida!

Ao seu lado, preso ao dragão verde, estava Strider.

37

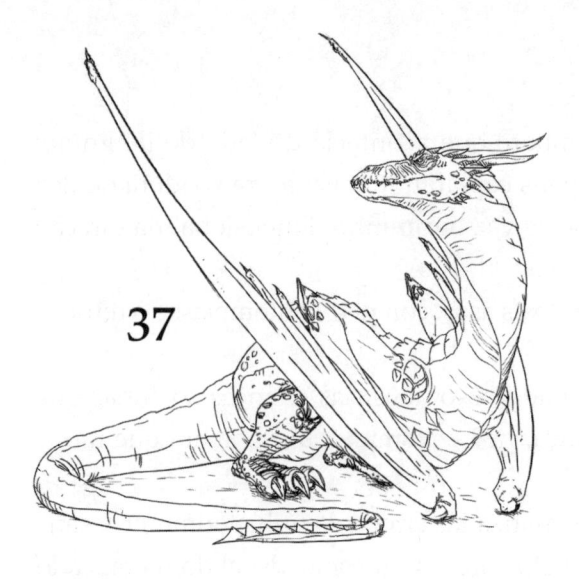

OSAKA, JAPÃO

Ashanti enfrentava problemas. O dragão Zahabu continuava lutando contra o Colossus, que parecia um símio saltando por varandas, escalando janelas e sacadas; e a ruandesa se tornara uma espectadora. Corria e tentava comunicação com sua criatura, mas era ignorada.

O som explosivo de uma bomba de alta potência chamou sua atenção para um ponto distante, e em seguida veio uma onda de choque de quase dois quilômetros, capaz de simular o apocalipse. Após se recuperar do impacto, Ashanti apanhou uma Kawasaki virada no meio da rua e saiu pilotando-a em meio aos destroços.

– Alguém na escuta? – perguntou a voz de Daniel no sistema interno. – Alguém na...

– Espero que você não precise de reforços – disse Ashanti, ainda pilotando a moto pelas ruas arruinadas. – Você não apareceu em um bom momento!

– Na verdade, meu reforço já chegou...

– O que você quer dizer com isso?

– Kusaka ouviu meu pedido e eles acabaram de trazer Tsuyoi aqui!

– Eles trouxeram aquela coisa até Osaka? – gritou Ashanti, fazendo uma curva fechada que quase a fez tocar o joelho no chão.

– E estão colocando à prova contra aquela coisa lá fora!

– E por que *você* não está lá com ele?

– Estou deixando Fera se recuperar por um momento – admitiu Daniel. – Por mais forte que sejam os dragões, é difícil derrubar um desses gigantes de pedra sozinho...

– Não precisa me dizer – concordou Ashanti.

– Não acredito que vocês estão reclamando disso... – A voz de Amber surgiu na comunicação. – Eu e Fênix chutamos a bunda de um demônio-bruxa!

– Do que você está falando? – gritou Ashanti, surpresa. – Você *matou* aquela coisa?

– Eu... não sei.

Houve um curto momento de silêncio, mas incômodo e constrangedor o suficiente.

– Amber, o que isso quer dizer? – insistiu Daniel.

– Quebrei aquela desgraçada na porrada, enquanto ela virava uma espécie de monstro-lagarto! Fênix queimou o que restou dela, mas a miserável saiu voando, gritando e pegando fogo! E então surgiu a porcaria de um avião que atirou rajadas e disparou uma bola de fogo, e ela se jogou na Baía de Osaka!

– Aquilo era um caça militar! Ele escoltou a vinda de Tsuyoi!

– Ou seja: *você* o trouxe aqui! – concluiu Amber.

– Ei, eu só pedi um robô gigante!

– Espera... Foi *isso* que provocou aquela explosão ainda há pouco? – perguntou Ashanti. – Parecia uma bomba atômica!

– Foi *exatamente* o que aconteceu! Aquela coisa arremessou *uma bomba* no mar onde Ravenna se jogou! Se eu não estivesse voando...

– Você acha que eles jogaram uma *bomba de hidrogênio* naquilo? – perguntou a ruandesa.

– Não, uma bomba dessas teria derrubado toda a área! – acrescentou Daniel. – Mas aquilo pode ter sido... uma *bomba de nêutrons*!

– E qual seria a porra da diferença? – perguntou Amber, irritada.

– Uma bomba de nêutron tem alcance mais reduzido, e só tem ação contra organismos vivos – disse Ashanti, como um lamento.

– Resumindo: elas atingem uma área menor e matam as células! – acrescentou Daniel.

– Amber, você *precisa* achar o corpo daquela coisa! – disse Ashanti.

– E o que diabos vocês acham que estou fazendo agora?

– É sério – acrescentou Ashanti. – Uma bomba dessa pode produzir dez vezes mais radiação! E nós não sabemos que tipo de... *mutação* isso poderia provocar em uma criatura como Ravenna!

– Eu concordo! – acrescentou Daniel. – Essas coisas sempre *voltam*! E voltam piores! Além disso, não retirem as armaduras de jeito nenhum! Amber, você deve estar voando sob nuvens radioativas!

– Vocês acham que eu não sei disso, seus malucos? Preocupem-se com os seus problemas agora, enquanto eu me preocupo com o meu! E torçam para que nenhum desses problemas se encontrem!

A comunicação foi desligada.

A bomba arremessada na Baía havia gerado um pulso eletromagnético, inutilizando equipamentos eletrônicos de toda a área ao redor. Ao contrário de uma bomba de PEM, contudo, a bomba de nêutrons em questão concentrava o dano em radiação, e a onda eletromagnética não havia chegado até a Avenida Sakaisuji, onde teria danificado até mesmo Tsuyoi.

Assim, Ashanti continuou a avançar com a motocicleta, à espera de um momento em que pudesse se juntar à luta de Zahabu. Sua melhor oportunidade surgiu, porém, quando os corpos agigantados invadiram uma área de construção civil em Nipponbashi, na outra ponta do boulevard onde também estavam Daniel e o recém-chegado Tsuyoi.

O dragão dourado acertou um golpe no momento em que o Colossus saltava, atingindo-o no peito e jogando-o em direção aos andaimes fachadeiros, rodapés e sistemas de guarda-corpo. Sem equilíbrio, o corpo de pedra caiu em cima de uma escavadeira, entortando o braço mecânico frontal com a pá de escavação. Zahabu desceu em uma diagonal na direção do inimigo derrubado. O Colossus arrancou o que restou do braço mecânico de escavar e usou-o como arma, chocando-o contra a face do dragão que voava em um mergulho. Foi a vez de o dragão chocar-se com uma das máquinas, quebrando um empilhador.

Ashanti freou a moto perto da nova área de combate. O Colossus-símio estava montado sobre Zahabu, castigando-o com seus braços desproporcionais. Ashanti conseguia ver e sentir a gravidade da situação.

O Colossus estava matando o dragão dourado.

A Kawasaki avançou na direção dos dois, passando por compressores fixos, bombas de baixa pressão, perfuradores, britadeiras, scrapers, baldes, furadeiras e outros equipamentos abandonados. De repente, Ashanti se pôs em pé no banco, deixando a moto seguir sem controle. Quando chegou perto o suficiente, ela saltou nas costas do monstro rochoso descomunal, deixando a Kawasaki para trás. Aproveitando as brechas da pele de pedra, a ruandesa escalou em meio a saltos e respirações afoitas. A movimentação descontrolada tirou o seu equilíbrio e ela desejou ficar *mais leve*. O simbionte imediatamente respondeu o pedido e Ashanti ouviu pequenos estalos na própria armadura. A subida desenfreada continuou, mas, de repente, ela se sentiu com dez quilos a menos. Mais esforço, mais escalada, mais leveza. Ashanti encontrou uma abertura na pele rochosa, para terminações nervosas. As tonfas tecnológicas foram materializadas. Eletrificadas. E então arremessadas.

O Colossus tremeu e emitiu um urro que se espalhou por Nipponbashi.

O ser titânico enfiou os pequenos dedos no lugar atingido nas costas, arrancando as tonfas que eletrocutavam o sistema biológico. Em seguida, iniciou uma caçada por Ashanti, buscando esmagá-la. Tal qual um inseto, a ruandesa escorregou pelas costas de pedra, saltou e se esquivou de um ponto a outro, escapando. Zahabu permanecia no chão, derrotado, juntando forças para reagir. O braço do Colossus encontrou Ashanti e se fechou sobre ela. Ele conferiu a presa em sua mão como um homem faria com uma abelha que lhe picasse. Em meio aos batimentos cardíacos acelerados, a vontade desta vez foi oposta e Ashanti desejou ser mais *pesada*. Tomado pelo senso de emergência, o simbionte agiu na formação molecular da bioarmadura. O braço do Colossus se ergueu, prestes a jogá-la no chão. O metal-vivo estalou, suportando a mudança brusca de peso e formação. Ashanti esperou pelo movimento que poderia quebrar seus ossos com o impacto no chão, mas, em vez disso, o braço do Colossus começou a se inclinar *para trás*. Ashanti não se sentiu apenas mais pesada; sentiu uma alteração da matéria que lhe conectava de maneira mais intensa ao campo gravitacional. Os dois dedos colossais pareciam fracos demais para suportar o peso absurdo que aquela armadura havia atingido, sugada na direção do centro da Terra. Tomado pelo desespero, em vez de admitir derrota e soltá-la, o Colossus reagiu irracionalmente e começou a brigar com todo aquele processo de alteração físico e molecular. E então seu braço começou *a doer*.

O metal-vivo que revestia Ashanti atingiu um poder de atração gravitacional tão intenso que os dedos do gigante bateram no chão, quebrando o piso que estava sendo preparado pelos operários. O Colossus ainda insistia, tentando inutilmente erguer Ashanti, mais parecendo um cavaleiro comum tentando tirar a Excalibur da pedra. Irritado com o fracasso, ele socou a própria mão com o intuito de esmagar a ruandesa. Para sua surpresa, o resultado foi o mesmo de um ser humano socar um poste, e um pedaço do punho de pedra se destroçou.

Dentro de armadura, Ashanti, contudo, sentiu o impacto do golpe, engasgando em sangue.

— Se alguém estiver me ouvindo por aí... — disse no canal de comunicação, com extrema dificuldade. — Eu *realmente* preciso de ajuda...

Ainda que o ato se tornasse a representação da estupidez, o gigante de pedra socou Ashanti *outra vez*. O punho de pedra se quebrou em mais pedaços, enlouquecendo o ser desmesurado.

Sem qualquer resquício mínimo de sanidade, ele armou um soco pela *terceira vez*.

— Está aí uma coisa que nunca pensei ver: você se tornar o martelo do Thor! — disse sem aviso uma voz nasalada no sistema de comunicação. — Meu Deus, acabei de fazer uma referência nerd! Olha as porcarias que Daniel anda fazendo comigo!

Ashanti *nunca* acreditou que um dia se sentiria aliviada de escutar aquela voz estridente.

— Você veio resmungar ou ajudar a derrubar essa coisa? — perguntou.

— A minha função sempre foi a de resmungar comentários irônicos e inteligentes — avaliou Romain. — Mas eu trouxe um cara que gosta de derrubar coisas como essa daí...

Strider foi desconectado do dragão e saltou na direção do Colossus, materializando o martelo de metálider. O que se seguiu foi brutal. A ponta da arma desceu sobre o braço preso pelo peso irremovível da armadura de Ashanti, e o som do estrago foi o mesmo de uma árvore sendo partida. O golpe bateu contra a pele de pedra, espalhando uma onda de energia que ampliou a pressão do dano *por dentro* do Colossus, afundando e quebrando seu braço. Pedaços de rocha se espalharam pelo ar como uma chuva de granizo e o Colossus se afastou em agonia e assustado. Ao observar o próprio braço, viu que a parte que seria seu grosso antebraço não mais existia.

— Uau! — disse Romain diante da cena. — *Esse* é o meu garoto...

Ele havia conduzido o dragão esverdeado para onde estava Zahabu. O dragão dourado tentava se recompor, ainda um pouco tonto do esforço excessivo.

— Certo, vamos ver se eu consigo fazer essa doideira também...

Romain se colocou entre os dois dragões e se concentrou. Desejou controlar a própria armadura, imaginou uma conexão dupla, apertou os olhos e começou a tremer, forçando o pensamento. Nada.

Suspirou, frustrado.

— Droga, estou parecendo só um idiota com prisão de ventre!

Ele tocou nas escamas do dragão dourado.

— Ei, eu e meu chapa Espinafre aqui queremos ajudar! Não sei direito como fazer essa coisa funcionar, mas...

O dragão esverdeado expirou ar quente pelas ventas, como se dissesse que *entendia* o que ele queria e estava preparado.

— Ei, dá pra você entender que eu não sei o...

O dragão Espinafre expirou ar quente novamente, desta vez em cima de Romain. Sua forma de dizer: *concentre-se*.

— Esse é Romain Perrin, tomando esculacho de seu próprio dragão!

Ao fundo, Strider continuava sua luta, em parceria com Ashanti. Mesmo de onde estavam era possível ouvir ecos de outra luta distante, oriunda do combate de Daniel e Tsuyoi. Romain tentou isolar a mente de ambos os sons. Como fazia no único momento em que levava as coisas realmente a sério.

Como fazia nos minutos antes de entrar em cena em um set de filmagem.

Sua expressão mudava, ele perdia o sorriso, mudava a respiração, apertava os olhos. Então, o sentimento começava a girar na parte inferior do estômago, enquanto ele se lembrava de tudo o que estava em jogo. O sentimento se espalhava pelo sangue, precisando se expandir. Precisando *transbordar*. Humanos e dragões se mesclavam telepaticamente até formarem uma única imagem.

Até se tornarem unificados.

Quatro projeções afiadas partiram das costas da bioarmadura, duas para cada lado. Duas se cravaram no espaço entre as escamas do dragão esmeralda. As outras, no dragão dourado. Então, a conexão se fez, energizando as três partes como uma grande bateria celular.

Espalhando humanidade pelo sangue das bestas.

E animalidade pelo sangue humano.

Quando a conexão foi desfeita, o visor de Romain brilhava com intensidade e seu corpo tremia, sobrecarregado de adrenalina. Ao lado dele, bufando, havia dois dragões preparados para matar o que restara de um Colossus condenado.

O ROBÔ DIVIDIU O MAXILAR DO GIGANTE. Propulsores foram acionados e o corpo robótico foi lançado para a frente, deslizando feito a lança de um cavaleiro em uma justa. O impacto deformou a parte inferior direita do rosto quadrangular liso, como se algo houvesse se soltado e se mantivesse pendurado embaixo da pele. Colossus revidou.

Pela tela, Kusaka viu o punho de pedra se aproximar e o impacto fez tremer sua estrutura. O cinto de segurança reforçado o impediu de voar até o teto, mas os sistemas identificaram a avaria no maquinário. Um segundo golpe com potência de toneladas bateu ao lado da cabeça do robô, desequilibrando sua estrutura.

– Acionar gráviton! – gritou Kusaka.

Mais uma vez, o sistema baseado em eletromagnetismo e força nuclear foi acionado, e o poder de atração entre a base e o solo se firmou, soldando os pés do robô no chão e impedindo que ele tombasse. O corpo de metal parou em uma inclinação de 45 graus.

O Colossus se preparou para avançar de novo, quando o dragão azul investiu na sua direção, estalando o rabo em seu peito. O ser rochoso tentou agarrar o dragão, que se esquivou e acertou-o novamente, se afastando de mais um golpe.

Aproveitando a deixa, Kusaka gritou o comando para o painel eletrônico:

– Liberar gatilho duplo!

Da palma da mão direita de Tsuyoi surgiu um cano de disparo, como na vez em que os dragões o enfrentaram. A diferença desta vez, porém, foi que a palma esquerda *também* se abriu.

Ao perceber as intenções de Kusaka, Daniel ordenou que Fera se afastasse.

Quando a atenção do Colossus se voltou para o robô, uma das palmas já estava apontada na sua direção e o fuzilamento se iniciou. Balas de calibre 22 foram disparadas em rajadas das mãos agigantadas, que se revezavam, movimentando-se para a frente, lembrando lutadores de sumô. O gigante de pedra tremia incessantemente e pedaços do seu corpo caíam pelo caminho. Em determinado momento, Tsuyoi apontou para o ponto inchado na parte inferior da face inimiga e disparou. Rombos foram se abrindo, até que o gigante não resistiu e metade do seu rosto foi *destroçada*, restando apenas um gigante de pedra praticamente pela metade.

Tsuyoi interrompeu o ataque. Por mais que o Colossus não expressasse emoções, sua movimentação transparecia o frenesi que o dominara. Para surpresa tanto de Kusaka quanto de Daniel, que testemunhava a cena, o gigante de pedra arqueou e abraçou o corpo robótico na altura da cintura, forçando as pernas, e em seguida ergueu a máquina. A força necessária era incalculável e o ato teria sido taxado como impossível se confrontado em salas fechadas do meio acadêmico, mas o que mais se via naquela noite eram exemplos do extraordinário.

O Colossus correu com Tsuyoi sobre seus ombros, saltou e estatelou o robô gigante no chão, abrindo um rombo tão abissal no asfalto que ambos foram parar nos túneis de metrô da Sakaisuji Line.

Em meio aos trilhos, os corpos agigantados foram soterrados pelos destroços de concreto e abraçados pela nuvem de poeira.

Daniel pairou sobre a destruição com o dragão Fera, tentando encontrar a melhor maneira de entrar na luta. Além da falta de visibilidade, não havia espaço para dois agigantados naquelas linhas subterrâneas, menos ainda para três. Ele continuou ouvindo as movimentações da batalha, que faziam o solo tremer, quebrando ainda mais asfalto, enquanto plataformas e linhas de ferro eram demolidas.

Daniel tentou voltar a entrar na frequência de comunicação com Tsuyoi.

– Kusaka?! – gritou. – Você consegue me ouvir? Kusaka?

As respostas continuavam sendo apenas golpes, tremores e explosões vindas do subterrâneo. Mas ao menos essa era uma trilha fácil de ser seguida.

Um rastro que se juntava a outros sons de batalhas entre Colossus e dragões.

O dragão azul seguiu em um voo pendular e avistou Strider destruindo pedaços do Colossus-símio centenas de metros à frente, reforçado por *dois* dragões.

– Aquele é... *Romain?*

Seus olhos se arregalaram e, por um momento, ele se esqueceu do combate que se seguia no subsolo. A distração lhe custou caro. O chão foi quebrado em diagonal quando propulsores projetaram Tsuyoi para cima, agarrado ao corpo colossal. Com seu mestre desconcentrado, o dragão azulado de repente se tornou um obstáculo no caminho do robô em ascensão, e máquina, gigante e dragão se chocaram, estatelando-se uns sobre os outros no solo.

À frente, no outro combate, um ataque duplo unindo lava e ácido cuspidos por dragões cegou por completo o Colossus-símio. Desorientado, o gigante, já parcialmente destruído, teve a perna destroçada pelo martelo de metálider, e tombou. Sem esperar, o patrulheiro dimensional correu para cima do inimigo. Entendendo o que Strider pretendia fazer, os dragões voaram na sua direção.

Enquanto corria, Strider jogou o martelo de guerra para o alto. O dragão dourado agarrou a arma no ar com uma das garras, e, ao mesmo tempo, o dragão verde cravou as garras nos ombros metálicos do patrulheiro, tirando-o do chão.

Assim que atingiu altura suficiente, o dragão esmeralda arremessou o patrulheiro dimensional para a frente em um voo livre. No ar, Strider arqueou o corpo, apanhando o martelo de metálider do dragão dourado e, então, desceu em uma linha reta tão poderosa que o choque da arma na cabeça do Colossus se expandiu por toda a rua, como resquício de um tufão. A onda de pressão pulsou por dentro do inimigo atingido. E a cabeça do Colossus-símio *explodiu*.

– *Putain!* – gritou Romain para Strider. – Espero que eles filmem isso um dia! Eu poderia até interpretar você, se já não estivesse fazendo a mim mesmo!

A luta, no entanto, ainda não havia acabado. Daniel, o robô Tsuyoi e o dragão Fera estavam se embrenhando com o último Colossus sobrevivente naquela dimensão.

Uma luta que estava prestes a terminar.

– Ei, se a gente matasse aquele ali também, poderíamos aproveitar e comemorar de graça em alguma casa de sushi por aqui. Alguma que não estivesse destruída! Provavelmente ninguém se importaria...

Uma luz, contudo, começou a surgir no horizonte, atrás de onde Daniel, Fera e Tsuyoi batalhavam. A princípio, parecia uma estrela cadente, até que foi possível notar o corpo humanoide que *se agitava* desesperado no ar.

– Aquilo é... Amber? – perguntou Ashanti.

O corpo metalizado da irlandesa desabou no último andar de um prédio, quebrando paredes. As asas de metal nas costas da armadura se agitaram para suavizar a queda, mas, ainda assim, Amber se chocou com força contra o solo e foi soterrada pelos destroços.

Ashanti voou na direção do prédio, se desconectando do dragão e saltando ao lado de Amber. A ruandesa arrancou os pedaços de rocha de cima da metalizada vermelha, enquanto Strider e Romain se aproximavam. Nenhum dos dois escondeu a expressão de surpresa ao ver a armadura modificada, tomada pela cor de sangue.

Romain desmaterializou o capacete.

– *Mon Dieu!* Onde ela conseguiu uma armadura dessas? – questionou. – Eu também quero baixar a atualização!

Amber abriu os olhos, desafiando a dor.

– Ela... ela assumiu sua *verdadeira forma*... – gaguejou. – A verdadeira forma infernal...

Os três ao redor se entreolharam, incrédulos.

– Isso não parece bom... – sussurrou Romain. – Você por algum acaso não estaria falando da...

Uma sombra ocupou o cenário, imensa, do tamanho de dois Colossus. Um pedaço de negrura de quarenta metros, desenhando uma figura horrenda que orgulharia Cthulhu. Então, a real figura surgiu no cenário, dando forma ao horror. O corpo era esguio, a pele, seca, impermeável e coberta de queratina, exibindo uma aparência reptiliana. Alguns trechos pareciam escamas de cobras, outros, placas de crocodilos. A face era alongada, como se alguém tivesse esticado a cara de um sapo, gerando um papo igualmente marcado por escamas. As pontas dos dedos tinham formas de agulhas, de tamanho proporcional à anatomia agigantada. A coluna espinhada terminava em um rabo ágil, lembrando o maior chicote do mundo. Em resumo: um grande réptil humanoide com quase quarenta metros de altura.

A verdadeira forma de Ravenna, o demônio-bruxa, agigantada pela absorção de raios-X, raios gama e nêutrons de alta energia, liberados pela mesma bomba termonuclear que deveria tê-la matado.

– Avise aos seus amigos militares que é por *coisas assim* que eles devem ficar de fora das nossas batalhas... – disse Ashanti para Daniel.

Inconscientes da chegada do maior inimigo, Tsuyoi e Colossus continuavam a lutar. Com o dobro do tamanho do robô gigante, Ravenna avançou e chutou a máquina de guerra como se fosse um brinquedo. O robô zuniu na direção de uma loteria, levando postes e carros pelo caminho.

Os metalizados ainda estavam sem reação quando o patrulheiro dimensional avançou na direção do monstro capaz de esmagá-lo com um só movimento.

– Aquele é... Strider? – perguntou Amber, ainda tonta.

Ao fundo, Daniel atacava o último Colossus junto com o dragão Fera. Os golpes do gigante pareciam ainda mais lentos, resultado das lesões múltiplas recebidas até então.

– Vou ajudar Daniel! – avisou Romain. – Sabem como é! Aquele japa não sobrevive sem mim! Além disso, vocês duas têm mais contas a acertar com essa lagartixa do que eu!

Amber e Ashanti mal tiveram tempo de ficar perplexas. O som do martelo de Strider, espalhando ondas de energia e derrubando mais da arquitetura urbana, continuava.

– Droga! Aquele suicida não está na nossa frequência de comunicação! – resmungou Amber. – Ele vai acabar se matando! E nós precisamos dele para saber de Derek!

– E de Mihos! – acrescentou Ashanti.

– É, dele também... – A irlandesa suspirou.

A dragonesa Fênix aterrissou de maneira bruta na frente de Amber. Eram notáveis os seus machucados, tanto quanto sua vontade de retornar à luta.

– Você vem comigo? – perguntou Amber, enfim se levantando.

Ashanti chamou o dragão Zahabu.

– O que você acha? – perguntou.

Assim, elas partiram juntas para a batalha final.

Além de uma batalha, foi também um reencontro. O dragão esverdeado voou em zigue-zague e com a cabeça acertou o peito do Colossus, atirando-o ao chão. Então, os dois dragões ficaram frente à frente em pleno voo.

– Admita, você sentiu minha falta! – disse Romain na comunicação interna.

– Só um pouco – respondeu Daniel. – Você não faz tanta falta assim!

– Deixe de ser prepotente! Aposto que a sua vida estava extremamente tediosa, lidando sozinho com as duas *Angry Birds*!

– Nós também estamos no canal de comunicação, grilo falante! – resmungou Ashanti.

– Ah, eu nunca vou me acostumar com isso!

Tsuyoi se aproximava, enquanto os dois dragões faziam a escolta. Enquanto isso, o Colossus caído foi se levantando, agarrando-se na borda de prédios, derrubando janelas e fachadas.

– Aquele Colossus está bêbado? – perguntou Romain.

– Dê um desconto! Ele já apanhou um bocado hoje.

– Olha quem fala...

– Ei...

Tsuyoi se postou no meio deles, desenhando o trio fantástico formado por dois dragões e um robô gigante.

– Quem está pilotando essa coisa? O seu amigo japa?

– Quem mais?

– Nossa, a mulher dele deve estar se enchendo de pão em casa!

– Romain...

O Colossus fez o chão da rua tremer ao se posicionar de volta na luta, de frente para os dois.

– Como é o nome que você deu para o dragão? – perguntou o francês.

– Fera... – respondeu Daniel.

– Ah, porque ele é uma fera! E ele é azul!

– ISSO!

Em pleno ar, os dois metalizados aproximaram seus dragões e bateram as palmas em *high five*.

– Fera e Espinafre... – refletiu Romain. – Isso daria um excelente nome de desenho animado!

Daniel se surpreendeu.

– Pior que isso eu não posso negar.

– O que acha de um combo final? – perguntou Romain. – Essa coisa não deve resistir a algo do tipo.

– Ácido e gelo?

– Assim eu me sinto em uma festa hollywoodiana!

Os dois dragões partiram na direção do inimigo, seguidos pela máquina de metal. As criaturas se cruzaram no ar, confundindo o Colossus. O gigante de pedra rodopiou um carro e jogou-o na direção do dragão esverdeado, que se esquivou mudando o ângulo de voo de maneira brusca.

– Claro! Tem três desgraçados aqui e *em quem* ele resolve jogar o carro? – reclamou Romain. – Taca gelo nesse desgraçado!

– Não! – disse Daniel. – Se você jogar o ácido depois, o calor vai ser absorvido gradativamente pela água congelada. Já se for primeiro, o efeito vai ser inverso!

– Não faço a menor ideia do que você está dizendo! Mas eu nunca discuto coisas assim com um nerd!

O dragão verde soltou fumaça das ventas e investiu, jogando os chifres contra o inimigo. O Colossus se encolheu entre os braços, aguardando o impacto. De repente, Espinafre parou e voou *para trás*, arqueando o corpo e disparando ácido. O líquido fervente bateu contra os braços de pele rochosa, gerando fumaça. Sem aguardar a recuperação do gigante, como em uma dança, o dragão esverdeado saiu do ângulo de ataque e abriu passagem para Fera, que desceu cuspindo o jato gélido. O ácido penetrou na água gelada sem qualquer tipo de restrição, fervendo-a de maneira rápida e incontrolável. Bolhas de vapor se formaram, explodindo ácido potencializado para todos os lados e estourando os dois antebraços do Colossus.

– Wow! – surpreendeu-se Romain. – Está aí uma experiência que eu queria ter visto nas aulas de ciência!

– Kusaka, é a sua chance! – gritou Daniel em japonês.

Dentro da máquina de combate, o primeiro-sargento fez uma leitura eletrônica do gigante sem antebraços. O scanner avaliou as avarias e buscou pontos vitais. Aproveitando as diversas brechas abertas, o monitor indicou um ponto desprotegido no lado esquerdo do peitoral de pedra, que o ácido espalhado ainda corroía.

Kusaka imediatamente ordenou:

– Preparar ataque raio!

Tsuyoi assumiu uma posição de atleta, com a perna e o braço esquerdos dobrados à frente, e a perna direita esticada. A mão direita armou um soco.

– Ele vai fazer! Ele vai fazer! – animou-se Daniel. – Cara, eu *sempre* quis ver isso sendo usado em campo!

Baterias internas direcionaram uma alta concentração de eletricidade para o punho direito do robô gigante, que começou a faiscar.

– Aquilo é um *punho elétrico*? – perguntou Romain, boquiaberto.

– Sim...

Propulsores de repente se acionaram, fazendo mais uma vez o robô deslizar à frente em uma linha reta inabalável, destruindo carros, motos, calçadas e o que mais estivesse no caminho. A mira do painel continuava travada no foco delimitado pelo scanner eletrônico.

– Eles resolveram chamar de "ataque raio" – revelou Daniel. – Eu ainda preferia o nome original: *ataque relâmpago*!

O punho eletrificado bateu no ponto direcionado, espalhando a alta voltagem pela região danificada e já superaquecida. Como se aquilo não fosse suficiente, o punho foi deslocado do braço e arremessado para a frente por um cabo de aço, *atravessando* o gigante de pedra. Quando o cabo puxou o punho direito de volta e o encaixou em Tsuyoi, sobrara apenas um gigante sem antebraços e com um rombo no peito, por onde se podia ver o outro lado.

Assim, o último dos Colossus tombou sobre a rua de Nipponbashi.

– Essa cena a gente não vai poder colocar no desenho animado... – concluiu Romain.

– Na verdade, ainda precisamos descobrir se chegaremos aos créditos.

Entre a sobrevivência e a aniquilação, restava apenas uma Ravenna enfurecida e incontrolável.

***

RAVENNA ERA MAIOR DO QUE OS DRAGÕES. Amber a atacou pelos flancos, enquanto Ashanti comandava Zahabu em um ataque frontal. Ao mesmo tempo, Strider tentava algum efeito contra uma criatura para a qual era insignificante. Ao contrário dos Colossus, para aquele demônio agigantado, o martelo de guerra era inútil. O metálider batia na pele repleta de escamas e não causava dano; batia no chão e a onda de energia gerada destruía mais o cenário que o inimigo. Assim, ele desmaterializou o martelo e acionou a espada de plasma. Esses golpes causavam mais danos, fritando partes da pele e dos músculos de uma das patas de Ravenna. Em meio aos gritos de dor, a cauda estalou e Strider atravessou a vidraça de uma loja de fantasias cosplay do outro lado da calçada.

A dragonesa Fênix cravou os dentes no ombro do réptil agigantado. Enquanto isso, Zahabu avançava com as garras na direção da face monstruosa. Ravenna arrancou o dragão, tirou-o de seu ombro e o zuniu no ar, acertando em cheio o segundo dragão. Em seguida Fênix caiu no chão e quicou até se chocar contra uma cerca de arame farpado.

Não satisfeita, Ravenna caminhou na direção de Amber, espalhando tremores. Zahabu investiu novamente em um ataque pelas costas. O dragão voou e se agarrou na parte de trás do monstro gigante, cravando os dentes em uma área lateral, onde a pele era mais escamosa, em vez de coberta por placas de queratina. Ravenna *sentiu* a dor. O braço mais próximo avançou e enfiou os dedos de agulha na face do dragão. Com essa investida furou a íris de um dos olhos, cegando parcialmente o animal.

Conectada pela mescla de sangue, Ashanti compartilhou *a dor* da montaria.

Não bastasse o choque e o desespero que o dragão sentia por ter o olho perfurado, o ferimento começou a arder e então a pegar fogo, como se alguém tivesse incendiado a região. Zahabu saiu voando bamba pelo ar, sem rumo definido, emitindo o som mais próximo do choro de um dragão. O rugido fraco, gutural, passava o desespero de uma criatura irracional que jamais havia sentido tanto medo. Ashanti tentou manter o foco e o controle, mas não havia o que ser feito, e o dragão dourado acabou perdendo altitude até desabar em um telhado de uma loja de chocolates.

No chão, envolvida pela cerca de arame farpado, Amber lutou para se livrar e se preparar para o que vinha. A dragonesa Fênix ainda estava abatida, e a irlandesa desconectou as projeções da armadura da montaria.

– Por favor, não demore – pediu. – Não vou conseguir fazer isso sem você!

A armadura vermelho-sangue brilhou quando as asas de metal novamente foram expostas. Então, ela voou para o monstro que também partia em sua direção. Ganhou altura, e mais altura, e, quando chegou perto o suficiente, foi preciso se esquivar do primeiro golpe do demônio reptiliano. Um segundo movimento para o lado. E um terceiro para baixo. Então, um dos braços do inimigo a acertou em cheio, como um inseto. Amber entrou pela vidraça do 25º andar de um prédio corporativo, caindo em meio a telas de computadores e cadeiras de escritório de assentos giratórios. Sem dar tempo para

Amber se recuperar, o demônio alongou a visão panorâmica através das janelas e com o braço catou a metalizada, destruindo mesas de escritório e baias divisórias. A bagunça de papéis, madeira e vidro se misturava no ar a cada golpe, enquanto canos destruídos conectados ao sistema de incêndio espirravam água e alagavam o lugar. Afogada em adrenalina, Amber saltava, fugindo dos golpes. Aproveitando um buraco aberto no chão, ela pulou para o pavimento inferior. Ravenna novamente enfiou o braço pelas vidraças do outro andar, caçando a metalizada vermelho-sangue.

O desespero fazia Amber raciocinar rápido em meio ao estresse, buscando formas alternativas de fuga. Formas de sobrevivência. Sua mente voltou a desbloquear informações compartilhadas pela mescla de sangue com o bracelete de Derek, e ela acessou lembranças até então desconhecidas. Escamas, sangue, dragão vermelho. Dragões vermelhos. O bolsão dimensional do segundo bracelete foi acionado e ali ela encontrou o rifle de assalto. Como se tivesse sido treinada, Amber de repente *trocou* o gatilho da arma para o de munição explosiva. O visor passou a lhe mostrar os melhores pontos de fuga e de disparo, enquanto ela escorregava e girava pelo chão. Estilhaços de luzes e pedaços do teto caíam ao mesmo tempo que o monstro grunhia, e ela continuava à procura da melhor posição. A naturalidade daquele conhecimento compartilhado a assustou. Não apenas a maneira como utilizava o armamento recém-descoberto, mas a maneira como passou a se movimentar, como se tivesse desde sempre sido treinada por militares. Como se tivesse sido desde sempre preparada para a guerra.

Como se desde sempre fosse uma ranger.

As asas ergueram seu corpo e ela desceu com violência, quebrando o chão e invadindo mais um andar inferior. Quando Ravenna focou a visão nas janelas, à procura da metalizada, Amber já estava com a arma apontada.

– Toma o seu próprio remédio, filha da...

O lançador de granadas disparou. O explosivo partiu com a energia propulsora acumulada e detonou, espalhando milhares de fragmentos de metal e estilhaços de vidro diretamente no olho do ser monstruoso.

Ravenna berrou um som tão estridente que as janelas dos outros andares se estilhaçaram.

O simbionte cortou a conexão do cérebro de Amber com o sistema auditivo, deixando-a surda temporariamente. O gatilho que tinha nas mãos foi trocado rapidamente para feixe iônico.

E a metalizada disparou um raio de micro-ondas, torrando de vez o olho descomunal ferido.

– Como eu sempre sonhei em fazer isso... – sussurrou para si própria.

Aos poucos, o simbionte lhe devolveu a audição. O som do mundo voltou gradativamente, para evitar que os tímpanos de Amber estourassem com os gritos de dor de Ravenna, invadindo o local como uma força física. Em meio aos berros animalescos, mais sons de dragões. O dragão azul, com Daniel sobre o dorso, avançou de um lado, os dentes à mostra, o verde, com Romain, do outro. Ambos morderam com pressão suficiente para arrancar pedaços da pele de escamas.

Descontrolada, Ravenna arrancou um pedaço do prédio e o chocou contra o dragão azulado, explodindo tijolos. Em seguida, fechou os dedos de agulha sobre o pescoço do dragão esverdeado e perfurou-o em um pequeno espaço entre as placas draconianas. Conectado ao dragão esverdeado, Romain gritou para o demônio-bruxa:

– Ei, tia, você sabe que a culpa disso aí não é minha, né?

Ravenna continuou pressionando e afundando ainda mais a ponta afiada dos dedos na carne do dragão. Romain sentiu o seu sangue, assim como o sangue de seu dragão, ferver.

– Mas *isso* vai ser!

O dragão esmeralda cuspiu ácido no olho queimado de Ravenna. O réptil humanoide cambaleou seus quarenta metros de altura para trás, largando o dragão verde.

Ela ainda tocava o olho destruído, sem acreditar no ferimento. Tiros começaram a ricochetear nas placas de queratina quando Tsuyoi apontou as duas palmas abertas na sua direção, disparando rajadas de calibre 22. Ravenna correu até o robô, protegendo-se dos tiros. Algumas balas atingiam áreas sem proteção e a feriam com intensidade equivalente à de espinhos perfurando uma pele humana. Ela agarrou o robô gigante pelos braços e Kusaka acionou o gráviton para não ser arremessado longe. Ao perceber que a máquina de combate estava presa ao solo, Ravenna puxou os braços robóticos para os lados, duas vezes, e então uma terceira, com uma superdose de força sobrecarregada de ira e estresse.

Os dois braços robóticos *foram arrancados*.

Em meio a faíscas e fios expostos, o demônio agigantado espancou o corpo de metal que ainda se mantinha em pé, usando como marretas os próprios membros arrancados do robô. O corpo de Tsuyoi tremeu e o sistema eletrônico entrou em colapso.

Dentro da máquina, Kusaka tentava assumir comandos manuais, enquanto a estrutura tremia com mais golpes das próprias partes arrancadas. Ele iniciou um código para ser ejetado do robô, mas de repente a cabeça de Tsuyoi foi arrancada, e a parte de cima do compartimento ficou exposta. Sem ter para onde correr no espaço limitado, o primeiro-sargento foi agarrado pela mão monstruosa e erguido para fora da máquina de guerra.

– Kusaka! Ela vai matar Kusaka! – berrou Daniel, estimulando Fera a alçar voo após o último golpe. – Ela vai matar...

– Não, seu maluco! Assim, quem vai morrer é você! – protestou Romain, também aos gritos, inutilizado por um dragão verde abatido.

O dragão azul voou na direção de Ravenna, que exibiu Kusaka em agonia feito um troféu, agitando braços e pernas. O japonês foi arremessado na bocarra aberta.

E Ravenna o partiu entre os dentes.

– Não! Não! – berrava Daniel. – *Chega* de mortes! *Chega* disso tudo!

Tomado pela fúria do montador, Fera partiu para um combate corporal em pleno voo, atacando a gigante demoníaca de anatomia superior. Garras, chifres, cauda rasgaram e perfuraram de um lado, enquanto golpes similares voltavam do outro. O papo de Ravenna começou a se agitar, como se o demônio-bruxa estivesse prestes a vomitar. De repente, um líquido preto foi cuspido na direção de Fera, acertando uma parte da cauda. A substância entrou pelas brechas das escamas, dissolvendo tudo como ácido.

– O que diabos é isso? – gritou Daniel.

Fera emitiu um guincho de dor. A parte atingida do rabo começou a enegrecer rapidamente, e o dragão se afastou, agitado, como se aquilo queimasse. Bolhas se formaram em meio às escamas, estourando pus. Até que os movimentos de resposta dos nervos da cauda se tornaram cada vez mais raros.

– Aquilo é... *veneno*! – concluiu Daniel.

A dragonesa Fênix surgiu, comandada por Amber. As garras agarraram a parte atingida da cauda.

– Preciso que você controle sua montaria – pediu Amber. – Isso *vai* doer!

Sob o comando da irlandesa, a dragonesa rosa-escuro cravou primeiro as garras e em seguida os dentes sobre a área atingida de Fera, arrancando em um movimento o pedaço tomado pelo veneno. Fera urrou, ensandecido, debatendo-se pela rua em uma cena traumática. Daniel sentiu uma parte da dor compartilhada e emitiu um grito que circulou por dentro do capacete, afogando-o na dor da própria voz.

Ravenna avançou para matar Daniel. O dragão azul permaneceu no chão, ainda em choque, com uma parte do corpo entrando em decomposição. A dragonesa Fênix se posicionou em uma postura de proteção, aguardando o inimigo. De repente, Amber voltou a vislumbrar os flashes e a ter acesso aos conhecimentos compartilhados com Derek. Escamas, sangue, dragão vermelho. Dragões vermelhos. Um sentimento que a fazia se conectar *mais*. Mais do que sangue. Mais do que a um único sangue. Mais do que a um único dragão.

– Derek...

O corpo agigantado de Ravenna foi encoberto por algo de tamanho proporcional ao seu, agarrado, sem aviso, e em seguida arremessado por um cruzamento de ruas. Ela bateu e girou por sobre um ônibus de turismo, carretas, vans e carros de passeio abandonados, amassando os veículos.

A sombra de dois dragões atravessou as ruas na direção do dragão azulado, quando Ashanti e Romain se aproximaram de Amber e Daniel. A irlandesa, porém, não estava mais concentrada no nissei caído. O coração dela palpitava, acelerado e ansioso. Era difícil respirar. O corpo suava, alterando a pressão cardíaca. Tinha os olhos arregalados, a boca seca. Um rugido animalesco ecoou por todos os lados daquela avenida, indicando que a última peça daquela luta enfim chegara.

Ravenna retomou o controle, buscando entender o que acontecia. Buscando entender *o que* havia lhe derrubado. A revelação era tão inesperada para ela quanto para qualquer um dos outros.

Quando o demônio-bruxa se deu conta, o maior dos dragões se apresentava no centro da alameda. Aquele que havia sido o primeiro dragão a ser apresentado àquela dimensão, capturado no ombro do Cristo Redentor em uma foto que correu pelo mundo. O dragão com nome de um planeta vermelho. De um deus romano da guerra.

O dragão vermelho Marte.

– Você o trouxe aqui? – perguntou Ashanti com uma voz fraca.

Amber não soube o que responder. Suas mãos tremiam, as pernas estavam bambas, a garganta ressecada.

– Amber, você trouxe aquele dragão aqui?! – gritou Ashanti, enervada.

O capacete da irlandesa foi desmaterializado. Havia lágrimas nos olhos dela.

– Não... – respondeu ela. – *Ele* trouxe.

Atrás deles, vinha Strider. O patrulheiro dimensional andava quase como em câmera lenta aos olhos daquelas pessoas, em meio a carros partidos, ruas quebradas, prédios destruídos e ruas alagadas. Durante a caminhada, o capacete foi retirado. E Amber continuou a chorar.

Porque Strider era Derek Duke.

O rosto estava machucado, cortado, ferido. A eterna expressão séria do soldado sempre em guerra. Um outro homem, mas, ainda assim, o mesmo homem. O homem que Amber havia aprendido a amar.

Ela correu na direção dele, sem que nada fosse dito. Entre os dois havia apenas uma atração que transcendia dimensões.

O encontro resultou em duas armaduras se chocando, como em um golpe.

Era assim o cumprimento de dragões.

– Eu ouvi você – disse Derek, segurando o rosto dela com a firmeza de um militar. – Quando você me pediu ajuda, eu ouvi você...

Amber travou com a revelação.

Os olhos dela ainda eram lágrimas, divididas quando o rosto dela foi puxado e ele a beijou.

O beijo tinha gosto de sangue.

– O seu braço... – sussurrou Amber, buscando a compreensão. – Eu achei...

Ele mostrou o antebraço revestido pela armadura de metálider.

– Não existe carne por baixo. Mas, enquanto eu a visto, a armadura responde aos meus comandos como se houvesse.

Daniel e Ashanti se aproximaram e, em choque, pararam a uma certa distância, cada um absorvendo aquilo à própria maneira. Seus capacetes também foram desmaterializados.

Ravenna e Marte começaram a se digladiar no cruzamento ao fundo, e os sons do líder atraíram os outros dragões, que voaram para ajudá-lo sem pedir autorização aos mestres, ainda estupefatos com tudo aquilo.

– Você... você sabia disso? – perguntou Daniel a Romain.

– É claro! – respondeu o francês. – Eu estava lá e fui eu que trouxe ele aqui...

– E por que você não me contou isso antes? – vociferou o nipo-brasileiro.

– Ei, *senhor Bazoo*, desculpe se até ainda há pouco nós estávamos enfrentando um sapo gigante, que por sinal ainda não morreu! Da próxima vez, eu envio um SMS pra você!

Amber ignorava o som da luta entre demônios e dragões, concentrando-se no homem que havia voltado da morte para aquela dimensão. Pela segunda vez.

– E Strider? – perguntou ela, com receio da resposta.

Derek olhou para baixo, já antecipando o que diria apenas no gesto.

– Ele não sobreviveu aos ferimentos – revelou. – Ela o matou, como a tantos outros.

– E Mihos? – perguntou Ashanti de maneira brusca, quase como se desse um tapa no peito dele.

Derek olhou para ela, com o intuito de que ela visse seus olhos.

– Quando nós saímos de lá, ele estava vivo. Talvez ainda esteja vivo a essa altura, talvez não. Só há uma maneira de descobrirmos.

O capacete de Ashanti foi materializado. E o visor se acendeu.

— Você evoluiu a tecnologia criada por anões-alquimistas — observou Derek diante da armadura vermelho-sangue de Amber, reforçada com placas e asas metalizadas.

Amber desmaterializou toda a armadura, revelando os dois antebraços com os braceletes cristalizados. Ela se preparou para retirar o que pertencia a Derek.

— Não! — disse ele. — *Você* os trouxe até aqui. *Você* os manteve unidos. Você *me trouxe* aqui.

Os olhos dele mais pareciam estrelas brilhando de orgulho.

— *Você* é a líder deste esquadrão — concluiu o ranger americano. — E você vai nos liderar para matarmos Ravenna.

Em meio a lágrimas e dentes trincados, a armadura vermelho-sangue foi materializada.

Os dragões sentiram a convocação. Novamente reunidos, os cinco caminharam lado a lado pela rua arruinada, enquanto escapamentos de gás e fios elétricos caídos geravam explosões no cenário atrás deles. Então, pararam diante de um demônio dezenas de vezes maior e viram os dragões descerem à frente. Eles montaram nas criaturas fantásticas e as projeções se expandiram, iniciando a conexão de sangue para a última luta. Derek subiu no dragão vermelho Marte, agarrando-se entre as placas.

— Ela vai comandar você — disse Derek. — E eu quero que você a escute.

— Nós vamos terminar esta luta *agora*! — garantiu Amber. — Quando eu mandar atacar, ataquem. Quando eu mandar recuar, vocês recuam. Vocês me entenderam?

Ela olhou para cada um deles. Todos a reverenciaram.

Assim, os cinco dragões voaram juntos.

Ravenna espantou-se com a ironia. Os cinco dragões que ela enviara para destruir aquela dimensão agora avançavam para destruí-la. Ela arrancou um poste do solo de uma só vez e segurou-o como um bastão. O corpo arqueou. E ela saltou na direção dos dragões com a arma improvisada zunindo no ar.

Os dragões se espalharam, escapando do golpe.

– Romain, ácido na face!

O dragão verde singrou e o ponto vital a ser atingido se acendeu no visor de Romain.

– Sem problemas, chefe! – disse o francês. – *Let it burn!*

O jato ácido do dragão esmeralda Espinafre foi arremessado na direção do olho demoníaco ainda aberto. Por reflexo, Ravenna se encolheu entre suas placas de queratina. O ácido bateu no poste que ela usava como arma, dissolvendo uma parte do concreto e se espalhando por outros pontos da face demoníaca.

– Daniel, congele os braços!

Imediatamente, o dragão Fera fez um voo aberto, com parte da cauda decepada balançando, e preparou o sopro gélido. O jato partiu enquanto Ravenna ainda mantinha os antebraços unidos, gerando uma camada de gelo temporária que os prendeu feito algemas.

– Ashanti, queime as juntas das pernas do lado cego!

Zahabu mergulhou em um voo rasante controlado pelo único olho ainda útil e planou rente ao chão, contornando a figura agigantada.

– Vermelhos, se preparem para cortar pelos flancos!

O dragão dourado aproveitou o momento em que Ravenna se defendia de Romain e lidava com o ácido no rosto para cuspir lava sobre a parte de trás de uma das pernas do demônio-bruxa, tirando sua concentração. Alucinado, o monstro girou o poste usado como bastão, sem acertar ninguém. O dragão Marte cortou Ravenna pelo lado esquerdo, enquanto em seguida a dragonesa Fênix cortava pelo lado direito. O demônio-bruxa tombou sobre uma galeria, assustado e perdido.

– Afastem-se! – ordenou Amber.

– Mas ela está no chão... – tentou argumentar Romain.

– Eu disse: afastem-se!

Os cinco dragões imediatamente voaram para pontos distantes da estrutura derrubada. Como em uma dança. Como em uma coreografia que eles nunca haviam ensaiado.

– Agrupar!

Os dragões voaram para perto da dragonesa Fênix, sem saber o que esperar.

E então Amber fez *aquilo*.

Sem aviso, duas projeções extras saíram da armadura vermelho-sangue e se prenderam nos dragões que voavam nas laterais, gerando um elo entre o dragão Marte à direita e o dragão Zahabu à esquerda. Daniel investiu com o dragão, emparelhando-o ao de Derek, enquanto Romain fez o mesmo com o de Ashanti. Desta vez, as projeções extras também saíram das armaduras dos outros metalizados, conectando-se aos dragões de cada lado. Daniel do lado do dragão Marte. Romain do lado do dragão Zahabu. O êxtase correu pelas veias na mescla de sangue entre os cinco dragões conectados, dividindo entre eles todas as dores e fraquezas de cada um, mas também todas as forças.

Os visores brilharam com intensidade extraordinária.

Aquela não era apenas uma conexão simbiótica. Era a construção de uma nova forma de combate. Uma força-tarefa própria.

Um Construto vivo nascido da junção da melhor parte de cada um daqueles metalizados.

– Essa é a *nossa* conversão – decretou a líder Amber.

Os olhos dos cinco dragões se acenderam e eles soltaram fumaça pelas ventas, unindo as sensações.

– Essa é a *nossa* fusão final!

Embora ostentasse quatro dezenas de metros, Ravenna se sentiu pequena diante da imensa figura em V formada pela conexão dos dragões coloridos. Então ela soube que ia morrer. E, mais do que isso, também soube que deixaria para trás um legado bélico sem precedentes naquela dimensão. Com dificuldade, cega de um dos olhos, com uma das pernas inutilizada e repleta de cortes por todo o corpo, ainda assim, o demônio-bruxa ficou em pé, pois mesmo os demônios buscavam dignidade na morte. A bocarra foi esticada como um sorriso. Era justo.

Demônios não podiam chorar.

Mas podiam sorrir.

– Erupção! – gritou Amber. Uma ordem dada pela primeira vez, mas que eles já sabiam como seguir.

Os dragões desceram deixando para trás uma linha multicolorida. Como um bailado de guerra. Uma única imagem formada pela junção de cinco.

Uma energia viva formada de humanos, dragões e metal.

Ao atingir distância suficiente do solo, os dragões fizeram um semicírculo para cima, exibindo o tronco, as ventas em vapor e os olhos preenchidos pela cor de suas escamas. As cabeças foram jogadas para trás, e eles encheram os pulmões de ar. E, então, os cinco dragões, ao mesmo tempo, liberaram o golpe final. O sopro misturava cores. Lava, ácido, gelo e fogo espiralado em dois tons de vermelho.

Um único raio de máxima destruição, capaz de derreter demônios em formas gigantes.

Como um vulcão cósmico. Como a bazuca mais poderosa.

Como uma espada de relâmpagos.

RAVENNA DERRETEU. A pele seca carbonizou, catapultada pela ação de diferentes tipos de combustões. O gelo do dragão azulado bateu por cima dos jatos de líquidos ferventes, gerando uma reação que potencializou o efeito de destruição. Ravenna era queimada viva e seus pedaços explodiam como granadas para todos os lados, derretendo a arquitetura urbana ao redor.

Desta vez não se ouviam gargalhadas estridentes.

Apenas gritos de sofrimento.

– Queime! – Amber saboreou o momento. – Apenas queime...

As partes carbonizadas do corpo demoníaco formavam uma fumaça preta, com forte cheiro de churrasco. Quando o visor de Daniel identificou uma ameaça destacando-se no cenário, seu coração disparou.

– Nuvens radioativas... – sussurrou ele no canal interno.

– Como é? – perguntou Ashanti de imediato.

– Você disse que ela absorveu a radiação de uma bomba para se expandir! – disse Daniel com uma voz descontrolada. – Essa radiação *ainda* está ali!

– O que você tá dizendo, maluco? – perguntou Romain. – Que o corpo dela vai virar Chernobyl?

– Ele tem razão – declarou Amber. – Ravenna não *morreria apenas*!

Os outros visores buscaram evidências, até que tudo ao redor se tornou preto e branco e um ponto colorido identificou a *ameaça*. Em meio ao corpo que derretia, um coração gigantesco. Um imenso músculo de dois átrios e dois ventrículos parcialmente divididos, ainda pulsantes.

Como uma bomba-relógio.

– Vocês acham que aquilo... – gaguejou Ashanti.

– Aquilo vai explodir! Aquilo *vai* explodir! – insistiu Daniel, espalhando o desespero na conexão conjunta.

Amber embicou Fênix em um ângulo descendente, seguida pelos outros dragões. Assim que aterrissou, ela se desconectou e correu na direção do fogo.

— O que você está fazendo? — perguntou Derek, correndo atrás dela.

Pedaços de uma Ravenna morta ainda continuavam a borbulhar e estourar, aumentando a tensão daquele momento.

— Se aquilo é uma bomba radioativa prestes a explodir, nós temos de cobri-la com o metal-vivo! Nós temos de formar um escudo humano!

— Isso pode evitar aquilo de se expandir, mas não de nos matar! — disse Daniel.

— Ao menos teremos cumprido nossa missão — decretou Amber.

Os outros, que a acompanhavam, ficaram assustados com aquela conclusão, mas seguiriam a liderança de Amber. Daniel perdeu a sensibilidade nos dedos ao constatar como aquilo soava como um atestado de morte.

Amber avançou sem olhar para trás, como se soubesse que aquilo daria certo. Daniel tinha certeza de que iria morrer.

Vocês são a única parte boa que aquele cemitério me deu.

Chorando por dentro do capacete, o nissei continuou a correr. O coração disparado. A respiração presa.

E eu faria tudo de novo se fosse preciso.

Lembranças de tudo o que havia vivido. Projeções de um futuro que ele tinha certeza de que não mais viveria. E, ainda assim, Daniel corria. Porque a vida havia lhe ensinado a seguir em frente.

E a amar aquelas pessoas.

Eu reviveria tudo, se este fosse o preço a pagar, o de morrer no dia de hoje para que qualquer uma de vocês possa viver.

Amber parou ao lado do coração que pulsava quase totalmente tomado, quase totalmente brilhante. Derek foi o segundo, e se fechou ao redor dela em um abraço sem receio. Quase como uma mensagem.

Quase como se dissesse que não se importaria de morrer, se, ao menos desta vez, fosse ao lado dela.

Em seguida, Amber sentiu o braço de Ashanti pelo outro lado. Ao contrário de Daniel, a ruandesa tinha esperança de que sobreviveria. Afinal, era disso que aquela mulher se alimentava.

Esperanças verdadeiras e falsas esperanças.

Ao lado de Derek, Daniel se posicionou, ainda sem que alguém percebesse as lágrimas debaixo do capacete.

O choro de um homem preparado para morrer.

O coração do demônio atingiu o ápice de fervura. Daniel fechou os olhos e esticou o braço, aguardando Romain para fechar o círculo de metal.

Mas Romain não o abraçou.

Quando os olhos de Daniel se abriram, o francês não estava ali.

Nem o coração pulsante.

– Romain! – gritou ele na comunicação interna. – Romain, o que você está...

– Desista, nerd! – soou a voz nasalada do homem conectado ao sangue de um dragão verde. – Não é porque essa irlandesa doida acha que isso vai dar certo que eu vou correr o risco de ver essa coisa matar todos vocês!

Rápido, Romain pensava. *Cada vez mais rápido.*

O corpo metalizado cruzava quadras em segundos, ganhando distância em um esforço exaustivo. Para longe do centro. Longe de humanos. Longe de dragões.

Preciso ser mais rápido.

– Romain, eu ordeno que você... – tentou dizer Amber.

– Hoje não – interrompeu ele. – Você foi brilhante na liderança, admito, mas essa decisão é minha!

Vozes tentaram dizer alguma coisa no canal de comunicação. Mas estavam mortas, como o demônio que queimava.

– Vocês fizeram muito por mim... – A voz de Romain tremulava, enquanto ele se esforçava para recuperar o fôlego.

Ao fundo, ele avistou a Baía de Osaka.

– Vocês são os heróis que eu sempre quis ser... – ecoou a voz fraca.

Água. No mesmo lugar onde um demônio gigante havia nascido. E onde deveria morrer de vez.

– Vocês *me permitiram* ser o herói que eu sempre quis ser...

Derek apertou os punhos, sem saber como honrar um homem comum que ele vira se tornar um soldado completo.

Você, mais do que ninguém, deveria saber quais são os sacrifícios que a guerra nos impõe, dissera Strider a ele uma vez.

Era verdade, Derek deveria saber. Mas nunca aceitar.

– Daniel, cuide dela pra mim – pediu Romain, com a voz trêmula. – Cuide *delas* pra mim...

Daniel caiu de joelhos, sem forças para sustentar tudo aquilo. Ashanti segurou seu corpo em desespero, enquanto Derek fez o mesmo com uma Amber em choque.

– Não... por favor... *você* não... – gaguejou Daniel.

– Foi legal, não foi? – perguntou o francês na voz cada vez mais distante. – O melhor roteiro já feito...

Perto. Uma baía cada vez mais perto.

Cada vez mais rápido.

No centro de Osaka, o dragão verde alçou voo e urrou como em uma despedida.

– Ei, nerd, você foi o melhor ator coadjuvante que a minha vida poderia ter tido.

O corpo em velocidade ultra-acelerada saltou na direção da água, abraçado ao órgão radioativo e afundando rapidamente com o peso da armadura de metal.

– Esse é o *meu* até o fim.

O coração radioativo de Ravenna explodiu.

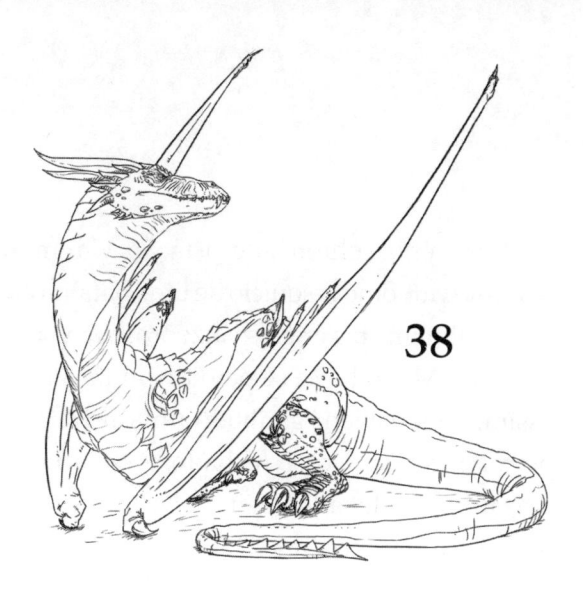

MUNDOS DE DRAGÕES

Nenhum mundo jamais foi o mesmo. Nenhuma dimensão poderia continuar a ser.

Era o preço da visita de demônios, gigantes e dragões.

Na Terra, as crias demoníacas foram dadas como exterminadas pelo governo japonês. Com a ajuda de forças-tarefa de diferentes nações, o Japão extinguiu de vez a ameaça demoníaca, impedindo que o horror se espalhasse de seu território para o restante do mundo. A região de Osaka foi isolada por tempo indeterminado, a Baía tornou-se inutilizada e as cidades ao redor postas em estado de alerta, até que especialistas as considerassem seguras de efeitos radioativos. Ações filantrópicas anônimas e arrecadações em eventos com celebridades internacionais ajudaram um país arrasado a se reconstruir mais uma vez diante dos olhos do mundo. Cidades foram reerguidas, ninhos foram descobertos e queimados, mortos foram honrados e o portal dimensional foi fechado, restando ao fim apenas a esperança de que tudo aquilo fosse o suficiente.

* * *

No Cemitério, sobrou a devastação. Um mundo já acostumado com a perda se viu como resquício de uma batalha entre Colossus, Construtos, anões-alquimistas e seres cinzentos. Uma batalha que ainda não havia acabado. Muito havia se perdido, muitos haviam sido perdidos. Ainda assim, eles haviam ganhado uma nova liderança. Ultrapassando o portal antes que fosse fechado, Ashanti partiu, sem olhar para trás, deixando um legado espiritual e tecnológico para uma Ruanda que deveria aprender a andar independente. Do outro lado, em meio a poucos que ainda estavam em pé, descobriu um Mihos sobrevivente, diferente do que ela se lembrava. Um homem capaz de manter feras sob seu comando, mas, mais do que isso, um pensador que havia se tornado um líder *durante* uma guerra. Quando Derek e Romain partiram para a dimensão terrestre, rumo à batalha final com Ravenna, Mihos assumiu o comando que profecias diziam que seria seu. Mais do que palavras, ele se tornou a *dádiva* que aquele Cemitério precisava.

Demônios tomarão os céus montados em dragões renascidos, homens serão tentados, a Serpente subirá do Abismo e seres de sangue frio formarão aberrações. Heróis irão nascer e morrer em um mesmo campo de batalha e o mundo verá o surgimento de novos reis.

Quando Ashanti o reencontrou, e quando falsas esperanças se tornaram conquistas verdadeiras em meio ao luto, Mihos aceitou um papel que nunca havia sido seu. Porque aquela ruandesa era a sua rainha. Aqueles seres de dimensões tão diferentes eram seu povo. Aquela Árvore-Mãe era sua deusa. E, por mais que viessem Colossus, por mais que dracônicos ainda se espalhassem e por mais que emergissem novos demônios, eles lá estariam, garantindo uma liderança que ergueria uma nova Taremu.

Se as coisas nessa dimensão fazem sentido, o que é que nós dois estamos fazendo aqui?, perguntou ele a Ashanti na primeira vez que se conheceram, no antigo Castelo Estelar.

Naquele momento, Mihos finalmente soube a resposta: eles estavam juntos.

Porque aquela dimensão era a sua casa.

Derek Duke aceitou a herança de um Strider morto em batalha e se tornou o novo patrulheiro dimensional a vestir a armadura negra de metálider. Com a ajuda de Adross, o antebraço metálico se manteve permanente e respondia aos movimentos motores, enquanto o resto da armadura se materializava para combate. Muito além de dois mundos, Derek sabia que assumira uma responsabilidade estratosférica. O tanque de guerra havia se tornado sua base, e ele aprenderia sobre outros povos e outras dimensões. Iria até Vega buscar Quantron, a nave de Strider, e procuraria outros patrulheiros dimensionais que pudessem lhe ensinar mais sobre como honrar aquele legado.

Sem a mulher e um dos filhos, Adross permaneceria no Cemitério ao lado de Mihos e Ashanti, disposto finalmente a descansar de uma guerra em que não queria mais lutar. Derek, porém, não viajaria sozinho. Ao seu lado, Amber assumiria o lugar de sua parceira, de sua amante, de sua melhor amiga. Uma mulher que dividia com ele o mesmo sangue de dois dragões.

Uma mulher que havia se tornado uma líder de metalizados.

E se tornaria a primeira patrulheira dimensional.

No antebraço, no mesmo local onde Derek um dia havia tatuado a palavra *Huray*, ela também passou a carregar uma frase tatuada como troféu.

Rangers lideram o caminho.

Por fim, Daniel transformou Romain em um mito. Espalhando vídeos, teorias, provocações em fóruns e tudo o mais que estivesse ao seu alcance. Perpetuou pelo mundo a figura de um homem extraordinário. O francês se tornou um ícone da cultura pop, morto no auge como outras grandes lendas. Alguns o acusaram de vilão, de terrorista, de responsável pelos ataques de dragões. Outros o defenderam como herói, altruísta. Super-herói. Camisetas com suas fotos e suas frases se espalharam pelo mundo em diversos idiomas, livros sobre sua vida foram escritos, documentários foram filmados, três produtoras de cinema disputaram os direitos de sua biografia. E a cada vez que ouvia algo novo sobre isso, Daniel Nakamura sentia vontade de chorar, mas, em vez disso, sorria. Porque era isso que o seu irmão gostaria que ele fizesse.

Ao lado de Takeda, uma vez por ano, ele depositava sobre o túmulo do melhor amigo, em Paris, não um buquê de rosas, e sim um buquê de espinafres. Ele achava que aquilo também o faria sorrir. Apesar disso, era difícil para Daniel ler aquele epitáfio em francês que não precisava de tradução.

Independentemente de quanto tempo passasse, aquelas palavras ainda bateriam eternamente nele com mais força do que golpes de dragões.

Aqui jaz Romain Perrin, herói e idiota até o fim.

Aquele era o único momento em que Daniel Nakamura se permitia chorar.

EPÍLOGO

**VALE DO LOIRE, FRANÇA
CATORZE ANOS DEPOIS**

O cenário era digno de contos de fadas. O carro esporte dirigia a mais de 130 quilômetros por hora na capital francesa, percorrendo uma estrada da região histórica conhecida como Berço da Língua Francesa. Uma zona abundantemente arborizada, transformada em patrimônio mundial da Unesco e repleta de castelos renascentistas, vilas e aldeias que chegavam a se distanciar por quase trezentos quilômetros umas das outras.

Em um cenário isolado, diante da margem do Rio Loire, o mais extenso da França, com a coluna ereta e as mãos para trás, Daniel observava a vegetação. Os anos tinham se passado, mas sua aparência era quase idêntica. Vestindo calça e camisa sociais e um sobretudo de poliéster, ao menos uma evolução digna de nota: ele havia aprendido a se vestir melhor.

– Pode vir... – disse para a pessoa que o aguardava sentada no capô do Bugatti Veyron verde-pérola.

Ela se aproximou com passos tímidos. A pele da adolescente era pálida, o cabelo loiro claro e o corpo magro.

— Eu sei que você já ouviu muitas histórias... — começou Daniel. — E, acredite, a maioria delas é verdadeira.

O vento frio sibilou, como única testemunha daquele momento.

— Histórias de simbiontes, metal-vivo, dragões, gigantes e demônios. E todas elas são verdade.

O olhar ainda se mantinha vago e seu tom de voz era firme, mais confiante do que o normal, ainda que Daniel tentasse esconder um grau de emoção por ali.

— Viver com egoísmo, morrer com altruísmo. Quem pode julgar alguém capaz de uma vida assim, não é?

Os olhos dele focaram nos olhos dela.

— Sabe, eu estava lá. Até o último momento, eu estava lá. E, mesmo depois, quando tudo acabou, eu continuei lá até encontrá-lo. Sabe por quê? Porque ele teria feito o mesmo por mim. E, hoje, eu estou fazendo isso por ele, como prometi que faria.

Os olhos claros da adolescente tentavam se fixar nos dele, sem demonstrar emoção. Era a sua maneira de parecer forte. Ela acenou, compreendendo o discurso.

— Eu prometi que cuidaria de você — continuou Daniel.

Ele colocou a mão dentro do bolso do sobretudo. De lá, retirou um bracelete cristalizado.

— Eu prometi que cuidaria *de vocês*.

O bracelete foi esticado na direção dela. Assim como Derek e Amber, era possível notar que ele também havia tatuado algo no antebraço.

A inscrição dizia: *Kutash-khan*.

O cúmplice.

— Hoje se inicia uma nova etapa na sua vida. Você terá acesso a conhecimentos que nenhum de nós teve antes, e terá uma preparação que nenhum de nós teve antes.

Ela segurou o bracelete, sentindo os próprios pelos se arrepiarem.

– Você será o sexto membro de nosso grupo e, sem dúvida alguma, o mais forte e preparado de todos nós.

A energia estática acumulada naquele artefato se estendeu pelo resto do corpo dela, trazendo sensações até então desconhecidas.

– E você terá acesso a memórias gravadas em sangue, que serão para sempre divididas com você. Memórias que deixarão você mais próxima *dele*.

Por mais forte que ela estivesse tentando ser, os olhos esverdeados embaçaram.

– Porque esse é o seu direito – concluiu ele. – E você faz parte desse legado.

O sentimento dentro dela a preencheu e precisou ser estendido. De repente, ela sentiu o coração pular quando as águas do rio se agitaram e uma onda subiu, trazendo um urro que se estendeu pela vegetação. Nuvens de água se formaram sobre os dois como chuva, até que a sombra desceu, revelando a forma de um dragão esmeralda.

Daniel aguardou a reação dela.

Ela poderia ter gritado, chorado, fugido, recusado. Em vez disso, precisou de muito pouco para absorver aquela nova realidade de uma maneira mais natural do que qualquer um deles já havia feito antes.

– Qual o próximo passo? – perguntou ela com uma segurança que ele já havia visto em duas metalizadas.

Daniel Nakamura voltou a sorrir.

– Amélie, é hora do seu treinamento...

Este livro foi impresso na Intergraf Ind. Gráfica Eireli
São Bernardo do Campo – SP.